Primo Levi

SE NON ORA, QUANDO?

若非此时，何时？

[意] 普里莫 · 莱维 著
翁海贞 译

中信出版集团 · 北京

目录

导读

普里莫·莱维：一种鉴赏

欧文·豪

有些作家——寥寥数人——会顿时触动读者切身的感应。只需阅读他们的数页文字，就会感到那种隐而未发的冥契绽放出来。通常，俘获你的不是作家的观点或作品的主题，而是叙述的语调，也许是些许苦涩幽默的真挚，又或是沉思的呢喃。

在我读来，意大利犹太人回忆录作家、小说家普里莫·莱维就是这样的作家。我生活的环境截然有别于他的文化，更有别于他的经验。他是奥斯维辛集中营的幸存者，然而我阅读他的著作时，感到一种欣喜的契合。我欲展开一场想象的对话，仿佛我与普里莫·莱维是故旧，相知经年。

在他的故乡意大利，普里莫·莱维颇具声名；而在美国，他的著作仍未触及广大读者。这其中有一些常见的原因：翻译迁延，近来美国读者的品位变得狭隘，专注于自身，从而排除了很多外国作家。但另有一个更复杂的原因。莱维的名字与大屠杀文学相关联，很多人觉得，关于这方面的作品，自己已经读得够多，达到了所需要或所能承受的程度。而另有一些人——更无可非议地——被大屠杀的庸俗化公众讨论吓坏了，从而宁愿远离关于这个主题的作品。

所有这些障碍都是真确的，但我们终究会找到拆除或规避的方法，因为莱维是如此正直、严肃且迷人的作家。

他也是被我们这个世纪塑造，并留下深深烙印的作家。

他知道——难道这真的值得争议？——自己经历了人类历史上最可怕的时代。背负这种意识的作家无法假装“理解”奥斯维辛和古拉格。但他们——尤其是集中营的幸存者——知道，他们必须带着给他们留下永恒伤疤的经验活下去。他们反复地、时常强迫性地回到这个主题。我可以有把握地说，纵使宣传家和政客的大话空话令他们痛苦，他们也不得不写下去。这些作家没有选择：他们是历史的俘虏，他们的写作是出于心理需要。

年轻的普里莫·莱维完全不可能预料自己会有如此沉重的命运。一九一九年，他出生在都灵一个受过高等教育的中产犹太人家庭。这是欧洲最古老的意大利犹太人社区，有着著名的宗教和文学传统。然而，在莱维青少年时期，这里的犹太人早已受到同化，融入意大利社会，大多数人成为专业人士或进入知识分子阶层。有些意大利犹太人跟过去维持些许联系，不是信奉作为宗教的犹太教，就是保存关于犹太传统和知识的一缕记忆。一些犹太家庭至少仍口头传授零碎的希伯来语，以及相关的仪式和习俗。十三岁时，莱维行了受诫礼，但这个仪式并非真正地象征执守犹太教的戒律。晚年追忆年轻时代，他说起做犹太人就是做“欢喜的小异类”，仅偶尔给他跟非犹太朋友之间的友情造成困扰。那些年间，意大利似乎不曾沾染毒害欧洲社会的种族反犹主义。

年轻的莱维学的是化学专业，要不是“突如其来的”冲击——虽然现在我们知道并非“突如其来”——他或许会继续走在专业生涯的传统道路上。二十世纪三十年代后期，墨索里尼以其险恶的小丑风格，开始模仿盟友希特勒的反闪族残酷行径。家庭和周遭的生活环境皆不曾让年轻的莱维有机会熟悉犹太人数百年来习以为常的迫害，他察觉自己被傲慢或羞愧的教授“拒斥”。唯有一位资历尚浅的老师收他做博士生，甩出一句简慢而让人难忘的话 :“跟我。”一九四一年，莱维获得博士学位，却因种族法而找不到化学家工作，只能在清漆厂和镍矿打零工。[1]

不久后，莱维漂到意大利的文化中心米兰，在这里，他才开始有了一些政治意识。他得知一些意大利反法西斯的孤立群体，“仍不曾弯腰”。他听说了一些英勇无畏的事迹（值得指出的是，这些是犹太人的事迹），诸如罗塞利兄弟（Rosselli brothers）这样的自由主义者，被墨索里尼手下的恶棍谋杀 ；卡洛 · 莱维 (Carlo Levi) 被判流亡。大多意大利犹太社区警惕地远离政治，少数一些人抱持机会主义心态投靠法西斯，而另一些少数派参加对立阵营，其中很多人四散流亡。然而，战争年间，开始出现一种崭新而可观的抵抗运动，莱维写道 ：“犹太人的军事参与实则相当可观。”

一九四三年九月，他加入一支在皮德蒙特山麓活动的游击队。由于缺乏经验，这支队伍很快就被告密者出卖。莱维在十二月被捕。受法西斯审讯之时，他承认自己是犹太人，

1　我们有必要了解这些史实，以理解莱维作为作家的事业生涯，这些材料取自他的回忆录，收录于英译本 *Prooftexts*（1984 年），第 4 节，“Beyond Survival”，以及取自历史学家 H. 斯图尔特 · 休斯（H. Stuart Hughes）所撰《希望的囚犯》（*Prisoners of Hope*）这一可爱小书，其中讨论二十世纪的意大利犹太人作家。

“一半是出于疲惫，一半也是出于骤然涌起的傲慢的自豪”。一九四四年二月，意大利法西斯将他转到德国纳粹手中，以流放到奥斯维辛集中营：

> 载我们往集中营的火车装了六百五十人，其中五百二十五人随即被处死，二十九名妇女被拘留在比克瑙集中营，九十六名男子，包括我自己，被押到莫诺维兹-奥斯维辛集中营。这是附属法本化学工业公司的集中营。从这里生还的大约只有二十名男女。由于一连串的境遇，我幸存下来:从来没有生病、得到一个意大利砌砖工帮助（他给莱维送食物）、得以在法本的实验室做了两个月化学家。幸得红军在一九四五年一月进军迅捷，我被解放出来。

正是在奥斯维辛集中营的数月里，莱维的思想成熟起来。这就是我们在他的著作中感受到的那份仁厚的敏感，既谦逊又刚毅。奥斯维辛将会是“我人生里最根本的经验……我知道倘我存活,我非要讲述这个故事不可”。很多幸存者也想“讲述这个故事”，其中有些人遭受的苦难远甚于莱维，却极少有人能以他这般深思来写作。

这里的一个原因是，在奥斯维辛之时，他与东欧犹太人囚徒产生友谊，他们教莱维一些关于意第绪文化的知识——其精神和道德的来源——这些有助于他汲取崭新的个人力量。有些来自波兰和俄罗斯的犹太人，纵然在如此非人的处境里，也依然保有良善的人性，也有些人在磨难中扭曲了心灵和道德。莱维在所有这些人身上看到从前不曾见过的犹太价值观。对他来说，奥斯维辛“残酷地印证我作为犹太人的处境：一种谴责，一种复返，再度体验流亡和迁徙的圣经故事。这是一种悲剧的回归”……

战后，回到意大利，他从朋友那里听说一支说意第绪语的游击队，在东欧的战争里存活下来，不知如何抵达了米兰。这个故事，再加上他在奥斯维辛听说的那些故事，似乎深刻地烙印在他的脑海里，尽管他隔了多年，出版了数部作品之后，才回头写这支意第绪游击队。一九八二年，一部以他们的经验为题材、名为《若非此时，何时？》（*If Not Now, When?*）的小说面世。[1]《若非此时，何时？》在意大利深得好评，我们应将这部小说当作献给东欧犹太人的颂歌，他们欲尽绵薄之力抵抗纳粹。这是一种团结的姿势，并且也是一种默然的认同。

莱维曾在文章中指出，创作这部小说的近因是一个喧嚣的争议——可能也是徒劳无益的争议——关于犹太人在大屠杀之时的行为，人们为此激烈地辩论了数十年：

> 难道（犹太人）果真任人屠宰而不抵抗？……在我看来，这个讨论不符史实，沾染了偏见。作为前游击队员和被驱逐者，我深知在有些政治和心理境况下有可能抵抗，而在另一些境况下则不可能。我无意加入这场争议。然而，在我看来，这

---

1 莱维的书名引自拉比希列（Hillel）的著名篇章：“我若不为自己，谁会为我？我若只为自己，我是什么？若非此时，何时？”《先贤书》（*Pirké Avoth*）。

场争议饱含叙述意味，可以从中抽取可堪一读的故事……此外，我欲向那些犹太人致敬，无论寥寥数人或人数众多，他们都在这场力量悬殊的斗争中重新找到尊严和自由。

一九四五年初，从奥斯维辛集中营解放出来之后，莱维却不能直接返家。由于官僚体制混乱，在最终抵达都灵之前，他在波兰和俄罗斯经历了八个月殊为怪诞的旅程。这次旅程也成为他“最根本的经验”的一部分，并且成为他最出色的著作的主题。

回到家中，莱维开始记录奥斯维辛集中营的经历，然后从笔记里整理出连贯的叙述。他知道或者在写作过程中明白，自己手头这些材料，如此惊心，如此史无前例，从而如此难以拿概念去框架，因此，在追忆和描述之时，作者首先需要自律，保持严格的精确性。这是他的记忆，他必须在场，在回忆里，犹如亲眼看见、亲身承受苦难。然而正是因为故事可怖，便更加要求作者厉行隐退。读过大屠杀回忆录和虚构作品的读者都知道这份自律有多么困难，有时甚至根本做不到。这要求情感的节制和稳定的创作目标。我们觉得简直不该向幸存者提出这样的要求。然而倘若这类回忆录不愿仅仅成为或愤怒或痛苦的号啕，那么舍此而外，别无他途。

斯图尔特·休斯评论莱维的第一部作品，奥斯维辛回忆录，《这是不是个人》（*If This Is a Man*，1947），认为莱维的显著特点是“镇静，偶尔点缀着静谧的幽默”。此言切中肯綮，但我还要指出莱维作品的另一种品质，或可称之为道德蕴藉

（moral poise）。我用这个词指一种彻底地审视过去的行为，就这样一种过去能够被彻底审视的程度而言。我指的是一种记忆的强劲力量，领着莱维走进绝望，然后多多少少地走出绝望，从而使他不至于逃避在奥斯维辛真实发生的任何事情，既不避耻辱，亦不避恶化的人性，却拒不在作品之中沉溺于自宣自怜的情绪，或者滑入自诩。很多大屠杀回忆录和虚构作品都情有可原地因此而有所损伤。

在《这是不是个人》的细密叙述的表面，萦绕着大屠杀迫使我们质疑的所有可怕的问题，关于人类和上帝不存在的问题，或者你宁愿换一种说法，关于人类的失败和寻找上帝的问题。然而莱维是足够精明的作家，深知如何避免跟主题迎面相撞——即便写作大屠杀，作家也需要一点儿精明。也许后世的人能“理解”所有这一切。眼前还不能。

正如莱维所写，因为“我们开始意识到，我们的语言缺乏词语来表达这种摧毁一个人的罪孽”。任何一个敏感的作家，在尝试写作大屠杀之时，都会被这个难题折磨：“我们的语言中缺乏这样的词语。”倘若这里有解决方法，那就是莱维在书中展现的缄默的机智。他知道有些事可以说，有些事不可以说。他运用清雅简洁的散文，鲜少追求“大意义”或“超越”的雄辩，因为他深知面临大屠杀之时，这些手法会多么诡诈，会多么可悲地出卖我们的思想和想象的极限。

在这里，我引用T.S.艾略特的一段话：“唯有凭借强烈的时刻或者经年的知性努力或者两者兼具，方能赢取伟大的简洁。这代表人类精神艰苦卓绝的一大征服事迹：感觉和思想征服语言的天然罪孽。”

我虽不能有把握地说艾略特的“语言的天然罪孽”究竟指什么，但是把这个惊人的说法应用于大部分大屠杀写作，不论是回忆录还是虚构作品，在我看来都是适合的。这样一种写作的“天然罪孽”可以是用错了功夫——或真挚或好大喜功——鞭策语言去做力不能及的事，去做超越思想、想象、祈祷所能做的事。或者指我们倾向于放纵深切的悲痛，容易学会滥用语言。更有甚者，利用大屠杀“证明”现成的意识形态和虔信主义教条。写作大屠杀之时，警惕“语言的天然罪孽”，是指作家必须控制、抗拒，甚至拒斥内心激动的迸发。并非所有“出自”心灵的东西都是真实或好的：素材必须经过筛选、煅炼。我们的语言缺乏表达“摧毁一个人”这一罪孽的词语，而所拥有的词语——在宣传里被如此滥用、侵蚀——又极容易出卖我们。

我们不禁要屈从这样一种“语言的天然罪孽”的一大原因是：一思考或写作大屠杀，人人都终究会撞上一堵迷惑之墙——大屠杀如何可能？我们若求助于知识分子的大手笔，就会称其为关于极端邪恶的问题，此说法彰然表明了应对这个问题的不可能性。最后，我们不能“理解”大屠杀，只能带着麻木的焦虑接纳这个事实而活下去。莱维默然接受这个观点，正是这一点使他成为如此出色的作家。他说，现代人的意识里充满了负罪感，抱愧竟让大屠杀这样的罪恶“被不可改变地引入世界”。这里的关键词是不可改变，暗示大屠杀之后，人类意识再不能似从前。然而这是指什么，人类意识究竟又如何可能被改变，这极难说清。莱维没有企图说清楚。他写道，“以为人类正义能够根除”奥斯维辛的罪恶，“这一想法是愚蠢的”。以为理论能够找到立足点或者令人满意地理解这段历史，也是愚蠢的。在一些题材上，作家需要暂守严格的规避原则。

然而，对那些同患难同生死的人，莱维始终宽宏仁厚。与其说他的写作是记载那些恐怖——《这是不是个人》中并不缺乏这样的故事——毋宁说是留存记忆，见证人类拒绝停止做人，即便只能以一些可怜的象征性的姿态表达出来。《这是不是个人》里有一段震撼人心的故事：莱维回忆，某天他和数名囚徒被押去刮埋在地下的汽油箱。他们在几乎黑暗的箱内干活，十分艰难。然后，莱维的记忆深处浮现出但丁的伟大诗歌，他便讲给那些年轻的法国囚徒听，背诵道：

记着你的血统；
你的气概不是
为禽兽般的无知而造；
你被造为人
是要去追随知识和品行。

这些诗句犹如“嘹亮的号声，犹如上帝的声音”，激动着囚徒们的心灵，从而“我一时忘了自己是何人，身在何处”，而这些不幸的人或许觉得自己还是个人。

然后不带丝毫不堪承受之重，莱维平静地讲述另一个同样关于挽救人类的故事。到集中营一周后，莱维消沉了，邋遢起来，疏于照料自己的身体。一个叫作斯坦因劳夫的囚徒严厉地教训他：

> 彻底地给我上了一课……这个道理我当时或之后都不曾忘记：正因为集中营是把我们贬抑为畜生的大机器，我们必须不变成畜牲……为了生存，我们必须强迫自己至少挽救这副肢骸，这副脚手架，这副文明的形式……

数星期后，斯坦因劳夫在“大机器”的“选择”中被卷走。莱维牢记着他的话。

倘若读者在莱维的第一部作品里察觉些许“犹太”精神或语调，那么他于一九六三年在意大利出版的第二部作品《休战》[1]，似乎富有“意大利”韵味。某种我们素喜断定为意大利的本质的东西——欢悦的语气、细腻而自由地感受世间万物的乐趣——时或在《休战》中浮现，纵使书里的人物依然背负集中营的伤痕。这部作品记录莱维从奥斯维辛解放出来之后，一路穿越东欧返家的漂泊旅程，以强有力甚至热情奔放的节奏叙述。书中以活泼生动的文字描述那些曾为囚徒或散兵的旅伴，大多是年轻人，惊讶于自己的幸存。他们衣衫褴褛，饥肠辘辘，自由地体味人类生存最平常的感受，这份心虚的

1 美国译本书名为 *The Reawakening*，英国译本书名为 *The Truce*。

欢喜在他们心头涌动。叙述者屈从于自己带着微笑看待依然刺痛的不幸遭遇而感到的愉悦之时，这部作品本身也流露那份心虚的欢喜，然而在回归人类王国的旅程的故事里，这些是能够承受甚至可接受的不幸遭遇。

莱维与同伴们一路游荡，穿越波兰和俄罗斯，其经历类似流浪汉冒险小说的古怪翻版。就叙述层面来说，《休战》看似模仿流浪汉小说的传统模式：一连串略显滑稽的插曲松散地串连，讲故事者是身处故事中心的叙述者-旁观者，本人似乎并不自主行动，而是“接纳”同伴的行动。然而这部作品的基本精神却与流浪汉小说相反。在叙述的外在形式与记忆的内在涌动之间，存在着一股绷紧的紧张感——颇似起初拘谨地品尝自由与集中营威迫的形象之间的紧张感。在叙述中维持这份紧张是文学技巧上的一大造诣。

莱维尤其擅长讲花絮，在这部作品里，这份天赋得以轻易地施展。他从一个人物转到另一个人物，每个人都是通过屈从于某种自由的感受，甚至是自找的而不是被强加的困惑和痛苦的感受，在其中体验生命的欢喜，从而完成某种回归人生的仪式。对于罗马平民区特拉斯提弗列（Trastevere）来的年轻的粗汉子塞萨尔来说，这种自由的感受意味着动用他仍然记得的全部叫卖伎俩，在一个被战争摧毁的波兰城市耍花招骗市民：

原来江湖骗子的骗术没有我想的那么人尽皆知，至少这些波兰市民似乎没见识过这一套，都看呆了。不过话又说回来，塞萨尔的模仿是一流的。他在阳光下挥动衬衫（想卖掉它），手紧抓着衣领（领子下有个洞，但塞萨尔的手正按在那个洞上），滔滔不绝地歌颂这件衬衫，不时插入毫无意义的题外话，猛地转向人群中某个人，信口给此人编个粗俗的绰号。他冷不丁地停顿（他直觉地懂得停顿在演讲里的价值），深情地亲吻衬衫，然后又开始以坚定而悲伤的口气叫卖，好像卖掉这件衬衫，就是剜下他心头一块肉，他这样做完全出于对邻居的爱：“我说，大肚皮，你肯出多少买我这件小心肝？”

《休战》结尾传出一记较沉重的音符，仿佛跟同伴分离之后，叙述者必须再次承受他记忆中的痛苦：

十月十九日（一九四五年）我抵达都灵……我的房子仍在，全家人都活着，无人期待我。我身体肿胀，胡须蓬乱，衣衫破烂，难以让家人认出来。我见朋友们过着丰满的人生，有温暖安全的食物、稳定的日常工作……我看到一张干净的大床，夜里它在我的体重下柔软地下陷（吓了我一跳）。数月之后，我才改掉走路时的习惯——眼睛总盯着地面，好似寻找可吃的东西，或匆匆捡起装进口袋，或转卖换面包。恐怖的噩梦仍出现在睡眠里，有时频繁，有时隔些时日。

《休战》的英译本出版后不久，英国一位批评家约翰·克罗斯（John Cross）写下了这些允当的评论：

我们自然而然地倾向于称赞集中营幸存者的作品。确实，关于那最可怕的经验的记录不可能没有价值。在这些境况下，倘若提出文学价值的问题，通常会显得不妥当……然而，可悲的事实是，这类写作的质量确实也重要，无论主题多么痛苦，大多（大屠杀）文学……仅在辛酸的纪实方面给人留下深刻印象。见证者、幸存者和天生的作家是罕见的融合。

当然，表面看来，格罗斯确实说得切中肯綮："写作的质量确实也重要。"然而，纵在颔首赞同之际，我们不可能不会察觉自己内心的抗拒感。在如此难以承受的主题面前，难道文学批评的全部手段及其所有巧妙的分类、区别不显得格格不入，甚至琐屑？大屠杀之后不久，意第绪语诗人亚伦·蔡特林（Aron Tsaitlin）写道："万能的神自己……也要陷入深深的沉默。因为而今连呼喊也是谎言，连眼泪也是空洞的文学，连祈祷也是虚假。"在这个背景里，空洞的文学一词似乎力量万钧。然而我们也知道，事实证明大多数作家不可能保持沉默。纵使在拒斥"呼喊"的需要之时，蔡特林自己也不能保持沉默。

我宁愿认为，这个问题没有简单的答案，或许根本没有答案。较敏感的作家，在写作大屠杀之时，显然感到不能正面应对这个主题。在不堪述说的主题面前，无语、麻木的拒绝从心底涌起。倘若非接触这个主题不可，必须以擦边球的方式写作，保持高度的警惕，借助婉转的符号、间接的技法、迂回的叙述。那么反讽的是：一旦我们开始讨论应对这个主题的方式，就是回到文学批评的根本问题，从而最终也许仍

在认同约翰 · 格罗斯对莱维作品的评价。

莱维的数部作品，包括一些短篇小说集，仍没有被译为英文。我们唯有希望很快会有译本出来。在这里，我仅就《若非此时，何时？》添附数言。这部小说没有会妨碍它与读者直接对话的大难处。

《若非此时，何时？》是一部殊异的虚构作品。莱维赌上全部才力，想象那些必定于他万分陌生的经历。正因为不曾亲身体验这些经历——东欧犹太人的磨难，他才选择涉险描写他们。由于他必须“重构一个时代、一个背景、一门仅知皮毛的语言（意第绪语）”，这个故事不可能讲得如《休战》那般真切，充满生动的插曲。

然而，莱维最强劲的文学天赋在《若非此时，何时？》中发挥得淋漓尽致。一直以来，他展现了把握叙述节奏的“天生的”才华，尽管从本质上说，他的早期作品无法让他施展全部天赋。《若非此时，何时？》以滚滚的气势叙述，甚至加入悬念，把这群势穷力竭的犹太游击队员的斗争，写得似冒险故事。当然是怪异的冒险，自主行动的可能性少得可怜。毋宁说，在这样的冒险里，寥寥数桩殊死的战斗和小事迹，必须被看作代表一种精神决心。这些游击队员所做的，在军事上微不足道，与其说是一种成就，倒更像是一种姿态。然而，通过他们的突袭和恶作剧，他们试图表明，一个温和的民族也能精于使用武器，同时或许内心深处仍未放下对于扛武器的憎恶。这些缺乏训练的战士让自己学会杀人，但内心仍希望或能避免杀戮。

在我读来，两个掉队的士兵——门德尔和列昂尼德——意外发现“沼泽共和国”是小说最出色的部分。这是从纳粹的恐怖的城市逃出来的犹太人在沼泽地建起营地，过着势如累卵的生活的地方。莱维绝妙地创造出这片绿洲。他先描写环境，继而刻画个性鲜明的人物，这些人在这片绿洲得到片刻的喘息。这个小社区似乎象征着犹太人在那些年间的生存境况——窒息之前的喘息时刻，渴望聚集在一起，纵使人人都心知这绝无可能。这似是灵魂渴望空气和阳光的最后一声呼喊。

接着，笔锋一转，莱维开始讲述常常是激烈而兴奋的游击队行动，讲述他们偶或迎战德军，经受内心的危机和变化。阅读这段故事时，我发觉自己不是把故事理解为真实发生的事，而是理解为这位来自都灵的作家的一种努力：把他自己置身于东欧犹太人的生存境地，成为他们当中的一员。好似故事讲到这里时，这部小说变成了某种模范寓言，生发自一位作家的欲望的故事。这位作家五体投地敬服殉难的那些未曾谋面的兄弟姐妹。

我感觉普里莫 · 莱维是我的朋友。这位作家经过记忆折磨的筛滤，辅以强大的想象力，给我们创造了一个道德挣扎和反思的小宇宙。我的耳畔总回荡着他的声音，挣扎着要寻回记忆：在二十世纪做一个或者成为一个“*mensh*”（有操守、有气节的好人）意味着什么？怎样用意大利语讲述它？

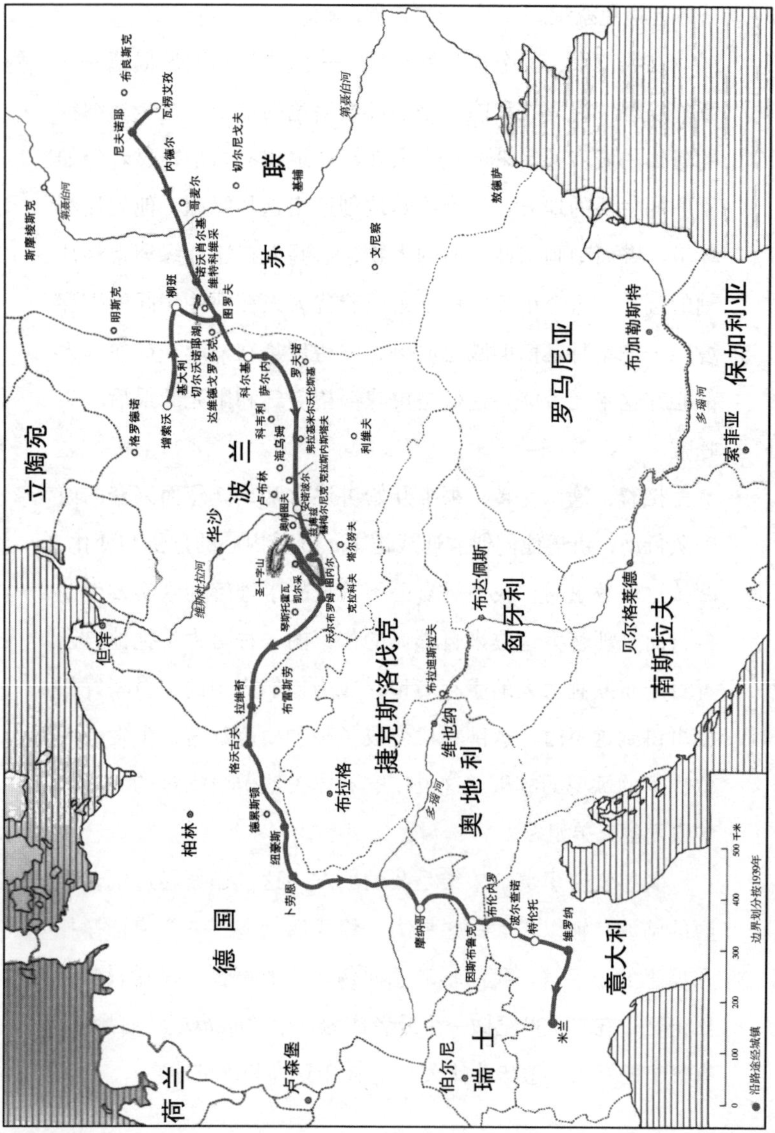

从苏联西部到意大利北部的抵抗之路

一九四三年·七月

“我们村没几口钟。教堂塔楼悬了一口，但是很多年前就停了，大概革命那阵子停的。我没听见过那钟响，我父亲也说没有听见过。连打钟人也没有时钟。”

“那他怎么准点去打钟？”

“他听无线电里的钟点，看日头看月亮。况且他也不是每个钟点都打，只打要紧的点儿。打仗前两年，那钟绳儿绷断了。是顶上断了，梯子朽烂，打钟人又老，怕爬高儿去拴新绳子。所以，往后他要报点儿，就朝天开猎枪。一响、两响，或者三响、四响。就这么着，一直到德国人来。他们缴了他的枪。村里就没了时间。”

“那，你们那打钟人，夜里也打枪？”

“不打，反正夜里他也不打钟。夜里大伙儿睡着，谁还听钟点。也就拉比一个人真的上心：他得有准确的时间，好晓得安息日什么时候开始、什么时候结束。不过，他用不着那口钟，他有个落地大钟，还有个闹钟。那两个闹钟要是对上点，他就高兴。要对不上，你准能一眼瞧出来，因为他就不高兴了，会拿戒尺打小孩的手指。我长大些后，他就叫我去给他拾掇那两个闹钟，让钟对准了走。是的，我是修钟表的，执照什么的都有。所以征兵办公室就把我放在炮兵队。我的胸围正合适，分毫不多。我在家里弄了个作坊，不大，但设备齐全。我不光修钟表，几乎什么都能修，无线电、拖拉机，只要不坏得离谱，我都能给修好。我原先在公社农场当技工，我喜欢那活儿。余闲的时候，我才修钟表。也没那么多钟表可修。不过每个人都有猎枪，我也会修枪。你要想知道那个村的名字，我告诉你，叫作斯特列尔卡，耶和华才晓得还有多少村庄叫这名字。我该说曾经叫作斯特列尔卡,因为那村早就没了。村里人一半散在森林、郊野，一半在一大坑里。那坑也不挤，因为很多村里人之前就死了。是的,在坑里。他们自己掘的坑，斯特列尔卡村的犹太人。不过，坑里也有基督徒。这下，犹太人跟基督徒没有两样了。我跟你老实说,眼下跟你说话的人，我，门德尔，修钟表的，公社农场修拖拉机的，是有老婆的人，我老婆也在那坑里。我们没有孩子，我觉得这倒蛮走运。我还得告诉你，我会反复念叨，我以前经常诅咒那个没了的村子，因为村里有鸭子、山羊，有基督教堂、犹太会堂，偏偏没有电影院。可是现在回想起来，那里简直是伊甸园，要是能让时间倒退，回到从前，就算让我砍下一只手掌，我也情愿。”

列昂尼德静静听着，不敢插话打岔。他已脱下靴子，解开缠在脚上的破布条，把靴子和布条搁在太阳下晒。他卷起两根烟，一根自己抽，一根递给门德尔，接着掏出火柴，却都潮了，划了三根，第四根才划着。门德尔坦然自若地打量他：中等身量，手脚精瘦劲健，却不粗壮；头发又黑又直，椭圆的面庞晒得黝黑，那张脸虽然布满蓬乱的胡须，却不碍眼，鼻子短挺，两眼微凸，黑眸炯炯的。那对眼睛，叫门德尔看得移不开视线。而那对眼睛起初有些局促，接着睁眼凝视，然后目光游移，眼底满是索求。那是债主的眼睛，门德尔暗自忖想，或是自觉有所亏欠的人的眼睛。可是，又有谁不觉得自己有所亏欠呢。

门德尔问道："说实话，你怎么走到这里来的？"

"凑巧。我看见粮仓。也因为你的脸。"

"我的脸跟别人的有什么两样？"

"就是了：就是因为没有两样，"这大个儿小伙子勉强干笑两声，"跟无数的脸一样，让人看着觉得信得过。你不是莫斯科人，不过，你要是走在莫斯科城里，外国人会叫住你，向你问路。"

"那他们就错大了。我要是能认路，就不会待在这里了。听着，我可什么也帮不了你，不管你的肚皮还是精神。我叫门德尔，门德尔是梅纳赫姆的简称，意思是'安慰者'，可我从没安慰过谁。"

他们闷声抽了几分钟烟。门德尔从兜里掏出小刀，拾起地上的一口碗。他不时往碗上啐口水，在碗沿磨刀。他时时验看刀锋，放在拇指指甲上试探。磨利之后，他开始削指甲，如同扯着一把锯子似的拿着小刀。削完十根手指指甲后，列昂尼德又给他递去一根烟。门德尔推辞了。

"不了，谢谢。我不该抽烟。不过，能找到烟草的时候，我就抽。一个大男人，给逼得活得像头狼似的，还能怎么着？"

"为什么不该抽烟？"

"肺不好。或者支气管，我也说不准。周围整个世界都塌了，还搞得抽烟不抽烟果真当紧似的。成，把那烟给我。我是秋天来的，这可能是我第三次抽到烟。那边有个村子，离这里四公里路，叫作瓦楞艾孜。周围一圈都是林子，村里人蛮好，但他们没有烟草，连盐都没有。你要是有一百克盐，他们能拿出一打鸡蛋跟你换，或者整只鸡。”

列昂尼德沉默片时，似在做决定，接着他立起身，光脚走进粮仓，拿了背包回来，探手在包里翻找。他掏出两包粗盐，递给门德尔，淡淡地说道：“拿着。二十只鸡，要是你说的价格没错的话。”

门德尔伸手抓过那两包盐，拿在手掌里掂量，露出肯定的神色：“哪里来的？”

“从很远的地方来。夏天里，部队发的腹带对我没有用了，盐就是拿那个换的。纵是在野草和人都在死去的时候，物物易换也不会消失的。有些地方有盐，有些地方有烟草，还有些地方什么都没有。我也是从很远的地方来。六个月来，我逐日过活，盲目地走，不晓得是往哪里去。就这么走，只为了走。我走，因为我走。”

“那，你是从莫斯科来的？”门德尔问。

“我从莫斯科来，也从数百个地方来。我从一所学校来，我在那里学会记账，学会了，立马又忘光。我从卢比扬卡监狱来，因为十六岁时我偷了东西，他们关了我八个月。我偷了一块手表，所以啊，你看，我们其实是同行。我从弗拉基米尔的伞兵训练学校来，因为你要是会管账，他们就送你去做伞兵。我从斯摩棱斯克城附近的拉普捷沃来，他们在那里把我空投到德军中间。我从斯摩棱斯克的劳动营来，因为我逃脱了。我是一月里逃出来的，之后，每天就尽是走。请原谅，老伙计，我实在累了，脚痛，身上热，想睡会儿。不过，我想先知道这是什么地方。”

“跟你说过了，我们在瓦楞艾孜附近，那是个村子，离布良斯克城有三天脚程。挺安静的地方。铁路离这里有三十公里，林子又密，山路不是淌烂泥浆，就是扬灰土，或者积雪，看季节吧。德国人不喜欢这种地方，他们来这里，就只为缴牲口，而且也很少来。走，我们去洗洗。”

列昂尼德站起身，开始穿靴子，但门德尔阻止道：“不是，不去河里。得小心。再说，河也很远。就在这里，粮仓后头。”他给列昂尼德看一架小装置：一间木板构成的小亭，亭子顶上立着一只波纹钢板水箱，装着在太阳下晒热的水，一只陶土做的小炉灶，冬天热水用的。还有只莲蓬头，门德尔在番茄罐头上戳孔，接上铁管，安在水箱上。“都是我做的。一个钱也没有花，也没人帮忙。”

“村里人知道你在这里？”

“知道，也不知道。我尽量不去村里，每次去，都是从不同方向走去。我替他们修机器，不说话，拿面包鸡蛋当作报酬，然后走人。我半夜离开。我想从来没人跟踪过我。你先洗，把衣服脱了。我没有肥皂，至少眼下还没有，你将就用灶灰。在那边罐头里，掺了河沙的。总好过没有，况且，他们说，这东西杀虱子，可比部队发的药皂管用。对了，你——”

“没有，我没有。不用担心。这几个月来，我都是独个走的。”

“你先洗，把衣服脱下，把衬衫给我。犯不着生气。你可能睡过干草堆、粮仓，而虱子可是个耐心的物种：它们能等。我们也是。换句话说，在人和虱子之间应该有着明确的区别。”

门德尔内行地查看他的衬衣，一条一条线缝地扒开看："是的，是干净的，一准错不了。就算有虱子，我也照样欢迎你；但是没有虱子，我就更高兴。你先冲澡，我早上洗过了。"

他又仔细打量来客精瘦的身体："你怎么没行割礼？"

列昂尼德避而不答："你怎么知道我也是犹太人？"

"就算跳进十二条河，也洗不掉意第绪口音，"门德尔答道，背诵着谚语，"不管怎样，欢迎你。因为我厌倦一个人了。你要是喜欢，就住下。就算你是莫斯科人，受过教育，从耶和华才晓得的什么地方逃出来，偷过手表，不肯跟我讲你的故事，你还是我的客人。碰到我，算你走运。我也该跟亚伯拉罕那样，在屋上安四扇门，每堵墙上安一扇门。"

"为什么四扇？"

"那样的话，过路人就不会找不到门了。"

"你从哪里学来这些故事？"

"《塔木德》，或者也叫《米德拉什》。"

"那你不也是受过教育的？"

"很小的时候，我跟刚才跟你提起的那位拉比学习。但他现在也在那坑里。我差不多全忘光了，只记得谚语和童话了。"

列昂尼德沉默片刻，然后说道："我不是不想跟你说我的事。我只是说，我累了，很困。"说罢，他打个呵欠，走向冲澡间。

凌晨四点钟，天已亮，但两人过了两三个小时之后才醒来。夜里，天上起了乌云，正下着细雨。西面吹来阵阵狂风，犹如海上的浪潮，从树叶的沙沙声和枝丫的嘎吱声，便能远远听出风势之大。两人睡足之后，精神饱满地起床。至此，门德尔已将自己袒露无遗：

“当然，我也是失踪人员，掉队的，但不是逃兵。（一九）四二年七月以来失踪。我是数十万人当中的一个，我是二十万失踪士兵当中的一个。失踪可耻吗？失踪的士兵能数得清吗？要是数得清的话，他们就不会失踪了。你可以清点活着和死去的，失踪的人却既不是活的，也不是死的，无法清点。他们像幽灵。

“我不知道他们有没有教你们伞兵怎么跳，我们，他们什么都教：红军的大炮小炮，先用图纸和照片教，就像回到学校课堂，然后拿真家伙教。这些怪物有的着实骇人。然后他们派我们连上前线，一切全变了样，我根本什么都不懂了。没有两件武器是同样的。有些是‘一战’留下的俄罗斯武器，有些是德国和奥地利的，还有些竟是土耳其的。装弹药的时候，你能想象那种混乱的状况。正好是在一年前，我的大炮架在山坡上，在库斯克和哈尔科夫中间。我是队长，虽然我是犹太人、修手表的。这门大炮不是‘一战’时的，而是‘二战’时造的，也不是苏联人造的，而是德国人造的。是的，纳粹的 1-50-20-7，不知怎么被扔在那里，也许是因为（一九）四一年十月里，德军大举进攻的时候，这家伙坏了。告诉你，这么个大家伙，一旦架起来，就很难移动。他们在最后时刻派我去，当时，整个大地四面八方都开始震动，烟雾遮没了太阳，光是待在原地不动，就需要极大的胆魄，更别说去瞄准开炮了。可要是没人给你射击数据，你怎么瞄准？又不能去问谁，因为电话线断了。再说，一切都是一团混乱，能问谁去？天黑得叫人分不清是白天还是黑夜，周围的土地都炸得粉碎，让人觉得是塌方了，要被压死了，可是没人告诉你是怎么了，你甚至不知道该往哪个方向逃。

“我队里的三个人都跑了，他们可能是对的，我说不准，因为那是我最后一次看见他们。我没跑。倒不是说我想被俘虏，可我们的纪律是炮兵不得把大炮留给敌人。所以，我没有跑，守在我的位置上，设法破坏那门大炮。当然，破坏比修理容易，可是破坏一门大炮，叫它不可能再被修好，那就需要智商，因为每门大炮都有弱点。换句话说，我没有想到逃跑。倒不是说我是英雄，我从来没有想过要做英雄。但你是知道形势的：在俄罗斯人中间的犹太人，得比他们勇敢两倍，要不然，他们马上就会说他是懦夫。我想着如果不破坏这门大炮，德国人就会把它掉转头，朝我们开火。

“幸运的是，德国人自己把问题解决了。我正在捣鼓，一心想着破坏的方法，两只脚急着想跑，一枚德国枪榴弹落下，就落在山脚的软泥里，爆炸开来。大炮一震，翻倒了。我想没人能把它重新架起来了。我也想到这门大炮实际上救了我的命，因为炮身替我挡住枪榴弹的碎片。只有一小片，不知道是怎么飞来的，划过这里——你看到没有？——划过我的额头，擦掉了头皮。伤口流了很多血，但我没有晕过去，后来伤口自己痊愈了。

“然后我开始走——”

“朝哪个方向？”列昂尼德打断他的话。

门德尔恼怒地答道："你什么意思？什么方向？我想跟上我们的人。告诉你，你又不是军事法官。我告诉你：天空被黑烟遮蔽，根本分辨不出方向。最重要的是，战争就是个大混沌，战场和人的头脑都是一片混沌：多半时候，你甚至说不出谁赢谁输。胜负最后由将军们决定，由写历史书的人决定。事情就是这样，一片混乱，我也迷糊了。炸弹继续轰炸，天黑了。我耳朵半聋，浑身鲜血，以为自己伤得很重，其实并没有受重伤。

"我开始走，以为是往正确的方向，也就是说，背向前线，朝我们的后方走。事实上，越走轰炸声就越弱。我走了一整夜。起先见到其他士兵在走，后来一个人也看不到了。不时听见枪榴弹呼啸而过，我就扑倒在地上、沟里，或者岩石后。在前线，你会学得很快，平民只看到湖面冰冻后的平地，你却能看到一条地沟。太阳出来，我听见传来一个新的声音，地面又开始震动。我琢磨不透那是什么：一阵颤抖，平稳的隆隆声。我四下张望，寻找藏身处，但周围只有收割过的田野，或者未开垦的土地，没有一丛灌木，没有一堵墙壁。我没有看到庇护所，却看见一个从来没有见过的东西，虽然我已经打了一年仗，却没有见过这东西。有条铁路跟我所走的路平行，我先前没有留意到，铁轨上有什么东西在动，起初看似一排驳船在河上移动。然后我意识到自己走错了方向。我走进了德军的阵地，那是德军的装甲列车。列车驶向前线，看似连绵的山脉，而不是一长列车厢。你可能觉得古怪，或者愚蠢，甚至亵渎，因为我不知道你对这些东西有什么感觉，可我想起我祖父每听到打雷时会说的祝福：‘你的大力充满世界。’这些东西超出我的理解力：因为德国人造出装甲列车，而耶和华造出德国人。他为什么要造他们？或者他为什么允许撒旦造出他们？因为我们的罪孽？要是一个男人没有任何罪孽呢？或者一个女人？我老婆有什么罪孽？或者像我老婆这样的女人必须得死，跟一百多个女人和孩子一起埋在坑里，因为别人的罪孽，或许正是因为那些端着机关枪在坑边向他们扫射的德国人的罪孽？

“抱歉。我扯远了。可是，你看，这一年来，我一直在琢磨这些事情，就是琢磨不透。我差不多一年没有跟人类说话了，因为散兵最好不要跟人说话，只能跟另一个散兵说。”

细雨停歇，未开垦的土地散发出淡淡的蘑菇和苔藓的气息。听得见雨滴在叶子之间滴落、从叶子落到地面，构成宁静的音乐，仿佛没有了战争，仿佛从来没有战争。在雨滴声响之间，乍听见异响。是人声，甜美的童音，小姑娘唱歌的嗓音。他们躲进一丛灌木，然后看到了她。她慢悠悠地赶着一小群山羊，单薄、光脚，穿着一件军装上衣，直拖到膝盖。她头上扎着头巾，头巾系在下颌，小脸细瘦却清秀，晒得黝黑。她捏着农民惯有的鼻音，悠悠哼唱，懒懒地朝他们走来，不是赶着山羊，而是跟随在它们后面。

两个士兵对看一眼，没有别的选择了，不可能在不让小姑娘看见的情况之下离开藏身处。她终归会看见的，因为她径直朝他们走来。门德尔站起身，列昂尼德跟着站起。姑娘猝然停步，一时怔愣着，却不是被唬怕了的样子，然后开始跑，赶拢羊群回村去。她没有开口说一个字。

门德尔沉默片刻。"完了。没法子。这就是活得像狼似的。真不凑巧，你刚来，偏就出这事。但这下更糟糕，因为我们现在有两个人。几个月来都没有出事。然后就来了个小姑娘，就完了。兴许她看见我们，吓坏了，虽然我们不会伤害她。但她对我们是个威胁，因为她是小孩，会跟人说。我们要是威胁恐吓她，警告她不许说，她就更要跟人说了。她会说她看见我们，然后德军就会来搜索，一小时后，或者一天后、十天后。但他们会来的。如果德军不来，或者在德军来之前，农民或者流寇会来的。太不巧了，伙计。你来得不是时候。来，帮我一把，我们转移。我实在不舍得丢下这里拾掇好的一切。又得重新开始了。幸好是夏天。"

收拾行李并不费时，门德尔的所有财物，包括食物，全都装得进军用背包，还绰绰有余。但是行李收拾停妥之后，列昂尼德发觉门德尔犹豫着不肯动身。他似在磨蹭，好像是左右为难。

"怎么了？忘了什么东西？"

门德尔没有作答。他坐在一截树桩上冥思苦想。然后果断地站起，从背包里掏出挖壕锹，对列昂尼德说道："跟我来。不是，把背包留下，太重了。回头再来拿。"

他们走进树林，先是沿着清晰分明的小径，然后走进灌木丛。门德尔似乎靠只有他认得的记号识别方向，他边走边说话，也不转身，也不确定列昂尼德有没有跟上，或者是否在听。

“你看，别无选择的时候也有好处。我别无选择，不得不信任你。横竖我一个人也过腻了。我跟你说了我的故事，你不想跟我说你的。任凭怎么着，你必定有你的原因。你从劳动营逃出来。我能理解你不想说这些的原因。在德国人眼里，你是苏联人、犹太人，而且还是逃犯。在苏联人眼里，你是逃兵，也是嫌疑犯，有可能是间谍。你兴许是间谍。你的脸不像间谍，但要是所有间谍都长着间谍脸，他们就做不成间谍了。我没有别的选择。我不得不信任你，所以我必须告诉你:你看那边有棵大橡树，最远的那棵，橡树旁边有棵白桦树，树中间被闪电烧空了,树根下有一支冲锋枪和手枪。不是奇迹，是我埋的。任凭自己被缴械的士兵是懦夫，而在德军防线后扛着武器的士兵是愚夫。就这里，你去挖，你年轻。原谅我刚才说的‘懦夫’，那不是说你。当然了，我知道空降到敌人后方意味着什么。”

列昂尼德闷不吭声地挖了几分钟，武器露出来，裹在油浸的帐篷布里。

“等天黑再回去？”列昂尼德问道。

“还是不等了。不然的话，可能会有人来拿走背包。”

他们回到粮仓，门德尔拆卸了冲锋枪，以便装进背包。他们睡觉等天黑。天黑后出发，朝西去。

行走三小时后，他们停下歇息。

“莫斯科人，累了吧？”门德尔问道。列昂尼德否认，但有些犹豫。

“倒不是累了。我只是不习惯你的步速。训练的时候，我们去练习行军，他们也给我们讲解如何在森林里生存，如何靠树干上的苔藓和北极星识辨方向，如何挖藏身洞。但都是些理论，那些教官也都是莫斯科人。我不习惯走在没有路的地方。”

“你会在这里学会的。我也不是生在森林里的，但我学会了。以色列历史上唯一一座森林是伊甸园，你知道那里的结果是什么样的。接下来的六千年就什么也没有。是的，一打仗，一切都变了，我们也得让自己变得不同。兴许对我们没有坏处。夏天里，森林也是朋友，有树叶让你藏身，甚至给你提供吃食。”

他们又动身，仍然往西去。这是莫斯科的命令，两人都知道：落在敌人后方的散兵，必须避免被俘，深入被德军占领的地区，躲藏起来。两人走了很长时间，起初走在微弱的星光下，午夜之后，走在月光之下。地面结实又柔软，不会发出脚步声的回响，也不磕脚绊腿。风止了，树叶纹丝不动。万籁俱寂，唯有远方时或传来夜鸟抖翅的窸窣声或悲鸣声。破晓，空气凉爽起来，蒸郁着沉睡森林的浥浥湿气。他们涉过两道溪涧，第三道溪上竟有一小桥，着实叫人讶异。这是他们整夜里遇见的唯一人迹。

天亮时，他们又遇上一座小桥。起了一阵白茫茫的浓雾，贴近地面，十分稠黏。有些地方，雾气不及他们的膝盖，但如此浓重，掩蔽了地面，两人觉得仿佛蹚过沼泽地。有些地方，雾气罩过头顶，令他们无法辨别方向。列昂尼德脚下绊着一根落下的树枝。他捡起树枝，惊讶地发现竟是齐整地砍下的，似是斧头痕。稍后，他们发觉地面落满了树皮、残叶，抬头望去，树林似经过粗暴的修剪，仿佛一把巨大的镰刀挥过枝杈和树颠。越是往前，修剪痕迹便越接近地面。他们看到被拦腰削断的树苗、金属残片、飞机残骸，接着看到机身——天上来的野兽。是一架德国战斗轰炸机，亨克尔双引擎，侧翻在零落的树丛里。飞机的双翼已折断，但起落架仍完好无损，螺旋桨叶片弯曲，好似蜡做的一般。方向舵上画着醒目而可怖的“卐”字饰，旁边有八个模印图案，列昂尼德看一眼就明白，这些图案表示这名德国飞行员坠机之前击落的敌机：三架法国歼击机，一架英国侦察机，四架苏联部队运输机。定是数月之前坠毁的，因为战机犁出的土沟里已长出杂草，贴近地面的灌木丛重新发芽了。

“我们的幸运星，”门德尔说，“再找不到比这更好的营地了。至少待几天很不错。以前它是天空的主人，现在我们是它的主人。”机身的舱门被轻易地开启，两人爬进去，带着欢欣的好奇，细致地查点。一只油腻的、软塌塌的毡制玩具狗，有人为它扎了个黑毛项圈，显然是个吉祥物，只是很不成功。一小束假花。四五张照片，每个国家的士兵都会随身携带的那类照片：一男一女在公园里，一男一女在小镇集会上。一本德俄简明词典。门德尔说道：“我纳闷他干吗带这个飞行。”

列昂尼德答道：“可能早料到会出事。降落伞不见了。也许他跳下来了，在附近什么地方，像我们一样是失踪人员。这词典肯定就派得上用场了。”但是细细翻看之后，他们发现词典不是在德国印的，而是在列宁格勒。奇怪。

随着查点的进展，这架飞机越发显得古怪。两张照片上，体格单薄的年轻男子身穿德国空军的制服，姑娘矮胖，扎着乌黑的辫子。另外三张照片上，年轻男子却穿着平民服装，体格强壮，姑娘长得不一样，深褐色的短发，狮子鼻。在其中一张照片上，这年轻男子穿着刺绣几何图案衬衫，身后是一个广场，以及一座带露台和拱窗的阿拉伯式建筑，显然不会是德国的风景。

无线电已被拆了，炸弹舱是空的，没有炸弹。但他们找到三块发霉的黑麦面包，数个灌得满满的瓶子，一本白俄罗斯语宣传手册——号召白俄罗斯男性公民入伍，加入德军组织的警察部队，号召女性前往托特机关办公室注册，替布尔什维克的敌人、所有苏联人的真正朋友大德意志帝国工作，挣取丰厚的报酬。一份颇新的《新布尔什维克报》，报纸是白俄罗斯语，德国人在明斯克印刷的，发行日期是一九四三年六月二十六日星期六，刊登了大教堂做弥撒的时间，还包括关于解散集体农场和分配土地给农民的一系列法令。飞机里还有一副国际象棋棋盘，拿一大片白桦树皮做的，剔去树皮的表面表示黑方块，外观虽粗劣，却是十分耐心的手工活。还有一双靴子，门德尔和列昂尼德各自拿在手里反复掂量，琢磨不出是什么材质。不，不是皮革。占据飞机的人割下座位上的假皮，用残骸里找来的电线缝成这双粗陋的靴子。缝得不错，门德尔赞道。可是，原本想要的住处已被人占据，他们该怎么办？

“我们躲起来等，先看看是什么人再说。”

傍晚时分，坠机里的房客踩着谨慎的步伐走来。就是照片上那个强壮的小个男子。他穿着军裤、羊皮外套，头上戴着乌兹别克人惯用的黑白相间的帽子，结实的肩膀上斜挎着一条袋子。他从袋内掏出一只活兔子杀死，接着，一边给兔子去内脏、剥皮，一边吹口哨。门德尔和列昂尼德不敢说话，藏身处离得太近，怕给他听见。列昂尼德早放下了背包。他把包略打开，指了指盐包。门德尔立即明白，指了指手枪作答。他们可以做自我介绍。

乌兹别克人见他们从灌木丛中站起，没有露出丝毫诧异。他搁下兔子和小刀，以可疑的客气欢迎这两位陌生人。他不如照片上那么年轻，定有四十岁了。他有一副动听的低沉嗓音，温和且礼貌，但俄语说得很费劲，结结巴巴，夹带错误，说得慢吞吞的，叫人听得焦急。他不是犹疑着选择词语，而是说出每句话都要顿一顿，却不急切、紧张，好像是懒得说下去，觉得没有必要把这句话说完。然后出乎意料地，又会接着说下去。培亚祢，这是他的名字，培亚祢·衲兹末维奇。停顿。是个怪名字，但他的祖国也怪。在俄罗斯人看来是古怪的，就像在乌兹别克人看来，俄罗斯人是古怪的。漫长的停顿，恐怕不会接着说了。失踪？是的，当然，他也是失踪士兵，红军。失踪一年多，快两年了。不，不是一直在这架飞机里。到处转移，一个又一个农庄地转，在集体农场里干活，偶尔加入逃兵帮派，或者跟某个姑娘同居。照片上的姑娘？不是，那是他的妻子，在很远的地方，远得不得了的地方，三千公里，在战线外，在里海之外，在咸海之外。

飞机里有空余地方？他们自己看得出来。没有，里面没多大空间。出于礼貌、尽地主之谊，要是挤一挤，能过上一夜，甚至两夜。但三个人会不太舒服的。列昂尼德用意第绪语跟门德尔急速地说：他们可以速战速决，不浪费一点时间。门德尔不动声色地作答，不用，他不想杀这人，但是如果把他赶走，他可能会去告发他们。何况，坠机也不是理想的或者最终的解决方法。“我杀得太多了。不想为一架不会飞的飞机杀人。”

“要是这飞机能飞呢，你会杀人吗？要是这飞机能载你回家？”

“哪个家？”门德尔问道。列昂尼德没有回答。

乌兹别克人不懂他们的方言，但认得出意第绪语的粗粝音调。

“犹太人，是吧？犹太人、俄罗斯人、土耳其人、德国人，对我来说，都一样，”停顿，“活着的时候，一个跟另一个吃得一样多，死了后，一个跟另一个一样臭。我们村里也有犹太人，会做生意，不太会打仗。在这方面，我也一样。我们有什么理由在自己人中间打仗？”

兔子剥了皮。乌兹别克人把皮撂在一边，拿刺刀切开兔子。他靠着一截树桩，把肉放在一个金属片里烧烤。他从机身上取下这块金属，卷成烤盘状。他没有往盘里放油或盐。

列昂尼德问道：“你全都吃掉？”

“兔子瘦。”

“要用点盐吗？”

“可以啊。”

“给，这是盐，”列昂尼德说着，从背包里掏出盐包递过去，“盐换兔肉，大家公平。”

关于半只兔子值多少盐，他们讨价还价地讲了很久。培亚祢虽表现得很镇静，却是不懈的谈判者，随时准备引举更多论证。做交易就像玩游戏，给他带来快乐，又像竞技比赛，令他兴奋。他指出事实道，就算没有盐，兔肉也是有营养的，而没有兔肉，盐就没有营养。并且他的兔子精瘦，因此质量高，因为兔子脂肪对肾不好。还有，他眼下虽缺盐，但盐在这个地区很廉价，多的是，苏联人空投给那些亡命的游击队。这两个人不该趁他一时匮乏而占便宜。要是他们朝哥麦尔去，就会发现每个农庄都有盐，极其便宜。最后，仅出于对其他民族风俗的文化兴趣和天生的好奇，他问道：“你们吃兔肉吗？撒马尔罕的犹太人不吃的。对他们来说，兔肉跟猪肉一样。”

“我们是特别的犹太人，”列昂尼德说，“饥饿的犹太人。”

“我也是特别的乌兹别克人。”

交易谈妥之后，他从隐匿处取出苹果、烤芜菁片、芝士、野草莓。三人进食。最后，培亚祢进飞机里拿出伏特加。是私酿，他解释道，野伏特加，自制的，农民蒸馏的，比政府那种烈。培亚祢告诉他们，他是特别的乌兹别克人，因为他虽是穆斯林，却好喝伏特加。也因为乌兹别克人虽是好战的民族，他却不太愿意打仗。

“要是没人来捉我，我就待在这里套兔子，一直套到战争结束。要是德国人来，我就跟德国人走。要是苏联人来，我就跟苏联人走。要是游击队来，我就跟游击队走。”

门德尔想了解更多关于苏联人投盐给游击队以及那些游击队的事。他试图从乌兹别克人嘴里套话，但没有成功，也许是因为乌兹别克人已喝高了，不然就是他小心地避免这个话题，再不然就是他也不知道更多了。另外，这私酿确实很烈，简直是毒药。门德尔和列昂尼德皆不善饮，并且很久不曾喝烈性酒，喝得瘫倒在机舱内，一觉睡到天亮。乌兹别克人仍在外面，清洁炊具（也就是那个另类的烤盘），先用沙粒抹一遍，再冲水。然后他抽烟斗，又喝了些酒，最后也进去睡觉，把两个犹太人推到一旁，两人都没有被推醒。夜里十一点，西天仍微微透亮。

凌晨三点，天就亮了。光线不单从两道窗口照进机舱，也从金属豁口漏进来。这些豁口是飞机撞上树木和地面之时划破的。门德尔醒来，浑身疼痛，头痛，喉咙干渴。全是因为那私酿，他想着。但也不只是因为那私酿。他心思总惦记着乌兹别克人提起的那些隐藏在森林里的游击队。他倒不完全是第一次听说这事。时常听人说起他们。他在村庄里看见过德军的双语告示，贴在农舍上，悬赏举报游击队，威胁惩罚帮助他们的人。他也不止一次见过被吊起的骇人尸身，有男有女，脑袋被绳结拽得脱位，眼珠呆滞，双手绑在背后，脖子上挂着牌子，用俄语写着“我回村啦”之类的奚落标语。这些他都知道，他也知道像自己这样的红军战士——他很骄傲自己是——要是失踪的话，必须转入地下，继续抗战。可同时他又厌倦了打仗。困乏、疲惫，丧失妻子、村庄、朋友。他心里再没有年轻人与战士的斗志，只有疲乏空虚，渴望白茫茫一片清静的虚空，犹如冬天的落雪霏霏。他曾有复仇的饥渴，但未及满足，那饥渴就已渐渐平息，直至消失。他厌倦了战争，厌倦了人生，他的血管里流的不是战士的热血，而是苍白的血，来自他的血统：小裁缝、小生意人、小旅馆老板、走村串巷的行脚商、儿女众多的温良家长、神秘的拉比。他也厌倦了行走、隐匿，厌倦了做门德尔。什么门德尔？纳赫曼的儿子门德尔是谁？门德尔·纳赫曼诺维奇？俄语式，像他入伍名册登记的那样；或者是门德尔·本·纳赫曼？一九一五年他出世后，斯特列尔卡村那位有两个闹钟的拉比这样把他写进名册。

然而他觉得不能再像从前那样存活。从乌兹别克人的话语举止看来，他怀疑，此人对于森林里的游击队的事情，知道得更多，只是不想泄密。乌兹别克人知道一些事情，门德尔内心忽然有所触动，好似弹簧被拨动。有件事情必须去做，必须立刻去做，天光将他从酒醉之中唤醒的这一天就得去做。他必须跟乌兹别克人打听，这些游击队在哪里，是些什么人。他得做出决定。他得做出选择，而这个选择万分艰难。一边是他千年的疲倦、恐惧、对武器的反感——他把这些武器埋入地下，却又掘出来随身携带；另一边不再剩下多少，只有一小截螺旋弹簧，《真理报》或许会称之为他的“荣誉感和责任感”，但是更恰当地说，可能是遵守纪律的麻木需求。列昂尼德也醒着，但门德尔没有跟他说这些，直等到乌兹别克人睡醒，然后问他一些具体的问题。

答案并不具体。游击队，确实有，但抵抗谁？幽灵般、云朵似的游击队，今天在这里炸铁路，明天在四十公里外抢劫集体农场的粮仓。而且从来不是同样的人。俄罗斯人、乌克兰人、波兰人，还有不晓得从哪里来的蒙古人。是的，也有一些犹太人。还有女人。穿着各色各样的军服：苏联红军穿着德军警服，衣衫褴褛的红军仍穿着红军上装；甚至有德军逃兵……有多少人？谁知道。这里五十个，那里三百个，结成队伍，又散了伙。讲和、打架，有时甚至火拼。

门德尔说，那么，培亚祢是知道一些事情的。好吧，他是知道，又不知道。培亚祢答道。这些都是人人皆知的事，他只跟他们有过一次来往，几个月前了，蛮正派的人。在尼夫诺耶，沼泽地里，在白俄罗斯边境。是去做生意，他去卖飞机上拆下的无线电，在他看来，是桩好买卖。因为无线电破烂得不成样子，他觉得必定修不好了。他们出了好价，两块芝士、四盒阿司匹林，因为当时还是冬天，他正患风湿痛。之后，四月里，他又去了一趟，带了这个已死的德国飞行员的降落伞去。哦，是的，他来的时候，这个德国人还在这里，天晓得死了多久了，尸体已被乌鸦和老鼠吃了大半。清洁和收拾机舱的工作挺恶心的。他带上降落伞，但这次在尼夫诺耶碰见的是另一批人，不同的面孔，不同的头领，完全不讲客气。他们拿走降落伞，付他卢布。简直是诈骗：他上哪里花卢布？况且那降落伞至少够缝二十件衬衫。换句话说，糟糕透顶的买卖，更不提那路有多难走了。从这里到尼夫诺耶得足足走上三四天。没有，他没再去过。也是因为他们告诉他，他们就要转移。天晓得他们转移到哪里去。他们自己也不知道，或者不肯说。德语词典就是他们给的，他们有一大摞。显然，莫斯科印了不少。

关于游击队，他就知道这些，当然了，还有盐的事。他们没有盐。盐是空投的。投下来的不只是盐。所以他们才那么贱价买德国人的降落伞，虽说是上好的材料。换句话说，做买卖总是有风险，但是不了解市场的时候，风险就更大了。何况森林是什么市场，你甚至不知道自己有没有邻居，或者这些邻居是些什么人，有什么需求？

“不管怎么着，你们两个是我的客人。我估计你们不是马上就想动身吧。在这里歇一歇，定计划，明天再走，从容些。除非你们急着要走。你们今天可以跟我一起，你们得些休息，而我，至少这一天不必一个人过。”

他领他们在树林里散步，沿着几乎不曾标识的小径，查看他设下的陷阱。但没有套着兔子。套着一只黄鼠狼，被套索半吊起来，但仍活着，还活蹦乱跳的，简直难以避开它的乱抓狂咬。乌兹别克人脱下裤子，对折起来，双手像戴手套似的伸进裤管，放出黄鼠狼，这畜生旋即从灌木丛里溜走，像蛇一般灵活。“人要是真饿了，也会吃这种动物，”培亚祢说道，带着多愁善感的口吻，“我们村从来没有过这样的事。就算最穷的，也有的是芝士吃，一周七天吃个够。我们从来没有过饥荒，连年成顶坏的时候，城里人吃老鼠，我们也没挨饿。但这里不一样，挺难解饿的。不同的季节，你能找到蘑菇、青蛙、蜗牛、候鸟，但不是所有季节都有吃的。当然，也可以去村里，但不能空手去。而且你得很小心，因为他们动不动就开枪，连话都不问一句。”

大约离飞机一百米处，他把德国兵的墓地指给他们看。培亚祢筑墓筑得不错，一米多深的坑，没有石块，因为这里很难找到石子，但盖着树枝，垒着一堆土，还画有一个十字架，写着此人的姓名：巴普蒂斯特 · 基普。乌兹别克人在军牌上发现的。

列昂尼德问道：“干吗费劲埋葬一个异教徒？”

“这样他就不会回来了，”乌兹别克人说，“而且日子这么长，总得做点事情打发时间。我喜欢下棋，下得还不错。在我们村，没人下得过我。在这里，我做了副棋子，木头刻的，用白桦树皮编了棋盘。可自己跟自己下棋没劲。我编些难招，可是这就像一个人做爱似的。”

门德尔说他也喜欢下棋，离天黑还有好几个小时，何不下一盘。乌兹别克人答应了，但他们回到飞机后，他想让门德尔和列昂尼德两人先下一盘看看。为什么？东道主的礼节，培亚祢答道。然而看得出来，他是想先了解未来对手的实力如何。他是那种为赢而下棋的人。

列昂尼德执白子，白棋的确是洁白的，仍然散发着新鲜木头的浓郁气味。黑子实际上是深浅不同的暗色：有烧焦的、烟熏的。但黑白棋子都不太稳，因为棋盘凹凸起伏，不甚平坦。列昂尼德以后兵开局，但显然并不懂这个开局，很快陷入困境，失了一兵，其他棋子走得糟糕。他嘟哝着抱怨，门德尔也压低嗓音用意第绪语回答：“你对他留个神。说不准的。冲锋枪和手枪都在机舱里。将军。”这一将颇凶险，白棋国王被夹在士兵后面。列昂尼德负隅抵抗之际，弃了一只象，门德尔声称三步将死。列昂尼德翻倒国王，表示向胜者输诚。但门德尔说："别，咱们好好表演。"列昂尼德便明白了：得让培亚祢看个满意。无须担心他会中途离开，因为他全神贯注地盯着棋盘，带着斗牛爱好者那种冲动的专注。最好不要剥夺他看最后一击的兴奋场面。最后一击随即来临。乌兹别克人先挑战列昂尼德，列昂尼德则勉强接受挑战。

乌兹别克人气势汹汹地摆出后兵开局。他的双眼巩膜白得发蓝，愈发显得凶悍。他摆出各种怪诞狂悖的架势，每下一着，肩膀胳膊齐往前冲，好似那枚棋子有数公斤的重量。他砰的一声把棋子拍在棋盘上，好似要将它嵌进去，或者像捏着一枚螺丝钉似的扭转，挤压在棋盘上。列昂尼德旋即落了下风，既是因为对手的张狂气势，也是因为对手显然很强势。看得出来，培亚祢只想尽快把他解决，好跟门德尔斗。乌兹别克人落子迅捷得侮慢，不假思索地下着，看列昂尼德犹豫不决，便显得很不耐烦。不到十分钟，他就将死了列昂尼德。

"轮到你跟我下了。"他立即对门德尔说，语气豪迈得叫门德尔既觉得好笑，又有些不安。这一次，门德尔也是志在获胜的，仿佛赌的是一座金山，或者身家性命，或者永恒的幸福。他隐隐感觉这非但是为自己下棋，也是为了捍卫其他什么东西或者什么人。他谨慎地开局，聚精会神，竭力不让对手的架势影响自己的心态。而乌兹别克人也很快就做不出那些恼人的架势，专心盯着棋盘。门德尔是沉潜型的，培亚祢则爱炫耀花招。他每下一着，门德尔都猜不透其背后是有谋算，还是想博取人们的叹奇，或者仅是冒险家富有想象力的勇猛。大约二十着之后，两人都不曾失子，势均力敌，棋盘混乱得骇人，门德尔觉得下得很尽兴。他故意失了个先手，想套出乌兹别克人的真正意图，然后只见对手愈加紧张起来。现在换成乌兹别克人每走一着都要再三犹豫了，盯着门德尔的眼睛，好似要读透他眼底的秘密。乌兹别克人走了一着，旋即发觉局势惨变，便要求撤回，门德尔同意了。然后乌兹别克人立起身，像狗刚从水里出来一样抖动身体，也不吭声，径直走向飞机。门德尔向列昂尼德示意，列昂尼德领会，跟随培亚祢走进机舱。但乌兹别克人不是惦记着武器，只是去拿私酿伏特加。

三人都喝酒，天色已渐渐暗下来，凉风从西边吹来。门德尔感觉怪诞，仿佛身处时空之外。这盘棋下得紧张专注，连接到他记忆里的迥然不同的时空：连接教他国际象棋规则的父亲，起初两年里轻而易举地赢他，之后乐呵呵地输给他；连接他的朋友，犹太人和俄罗斯人，大家一起在棋盘上练就聪明劲和耐心；连接失落的家园那份静谧的温馨。

乌兹别克人大概喝多了。再坐到棋盘前，他发动一连串兑子，随后棋势便明朗起来：他丢了一只兵，门德尔据守长斜线，盘踞固若金汤的王车易位。乌兹别克人又开始喝酒，企图反击，却圆满地促成自己的劫难，接着便认输，声称得再来一盘，说自己刚才太软弱，知道下棋的时候不该喝酒的，却像小孩似的屈服于自己的恶习了。现在天黑了，但他想再来一盘。明早。明天一起床就下。天一亮就起来。他道声晚安，趔趄着攀上摇摇晃晃的梯子进机舱，五分钟后，就发出鼾声。

余下两人默默坐了些时候。微风拂动枝丫的沙沙声之外，还听得见一些不太耳熟的声响：虫鸣或小动物的叫声，远远传来青蛙的齐声合唱。

门德尔说："他不是我们需要的旅伴，对吧？"

"我们不需要什么旅伴。"列昂尼德说道，仍为自己输棋而愠恼。

"这还说不准。好歹趁天色还不太黑，我们该上路了。"

他们等乌兹别克人的鼾息均匀之后，才从机舱里取来背包出发。以防万一，他们先朝南走，然后急转弯朝西北去。不过地面干燥得留不住脚印。

一九四三年·七月至八月

门德尔靠从乌兹别克人那里打探来的模糊信息，想去尼夫诺耶。列昂尼德不想去任何地方，或者他不知道他想去哪里，甚至不知道自己是否想去什么地方或者做什么事情。他倒没有反驳门德尔的提议，或者反对他的决定，而是对于每一个主动积极的推力，他都会消极地做出微妙的抵抗。门德尔自忖，就像手表里的灰尘。尽管他还年轻，却已落了灰尘。说年轻人强壮，这是糊涂话。人在三十岁以后，比二十岁时更能理解事物，并且也更能承受。就年龄来说，要是有人问他的年龄，门德尔决定据实回答，不然能怎么说？照纸上写的说，二十八岁，但照他的关节、肺、心脏来说，年纪更大些；他的背上，则担负如山的岁月，年纪比挪亚和玛士撒拉更大。是的，比他们还大，因为玛士撒拉在一百八十七岁成熟之年生拉麦，挪亚生闪、含、雅弗的时候是五百岁，造方舟之时是六百岁，年纪更大些才初次喝醉酒；听那位有两个闹钟的拉比说，当时挪亚正打算生第四个儿子，含却做出了那桩龌龊事。不，在森林里游荡的他，修表匠门德尔，不再想生儿子，或者种葡萄园，或者造方舟，即便是耶和华命令，他也不想去做这些事。然而，迄今为止，耶和华似乎根本懒得拯救他和他的家人。或许是因为他不是如挪亚一般正直的人。

列昂尼德的沉默令他觉得压抑。他直觉地喜欢列昂尼德，觉得他似是可以信任的那类人；但那股被动的态度十分恼人。如果手表蒙了灰尘，就表示这块手表太旧，或者表壳松了，你就得把它完全打开，用轻汽油清洁每一个零件。列昂尼德年纪不大，那么必定是他的壳上有裂缝。清洁列昂尼德的壳，需要什么样的汽油？

他数次企图诱列昂尼德说话。他套出一些碎片，零星的马赛克，像拼图游戏似的，得之后耐心地拼凑，如同拼装小孩玩的智力游戏。德国人的劳动营当然不是什么好地方，但他只在那里关过很短的时间，体格没有被毁，仍然健康。的确，他造化大，他干吗不承认这一点？德军若看出空投到他们阵营的是犹太人伞兵，情况就会完全不同。造化大是好事，是未来的保证；否认自己的造化是亵渎耶和华。偷手表、进监狱：主啊，他犯罪了，又赎罪了。但愿所有罪人都有幸去赎罪，清算恩怨。列昂尼德心里必定还装着别的事，一道心灵的创伤，一道伤疤，也许是围绕一张脸庞、一个肖像的疼痛感。门德尔想起十九世纪那种椭圆形的照片，模糊、灰白的光轮中心是一位先祖的庄重形象。那是他的家人。门德尔确信是这样的，不是根据列昂尼德不耐烦的简略回答，而是根据他的沉默而猜测的。是的，需要拼合的马赛克大半是空白的碎片：支吾搪塞或者断然拒答，甚至蛮横无理。得慢慢来，画面会逐渐清晰起来的。如今门德尔已变得十分耐心。在路上，夜复一夜地遭到旅伴的拒斥、疯狂的愤然闪避之时，他反躬自省。毫无疑问，门德尔这人没有多少优点，但有耐心。倘若某人有耐心，那就让耐心派上用场。

到达尼夫诺耶沼泽地，乌兹别克人说的三天时间是不够的，门德尔和列昂尼德六天才到达，更应该说六夜，因为他们宁可白天歇息。他们穿过大路、无人迹的山径、一条铁路（门德尔猜想必定是哥麦尔—布良斯克线）、林中空地、很多清澈的溪流，他们得以在水里解渴，清洗走乏的双脚。他们避开村庄和农场，这使得他们绕了不少道，不过，急什么呢？

他们只在夜里行走，避开有人烟处，这样一来，极少碰见人，只有一两个牧羊人、在田里干活的农民、迟迟赶路的人，这些人不曾注意他们。然而，有一次遭遇，他们回避不了。第四天，天刚亮，他们踩着一道马车辙前进，沿着一道挖在山坡上的壕沟，壕沟另一边走着一辆小马车，赶车的是个中年男子，拉车的是一匹疲惫的老马。赶车人胳膊上别着乌克兰后备民兵袖章。门德尔问道："你车里拉的是什么？"

"你也看见了，面粉。"

"拉到哪里去？"

"德军那边。姆格林军需处。"

"滚下来。是的，滚。开始走。"

乌克兰人耸耸肩。对他来说，这样的事故必定不是头一遭遇到。"我该怎么回话？"

"随便你怎么说。就说哪个游击队截了你。"

乌克兰人走了。马车上有六袋面粉，一捆刚割的草料。门德尔收起手枪，似在思索。

列昂尼德问道："你现在打算怎么办？"

"我不知道。我不知道我们要怎么办，但我想我做得对。我想要做个表态，就好比过河拆桥，你不知道这样做是对是错，但一旦决定之后，桥没了，你不再有选择，不能再回头。来，帮我解开马，我们看看它能驮几袋面粉。”

“干吗不留着马车？”

“因为他们这下会来搜寻，我们得避开大路。”

马看来不会中用。脑袋和耳朵耷拉着，肩上生疮流脓，叮满蚊虻。他们在车里找到一些绳子，勉强将两袋面粉拴在马背上。更多就驮不动了。面粉袋别扭地挂在瘦马的两肋，他们将那捆干草扎在面粉袋上。

“车呢？剩下的面粉袋呢？”

“尽量藏起来。”

这件事着实不易，但他们最终做成了，并且在天没大亮之前就收拾妥当：马车推进一条沟里，上面盖满蒺藜，面粉袋藏在车下。他们重新上路，撇开大路走山道，拉着马，老马又懒又倔，再加上面粉拴得马虎，不时被树枝挂住，走得十分踉跄。他们默默走了半晌，列昂尼德突然说道：“我不知道我想要什么，可我知道我不知道。你也不知道你想要什么，可你以为你知道。”

门德尔走在前头，拽着马缰绳，不曾回头，也不曾作答。片刻后，列昂尼德又攻击道：“你村里没有电影院。难道连马也没有？”

“有的，但我从没跟它们打过交道。我干的是不同的行当。”

“我也有不同的行当，可像这样的马不能这样子驮东西的，或者驮不了多久。谁都看得出来。”

找不出话来反驳他，况且天大亮了，不能再前进。他们在一处溪畔树丛里停下，拉马饮水之后，把马拴在树上，取出干草给它喂食，然后去睡觉。下午两三点，他们醒来，只见马吃完干草，啃光了近旁的灌木，正扯着缰绳去够远处的树枝。它必定是饿极了。可惜袋里装的不是燕麦，而是面粉。他们试着捧了一把面粉凑到它嘴前，可这畜生弄得口鼻、眼睛全是面粉，接着干咳起来，好像要窒息了。他们只得拉它到溪里，清洗口鼻。然后又上路。他们闻见空气中有股新鲜的气息，清新、稍带甜味：显然沼泽地就在不远处。

距离尼夫诺耶还有半日脚程之时，他们碰见一个老农妇，决定去搭话。这马？老妪内行地瞧了几眼。“可怜的畜生。值不了什么了，肯定的。又老又乏又饿的，看起来还患病。面粉是另一回事，不过，我出不了价，因为我没东西跟你们换。”

她可不蠢。她又细细地看看马，好似回答一个心照不宣的问题，接着说：“你们不用怕。这附近有很多跟你们一样的人。也许太多了，但德军不多，也不太危险。至于这马和面粉，我说过了，我没有东西换给你们。不过，你们要是愿意的话，我去跟村长说。”

门德尔急于摆脱这匹马，它对他们很少或没有用处，并且似乎总惹得列昂尼德发脾气损人、寻衅口角。门德尔与他稍做商量。不，不要中间人。显然这老妪想从中抽头，或多或少地分成。但两人都想尽量避免进村。

门德尔说：“行，请替我们约村长，选个隐蔽的地方，大约从这里到你们村的中途。可以吗？”老妪答应了。

日落时分，村长准时来到老妪指定的木屋。他约有六十岁，话不多，体格敦实，一头白发。是的，他，或者确切地说，他们村买得起：他们有鸡蛋、猪油、盐、蜂蜜。但这匹马不值什么。

门德尔道："我们不仅卖这匹马。还有一辆车，六袋面粉，这里有两袋，还有四袋藏在不远处，跟车一起。"

村长道："这买卖不清爽。我看得见马和两袋面粉，但是，藏在天晓得是哪片林子里的马车和四袋面粉值什么价？我甚至都不知道是不是真有那些东西。月亮上的宝贝值什么价？"

列昂尼德逼近一步，厉声道："它们就跟我们的话、我们的脸一样有分量，你要是不——"

村长看着他，仍然镇静自若。门德尔按住列昂尼德的肩膀，插嘴干预道："通情达理的人总是能沟通的。你看，东西就在路旁，迟早会有人发现，免费搬走的，那你我都要追悔莫及。要是天再下雨的话，面粉很快会化掉。我们只是路过，急着赶路。"

村长长着一对狡猾的小眼睛。他的视线从马移到面粉、再移到门德尔身上，接着说："太可惜了，你们急着赶路，却不得不慢慢走。你们要是留着马，就得照马的速度慢慢地走。要是卖掉它却不卖两袋面粉，每人背着一百磅重量，也走不快，走不远。你们顶多去跟别人交换。没有太多的选择。"

门德尔瞧见列昂尼德的神情，那神情转瞬即逝，却洋溢着恶意的满足感：他这是在报复输棋的事。老人的逻辑很有力，门德尔若不曾提及他们急着上路，就更明智些。他只能让步。

"好吧，老爹。我们说正事。就你眼前看到的东西，你出什么价？两袋面粉和这匹马。"

老人挠挠头，压低额前的帽子。“嗯，这马，提都不用提。根本不值什么，连宰了都没肉。兴许马皮还有些用，要是好好制成皮革的话。至于面粉，来路不明的，你没跟我说是打哪里来的。你可以跟我说，可是信不信由我。做买卖的有权扯谎。我不想知道任何实情，我出八公斤猪油、一条烟叶交换。随你要不要换。这些东西不重，你们背着轻巧。”

“十公斤。”门德尔说。

“那就十公斤，但没有烟草。”

“十公斤，烟草换马皮。”

“九公斤加烟草。”老人说。

“行。那些你看不见的东西呢，你出什么价？那两百公斤的面粉和马车。”

老人将帽子压得更低：“我什么也不给。看不见的东西就等于不存在。东西要是在那里，就算你不告诉我们地方，我们也会找到。就算你告诉我们地方，而且说了实话，我们去那里，兴许什么也找不到。林子里四处有人走动，非但有人，还有狐狸、老鼠、乌鸦。你自己也说过的，别人可能会发现。我要是拿东西跟你换，村里人要笑话我的。”

门德尔灵机一动，想出一个主意：“我有个提议，我们交换信息，拿你看不见的东西交换你看不见的另一些东西。我们告诉你马车的所在，你告诉我们……我的意思是，我们沿路听见传闻，说尼夫诺耶或者尼夫诺耶附近，或者是沼泽地里，有某些人，或者有……”

老人推起帽子，露出前额，直直地看着门德尔的眼睛——

他先前不曾正视过。门德尔坚持说道："这是桩好买卖，是吧？你不需任何花费，我们简直是把马车和面粉白白送给你。因为这些东西确实存在，我们不骗你，我以军人的名义向你保证。"

村长竟转而随和起来，令门德尔和列昂尼德暗自吃惊。是的，是有一群人，或者曾有：游击队。五十人，甚至可能有一百人，有些是当地人，有些不是。大约有六七个是他村里的小伙子：与其被德军征去，不如加入地下武装，是吧？是的，武装的。并且很机灵。有时候有点过于机灵。但他们几天前离开了，带走了武器、所有物品和一些牲口。他们这一走，对谁都好。他们朝哪个方向去？不，他不太清楚。他没有亲眼看到。但有些人看见他们离开，好像是朝哥麦尔或者哲洛宾。他们两人若是抄往祖宾去的路，那是近路，或许还赶得上。村长离去，半小时之后回来，带着猪油、烟草、秤，好让两人称重量，确定东西的分量没错。验过分量之后，门德尔精确地解释藏马车之处。出乎两人的意料，老人从口袋里掏出一打煮鸡蛋。他说，这是额外添的，他给他俩的礼物，因为他们让人有好感；同时也算是补偿，因为出于东道主的责任，他该留宿他们，但村委会反对。他领两人到路口，告别而去，拉上驮着两袋面粉的马。

"要是他没认出我们是犹太人，我们今晚就能睡在床上。"列昂尼德嘀咕道。

"兴许，但是，就算他叫我们住下，我觉得我们要是接受的话，就不明智。我们完全不了解这个村子，村里人是什么样的，他们怎么想，他们只是害怕德军，还是替他们卖命。

我拿不准，只是感觉。但是，比起这村长来，我更信得过那老妇人。他不能算是朋友，只算得半个朋友。他急着赶我们走，所以才给我们鸡蛋，给我们指路。说到指路，我们现在做好决定了，是吧？”

“什么决定？”列昂尼德厉声问道。

“赶上游击队，不是吗？”

“那是你做的决定。你没有问过我。”

“用不着问。我们就这事谈论好几天了，你一直不吭声。”

“好吧，我现在吭声了。你要是想跟上游击队，你自己去。我受够战争了。你拿上武器，我拿上猪油——那挺合我意的。我回那个村子去，我会找到床的，并且不止睡一夜。”

门德尔转过身，猛然停步。他不曾有心理准备以面对愤怒，遑论面对一个软弱之人的愤怒，他觉得列昂尼德软弱。他更不曾料到，向来寡言的列昂尼德冲着他破口大骂。

“够了，够了！我在森林里发现你，但我没跟你拴一起。我以为你跟我一样厌倦了。可我错了。算了。可我受够了，我一步也不走了。你去沼泽地，你害怕在那个村子睡觉，可你现在想带我去找什么人，你甚至都不知道他们说什么语言，或者会不会让我们加入，或者他们从哪里来，去哪里。我虽然是莫斯科人，可我身体强壮，头脑也不错。我不会饿死。我宁愿去集体农场或德国人的工厂干活。我再也不多走一步，再也不打一颗子弹。永远不。这是不对的，人不应该……再说，你也不知道你想要什么。我跟你说过：你以为你知道，可你不知道。你扮演英雄，可你真正想要的就是我想要的：房子、床、女人，一个有些意义的人生、一个家、一个属于你的村子。你想跟上游击队，你以为你想，可你不知道你想要什么或者做什么。卖马那事之后，我算是看明白了。你跟自己撒谎。你跟我没有两样。你是个倒霉蛋（nebbish）、废人、搭错筋（meshuggener）。”列昂尼德慢慢地弯下身体，坐在地上，仿佛已经耗尽了灵魂，再也没有力气站立。

门德尔仍然站着，反而没有生气，而是更觉得好奇、惊讶。他察觉自己一直在等待列昂尼德的情绪发作，等了一段时间了。门德尔沉默半晌，好让列昂尼德稍微平静下来，然后坐到他旁边。他碰碰列昂尼德的肩膀，可这小伙子猛地闪开，好似被热铁烧灼一般。倒霉蛋是指毫无价值、无助、无用、被人可怜的人，简直不算男人；搭错筋是指疯子。但门德尔并不觉得受了侮辱，更不想还嘴。他反而好奇，列昂尼德的母语是俄语，怎会在这个时候说意第绪语，何况他说得结结巴巴，并不流利。但是，正如众所周知的，意第绪语充满了形象、荒谬、凶暴的辱骂，每个词语各有其微妙的含义——或许正是由于这个原因。他思忖着：犹太人会往你脸上揍一拳，然后大呼救命。但他没有说出口。相反地，他以平静得连他自己都吃惊的语气说：“当然，做这个选择对我也不容易。但我相信这是最好的选择。做人得谨慎地权衡自己的选择。”然后又意味深长地添了一句：“还有自己说的话。”列昂尼德没有作声。

但天几乎黑了。门德尔是宁愿走夜路的，但山道难走，标识不明，就建议在原地露宿，反正夜很短，天气也暖和。

列昂尼德点头同意。他们裹上毛毯，门德尔快要睡着的时候，列昂尼德突然开口讲述，好似继续很久以前开始的故事：

“我父亲是犹太人，但不是犹太教徒。他在铁道署工作，被吸收入党。他在二十年代的内战里打过白军。然后他生下我，接着他们把他关进监狱，然后送到索洛维茨基群岛，他再没有回来。事情就是这样。在我出世之前，他就进过沙皇的监狱，但那次他出来了。他们把他送往索洛维茨基群岛，因为他们说他在破坏铁道：火车开不了是他的错。就这样。”

说完之后，列昂尼德翻身侧睡，背对着门德尔，好似表示话题到此结束。门德尔想着，这是古怪的道歉方式，但他旋即断定这个方式虽古怪，但确实算是道歉。他等了几分钟，然后怯怯发问：“你母亲呢？”列昂尼德哼道：“别管我。让我一个人待着。不必多说了。”他不再作声，也不挪动，但门德尔能察觉他不曾睡着，只是装睡。但是倘若硬要他继续讲述是没有意义的，或者适得其反。就好比去采一颗刚发芽的蘑菇，非但阻止了其生长，而且什么也得不到。

他们走了两个星期，有时白天走，有时夜里走，雨天晴天都走。列昂尼德不再说话，既不说自己的事，也不提出异议，如同一个冷漠的仆人，绷着脸阴郁地接受门德尔的决定。他们遇见一些人、一个被烧毁的村落，游击队在他们前头走过的迹象也越来越多：山径旁的篝火灰烬、干燥泥浆里的脚印、炊食的痕迹、一只锅的残片、一块破布。这些人行事丝毫不警惕，根本不怕被发现。在一处营地，门德尔和列昂尼德发现一棵布满弹孔的树，必定有人拿它当靶子练枪法，或许他们进行了枪法比赛。两人极少向当地人问路:是的，他们刚走，朝这个或那个方向。根据各人的说法,那些人可能是掉队的兵、逃兵或游击队。不过，根据每个人的说法，他们没有惹什么麻烦或者向农民强索多少东西就走了。

有一晚，他们两人抄到那伙人前头。他们听见那伙人的声响，几乎同时看见他们。门德尔和列昂尼德在山巅，望见山下一条大河，河湾流水迟缓，无疑是第聂伯河，河岸三四公里外看得见火光。两人下山去，只听得传来枪声，杂乱、刺耳的步枪和手枪声。他们看见闪光一晃，接着是手榴弹爆炸的闷响。是打仗？跟谁打？那怎么还有篝火？两派相争斗殴？然而枪声略顿之时，他们听见手风琴声和欢呼声：原来不是打仗，而是狂欢会。

他们谨慎地往前去。没有岗哨，无人拦住他们。火堆旁大约围着三十多个胡须拉碴的男子，有些年轻，有些年纪略大，穿着各式服装，露出随身携带的武器。手风琴在弹奏轻快的曲子，有人跟着节奏拍手，有人扛着武器狂舞，踮着脚转圈，有的站着，有的蹲着。定是有人看见陌生人前来，一个如雷鸣般洪亮、舌头打结的声音荒唐可笑地喊道：“你们是德军吗？”

“我们是苏联人。”两人答道。

“那么来。吃、喝、跳舞！战争结束了！”一支冲锋枪朝早已被烟火熏得通红的天际射击，发出一排子弹，作为感叹号。那同一个声音勃然大怒，朝对面方向喊道：“斯蒂欧普卡，你个乌鸦笨蛋儿子，拿酒和饭盒来。没看见我们有客人吗？”

天已黑，但仍可分辨出整个营地，颇是临时凑合的，以三点为中心：一堆火，欢庆的人们在火旁喧闹；一个大帐篷，帐篷前有两匹马在吃草，系在两根桩上；更远处有三四个男子，默默地忙活着。

嗓门如雷的男子朝两人走来，手里提溜着伏特加酒瓶。他年纪尚轻，形貌魁硕，金发，头发理得极短，一部虬须盖住了半个胸膛。他长着英俊的鹅蛋脸，五官清晰端正。他已喝得站不稳，穿的红军军装上没有任何级别标志。

“祝你们健康！”他说着，从酒瓶里喝了一大口，“祝你们健康，不管你们是什么人。”然后他把酒瓶递给他们，两人各喝了一口，答谢祝酒。“斯蒂欧普卡，你个懒惰的蠢蛋，汤呢？”接着，他向他们露出天真灿烂的微笑，说道，“你得原谅他，他虽然可能喝多了，却是个很不错的同志。也很勇敢，鉴于他是个厨子。但速度不行，手脚不快。哦，这下他来了。但愿汤没有在路上冷掉。吃吃，吃完了我们去听剩下的新闻，要是还有新闻的话。”

不管那巨人是怎么说的，斯蒂欧普卡却既不慢，也不蠢。“不，凡雅明・伊万诺维奇，这根本不可能。他们都试过了，一个个轮流试过，但信号太弱。根本听不清，只听得到静电。”

“都是些不中用的，让他们见鬼去！他们偏偏今天毁了它！我现在问你：战争结束了，斯大林随时可能会出来，叫我们都回家去，这些狗娘养的弄坏了无线电……什么？你们没听说？美军进入意大利了，我们重新夺回了库尔斯克，墨索里尼进了监狱。进监狱，是的，像鸟关在笼子里。国王把他关进去的。来，同志们，再干一杯。为和平干杯。”

列昂尼德喝了；门德尔假装喝，然后跟随凡雅明去听无线电。门德尔借着灯笼火光看到机上的金属牌子，对列昂尼德说道：“是乌兹别克人的无线电！不过，用这样的电池，机器经不了多久。”门德尔设法站到凡雅明和三个负责接收信号的小伙中间，凡雅明仍在破口大骂，虚张声势地恐吓。接着他们乱糟糟地争论技术问题，激烈地争论了数分钟，争论之间夹杂着凡雅明以及其他前来管闲事、提建议的蓄胡男子的愤慨。门德尔低声跟列昂尼德说：“我不懂无线电，但这些人是根本一窍不通。”最后，有人建议拿水和盐代替电池的电解液。凡雅明立即支持这个主意，招来斯蒂欧普卡，发出一连串混乱的命令。水和盐来了，一伙人神情专注，带着宗教向往一般的气氛，动手更换，然后又接上电池。但无线电只传出恼人的流行歌曲，几秒钟后，彻底地沉默了。凡雅明脾气恶劣起来，叱责每一个人。他对列昂尼德说话，好像初次看见他似的：“你们两个，打哪里冒出来的？俄罗斯人？我看你们不像俄罗斯人。但今天不管这个，就算你们弄坏了我们的无线电，因为今天是节日。”

门德尔对列昂尼德说：“等明天他清醒之后，我们再考虑这事。但我觉得事情不那么乐观。”

次晨，他们被营地祥和的声息唤醒。马在河畔吃草，有人裸露身体在浅水处洗澡或者手舞足蹈；有人在补衣、洗衣；还有人伸展四肢躺在阳光下。似乎无人注意这两个陌生人。

大多是俄罗斯人，但听得出也有人以门德尔不能识辨的语言呼喊、唱歌。日上三竿后，斯蒂欧普卡来找他们。

“请你们帮我一下好吗？帐篷里有个病号。他在发烧，痛苦地呻吟，我不知道该怎么办。请你们跟我来，帮帮我？”

“可我们不是医生。”列昂尼德抱怨道。

“我也不是医生，甚至不是护士，可我是这队里年纪最大的，另外，袭击克林齐火车站的时候，我丢了武器，他们就差遣我打杂，但他们不再派我出去打仗。我还当向导，因为我比任何人都熟悉这地区，比凡雅明还熟。我以前做过向导，一九一八年，我在这些地方给红军地方武装队当向导，这里没有哪条山径、河津、大路，我不是走过十来遍的。现在他们还差我照顾病号，你们得帮帮我。他在发烧，肚子硬得像块木板。”

门德尔道：“我不明白你干吗非要我们帮你。我们又不比其他任何人更懂这些。”

斯蒂欧普卡困窘地说道：“因为……因为他们说，你们族人，几百年来，善于——”

“我们族人跟你们族人没有两样。我们的医生跟你们的一样，不比你们的更好或者更差，就跟基督教徒一样，不懂医术的犹太人给人治病也会害死人的。我能跟你说的就是我是炮手，炮轰之后，我见过太多肚皮敞开的人，肚皮破了的人不该喝酒。不过，那是另一回事。”

列昂尼德开口道：“你们头儿看着很能干，你怎么不让他处理这事？这附近必定有市镇村落的。送病号去那里，总好过在营地，在那里总能设法找到医生的。”

斯蒂欧普卡耸耸肩：“凡雅明·伊万诺维奇在别的事上是能干。他勇猛得跟魔鬼似的，知道很多诡计，并且总想出新的。他能让人们尊重他，甚至怕他。他从不失去自信，壮得像头大熊。不过，他只擅长打仗。另外，他爱喝酒，一喝酒，他的情绪就随时变化。”

为了叫斯蒂欧普卡满意，他们随他来到病人的草褥前。此人是鞑靼人，德军警察部队的逃兵，仍穿着旧制服。在门德尔看来，此人病得并不严重，肚皮确实有些鼓胀，但碰触之时并不觉疼痛，发烧也不太高，并且吃得营养良好，门德尔试图让斯蒂欧普卡安心，建议让病人饿一天，不要给他吃药。

“这没问题，”斯蒂欧普卡说，“我们没有药了。以前有些阿司匹林，都用完了。”

他们从帐篷里出来之时，碰上凡雅明。他简直换了个人似的，不再是随和的主人，被伏特加与胜利冲昏头脑，或者为无线电坏了而发脾气的小伙。现在他是可怕的人类，动作敏捷的武士，面容机智，有专注却微妙不可测的目光。苍鹰，门德尔自忖道，我们不可掉以轻心。

“跟我来。”凡雅明以冷静的权威口吻说道。他领他们到帐篷一角，询问他们是什么人，从哪里来，往哪里去。他的语气温和、自信，是知道他人不敢违背自己的人所使用的口吻。

“我是炮兵，他是伞兵。我们掉了队，是失踪人员，我们在布良斯克的森林里偶然碰见。我们听说这个游击队，就来找你们，然后就赶上了。”

“谁跟你们说起我们的？”

“卖给你们无线电的乌兹别克人。”

“你们为什么跟踪我们？”

门德尔迟疑片刻：“因为我们想加入这个队伍。”

“你们有武器吗？”

“有。一支冲锋枪、一支德国手枪，还有些弹药。”

凡雅明以同样的口吻转问列昂尼德：“你呢？你怎么不说话？”

列昂尼德大为困窘，答道他让门德尔负责说话，因为他年纪大些，并且武器是他的。

“武器不属于他，”凡雅明说，“武器属于任何人，属于知道如何使用的人。”他沉默片时，好似等待回答。但门德尔和列昂尼德也默不作声。他接着问：“你们为什么想加入我们？一个个回答。你？”

列昂尼德猝不及防，一时结舌。他觉得像小学生一般被训话，或者更糟糕，像在卢比扬卡被捕之时饱受折辱的审讯。他低声咕哝着这是战士的责任，他不想只做个掉队的兵之类的话。

“你是德军的囚犯。”凡雅明说。

门德尔吃了一惊，插话道：“你怎么知道？”

“是我在提问。从他脸上看得出来。你呢，炮手？你为什么想加入我们？”

门德尔感觉像被人放在天平上掂量，对这样的掂量心里实在郁闷。他答道：“因为我失踪一年了。因为我厌倦了像狼似的活着。因为我也有自己的账要算。因为我相信我们的战争是正义的。”

凡雅明声音越发低沉："你们在昨天这个特别的日子找到我们，好日子也是坏日子。说是好日子，因为你们听到的消息是真的，无线电重复了两遍：墨索里尼下台了。但这不意味着战争会很快结束。昨夜我们冲着彼此大喊，每个人都说服其他人，我们都愿意被说服，因为希望就像霍乱一样容易传染。昨晚我们是在度假。但我们了解德国人。夜里我仔细想了想，我相信战争还会持续很久。昨天也是坏日子，因为无线电坏了。情况可能比你所能料想的更坏：没有无线电，我们就不知道前线在哪里，莫斯科就不知道我们的方位，我们就不能呼叫飞机空投物资。所有一切都来自无线电：药品、粮食、武器，甚至伏特加。无线电也带着消息和勇气。鉴于没有粮食你就没法存活，缺粮的时候，就得向农民强征，所以没有无线电的游击队就成了流寇。叫你们知道这些事情有好处，你们先好好考虑，再做决定。还有些事情你们不妨也知道。八月里，我们有一百多人，现在不到四十人。在我们的战争里，没有两天是一样的：有时穷一些，有时阔一些，今天吃得饱，明天要挨饿。这样的战争不适合懦夫。我们从很远的地方来，还要走很远的路。软弱的人不是死了，就是中途掉队。好好想想。我也要考虑，再给你们一个答复。”

传来一记金属撞击声。午饭的汤烧好了，斯蒂欧普卡用石头敲击一截挂在树干上的铁轨。他们在汤锅前排队，凡雅明去排队，门德尔和列昂尼德也跟着。斯蒂欧普卡分派食物。

大伙差不多吃好了饭之时，有个声音从河岸边传来，呼喊道：“树干来了！”果然，只见树干顺着水流缓缓而来。树干粗重，剥净了树皮，零零落落地，不时流下数截。凡雅明奔到水边，警惕起来，问斯蒂欧普卡：“这些树干从哪里来的？”

“通常是从斯摩棱斯克码头来的，上游三百公里外。他们一直这么运木头，比走铁路便宜得多。树木流到乌克兰，在那里被做成矿井支柱。”

“他们一直这么做的，但现在矿井替德国人干活。”凡雅明说道，摸着下巴。正在那时，一团更大的东西从河湾转过来：是一排木筏，系成一线，约有十张筏子，从林子后一道峡湾接连顺流而来。凡雅明说：“我们得截住它们。”

“我从没做过这事，但见过别人做，”斯蒂欧普卡说道，“到下游去，离这里一公里外有条死水支流。要是赶快的话，还赶得上。但我们需要些杆子。”

顷刻之间，凡雅明便控制了整个局势。他留下十人守营地，派十人拿斧头砍削树苗，他自己旋即带余下的人，包括门德尔和列昂尼德，沿河岸朝下游奔去。他们赶在木筏之前抵达死水处，稍后，砍树的十人带着树苗而来，但木筏已在眼前。“快，快！谁游得最好？你，沃洛嘉！”可是沃洛嘉左右脱不下鞋子，要么是真的被绊住了，要么是不肯去。他蹲缩在地上，身体扭曲，面孔因紧张用力而涨得通红；凡雅明没了耐心：“没用的东西！懒汉！拿来，把杆子给我。”眨眼间，他已光身光脚。他在河里时或涉水，时或单手划泳，穿过死水区，抵达分流的河岔之时，木筏已漂过。只听到他在诅咒，然后沉入水里。

余下的人拿着杆子跟在他后面。他迅捷地游向木筏，错失了前头数张，设法攀上了最后一张。他随即撑起杆子，将木筏导向长满绿草的河岔。木筏在泥沼里搁浅。然而，看得出来，这样一来，木筏不会搁浅太久，因为其他木筏随水流摆荡着，拖动摇晃这张木筏的锚地，而单个人无法将它稳住。凡雅明喘不过气来，喊其他人逐个爬上木筏，将手里的杆子狠狠插入淤泥河床。他们使劲把木筏拨离河岸，逆流而行，转过河岔，终于成功地将木材推进大河的死水支流。凡雅明边穿衣服边说："这下好了，我们接下来看着办。兴许拉上岸来烧了。只要别落到矿井就成。现在回营地。"

在短暂的归途中，门德尔跟在凡雅明后面，祝贺他。凡雅明答道："我知道，我知道对德军来说，这不是什么大不了的事。但对这些人来说，闲坐着是再糟糕不过的。并且没有比榜样更好的东西了。你们两个先去擦干身体，然后到帐篷来见我。"

在帐篷里，凡雅明直奔主题："我想过了，做这个决定不容易。你们看，我们这里每个人各有分工。我们熟悉这地区，久经训练。带上你们对我们是累赘。我相信你们是好战士，但我们不是上前线的战士，而是后卫部队，在敌后搞破坏。我们每人各有任务，你们不是几天就能学会的。再说——"

门德尔说："你早上不是这么说的。"

凡雅明目光变得阴沉："确实，我早上不是这么说的。听着，我对你们的人没有任何意见。我小时候有犹太人朋友，在沃罗涅日和训练营里，也有犹太人同伴。我知道你们跟任何人一样，既不更好，也不更差，或者更多一点——”

列昂尼德说：“够了。要是你们不要我们，我们就走，这对大家都好。我们不会跪下来求——”

门德尔打断他的话：“但我还是想听听从早上到现在这段时间里发生了什么。”

“没什么，没发生什么。不是具体的事情。我只是无意间听见人们在说，而且——”

“你我都是战士。我们穿一样的军装，我想要你告诉我，是谁在说，说什么。”

“我不会告诉你是谁。不止一个人。就我个人来说，我接受你们。但我制止不了手下人谈论，我也不知道你们留下会不会安全。这里有些人想法不同，并且会随即动手。”

门德尔坚持着，他想要知道，一字不落地知道其他人所说的话。凡雅明只得转述，说话之时，带着仿佛吐出变质食物之时的表情：“他们说他们不太喜欢犹太人，更不喜欢武装的犹太人。”

列昂尼德高声说道：“我们这就走，你可以告诉你手下那些人，去年四月在华沙，武装犹太人抵抗德军，比红军在一九四一年坚持得更久。而且他们没有正规的武器，他们在挨饿，他们在死人堆里抵抗，他们没有后援。”

“你怎么知道这些事情？”凡雅明问。

“华沙并不远，而且就算没有无线电，消息仍会传开。”

凡雅明走出帐篷，压低嗓子跟斯蒂欧普卡和沃洛嘉说话，接着回到帐内说：“我本该缴了你们的武器，但我不会。你们知道了我们是什么人、在哪里，我不该让你们走的，但我让你们走。跟我们一天不算多，但你们所看到的，或许会对你们有用。你们走吧，张大眼睛，往诺沃肖尔基去。”

“诺沃肖尔基？诺沃肖尔基在哪里？”

“皮提切河湾，往西一百二十公里，波勒西亚沼泽地。听说武装的犹太人在那里建了个村子，有男人、有女人。林务员告诉我们的，他们四处走，什么都知道。他们是我们的电报、报纸。或许在那里，你们的武器会派上用场。你们不能跟我们一起。”

门德尔和列昂尼德告别而去，用四根木头扎成木筏，渡过第聂伯河，继续行走。

他们走了十天。天气变得恶劣，不时落雨，有时骤然下起倾盆大雨，有时是雾一般的绵绵细雨，渐渐地渗透衣服。山路泥泞，森林散发出刺鼻的蘑菇味，这是秋天的预兆。食物开始变得稀少，两人只得夜里去偏僻的农庄，刨土豆、甜菜吃。森林里长满了蓝莓和草莓，但摘了两三个小时之后，反倒觉得更饿。饥饿，还有列昂尼德的恼怒。

“这东西是学童秋游摘着玩的。只会刺激胃，让肚子更饿，根本不充饥。”

门德尔沉思着在凡雅明的营地听来的消息。可能有什么样的重大意义？没有一句评语、没有评价，就这么直接地宣告，这个消息就像蓝莓一样刺激人，让心灵也感觉类似的饥饿。墨索里尼进监狱，国王重新掌权。国王是什么？类似沙皇，偏执狭隘、腐化堕落，历史旧物，童话里的角色，扎着辫子，戴着羽毛饰物、装饰性的匕首，傲慢卑鄙。但这个意大利国王必定是同盟、朋友，因为他把墨索里尼关进监狱。可惜德国没有皇帝了，要不然，可能确实如凡雅明酒醉之时所说，战争已经结束。法西斯在意大利倒台的消息诚然是好消息，但这个消息有什么重要性？很难知道个究竟：《真理报》的文章根据不同的时局，把意大利法西斯时或形容为危险且靠不住的敌人，时或形容为处于德国这头猛兽阴影之下的可鄙的走狗。诚然，顿河之战的意大利士兵不曾坚持多久，武器和装备都简陋，没有战斗意志。人人都知道这一点。兴许他们受够了墨索里尼，国王就顺从民意；但德国没有国王，只有希特勒。还是别怀任何幻想的好。

如果国王是童话里的角色，意大利的国王就是双重的虚构，因为意大利本身就是个童话，难以具体地想象这个国度。如何能够将维苏威火山和贡多拉、庞贝、菲亚特汽车、斯卡拉大剧院，还有《鳄鱼》杂志上墨索里尼的漫画像融进同一幅画面？漫画上，他就像拦路抢劫的强盗，下巴似鬣狗，头戴无边缨帽，挺起资本家的大肚腩，手里执刀。门德尔愿意拿大笔钱换一台无线电，但这只是打比方，因为除了冲锋枪和手枪，他们没有可交换的东西，还是留着武器更明智。

他好奇意大利有没有犹太人。要是有的话，肯定也是古怪的犹太人。一个犹太人坐在贡多拉里，或者站在维苏威火山顶的场景，你怎么想象得出来？但是肯定有的，甚至连印度和中国都有犹太人，而且他们不一定过得不好。也许正如基辅和哈尔科夫的犹太复国主义者所宣扬的，犹太人只有在以色列地才能过好，他们应该全部离开意大利、俄罗斯、印度、中国，回到以色列地，在那里种橙子、学希伯来语、围成圈跳圆舞。

也许是因为疲惫或者潮湿，门德尔头发下的伤疤开始发痒。列昂尼德的靴子脱了线，双脚在积水和泥浆里打滑。门德尔跟在列昂尼德后面，感受着他的消极和沉默带来的重负。这两种情绪比泥浆更能阻挠他前行。这不再只是雨后的泥泞，来自天上的肥沃泥浆，必须应时接受。越往西去，他们渐渐地碰见越发不同的泥浆，铺遍这个地区，这种泥浆不是来自天空，而是来自大地。树木渐稀，他们走进一片广阔的空地，但丝毫没有人类劳作的痕迹。土壤不再是黑色或黏土状，而是枯槁的苍白，湿润却稀薄、多沙，似乎天生缺水。并且这土壤也不贫瘠，长满了甘蔗等门德尔从未见过的肉质茎植物，还有茂盛的灌木，枝叶黏糊糊的，趴在地上蔓延，好似厌倦了天空。两人陷进泥里，或者更应该说腐烂的叶子里，没及膝盖。列昂尼德干脆脱下已不中用的靴子，门德尔接着也学他的样。他的靴子虽还可用，但这样穿坏就可惜了。

行走的第七天，虽然雨已停歇，但难以找到可以过夜的一小块干燥地面。第八天，连辨别方向也变得困难。他们没有指南针，天空鲜少见晴，山径频频被水塘阻隔，致使他们绕道绕得筋疲力尽。水质清晰、水面静止，散发着泥炭的气味，浮着厚实的圆叶、肉质的花，偶然还见到鸟窝。他们徒劳地寻找鸟蛋，只看到一些蛋壳、打湿的羽毛。但他们看到很多青蛙，成年的青蛙有手掌般大小，还有蝌蚪、一串串的青蛙卵。他们轻易捉到数只成年青蛙，串在棍子上烤着吃。列昂尼德带着十九岁小伙儿的饥饿，凶残地吃着，门德尔则惊讶地发觉自己心里竟泛起对于禁忌肉类的祖传的反感。

“就像在埃及，在摩西的时代，”门德尔说道，他只是想打破沉默，“但我从来不理解它们怎会是瘟疫，埃及人大可吃了它们，就像我们现在这样。”

列昂尼德一边嚼着，一边问：“青蛙是瘟疫？”

“是第二场瘟疫。*Dom, Tzefardea*’。*Tzefardea*’是青蛙。”

“第一场是什么？”

“*Dom*，血灾。”门德尔答道。

“那我们以前是有血性的，”列昂尼德若有所思地说，“剩下的呢？接下来还有什么？”

门德尔开始念口诀，这是逾越节时给孩子逗乐唱的歌谣，用来帮助回忆：“*dom, tzefardea*’，*kinim*，’*aroiv*……”接着他翻译为俄语：血、蛙、虱子、野兽、疥疮、鼠疫、冰雹、蝗虫……但没等说完，他停下来问列昂尼德：“可你……你小时候，不守逾越节吗？”

话一出口，他就后悔了。列昂尼德虽没有放下食物，但将视线转向别处，眼睛变得阴郁、空洞。半晌之后，他颇有些前言不搭后语地说道：

“他们把我父亲送到索洛维茨基之后，我母亲没有等他。没等多久。她把我送进孤儿院，跟另一个男人同居了，再也没有管过我。他也是铁道工，说话总是悄声细语。可能他怕也被送到索洛维茨基群岛去。他什么都怕。就我所知，他们还住在一起。我现在受够了。受够了这样子朝天晓得往哪里去的方向走。受够了血和青蛙，我想停下，我想死。”

门德尔没有回答；他意识到这位同伴属于那些不能用言词治愈的人。或许，身负他这样的故事的人，都是无法用言语治愈的。但门德尔仍然觉得愧对他，感到内疚，觉得犯了过错，好似眼睁睁地看着有人在浅水区淹死，因为那人没有呼救，就任由他淹毙。若要帮助列昂尼德，你得理解他，而要理解他，他就得说话，可他只是像这样讲述：说出一两句，然后沉默，回避门德尔的眼神。他随时准备伤害别人，也准备被伤害。倘若门德尔试图强迫他开口？那会很危险。如同把一颗螺丝强拧进螺帽，你会遇上阻力。倘若拿螺丝刀硬拧，就会损坏螺纹，最后只得扔掉这颗螺丝。但是你若有耐心，重新开始，就能毫不费力地转进螺丝，最后会拧得十分牢固。这需要拿出耐心来，纵使原本毫无耐心的人，也得拿出耐心。尤其是毫无耐心的人。譬如丧失了耐心的人。譬如从来不曾有过耐心的人，从来不曾有时间和材料为自己打造耐心的人。门德尔想回答：如果你真的想死，有的是机会。但他却说道：“我们睡会儿，至少今晚填饱了肚子。”

行走的第九天，小径彻底地消失了。沼泽地越来越广阔，连绵不断，时或可以在其间的沙洲辨别小径，树林稀落，只有零散的几棵树木，自从他们出发以来，还不曾见过如此广袤的地平线。辽阔而忧伤。凝滞的水面清晰地映出圆圆的云朵。白色的云朵在天空一动不动。两人滑溜的脚步声，偶或惊得鸭子飞入甘蔗丛中，但门德尔决定不开枪，不愿浪费子弹，暴露自己。远处隐现一座木质建筑。他们走近之后，发现是一座水磨，已被遗弃，甚为破败。磨轮刀片已生锈，浸在混浊的河水之中。河水向沼泽地的四面八方流去。必定是皮提切河。诺沃肖尔基不会远了。

河对岸的地面略为结实。他们隐约辨出远处有个山坡，长满苍绿的树木，是橡树或赤杨。门德尔穿上靴子，列昂尼德仍赤着双脚，只在脚上缠了些破布，以免被荆棘扎伤。走了半小时之后，他喊道："嘿！看这个！"门德尔转过身，见他手里拿着一个布娃娃。这只粉红色的布娃娃十分破旧，光着身子，缺了一条腿。门德尔将它举到鼻子底，闻到一股童年的气息，樟脑丸和赛璐珞的惨淡气味，一时间，回忆汹涌起来——他的姊妹和后来成为他妻子的她们的小伙伴，斯特列尔卡村，深坑。他沉默片刻，喉咙哽塞，然后柔声对列昂尼德说道："森林里可没有这样的东西。"

小径右边有一处空地，他们看见空地里有个男子，高高瘦瘦的，面容苍白，肩膀狭小。他意识到他们的存在之时，困窘地试图逃走或隐藏。他们喊住他，他让他们朝前走来。他的衣服褴褛，脚上穿一双旧轮胎缝的凉鞋，手里拿着一束野草。他不像是农民。他们问他："犹太人的村子是不是在这里？"

"这里没有村子。"此人答道。

"难道你不是犹太人？"

"我是逃难的。"他说道，但他的口音暴露了他的身份。

列昂尼德给他看那个布娃娃："那这个呢？这是哪里来的？"

此人的视线略转，有人从列昂尼德身后走来。是个小姑娘，黝黑瘦小。她从他手里接过布娃娃，严肃地说："是我的。你找到它，很聪明。"

一九四三年·八月至十一月

此人自豪地跟列昂尼德解释道，确切地说，这不是村庄，而是“沼泽共和国”，更是一座堡垒、避难所、要塞。他们两人会受欢迎的，因为这里能干活的男子很少，拿得动武器的更少。他叫亚当。天快黑之时，他召集在空地四周寻野草的孩子，大约十来个，有男孩有女孩，各人拔了一小捆草，分作数束。“在这里，每个人都得做些有用的事，连孩子也不例外。有些野草能治病，有些能吃，煮了吃或者生吃。我们教孩子们认野草、野莓根等等。嗯，我们这里不太教他们其他东西。”

他们出发回去。孩子们看着这两位战士，露出猜疑的好奇。他们没有向这两人提出任何问题，也不彼此交谈。他们是易受惊吓的小野兽，眼珠不安地滴溜溜地转。亚当没有下命令，他们就自行排成队，两人一组，朝山坡走去，循着一条他们似乎很熟悉的小径。他们脚上也穿着轮胎做的凉鞋，身穿旧军装，破烂又不合身。找回布娃娃的小姑娘把它紧紧搂在怀里，好似保护它，但她没有跟它说话或者看着它。她的目光好似小鸟，不安地溜眼看向小径两旁。

亚当对于述说与倾听有极大的兴趣。他五十五岁，是营地里年纪最大的，因此派他照管孩子。是的，也有妇女，但不多，她们能做粗重活。其中一个是他女儿。在回答他们的问题之前，他想知道两位新成员的故事。门德尔很乐意满足他的要求，细致地讲述，而列昂尼德只说了寥寥数言。他，亚当，是从很远的地方来的。他曾是明斯克的纺织工，从十六岁起，就活跃在犹太人劳工组织。他还尝过沙皇监狱的滋味，就算是囚犯，也还是被送上“一战”的前线。犹太人劳工组织的成员是孟什维克，而作为孟什维克，他被审讯，一九三〇年又被关进监狱。那可不是好受的，他们把他关进冷冻囚室，还有不通风的闷热囚室，他们想要他供认自己受了外国人的贿赂。他熬过两次审讯，然后割腕自尽。他们把他的伤缝起来，好让他招供。整整两个星期，他们一个小时也不让他睡，然后他供认法官想要听的一切。他在监狱度过两年，接着在位于莫斯科和阿尔汉格尔斯克之间的沃洛格达的一个劳改营度过三年。劳改营比监狱好些，他在集体农场工作，就是在那里学会哪些野草可以食用的。他知道太多城里人不知道的事物，所以就算是被囚禁，也是有好处的。夏天里，野草很重要，就算不加佐料，也有营养。当然，冬天是另一回事，最好不要去想冬天。

囚禁结束之后，他们把他送回家，但战争来了，数天之后德军到了明斯克。是的，亚当为此深感良心不安，因为他，还有一些跟他一样的老人，在其他战争里见识过德军，试图让其他人放下心来：德国人善于打仗，但也是文明人，为什么躲藏或逃跑？他们顶多会把土地还给农民。然后，那些德军在明斯克做出他不能说出口的事。他不能说，不会说，不该说。“这是我们共和国的头一条规矩。我们要是彼此反复地讲述所见过的事，人会发疯的。但我们得保持神志正常，包括孩子们。除了识别野草，我们还教他们撒谎，因为不单是德军，我们四周都是敌人。”

他一路这么说着，已抵达营地。说实在话，难以用一个词来形容这个地方，因为门德尔从不曾见过像这样的地方，也无法想象竟可能有这样的地方。无论如何,这里更像避难所，而不是要塞。在这片他们从远处望见的山坡上——山坡大约仅高出平原二十米——有一座老修道院，隐匿在浓密的树林里。一座砖砌的建筑围绕露天方庭的三面，有二层楼。两座方塔立在两个庭角，一座塔仍用作钟楼，另一座早已塌毁，用木头重修，应该是当作瞭望哨。不远处，方庭敞开处对面是修道院的粮仓，用粗糙的原木建造，带宽敞的马车门、一些小窗。

与其说这座修道院被树木隐蔽，不如说是叫树木围困起来。三边厢房，只有一处完好，余下两处布满或新或旧的毁损痕迹。屋顶原是铺瓦的，多处塌陷，胡乱地葺着稻草或芦苇。外墙上有多处豁口，看得见里面堆满瓦砾的房间。看样子这里在数十年前就被遗弃，甚或可能是在内战时期，因为赤杨、橡树、柳树贴着墙根生长，有些甚至长到墙内，在瓦砾堆里扎下根，枝丫伸向屋顶的破洞寻找阳光。

此时天已快黑了。亚当叫两人在院里等候，院子里长满久经踩踏的野草。稍后他回来，带二人走进一间大房，地板上铺着稻草、向日葵秆儿，早已有人在等待，有的坐着，有的躺着。孩子们也进来，在昏暗之中，每个人分到一碗野草汤。没有灯。两个妇女安排孩子们睡觉。亚当转回来，告诫新成员不要擦火柴。门德尔和列昂尼德觉得被守护着。他们疲乏了，耳听着周围的叽咕声，仅数分钟之后，便陷入无意识的沉睡之中。

早晨醒来，门德尔心里有种身处另一世界和另一时代的快乐而不安的感觉。或许是在朝那应许之地走了四十年的沙漠里，或许是在被罗马人围困的耶路撒冷城墙内，或者是在挪亚的方舟中。在大房间里，除了他二人之外，只有两个男人和一个女人，三人都是中年人，显然患了病。他们说的既不是俄语，也不是意第绪语，而是某种波兰方言。孩子们在门口张望，好奇却不吭声，或许就是昨天那伙。一个瘦小单薄的姑娘走进来，肩上扛着冲锋枪。她看见两个陌生人，立即转身走出去，不问任何问题。听得见四周隐约传来忙碌的声响，好似阁楼上耗子的声息：短促的呼喊、一记锤打、井链嘎吱、一只公鸡扯开嗓子啼叫。空气从敞开的窗户进入，带着沼泽和森林的潮湿气息，混杂着其他陌生、更尖锐的气味：作料、烧焦的毛皮、拥挤的房间、贫穷。

过了一会儿，亚当进来，叫他们跟他走。朵夫，他们头领，在等他们。他在司令部等他们，亚当骄傲地解释道。那司令部就是一个小房间，处于一间大平房的中心，原是修道院的外屋，四壁镶嵌杉木板，内置式炉子占据一半空间。炉上和炉旁有三架木床，门边有一张粗糙木板钉成的桌子，除此别无他物。连朵夫所坐的椅子，看起来虽结实，却很粗陋，显然是行家在没有工具的情况下制作的。朵夫是中年人，矮个子，但骨骼强壮、肩膀宽阔，他不驼背，却佝偻着身子，垂着头，好似挑着重担。因此他垂头从下往上看对话者之时，就像是从不存在的眼镜边缘看人。他的头发想必曾是金色，而今几乎全白，但仍然浓密，仔细地梳理过，从正中分开。他的双手大且结实，说话之时，双手一动也不动，直直地从前臂垂下。他不时地看看双手，好似它们不属于他。他长着四方脸，眼神凝重，五官诚实，看起来苍老但精神饱满。他说话缓慢。他让两人坐在最靠近火炉的木床上，开始说这些话：

“无论如何，我都会接纳你们。你们是战士，这就更好了。我们已经有太多来这里寻找庇护的人。他们甚至从遥远的地方来，寻找安全。他们没有想错，在方圆一千公里以内，这里是犹太人所能找到的最安全的地方，但这不意味着这地方安全。根本不是。我们很软弱，武器装备不足，要是受到严重的袭击，根本无法自卫。而且我们人太多，其实我们都不知道究竟有多少人。每天都有人来、有人离开。现在必定有五十多人，不全是犹太人，还有两三家波兰农民。乌克兰民族主义者偷走他们的粮食、牲口，烧毁他们的房屋，他们吓坏了，就来到这里。犹太人呢，有的来自犹太人聚居区，有的从德军劳动营逃出来。每个人都有一个可怕的故事。还有老人、妇女、病人。大概只有十来个年轻人会使用武器。”

“你们有什么武器？”门德尔问道。

“很少。一打手榴弹，几把手枪和冲锋枪。一架重型机关枪，子弹够打五分钟。幸运的是，迄今为止，这里极少见到德军。他们最好的部队被召回前线，在数百公里之外。这些地区只分散着一些守备队，到各地征用粮食、劳工，防守道路和铁路。乌克兰人最危险，德军把他们组织起来，给他们武器装备，向他们灌输那些思想——好像真有这个必要似的！乌克兰人向来视波兰人和犹太人为他们的天然敌人，根本用不着再灌输什么思想。

“这个营地的最佳防御是沼泽。沼泽朝四面八方漫延数十公里。你得相当熟悉沼泽地，才能穿越。有些地方水仅没及膝盖，而另一些地方则没过头顶，有几处浅滩，但很难找到。德军不喜欢这里，因为沼泽地里不能施展闪电战术，连坦克都会陷进去，越重就陷得越深。”

“但冬天里水必定会结冰。”

“冬天是恐怖时期。冬天里，森林和沼泽成为我们的敌人，成为躲藏之人最可怕的敌人。树木掉光叶子，就像赤裸着身体。侦察机能看到地上的一切。沼泽结冰，就不再是一道防线。你可以辨识雪地上的脚印。唯一能抵抗寒冷的是火，但火生烟，烟在极远处也能被看到。

“我还没有提食物。我们的食物也没有保证。有些是从农民那里来的，礼貌地得来，或者不礼貌地。但村庄也很穷，又远，德军和流寇早已先下手剥光了他们。我们从游击队得到一些东西，但冬天里，他们跟我们一样面临同样的困难。不过他们有时得到空投物资，那么我们也会得一些。最后，有些食物来自森林：野草、野菜、青蛙、鲤鱼、蘑菇、野莓，但只在夏天。冬天什么也没有。冬天里，只有恐怖和饥饿。”

“没有办法跟游击队建立更好的联络？”

“我们的联络向来没有规律。再说，还有什么比游击队更没有规律的？直到去年冬天之前，我是跟他们一起的，然后他们宣布我不合格了，因为对他们来说我是老人，另外我受了伤，跑不动。地方上的游击队就像水银珠子，他们凑集、分散，又凑集。他们被解散，又组成新的。最大最稳定的游击队有无线电，跟伟大之地保持联系……”

“什么是伟大之地？”

“我们也跟着这么叫。是前线之外的苏维埃领土，不被纳粹占据的那部分。无线电就像血液，归功于无线电，他们接收到命令、增援、教官、武器、粮食。不单是空投的，情况允许的时候，伟大之地来的飞机降落到游击队的地区，卸下人员物资、带走病号伤员。就这一点来说，冬天倒好些，因为你得有飞机场或者至少一片空旷、平坦的地方，让飞机着陆；这些地方可以从空中清晰看见，德国人一看到这样的地方，立马就投下炸弹，炸得不能使用。但冬天里，只要冰结得够厚，任何湖沼河流都可以用。

“但你们绝不要以为这是定期的给养。不是所有空投和着陆都安全，也不是所有游击队都愿意跟我们分享。很多游击队首领视我们为光会吃的废人，因为我们打不了仗。正是因为这个原因，我们得证明自己有用，我们能够以各种方式证明这一点。任何能走会打枪的人，必须自视为游击队员，要去防守；如果游击队要他，他就得跟他们走。实事求是地说，游击队与修道院之间有着持续不断的交换，在德军发现我们之前，这个修道院也可算是累垮或者受伤的游击队员的避难所。但还有很多事情可以做，我们就去做。我们给他们缝补、洗衣服，用橡树皮鞣皮子，做靴子。是的，你闻到的气味就是从鞣瓮里传出来的。我们用白桦树皮制造沥青泡皮革，靴子就会柔软又防水。你会什么手艺吗？”他问门德尔。

“我原本是修手表的，但也在集体农场做过技工。”

“好。我们立刻给你找事做。你呢，莫斯科人？”

“我学过记账。”

“这对我们不太有用，”朵夫笑道，“我是想记账，可这是不可能的。我们连这些来来去去的人都数不清楚。我们这里有些犹太人奇迹般地逃出武装党卫队的屠杀，有些农民来寻求庇护，还有些我们得提防的可疑人物。他们甚至可能是间谍，但我们能怎么办？什么也不能办，只能相信他们的面孔，就像我现在相信你们的面孔。我们没有特工处。很多人来，有些人离开，或者死去。年轻人离开，先征得我的许可或者自行离去。他们宁愿正式加入游击队，也不想在这个共和国里，在饥饿和恐惧之中枯燥麻木得像植物一样。老人和病人死去，但健康的年轻人也死去，死于绝望。绝望比疾病更可怕，在等待的日子里袭击你，没有消息、没有联系，或者当他们宣布德军部队的动向、乌克兰和匈牙利雇佣兵的动向的时候，人就变得绝望。等待比痢疾更致命。抵御绝望只有两种方法：工作和战斗。但也不总是足够的。还有第三个方法，那就是彼此撒谎。我们养成了这个习惯。就这样，这就是我要讲的。你们带着武器，这很好，但你们要是带个无线电发送机来，那就更好了。事情就是这样，人不能样样都得，就算在诺沃肖尔基也不可能。”

他们立即被列入岗哨的值勤名单。这是社区里最重要的工作，修道院的两座旧塔正适合当作哨岗。按规矩，每个体格健全的避难者都得工作十二个小时，然后休息八小时，值岗四小时，分作两小时一班。这令事情变得比较复杂，但朵夫定下精确的时刻表，坚持要求严格执行。当夜，门德尔被分派跟在寝室门口瞥见的那个纤瘦姑娘一起站岗，每人守一座塔。他得知她叫琳，但再不知道更多。换岗后，他问她道："我的裤子破了。能否请你帮我补一补？"琳简慢地答道："我给你针和线，你可以自己补。我没空。"她提起灯笼照着门德尔的脸，简直带着张狂的专注说道："那道伤疤是哪里得的？"门德尔答道："前线。"琳不再追问，走去睡觉。列昂尼德则跟伯尔一组，一个戴眼镜的小伙子，几乎还是个孩子，沉默寡言。

两个新成员都被派到皮革工坊。在恶心的气味之中，人们沉默地鞣皮，唯有鞣瓮的溅泼声音和简短的低语声时或打破沉默。男人女人面无表情地刮毛皮，剔除毛和残留的肉末。这些是兔子、狗、猫、山羊的毛皮。分毫也不浪费，最新鲜的毛皮上刮下的带肉残渣被小心地保留着，用作肥料。其他工人煮树皮，或者将毛皮撑在木架上。

他们很快就使自己适应了这种生活，适应强迫的、自相矛盾的命令，每道命令似乎都是靠每一分钟的努力和固执而得到执行的。这里没有集体食堂，中午和傍晚，所有人在厨房锅前排队，然后各自蹲在某个角落默默地吃分到的食物。多半是野菜薄汤，带几片土豆，鲜少有肉片或芝士，一匙蓝莓，一杯牛奶。

或许是因为年纪最大，亚当是唯一不曾忘记讲故事的乐趣的人。

“朵夫？他是从来不须劝说的。幸好有他在这里解决纷争。朵夫他见得多了，他从很远的地方来。从西伯利亚中部高原的某个偏僻村庄来的，我总是记不住那村名。他的祖父是无政府主义者，在沙皇时代被流放到那里，他的父亲在那里出世，他也是。战争爆发时，他被动员参军，给送到空军部队。他随后就被俘，在一九四一年七月。德军把他关进劳动营，不足一公顷的地，四周围着扎倒钩的铁丝网，里头什么也没有，没有营房或棚子，只有一万个筋疲力尽的士兵，受了伤，饥渴得发狂。在混乱之中，他们没看出他是犹太人，所以没杀他。数天后，他们把他与一千名士兵装上火车。他发觉他这节车厢的木地板腐烂，就将木板踢开，从疾驰的火车上跳下来。只有他跳下来。车厢里余下的八十人都没这胆量。他折了一条腿，但还是设法离开铁道线，寻到一户农家，这户人家收留了他几个月，没有去告发他。他们还给他接了腿。腿一好，他就跟游击队走，但去年冬天他膝盖受伤，从那以后就瘸了。游击队帮助他，他和五六个犹太人在这里安顿下来。他是脚踏实地的西伯利亚人，在几个月里，他和其他人把这座修道院翻整，把这个瓦砾堆整治得能住人。”

整个八月，沼泽共和国里没有发生值得记载的事。九个掉队的红军从奥扎里奇而来。他们自发去炸毁、掠夺德军的一个仓库。他们带来两头骡，它们背上驮着数袋土豆、四杆意大利步枪、二十只手榴弹。他们带来的消息则胜过所有这些东西的总和：苏联人夺回了哈尔科夫。在诺沃肖尔基的公民当中，旋即生起热烈的争论：哈尔科夫有多远？有人说五百公里，有人说六百，又有人说八百。说八百的指责说五百的在做梦，而说五百的认为说八百的是失败主义者，或者是叛徒。

奥扎里奇来的人还硬拖了一个医生来。对于诺沃肖尔基来说，医生会是极有价值的。但这个医生，大约四十来岁的犹太人上尉，已病得不堪。他在发烧，最后的路程，根本无法自己走，他们不时将他驮到骡背上。一到修道院，他就得躺下，因为他已经站不稳，脸上冒出紫斑。他只能勉强说话，仅靠嘴唇发声，好似舌头已经麻木。他自己做了诊断，说是得了斑疹热，快要死了，他只想安静地死去，不想感染其他人。朵夫问怎么医他，他答道没有医法。他要了些水，然后不再说话。他们让他躺在修道院外的地上，拿了毛毯给他盖。次晨，他死了。他被小心地埋葬，以防任何接触。伯尔，戴眼镜的年轻人，原本是拉比学院的学生，来到墓前念哀悼祷文。怎么才能避免感染？或许斑疹伤寒仅是通过虱子传染的？没人知道。为了加倍小心，朵夫让他们烧毁死人接触过的每一件东西，包括那条珍贵的毛毯。

九月来了，第一场雨落下来，第一簇树叶变黄。门德尔意识到列昂尼德起了变化。他们初到诺沃肖尔基之时，列昂尼德还是老样子，长时间皱着眉头不吭声，骤然冲着门德尔发火，好像是门德尔跟德国人签订协约，是他发动战争，是他令恐怖在这个国家蔓延；好像是门德尔把他派到伞兵部队，把他空投到沼泽地中央。而现在列昂尼德渐渐地不再找门德尔，或者说，似乎更像是回避他，避无可避之时，他便小心地不看门德尔的眼睛。有一天，门德尔见他不在鞣瓮前，打听得知列昂尼德受不了这气味，请求朵夫将他调到琳和另外两个姑娘蒸馏白桦树皮制沥青的房间。又有一天，朵夫跟门德尔抱怨，因为他的朋友没有来工作，这是严重违反纪律，朵夫无法理解这种行为。门德尔答道，对于列昂尼德做或不做什么，他不替他负责任。但话一出口，他感觉心头一记抓挠，因为他意识到自己嘴里说出的这些话，便是耶和华询问亚伯在哪里之时，该隐所说的话。真荒唐！列昂尼德是他的兄弟吗？不是兄弟，只不过是跟他一样的可怜人，跟其他任何人一样，在路上遇见的路人。门德尔当然不是看护列昂尼德的，更没有洒了列昂尼德的血。他不曾在旷野里杀了他。然而这一记抓挠仍在：也许事情确实是这样的。我们每个人都是某个亚伯的该隐，通过对他所做的事、对他所说的话，以及该对他说却没有说的话，从而不知情地在旷野里杀了他。

门德尔告诉朵夫，列昂尼德经历了艰难的人生，但朵夫凝视他的眼睛，以单个音节答道："哦？"在诺沃肖尔基，这不是借口。谁背后没有一个艰难的人生？朵夫厉声说道，没有借口做*游击队无政府者*。*游击队无政府*是什么？游击队无政府，朵夫解释道，就是缺乏纪律。这是严重的危险。为了逃避法西斯的屠杀，就有必要接受比法西斯更严格的纪律。更严格，但更正义，因为这是自愿接受的纪律。任何不能接受这个纪律的人，可以自由离开。门德尔和列昂尼德该好好想想。事实上，他们该马上就想，因为这里有一项任务让他们去执行。一项紧急重要的任务，但完全没有危险。上面有指令，要破坏一处铁路。这正是适合他们的任务，以赢得在共和国的公民权。况且，这也是游击队的习惯，要求新成员执行一项任务当作测试，就像进入一间工厂。

次日，朵夫也将列昂尼德召去，详细地解说道：

“为乌克兰南部的德军前线运输物资的布雷斯特—罗夫诺—基辅铁路被炸毁。从现在开始，所有军需物资都绕道布雷斯特—哥麦尔线。这条铁道途经诺沃肖尔基南部，大约三十公里外。这是一条单轨道，得尽快把它破坏掉。这是你们得执行的任务。有什么想法？”

“你有炸药吗？”门德尔问道。

“有一些，但很少，而且不适合这工作。是从扔到沼泽地而没有爆炸的炮弹里取出来的。”

列昂尼德打断他的话，傲慢地瞅了门德尔一眼：“请允许我说一句，指挥官。像这样的任务，炸药非但无济于事，反倒是累赘。破坏铁路这样的工作我懂。伞兵训练课上，他们跟我们解释了所有这些方法。大扳手更适合、更准确，不发出声响，不留痕迹。”

门德尔有些着恼，问道：“在你们课堂上，他们也给你们实践训练，还是只有理论？”

“我来负责这项任务。你这次管好你自己的事情。”

“行，”门德尔说道，强调每一个字，“我不反对。我更擅长修理，而不是搞破坏。”

朵夫听着，似乎觉得这场斗嘴有趣。他说道：“等等。要是把破坏铁轨跟让火车脱轨结合起来，就太好了。破坏的铁轨可以在数小时内修好，而脱轨的火车非但无用了，而且会数日妨碍铁路通行。但德军也知道这一点，一段时间以来，如果一列火车很重要，他们会先派出侦察车。”

朵夫与列昂尼德就技术问题做了简短的讨论，然后定出具体的方案。倘若在诺沃肖尔基正南方的孔采维奇附近破坏铁路就不明智，会把盖世太保引到这个藏身地。最好走得远一点，靠近维特科维采，往西五十公里外，铁路在那里穿越一道跨运河的桥梁。那里会是理想的地方。

“去准备，”朵夫说道，“你们两个小时后出发。会有个熟悉地形的向导带路。不要带武器。一起商量如何破坏铁路。列昂尼德，要是你学过些窍门，那更好。但记住，执行任务的时候不要啰唆。让他们在锻铁车间打两副扳手，合适的型号。”

在这样的情况之下，门德尔宁可不要向导，但此人无疑确实熟悉地形，尤其是浅滩。他名叫卡力斯，拉脱维亚人，二十二岁。他高高瘦瘦，金发，动作敏捷无声。出生在如此遥远地方的人，怎会这般熟悉波利西亚的沼泽地？他是跟德军的时候熟悉起来的，卡力斯说道，俄语说得极糟糕。在他的村里，他们喜欢德军，而不是苏军，他也是，或者至少开始的时候是。他投靠他们那边，他们教他如何追捕游击队。是的，在这里，就在这个地区。他在这里差不多一年了，知道这里的每一寸地。但他不傻，斯大林格勒战役之后，他认识到德国人会被打败，于是就再次叛逃。他朝两人露出浅笑，想要得到认同。站在获胜的一方总是更好些，不是吗？但他现在得小心，既不能落在希特勒手里，也不能落在斯大林手里。那他为什么到诺沃肖尔基避难？列昂尼德问道。是的，当然，他个人根本不反对犹太人。

“我们也得小心，”门德尔向列昂尼德低语道，“此人手上也有犹太人的血。”

卡力斯又露出邪笑：“说意第绪语没用的。我懂的，我也懂德语。”

“那么你认为诺沃肖尔基的犹太人会是赢家？”门德尔问道。

“我没那么说，”拉脱维亚人答道，“小心，这里的水变深了。我们靠右边些。”

黎明时分，他们走出沼泽，接着数小时，走过草地、无人耕种的土地。他们一直歇息到午后，半夜时分抵达铁道线。照卡力斯说来，他们该顺着铁道线朝西，走上八公里或十公里，抵达运河为止。最好不要走在铁道线上，而是保持数百米距离，平行而走，别让它出了视线之外。天上挂着月亮，令他们更容易行路，但是倘若没有月光的话，他们会觉得更安全。此时他们已经疲惫，但列昂尼德仍然强迫保持步速，抢先带头。拉脱维亚人却总是设法掉在最后。这惹恼了门德尔，终于厉声对他说道：“你！往前走。我押后。”

日出之时，列昂尼德瞧见桥梁。这不是动手的最佳时机，但四周没有人影，那座桥仅数米长，也无人看守。列昂尼德显然急切地要负责这项任务，用低沉而兴奋紧张的声音下命令。在门德尔的帮助之下，他松开桥头钢轨接头间的金属板，然后拧开连接枕木与轨道的螺钉。木头已腐烂，螺钉很轻易地被拧开。卡力斯搭讪着要帮手，但接着便满足于望风，确保无人走近。两条铁轨松开之后，列昂尼德没有将它们移开，而是用一根大约三十米长的绳索斜系起来，这是诺沃肖尔基所能找到的最长的绳索。绳索活动的另一端埋在松土和灌木之下。成了，列昂尼德骄傲地说，现在只需等着火车来。先让侦察车过去，然后在火车头眼皮底下拉起绳索，移动铁轨。别拉得太早，不然的话，司机会起疑心。

他们轮流睡过白天。傍晚之际，在野地的沉默之中，传来火车的声响。三人都抓起绳索，伏在灌木丛里，以免被人看见。没有侦察车。火车大约有三十节封闭的载货车厢，疾驰而来。但是见到桥梁之时，火车开始减速。骤然之间，门德尔很想祈祷，但抑制住这个冲动，因为儿时学来的那些祈祷都不适合这个情况，而且他也拿不准神圣的耶和华虽值得称颂，但是否有权管辖铁路。火车缓慢行驶，接近松开的那一段铁轨之时，列昂尼德命令道："拉！"三人跳起来，使劲拽绳索，绳索服从他们拼命的努力而移动，但没有移得太多，不超过一掌之宽。

一个急刹车，火车头尖叫起来，车轮迸出火花。司机必定看见了什么，试图将火车头倒退，但为时已晚。骇人的车轮冲出铁道，闯进路堤的砾石之中，由于惯性，在震耳欲聋的闹声、漫天的灰尘里，火车头和车厢往前驶出十多米，然后一切停止。只有火车头的排障器在桥头，略微倾斜。必定是撞在胸墙上了，某处破管道里冲出一股蒸汽，发出刺耳的嘶声，响得令三人无法交谈。列昂尼德面如死灰，示意另两人随他前去查看第一节车厢。大约是搜寻战利品。疯了！只见人影在火车里跑上跑下。门德尔接管了任务，在卡力斯的帮助之下，将列昂尼德拖进最近的树林。他们凝视彼此的面孔，喘着粗气：半脱轨，半成功。火车头损坏了，但没有毁。铁道线中断了，但可在数日之内修复。桥梁和车厢几乎完好无损。列昂尼德诅咒自己，早该料到火车会在桥头减速的。要是在前面一公里处破坏铁轨，损失就会严重十倍。

押车的不超过六七人，正忙着检查火车头，无暇追究是谁导致这一故障。三人隐身等待天黑，然后出发，不慌不忙地回营地。列昂尼德似乎很沮丧，门德尔试图开导他：这不是他的过错，他们没有工具。何况火车确实停了。列昂尼德沉默良久，转身不理睬。然后他说道："你不懂，这是一份礼物。"

"一份礼物。给谁？"

"给琳的，那个扛枪的姑娘，是的，就是跟你一起站岗的那个。从前夜开始，她是我的女人。这列火车是给她的礼物。"

门德尔想笑，又想哭。他想告诉列昂尼德，诺沃肖尔基不是谈恋爱的地方，但他克制住自己。他们默然前进。走到半夜之时，发觉卡力斯落在后面，便停下等候。一个小时过去了，卡力斯仍旧没有出现。他逃走了。他们在黑暗里重新上路，夜越来越黑。

回到营地，他们做了汇报，朵夫既不评论也不判断地听着。

他熟知这些冒险。卡力斯逃走太糟糕了，但这事无法预料或者避免，况且也不是头一起了。诺沃肖尔基不是劳动营，任何想走的人都可以离开。他会去举报吗？警察的悬赏很诱人，每举报一个犹太人赏金十卢布。德国人向来慷慨。但另一方面，德军还记着卡力斯的账，此外，修道院一直待他不错，最后，他有糊口的其他路子。无论如何，这是无可挽回的，他们只有提高警惕，尤其是最初几天里，要是有袭击的话，他们就自卫。

无人来袭击。九月中旬，朵夫的神秘情报员反倒带来消息，说意大利投降了，这个消息使得营地骚动起来。战争的消息——无一例外地是胜利的消息——是诺沃肖尔基的一个基本特征。没有哪个星期不是在盟军登陆希腊或者希特勒被暗杀或者美军以奇迹般的新武器歼灭日军等消息之中度过。然后，人人都激动得上气不接下气地转达每一则消息，加以渲染，添饰细节，这则消息在数日里成为对抗苦闷的良药，少数拒绝相信的人便被鄙视。然后这则消息淡出，被遗忘，不留丝毫痕迹，于是另一则消息毫无保留地被接受。

但这一次情况不同。这则投降的消息得到两个来源的证实，其一，这是来自莫斯科的无线电；其二，通常持怀疑态度的朵夫也证实了。评论近乎狂乱，无人再谈论任何别的事情。那么轴心国的力量削弱了一半。战争会在一个月，顶多两个月内结束。盟军不可能不抓住这个时局，他们不是已经登陆意大利了吗？对他们的军队来说，意大利只不过是个中转站，在三天之内，他们就会抵达边境，直捣德国心腹之地。什么边境？人们回忆学校课本和传说，充满激情地重构欧洲的地理。帕维尔，沼泽共和国里唯一去过意大利的公民，就像传神谕者一般，坐在不断有人围拢过来的圆圈中心。

帕维尔·尤勒维奇·列文斯基十分看重其父系名字，不太喜欢过于直白的姓氏：他是犹太俄罗斯人，而不是俄罗斯犹太人。他今年三十五岁，却已经历了丰富的职业生涯。他曾是举重运动员、业余演员，然后成为专业演员，接着成为歌手，甚至在列宁格勒广播台做了数月播音员。他爱打牌、掷骰子，爱喝酒，若有必要，他能像哥萨克人一般诅咒。在诺沃肖尔基这个人人苍白憔悴的社区，他的运动员身材引人注目。无人能够猜透，靠着那些填不饱肚子的定量口粮，帕维尔哪来的营养供养那些肌肉。他中等身材、体格健壮、面色红润。他的胡须直长到眼底，他总是将胡须刮得很短，但胡须长得如此之快，剃过数小时之后，脸上就又浮现青黑色的阴影。他的头发和眉毛乌黑浓密。他有一副地道的俄罗斯嗓音，低沉、柔和、浑厚，但是话一说完，或者唱完歌，他就会紧闭双唇，好似捕兽夹。他的五官特征十分显著，如同山丘和山谷，颧骨突出，鼻子与上唇之间的那道沟很深，那道沟与嘴唇之间的会合处有两个肉嘟嘟的隆起。他的牙齿健康、稀疏。他长着一对催眠术士般的眼睛。靠着这对眼睛，再加上那双粗短、厚实的双手，他能够让你关节和后背上的酸痛消失，有时候，他甚至能够在数小时里驱逐饥饿和恐惧。他讨厌纪律，但在修道院里，他被默许了一种免惩特权。

聆听者们缠着他打听意大利的情况。

“当然了，我去过那里。数年前，莫斯科犹太人剧团的著名巡演。我扮演耶利米，预言灾难的先知。我后背套着轭上台，预言犹太人要被流放到巴比伦，我像公牛一般发出哞哞的叫声。我头戴紫色的假发，身上塞着东西，看起来个子更大，鞋底也是增高的，因为先知必须得高大。我们表演用的是希伯来语和意第绪语，在米兰、威尼斯、罗马、那不勒斯，那些意大利人一个字也听不懂，却疯了似的鼓掌。”

“那么，你确实亲眼看到意大利了？”拉比学院的学生伯尔问道。

“当然。从火车上看到。整个意大利就跟从列宁格勒到基辅那么长。一天之内，你可以从阿尔卑斯到西西里。现在意大利军队投降了，盟军旋即就会抵达德国边境。不过，就算在他们投降之前，意大利人也从来不是坚定的法西斯。事实上，是墨索里尼邀请莫斯科剧团去罗马的，意大利士兵在乌克兰也没怎么猛打。意大利是个美丽的国家，有海有湖有山，都是绿的，开满鲜花。人也友好，穿得体面，不过他们会偷。我是说，那是个奇怪的国家，跟苏联完全两样。”

但边境呢？盟军会去哪里？关于这一点，帕维尔·尤勒维奇的观念显然不太清晰，仅隐约记得塔尔维肖，但不记得边境另一端是德国还是南斯拉夫，或是匈牙利。不过，他记得在米兰过夜的一个黑眼睛姑娘。可他的听众对这个插曲不感兴趣。

十月过去，寒气降临，集体的情绪开始低落。相反的消息传来：苏军虽夺回斯摩棱斯克，但德军并未倒垮。他们在意大利打仗，但不是在边境，不是在阿尔卑斯山。也听说盟军在他们不曾听说过的地方登陆。英国人和美国人，凭他们那些石油和黄金，竟不能给德国人致命的一击，可能有这样的事吗？还有神圣的耶和华，值得称颂的耶和华，为何隐身于波利西亚阴沉的重云之后，不来救援他的子民？“你在众民当中选择我们”，为什么是我们？为什么恶人亨通，为什么无助之人遭难，为什么会有饥饿、万人坑、斑疹伤寒、党卫军的火焰喷射器朝挤满惊恐的小孩的坑里喷火？匈牙利人、波兰人、乌克兰人、立陶宛人、鞑靼人要抢劫谋杀犹太人，从他们手里夺走最后一杆武器，而不是加入他们一起抵抗共同的敌人？

接着冬天来临。冬天是苏军的朋友和盟军，对于困在诺沃肖尔基的人们来说，却是残酷的敌人。西伯利亚冷风早已在沼泽地的黑暗表面铺盖一层透明的冰，地面很快就会冻结，足以支撑搜捕者的重量。雪地里留下的脚步，从空中甚或地面便清晰可见，犹如《圣经》羊皮卷那般清晰。薪柴不缺，但火堆就是告密者，数十公里以外就能看见从修道院烟囱升起的烟柱，如同伸出食指指着这块地方：“供祭的牺牲就在这里。”朵夫命令，白天所有免于劳动的公民该集中到单独一个房间，夜里也该睡在同一个寝室。只可烧一堆火，火堆的通风管得改道，通到挨墙而生的一棵大橡树的枝丫之下。这样一来，煤烟子就被吸附在树枝下，而不会熏黑四周的雪。做这些事会有用吗？足够吗？也许有用，也许没有，重要的是所有人都得为共同的利益而做些什么，所有人都该感到某件事被决定下来，要去执行。鞣皮匠和鞋匠开始制造大小号码的靴子，使用农民愿意卖的所有毛皮，甚至包括猫皮、狗皮。这些粗陋的靴子用细线缝起，毛皮向内。不仅卖给当地人，朵夫还派代表团去罗夫诺耶，一个乌克兰浸礼会村庄，德国人和俄罗斯人都瞧不起他们，对他们加以迫害。他们与犹太人的关系甚好。

数天之后，这些使者从罗夫诺耶回来，收获颇丰，并且给朵夫带来一封信。信末署名是基大利，传奇般的首领，领导科索沃犹太人聚居区的反抗，被小提琴救了一命。朵夫而今视门德尔为其副官，把信读给他听，与他讨论。信里提到两个情况：其一，基大利告知朵夫，德军在已遭毁灭的索利戈尔斯克犹太人聚居区贴出“赦免”通告，以其委婉得可耻的官腔写道：强行的转移（他们称它们为转移！）无限期地延期，躲藏在这个地区的犹太人，尤其是手艺人，被邀回聚居区，不会因逃跑而受惩罚，会得到配给卡。鉴于冬天来了，朵夫该视情况斟酌，以他认为最好的方式行动。

其二，基大利邀请朵夫参加一个打猎会。猎人的打猎会。这是个独特的机会，达拉尕诺夫伯爵，曾是大地主，德军开战以后，回到自己的庄园，要在其切尔沃诺耶湖畔的庄园举行庞大的打猎会，离诺沃肖尔基一天的脚程。会有十来个德意志国防军军官。情报可靠，是一个跟游击队合作的乌克兰人传来的，他被选作助猎者。基大利目前所属的游击队很强大，组织良好，成员大多是一九四一年冬那场战役的志愿者，也就是苏维埃游击队的第一流人才。基大利认为犹太人参加这个打猎会的反响会不错，时机正好，或许还会得到武器之类的奖赏。

关于第一个问题，朵夫想暂且搁一搁；至于第二个问题，他立即做出决定。向俄罗斯人展示犹太人也懂打仗，也愿意打仗这一点很重要。门德尔主动当志愿者，因为他是士兵，知道如何开枪。朵夫思索片刻，不，既不派门德尔，也不派列昂尼德，恰恰因为他们是经过训练的战士。基大利提议的行动，就宣传来说是重要的，是要给德国人看的诡计，但从军事角度来说，这个行动没有意义，而且危险。游击队的逻辑是冷酷的，保留最好的人，以便执行最重要的任务，破坏、突袭、防御。朵夫要派伯尔和瓦迪姆，两个没用的废人，正是因为他们没用。"你认为我做事不光彩？是的。跟必须做决定的所有人一样。"

伯尔和瓦迪姆自信地出发。伯尔就是跟列昂尼德一起站岗的戴眼镜小伙，瓦迪姆是个没脑子的年轻人，健谈善忘，竟表现出飘飘然的骄傲："我们要给他们的肚皮喂饱子弹，我们要打穿他们所有的勋章！"他们带着一把手枪，各人一对手榴弹。两天之后，瓦迪姆独自回来，汇报这次冒险事迹，面色如蜡、精疲力竭，肩膀上有一个弹孔。根本不是打猎，而是屠杀、混战。人人都相互开枪，子弹到处飞。苏联游击队先动手的，他们隐身在浓密的灌木下，第一回合，他们就杀了四个德国军官，上校或将军，谁也说不准。接着他们看到乌克兰后备部队冲出来，向游击队开枪，有些朝空中开枪，也有人朝自己人开枪。他们其中一个用步枪托杀死一个德国军官，就在瓦迪姆眼前。伯尔当场死了，天晓得是谁杀了他。也许是意外。他正站着，四下张望；他眼神不好。瓦迪姆把手榴弹掷向德国人，他们不分散，反倒凑成一堆。一个手榴弹爆炸，另一个没有。

朵夫打发瓦迪姆去歇息，但这小伙子无法休息。他不时剧烈地咳嗽，吐出鲜红的泡沫。夜里，他发起高烧，失去意识，清晨就死了。死了。为什么？这孩子二十二岁，门德尔对朵夫说，按捺不住责备的语气。朵夫答道："我们也许会羡慕他，因为他死去的方式。"

在一场突来的雪暴里，瓦迪姆被埋在一棵赤杨底下。朵夫叫人在他墓前立了一块十字架，因为瓦迪姆是改信的犹太人。鉴于无人知道俄罗斯东正教的祈祷，朵夫便亲自念了犹太人哀悼祷文。"总比什么都没有好，"他对门德尔说，"不是为了死者，而是为了生者，为了相信祈祷的生者。"天空如此昏暗，地上的积雪和空中的飞雪都是灰蒙蒙的。

朵夫派信使去罗夫诺耶找基大利及其游击队，请求立即支援。但信使空手而归。他找不到任何人，但见到了罗夫诺耶的农民，男男女女都被聚集到广场，双手捆绑着。他看到党卫队小分队，枪口对准农民，迫使他们爬上一辆车。他看到后备民兵，乌克兰人或立陶宛人，从棚屋里拖出铁锹，装上车，他看到车朝村南的峡谷驶去，党卫队跟在后面，边笑边抽烟。他要说的就是这些。

在诺沃肖尔基，或者在所有被占据的土地上，无人不知铁锹的意味。朵夫对门德尔说，他后悔那样毫无防备地派伯尔去。

“如果任务完成得好，有胜利的成果，让两个人去冒险也说得过去。这事却相当糟糕,现在我知道错了。伯尔就算死了，也还是犹太人，谁都看得出来。我不该挑他的。盖世太保必定会检查他的尸体。我们参与打猎可能会让基大利的俄罗斯人改变对我们的看法,但也会导致德军的报复。卡力斯的逃跑、罗夫诺耶的铁锹以及伯尔，这三桩都是危险的信号。德军很快就会找到我们。我们奇迹般的安稳日子到头了。”

营地里的老人必定也抱有这般想法。朵夫跟他们说德军所承诺的“赦免”。他们想回索利戈尔斯克。他们请求离去，请求被送回犹太人聚居区。他们宁愿指望纳粹的承诺，而不愿面对诺沃肖尔基的雪和死亡。他们是手艺人，在犹太人聚居区可以干活，索利戈尔斯克有他们的房屋，屋旁有他们的墓园。他们宁可受敌人的奴役，得些微薄的面包。怎能说他们错了？门德尔记起三千年前那个可怕的声音，被法老的战车追赶的犹太人向摩西抗议道：“难道在埃及没有坟地，你把我们带来死在旷野么？服侍埃及人比死在旷野还好。”我们的耶和华，世界之王，劈开红海之水，吞没法老的战车。谁来劈开诺沃肖尔基的犹太人面前的水？谁给他们食鹌鹑和吗哪[1]？阴暗的天空没有降吗哪，只有冷酷的雪。

让各人选择自己的命运吧。朵夫装了三副雪橇，载着

1　据《出埃及记》记载，吗哪是古代以色列人出埃及时，上帝赐给他们的食物。——编者注

二十七个公民去索利戈尔斯，这些人没有军事任务，选择去聚居区，其中包括所有孩子。亚当选择留下。奥扎里奇来的人带来两匹骡子，其中一匹得拉两副雪橇。人们出发，神情麻木，没有告别，裹着破衣服、稻草、毯子，惨淡地希望能以这种方式再多活几个星期。

如帷幕般的大雪立即遮没了视线，他们从这个故事里消失。

朵夫命令他们在裸露的土壤里挖出三个地堡，或者更应该说是土坑，尽管十分寒冷，土壤却不曾冻结。这些土坑挖在离修道院大约两百米外，在预料德军会来的方向，朝向几乎被毁灭的罗夫诺耶，因为那里有个岗哨。每个土坑容得下两个人，盖上树枝，并且树枝随即被落雪掩没。“我们也会用铁锹。”他说道，又派一队人在罗夫诺耶与修道院之间最大的山道上挖一个两米深的四方大坑。他让人盖上薄板，再铺上树枝，跟周围空地的积雪齐平。积上一夜落雪之后，简直看不出任何挖掘的痕迹。如此准备好陷阱后，他又让两个人拖着装了石块的铁锹，在山道和陷阱上来回数次，模仿马车的新鲜车辙。他把武器分派给所有人，命人在完好无损的那座塔里架起重型机关枪。

两天后，搜捕者来了。不止五十人，他们必定高估了抵抗者的力量。还不能透过雪幕看见任何东西之前，便听得半履带车嗒嗒地响。一辆轻型半履带车开路，循着朵夫准备好的山道。车缓慢前进，驶到陷阱之前，在边缘摇摆，然后坠入，砸碎木板，发出噼里啪啦的声响。朵夫爬上塔楼，门德尔已在此守机关枪。朵夫阻止他道："节约子弹。见有人想爬出洞的时候再射。"但无人爬出来。车辆大概掀翻了。

轻型半履带车之后，一辆重型履带车驶来，后面跟着一队人，成扇形分散在山道和树林间。重型履带车绕过陷阱，开始射击；门德尔同时开火，以短促喷射式射击，头脑里激起战争的亢奋。他看见一些德军倒下，同时听到身后两记剧烈的爆炸声。两枚反坦克火箭弹打中修道院屋顶，屋顶塌陷，着了火。更多子弹打碎了这幢建筑的数处墙壁。在烟火和喧闹之中，朵夫贴着他的耳朵大喊："拼命打，别省着。我们现在为历史书上的三行句子而战。"朵夫也拿着一杆意大利步枪朝下射击。猝然间，门德尔见他身体摇晃，往后一仰，但随后立即挺直。门德尔听见其他人开枪，轻型武器的射击声从地堡里传来。地堡里的战士遵从朵夫的命令，从德军背后射击。德军受惊，乱了阵脚，转身背对修道院。门德尔和朵夫在瓦砾和火焰之中冲出台阶。他看见人们在移动，他喊他们跟随他。他们跑进修道院对面的空地，躲到森林里。"到安全的地方去"，他荒谬地想。修道院另一边，战争重又开始。他听见手榴弹爆炸，喇叭喊着命令。他看见男人女人举起双手走过墙壁豁口。他看见猎人者搜他们的身，狂笑，审问，让他们靠墙排成一排。然而诺沃肖尔基庭院里发生的事，这里不去讲述，因为这个故事的本意不是描述屠杀。

他们清点人数。共有十一人：门德尔、朵夫、列昂尼德、琳、帕维尔、亚当，另一个门德尔不知其名的女人，四个奥扎里奇来的人。亚当大腿根伤口出血，伤口过于靠近腹股沟，无法绑止血带。他躺在雪地上，默默地死去。朵夫没有受伤，只是有些眩晕。他的脑门乌青，或许是被跳弹或者炸飞的石子擦伤。德军直待到天黑，炸毁修道院剩余的一切，他们没有追踪逃亡者，踪迹早已被落雪掩没。他们离开了，带走伤亡者与那挺机关枪。

一九四三年·十一月至一九四四年·一月

他们的武器不多，子弹很少，没有口粮。他们惊骇得愣怔，无精打采，激烈行动之后，迟钝的消极感袭来，束缚了精神和四肢。战争会永远持续下去，死亡、追逐、逃跑永远不会结束，雪永远不会停，天永远不会亮。亚当的身躯四周的血污永远抹不去，他们再也看不到和平，看不到祥和的季节，看不到人们劳作。门德尔不知其名的女人有着善良坦率的脸庞，身体结实，有农妇的骨骼。她坐在雪地里，默默地流泪。门德尔得知她叫西丝尔，是亚当的女儿。

帕维尔最先恢复过来，说道："嗯，我们还活着，德国人走了。我们不能整夜待在这里。我们进地窖去，他们不可能炸了全部的。"朵夫也控制住自己，修道院底下当然有纵横交错的地道，数百米长。里头有粮食，无论如何，这个地方可以暂作避难所。有两扇活板门，但较大的那扇被压在巨大的瓦砾堆下，不可能通过。较小的那扇在厨房地板下，几乎没有被遮挡。他们摸索着爬下楼梯，找到些稻草和木柴生火。也找到冷杉树枝束薪柴把，点起当作火炬，在火光照耀之下，他们看到储藏的土豆、玉米以及弹药仍完好无损。他们开会商量。

"我们可以在这里待几天，休息、吃，然后再说。"帕维尔说道。但朵夫和门德尔不赞成，朵夫说："德国人已在罗夫诺耶派了驻军，他们在这里有伤亡。他们必定会回来的。他们从来不会事情只做一半。我们没了重型武器，就这么几个人，又疲惫，而且我们不能像这样住在地窖里，不是被冻死，就是被烟熏死。”

“我们得跟上基大利，”门德尔说，“基大利在哪里？”

“我不知道，”朵夫说，“上次我说过，他在一支由退伍的游击队员组成的精良游击队中。他是副指挥官。他们是行家，不会留下任何痕迹，很难找到他们。”

“但他们在罗夫诺耶必定有通风报信的，他们会听说德军袭击修道院的事，会派人来打探。”琳说道，之前她一直默默坐着。借着火炬颤抖的火光，门德尔转头看她。她坐在列昂尼德旁边的地上，矮小纤瘦，双眼黝黑，黑发剪得极短，指甲像学童一般被啃掉。她说话低声但坚定。不容易被看透的女人，他忖想，不简单、不坦率。不太像是列昂尼德的伴侣。他们可以从彼此身上汲取力量，或者彼此摧毁。然后他看着西丝尔，猛然感觉到孤独的麻木重量。孤身的男子可悲啊！如果他身边有个女人，任何女人，他的道路也会完全不同。

帕维尔同意琳的看法，添道：“如果他们派人来，很快就会派来的。”

次晨，他们确实听见狗叫。帕维尔爬上地窖口，从墙缝里看到老林务员奥勒戈，在修道院废墟之中走动。以往的经验证明他是可以依赖的人，利用巡山的机会保持游击队之间的联系，传递信息。是的，是基大利游击队的头领乌雷宾派他来打探的。他们在图罗夫附近的营地过冬，往西七十公里。乌雷宾愿意接纳经过训练的人，身体好的，其他一概不要。不难找到他们。

“走山路，避开大道。山路难走，但不会碰上巡逻队。”

他们听从林务员的建议,但行进十分艰难。积雪又深又软。领头的人往往膝盖陷没。有时碰上风吹起的雪堆，就会整个屁股都陷进雪里。他们轮流领头，但即便如此，一小时也只能走两三公里，因为他们身上扛着地窖里找到的沉重的粮食和弹药，也因为朵夫不得不频频停下休息。

雪已止，但天空阴沉，依然雪意涔涔，天色暗得辨不清方向。傍晚，东方与西方有一样的灰蒙蒙的黯淡光线。他们试图循着奥勒戈指点的方向，查看树干的苔藓，但这一带的树林大多是白桦林，其白色树皮不长苔藓。何况树木越来越稀疏，连绵的旷野交替着越来越广阔的平地，那里显然是冰冻的池塘或湖泊。他们当中无一人熟悉这地区，很快就开始依赖帕维尔。帕维尔展现出力量和自信。他对朵夫关怀备至。由于长途跋涉，再加上受伤的膝盖，以及德军袭击之时受的擦伤，朵夫已疲乏。帕维尔扶着他走，替他背大半负重，同时也取代朵夫的位置,做决定、下命令:“走这边。是吧,朵夫？”

帕维尔坚持认为自己能够直觉到北方，就像探水者直觉到水一样，讲不出是如何感觉到的。其他人露出怀疑，甚至不耐，而事实上，他们偶或碰见一棵橡树之时，苔藓确实长在帕维尔预料的方向。帕维尔所选择的方向虽然仅是近乎正确，但却是对的。除了疲倦之外，他们还得忍受干渴。他们都很熟悉俄罗斯的冬天，知道吃雪非但不能解渴，反而危险：雪会刺激口腔，使舌头发肿。解渴得用水，而不是雪或冰。但煮水得生火，生火得用木柴。他们经常看到被农民抛弃的成堆木柴，但帕维尔不让他们动它，或者他以门德尔、朵夫以及他自己三人之间交换意见的方式下达这个命令。

“朵夫说白天不要生火。坚持一下，忍耐一下。不会一天就渴死的。白天，很远就能看到烟。我们夜里生一堆火，火也能在很远外被看见，但我们会在火堆周围用雪或身体做屏障，这样一来，我们自己也能暖和一下。不过，我认为我们很快就会找到避难所的。在这样的乡村，应该有农舍的。”

不知是直觉、千里眼，还是行脚僧什么的窍门，帕维尔猜得果真准。傍晚时分，在荒凉的平原里，他们看见一处隆起，篱笆尖在雪地里浮现，涂了柏油，黑油油的，还看见农舍的屋顶。他们挖开门前的雪，全都进屋，挤在这个逼仄的空间里。屋里空荡荡的，只有一个土灶，一只铅桶。屋后靠墙垒着一大堆木柴，掩没在雪下。他们设法在灶膛炭火里煨土豆，在铅桶里融化雪水。他们在农舍旁燃起一堆火，在雪里挖出一个洞，拿军用饭盒煮玉米。他们煮出一顿烂糊状、无味、难吃的东西，纵令如此，也暖和了身体，解了饥渴。然后他们躺下睡觉，男人睡在地上，两个女人睡在灶台上方的简易床铺。不多时，他们都睡着了，只有朵夫无法入睡，他的膝盖旧伤发作，身上的骨头酸痛。他在睡意蒙眬之间呻吟，辗转翻身，试图找到不会加剧疼痛的睡姿。

半夜里，门德尔也惊醒。听不见丝毫声息，但一束微弱的亮光从小窗口射进来。光束从农舍一角转到另一角，似在探索。门德尔走到窗口，光束在他身上照了片刻，然后熄灭。光照得他目眩，眼睛恢复之后，在刺眼的雪光之下，他分辨出三个人影。三个身穿白色跳伞衣的男子，立在雪橇之上，扛着武器。其中一人扛着自动步枪，枪管上绑着一只手电筒。彼时，枪口和手电筒转而指向雪地。三人相互低语，但农舍里听不见丝毫声息。然后光束又射进窗口，听得一声枪响，一个声音用俄语喊道：

“不许动，不然就开枪。双手举起来。你们当中一个，举起双手走出来，不许带武器。”接着同一个声音用德语重复这些指令。朵夫转向门口，但帕维尔抢在前头。朵夫还未起身，帕维尔便已开门走出去，双手举起。

“你们是什么人？从哪里来，到哪里去？”

“我们是士兵、游击队员、犹太人。我们不是这附近来的。我们从诺沃肖尔基来。”

“我问你们去哪里？”

帕维尔迟疑着，门德尔举起双手走出来，站在他旁边。

“同志，我们本来有五十个人，现在只有我们十个活着。我们抵抗，我们的营地被毁了。我们没了希望，疲倦，但我们都身强力壮。我们寻找一个愿意接收我们的游击队。我们想继续作战，这也是我们的战争。”

身穿白衣的男子答道：“至于你们如何身强力壮，我们到时再说。我们养不起无用的嘴巴。在我们那里，只有能打仗的才有资格吃饭。这是我们的地盘，你们走运。我们看见你们女人在灶上，所以没有开枪。我们通常不是这样做事的。要是一看见人就开枪，就不会出错。”此人干笑一声，又说道：“差不多不会！”门德尔感到心潮起伏。

天快要亮了。其中两个男子下了雪橇，走进农舍，说话的那人仍留在屋外，枪瞄准农舍。他高个子，很年轻，蓄着短短的黑胡须。在伪装服下，看得出他们的衣服厚实，加了衬垫，身体似乎显胖，与敏捷的动作形成对照。进屋的两人握着手枪，命令所有人不许动，以迅捷、熟练的动作搜每个人的身体，包括两个女人，开玩笑似的道歉。他们问每个人的姓名、家乡，把找到的武器和弹药堆在屋角，然后走出去向首领汇报，屋内听不见他们说话的声音。蓄须的年轻人松开武器，下了雪橇，姿态熟络地走进屋，坐在地上。

"对我们来说，你们不危险。我的名字是皮奥特。谁是你们头领？"

朵夫说道："你也看到了，我们不是完整的游击队。我们是家庭营地的幸存者，我们本来还有老人、孩子、暂住者。我是他们的长者，或者头领，如果你要这么称呼的话。我跟曼努伊的'飞矢'和瓦卡大叔一起打仗，去年二月，我在博布鲁伊斯克受伤。我曾在空军部队，跟瓦卡大叔的还有基大利。他跟我是朋友。你认不认识基大利？"

皮奥特从兜里掏出一支短烟斗点燃："对我们来说，你们没有危险性，但你们可能会成为威胁。你有白头发了，头领。你曾是游击队员，难道不知道不该向游击队员提问？"

朵夫受了侮慢，闷不吭声。是的，在战时，人很容易老。他一直垂着头，看着一双大手无力地耷拉着，不时地揉搓膝盖。

皮奥特接着说道："但是不管你是不是战士，我们不会丢下你。至少一时不会。日后会怎么样，我们都不知道，我们头领或者其他任何人都不知道。我们的时间就像野兔奔跑，跑得快，弯弯曲曲的。谁要是为明天制订计划，并且去执行，就是好的，但谁要是为下周制订计划，那就是疯了，或者是德军的间谍。”

他又镇静地抽了几分钟烟斗，然后说：“我们的营地不远，明天傍晚能够抵达。你们拿回武器，但不可上子弹。至于弹药，我很抱歉，我们得带走。至少现在，等日后我们彼此都熟悉了，到时再说。”

他们出发，三人上了雪橇领路，其他人跟在后面。积雪很深且松软，三人的重量不足以把雪压得结实。十个徒步的人艰难前进，每走一步都陷进雪里。最慢的是朵夫。他没有抱怨，但显然走得万分艰苦。皮奥特把雪橇杆给他，但没有多少用处。他喘着粗气，面色苍白，汗如雨下，并且频频停步。皮奥特在前面领路，不时回头看，显得心神不宁。这是空旷的田野，没有树木或遮蔽物，冰冻的沼泽地与大片荒凉山丘交替，在山丘上回头望，只见他们留下的一长串踪迹，深如冰川中的裂隙，笔直如子午线。这条踪迹尽头就是他们，十三只蚂蚁。要是德国飞机飞来，他们就完了。幸而天空仍然阴云密布，但很快就会放晴。皮奥特像猎犬似的嗅了嗅空气，一丝微弱的风从北方吹来，过一段时间，风会吹转积雪，抹去踪迹。但天空会先放晴。他急着抵达营地。

他转离小道，让其他人先过去，等朵夫走到他身前之时，说道：“大叔，你累了。没有别的意思，不是冒犯你。上来，站在我的雪橇上，抓紧我。这样省力些。”朵夫默然服从，这两人重新到前面开路。这对大家都有好处。雪橇重量多了一倍，雪压得更结实，走路的人就不再陷进雪里。琳是体重最轻的，脚穿过大的军靴，现在就在雪地上滑行，好似穿着雪靴。列昂尼德紧跟她身旁。他们走到夜里，在皮奥特熟知的露营地过夜，次晨继续行进。下午两三点，阳光明亮，温暖得不同寻常，营地出现在他们的视线之内，比预料的更早。“出现在视线之内”，这是对于知道营地在何处、如何安置的人来说。皮奥特朝西南方给他们指出的那一大片森林，如同一道用细腻笔触画出的地平线，分隔雪的白色与冬日天空的蓝色。在那里，那些树木中间，就是乌雷宾游击队的营地。他们天黑时就能抵达，但不是走直路。这是他们拿代价换来的教训。晴天无风之时，绝不能留下过于清晰的行踪。他们得绕道。走进树林后，就可以抄直路走。

在沼泽共和国公民的眼里，这似乎是个梦。诺沃肖尔基是岌岌可危的避难所，高明的临时据点。他们所进入的这个营地则十分专业，用了三年的经验巩固起来。门德尔和列昂尼德可以比较乌雷宾游击队的良好组织与凡雅明那支游离不定的队伍大胆而无常的冒险。

在浓密的森林里，他们看到三排木质营房，几乎完全埋在地下，构成等边三角形。隐蔽如此之佳，不留神便会错过这些营房。三角形中心是厨房和水井，也极难发现。炉灶的烟散进浓密的树枝这一做法不是诺沃肖尔基的发明，这里同样如此。时机合宜之时，不同的地方会做出相同的发明，在有些境况之下，一个问题只能有一种解决方式。

在诺沃肖尔基，朵夫曾拿列昂尼德的专业说笑，说不需要记账员。在图罗夫，他们见到一个记账员，或者更是专职的军需官。他同时是苏俄秘密警察组织的代表、政委。他迅速有效地接待新来者。名字、父系名、所属军团、年龄、职业、登记材料（但他们当中极少有人有所有材料），然后分派床铺，余下的明早再处理。是的，床铺。各营房里都有一只火炉，铺着干净稻草的板床，虽然差不多在地下两米处，空气却干燥暖和。门德尔感到疲惫，迷失了方向感，同时感到受到保护，不像父亲，而更像个儿子，多些安全而少些自由，既觉得似在家里，又似身在营房。但睡意顷刻间袭来，犹如头顶受了一记重击。

第二天早晨，营房让避难者洗澡，还是热水澡，在厨房区的一个大桶里，得体地分隔男女。接着灭虱子，或者是邀请他们做自我检查，做到问心无愧，然后分派内衣裤，虽敝旧而粗糙，却干干净净。最后是美味的荞麦片，营养又滚烫，用真的汤匙从真的铝盘里吃，还有可以喝个够的甜茶。天空看似宁静，在这个季节里，空气温和得反常。晒到太阳的一些地方，雪开始融化，引起人们的不安。“冰冻对我们倒没有关系，”门德尔听皮奥特说，他在尽地主之谊，“一解冻，要是不当心的话，营房就会淹水，我们就会淹在泥浆里。”他骄傲地向他们展示电力系统。一个天才的技工把旧水车上圆锥形的耦接头改装到德军坦克的变速器上，一匹马蒙着眼罩慢慢地转圈，拉动变速器，然后一系列装置拉动发电机，给一组电池充电。要是一切顺利的话，这些电池生产无线电发送机所需的光和能量。“去年秋天，我们让四个匈牙利俘虏代替马拉了一星期。”

“之后你们杀了他们？”门德尔问道。

“我们只杀德国军人，也不总杀。我们不像他们。我们不喜欢屠杀。我们带他们到河对岸，松了绑，让他们想去哪里就去哪里。他们蒙着眼罩，有些晕头转向。”

皮奥特告诫他们不要试图离开营地，或者更确切说，不要离开营房超过三十米。“我们周围树林里都埋有地雷。有些地雷埋在三指以下，有些是成双的，引线埋在雪下。我们干了件出色的事：夜复一夜地、慢慢地，我们清除了德军一整片雷区。我们留下地雷，埋在这里。没有损失一个人，从那以后，德军就不敢来骚扰我们，但我们要去骚扰他们。”

皮奥特似乎叫这十个人激起了好奇心，他在农舍里发现并且差点儿杀掉的十个人。他对门德尔格外友好，给他展示一个小项目，是无线电操作员米哈伊尔独自构想并执行的。在他的营房一角，有一台靠踏板操作的老印刷机，以及少量字母铅块，西里尔字母和拉丁字母。米哈伊尔不是排字工，但他尽力做好。他排出一份双语宣告，印成对开页，就像德军在所有占领的苏联城市和村庄铺天盖地散发的那种传单。德文抄自德军告示的原文，承诺归还私有财产，重新开放教堂，呼吁年轻人加入工会组织，威胁要严惩游击队和怠工者。对页的俄文不是德文的翻译，而是相反的意思，这样写道：

年轻的苏维埃！不要相信德军，他们侵略我们的国家，屠杀我们的人民。不要替他们工作，如果你去德国，就会挨饿挨打，他们会像烙畜生一样给你打烙印。你回来的时候（要是你回得来的话！），得面对社会主义的正义审判。一个人、一公斤粮食、一个字的信息都不要给希特勒的杀手！加入我们。加入游击队！

两个版本都有不少拼写错误，但这不是无线电操作员的过错。a和e字母的铅块不多，他就使用看起来相似的。他印了数百份，往各地派发、张贴，远及巴拉诺维奇、罗夫诺、明斯克。

有一些轻型武器需要修理、上油，门德尔在图罗夫立即有活儿干了。不出勤的时候，皮奥特就一直跟在门德尔身旁。

"你们十个都是犹太人？"

"不，只有六个是。我、两个女人、总是跟着那个年轻姑娘的小伙子、你载上雪橇的老人，还有帕维尔·尤勒维奇——他是我们当中最壮的。其他四个是掉队的，德军袭击我们营地前不久来的。"

"德国人为什么要杀你们所有人？"

"这很难解释，"门德尔答道，"你得先理解德国人，我从来不能理解他们。德国人认为犹太人不如俄罗斯人，俄罗斯人不如英国人，德国人最有价值。他们也认为一个人比另一人更有价值的时候，就有权利对另一人做任何事情，奴役他，甚至杀他。也许他们当中不是所有人都这样坚信，但这是他们在学校传授的，他们的宣传鼓动的。”

皮奥特若有所思地说道：“我相信俄罗斯人比中国人更有价值，但是如果中国不伤害俄罗斯，我根本不会想到要杀了所有中国人。”

门德尔道：“我倒认为，一个人比另一人更有价值这样的话根本说不通。一个人可能比另一人更强壮，但不如另一人明智；或者受过更多教育，但不那么勇敢；或者更慷慨，但也更愚蠢。所以他的价值取决于你想从他那里得到什么。一个人可能擅长做这件工作，但你若派他去做其他工作，可能就不中用。”

“就是像你说的这样，”皮奥特说道，脸上洋溢着喜悦，“我曾是共青团的出纳，可我记性差，总弄错数字，人人都笑话我，说我不中用。然后开战了，我立即志愿参军，从那以后我觉得自己更有价值了。真奇怪。我不喜欢杀人，可我喜欢打枪，于是连杀人也不太能影响我了。一开始不是这样的，我不愿意杀人，也怀着愚蠢的想法。我想着德国人的皮肤跟我们的不一样，像包了一层钢铁，子弹会弹开。现在不这样了，我杀了不少德国兵，知道他们跟我们一样柔软，也许更柔软。你呢，犹太人，你杀过多少德国兵？”

“我不知道，”门德尔答道，“我在炮兵队，你知道的，不像拿步枪打。你架起大炮、瞄准、开炮，然后什么也看不清。要是视野好的话，就会看见五公里或十公里外的炮弹。谁知道有多少人死在我手里？兴许一千，兴许一个也没有。你从野战电话或无线电通过耳机接收命令：左三，投一炮，你服从命令，然后就结束了。就像轰炸机，或者就像把酸液倒进蚂蚁洞杀蚂蚁，数十万只蚂蚁死掉，但你一点儿感觉都没有，甚至不会有什么意识。可在我们村里，德军让犹太人挖一个大坑，然后让他们沿着大坑排成排，之后开枪打死所有人，甚至孩子，还有很多掩藏犹太人的基督徒。他们打死的人当中有我妻子。之后我就想杀人是坏的，但杀德国人是我们不可避免的。不论从远处或者在眼前杀。你们的道或者我们的道。因为杀戮是他们所能理解的唯一语言，能够说服他们的唯一论辩。如果我向一个德国人开枪，他就会被迫承认我，一个犹太人，比他更有价值。你看，这是他的逻辑，不是我的。他们只理解强力。当然，说服一个快要死的人没有多大用处，但从长远看，他的同伴会开始理解。德国人在斯大林格勒之后才开始理解。这就是之所以要有犹太人游击队，红军部队要有犹太人的重要原因，这是重要的，但也可怕。唯有通过杀德国人，我才能说服其他德国人我是一个人。然而我们有一条诫令：汝不可杀人。”

“可是，不管怎么说，你们是奇怪的民族。很奇怪。打枪是一回事，理论是另一回事。要是一个人理论多了，枪就瞄不准，你们总是爱理论。也许德国人就是因为这个缘故杀你们。你看，拿我来说，我很小的时候就参加共青团，就像我父亲一样，我愿意为斯大林献出自己的生命；像我母亲一样，我相信救世主基督；我喜欢伏特加，喜欢姑娘，也喜欢打枪，在平原上追猎法西斯，我过得挺高兴，不会停下来想这么多。

要是我的一个主意跟另一个有冲突，我根本不在乎。”

门德尔分一半心思听着，另一半心思用来拆卸一支自动步枪，拿煤油擦螺丝和弹簧的锈迹。他抓住这个亲近的时刻，问了皮奥特一件困扰他和朵夫的事情。

“你们的副指挥官呢？基大利，基大利·斯基德勒，犹太人，半俄罗斯半波兰血统，在科索沃打过仗的那个。高个儿、鹰钩鼻、大嘴的，他不是跟你们在一起吗？”

皮奥特没有立即作答。他抬眼看看，摩挲着胡须，好似试图回忆数年之前的记忆，接着说道：“是的，是的，基大利，当然。但他从来不是副指挥官，他只是在乌雷宾外出的时候接替下命令。他执行任务去了，基大利。他会回来的。是的，一周内，或者两周，甚至三周。也有可能他被转移了。在游击队里，这些事情很难说得准。”

皮奥特滑雪的本领比撒谎强，门德尔想。接着，他含笑问道：“他也是理论太多吧？”

“倒不是他理论太多。不是，完全不是。他的毛病不是这个。但他也很奇怪。我跟你说，你们犹太人真的多多少少都有点儿怪，你别介意。这个基大利枪法跟我一般好，我不知道是谁教他的。但他写诗，总是随身带着一把小提琴。”

“他写诗，然后用小提琴演奏？”

“不是，诗是一回事，小提琴是一回事。他在晚上拉小提琴。八月里他带着这把小提琴，德军在卢尼涅茨地区围剿。我们设法逃出来，但一个狙击手打中他，子弹穿透小提琴，失了力道，没伤着他。他从医务室拿来松脂和胶带修补小提琴上的弹孔，从那以后就总是带着。他说甚至比以前更动听了，他还把一枚铜勋章别在小提琴上，这枚勋章是我们在一个阵亡的匈牙利士兵身上发现的。你看，他的性格挺古怪，是不是。”

“如果我们都是一个样子，世界就会很无聊。我们看到跟其他人不同的人时，譬如侏儒、巨人、黑人、浑身长瘊子的人，用一段特别的祈祷词向耶和华祷告。我们说：赞美耶和华，宇宙之王，你令造物个个不同。如果我们为瘊子赞美他，就更有理由为拉小提琴的游击队员而赞美他。”

“你说得对，可你也叫我冒火。基大利也是这样。他总得发表意见，跟乌雷宾或迈可辛都相处不好。迈可辛是军需官，书记，就是那个记账的，苏俄秘密警察组织派来的。从莫斯科派来，伞投到这里，让他来维持纪律，好像纪律是最重要的东西。在这一点上，我跟迈可辛也处得不太好。”

门德尔趁热打铁：“那，基大利跟头领之间发生了什么？”

“初冬的时候，他们起了争执。乌雷宾和基大利两人已经闹了一阵子矛盾。不，不是因为小提琴。有更严肃的理由。基大利想去森林里巡逻，召集一个犹太人游击队。但乌雷宾说莫斯科的命令不是这样。俄罗斯人部队要接收犹太人战士，但一次只接纳少数几个。基大利没有先征得乌雷宾的同意，就写了一封信，派人送到诺沃肖尔基，两人就吵起来。我不知道信里写了什么，没法告诉你，也说不准他们谁对谁错。事实就是乌雷宾大发雷霆，吼得那么响，整个营地都听得见，拳头捶着桌子。”

“他吼什么？”

“我没听清楚。”皮奥特答道，脸涨得通红。

“他吼什么？”门德尔追问道。

“他吼道，他不想在他的队伍里再听人提起诗人。”

“他肯定没有用‘诗人’这个词。”门德尔说。

“没。他没说‘诗人’，”皮奥特沉默片时，接着说道，“可是你告诉我：他们说是你们的人把耶稣送上十字架的，这话是不是真的？”

在图罗夫营地，诺沃肖尔基来的难民找到安全和某种程度的物质富裕，但他们感到局促不安。奥扎里奇来的四人被纳入常规的任务，其他六人，包括两名妇女，被分派去做杂务。他们抵达数天之后，乌雷宾带着冷淡的礼貌接见了他们，之后再没有出现过。

气温渐渐下降，一月中旬之际降至零下十五度，一月底零下三十度。营地派出巡逻小队，滑雪去强征补给、搞袭击、搞破坏，门德尔都是从皮奥特那里听来关于这些行动的零星消息。

某天，乌雷宾派人询问他们当中是否有人说德语。六个犹太人都会说，语法多少沾点边，带着或重或轻的意第绪口音。为什么？什么意思？乌雷宾通过迈可辛传口信给他们，说他要见口音最好的男子。不要妇女。她们不适合这项任务。

那晚，在温暖的营房里，发了一顿特殊的晚餐。日落后不久，一副雪橇抵达营地，卸下一只大箱，旋即离去。晚饭时，军需官分给每人一只形状古怪的罐头。门德尔拿在手里琢磨：

沉甸甸的，没有标签，焊锡盖小于罐头外圆直径。他见其他人拿小刀尖在盖子圆环上戳两个洞，一大一小。他们往大洞里倒入一点水，接着拿一小团面包封住洞口。他越发好奇起来，跟着做，只觉得罐头变得烫手，同时，从仍然敞开的小洞冒出熟悉的乙炔气味。他跟着其他人,擦亮火柴贴近小洞口，不久，灿烂的火花将餐桌围绕，好似在童话里。罐头里是肉和豌豆，隔层是碳化钙，跟水反应，加热内层的食物。

外面暴风雪呼啸，在闪烁的火光之下，帕维尔开始表演。他装出滑稽的愤慨：

“什么？你们忘了我？还是假装不知道？当然了，明摆着的，怎么，不用说的！要是我想的话，我能把德语说得跟德国人一样，比希特勒说得更好，他是奥地利人。我能用汉堡口音、斯图加特口音，或者柏林口音，随便想要什么口音，我都会。或者没有口音，像广播那样。我还能用德语口音说俄语,或者俄语口音说德语。跟指挥官说。跟他说我曾是演员，周游过世界。我也是广播播音员，我还在广播里表演过滑稽短剧。对了，你们听过吃鲱鱼头的犹太人那个故事吗？”

他用俄语讲这个故事，夹杂荒谬可笑的意第绪语词尾变化，接着又讲了一个，再讲一个，犹太人自嘲的故事宝库取之不尽，荒诞又微妙，恰好抵消既荒诞又微妙的犹太仪式。或许这就是那个文明最精妙的果实，数世纪以来，从阿什肯纳兹犹太教的迷乱世界提炼而来。他的同伴们困窘地笑着，俄罗斯人则抱着肚子哄堂大笑。他们啪啪地拍打他结实的脊背，催他接着讲，帕维尔求之不得。他有多少年不曾有这样的观众了？

“……拉比学院的学生，他们参军入伍。你们听过这个故事吗？故事发生在沙皇时代，那时还有很多拉比学院，从立陶宛到乌克兰都有。成为拉比至少得七年，几乎所有学生都很穷。但就算不穷的学生，也是又瘦又苍白，因为拉比学院的学生只能就盐巴吃面包，喝水，睡在学校的长凳上，所以我们有句老话说：这可怜的废人，瘦得跟拉比学院的学生似的。征兵官突然来到一所拉比学院，所有学生都被征入步兵团。一个月后，考官发现这些小伙子的枪法都十分准确，一流的神枪手。为什么？我没法告诉你们原因，故事里没有讲。兴许学习《塔木德》让他们练就了敏锐的眼神。开战了，《塔木德》学生所在的团给派上前线。他们埋伏在战壕里，步枪瞄准，敌人开始进攻。指挥官喊道：‘射击！’没有动静，没人开枪。指挥官又喊道：‘射击！’还是没人开枪。这时敌人就在数步之外，‘射击，我说，你们这些愚蠢的笨蛋！为什么不开枪？’指挥官破口大骂……”

帕维尔突然收声，因为乌雷宾走了进来，坐在桌前，听众中间兴奋的嘀咕声随即消失。乌雷宾年约三十岁，中等身量，结实、黝黑，椭圆形面庞，面无表情，胡须总是剃得干干净净。

“怎么不接着讲？让我们听听结尾。”乌雷宾说。

帕维尔重新开讲，只是自信和兴致顿减：“其中一个学生说道：‘队长，你看不出来吗，他们不是纸板人，是跟我们一样的活人。我们要是开枪的话，会伤着他们。’”

桌子周围的游击队员勉强发出几声干笑，看看帕维尔，又看看乌雷宾。乌雷宾说道："我没有听到开头。那些不愿意开枪的是什么人？"

帕维尔简略地把故事的开头讲给他听，乌雷宾冷冷地问道："那你们呢，你们会怎么做？"

一时哑然无声，然后听到门德尔温和的声音："我们不是拉比学院的学生。"

乌雷宾没说什么，但稍后他问帕维尔："你就是那个会说德语的？"

"是的。"

"你明天跟我来。你们当中有电工吗？"

门德尔举手说道："我在村里修过无线电。"

"好。你也跟我来。"

次日四点钟，仍是漆黑的夜里，乌雷宾让人叫醒门德尔和帕维尔。快速地吃早餐时，他向他们解释这次冒险的目的。其中一个游击队员巡山的时候，看到德军在图罗夫村和兹特科维奇站之间牵了一根电话线。他们没有竖起电话柱，而是直接把电话线钉在树上。这位游击队员爬上树，剪断电话线，然后回营地报告，很自豪于自己的行动。乌雷宾骂他是笨蛋，电话通信不该截断，而是要拦截。图罗夫营地有一台野战电话机，从未用过，有没有可能修理电话线，把他们自己的电话机接上去，听听德军打电话说些什么？可以的，门德尔答，只要有电话听筒，就有可能。得立即动身，乌雷宾说，赶在德军发现电话线被截断、开始怀疑之前赶到。

乌雷宾、门德尔、帕维尔和凡第亚四人出发。凡第亚就是发现电话线并把它剪掉的小伙子。他还不满十七岁，生长在图罗夫村，离营地不到一小时的脚程，从小就到这里捣鸟窝，很熟悉这地区。他跃上滑雪板，在黑暗之中像山猫似的敏捷无声，不时地停下等其他三人。乌雷宾尚能驾驶滑雪板，门德尔就很艰难，勉强前进，他几乎不曾受过训练，滑雪板的绑带太松，妨碍他的行动。帕维尔生平第一次上滑雪板，尽管寒风凛冽，他却在出汗，频频跌倒，悄声诅咒。乌雷宾很不耐烦。最好在天亮之前修好电话线。幸而，据凡第亚说，路程不远。

行进一小时后，他们抵达。门德尔带了些电线。他脱下滑雪板，爬上帕维尔肩头，数分钟内，重新接好悬在雪地上的两头断线。但是为了完成这个动作，他得脱下手套，手指立即在冷空气里冻得发麻。他不时停下，在雪里搓手指，而乌雷宾看着渐亮的天空，跺着脚，因为天冷，也因为焦急。门德尔将高架电线接到听筒的一条电线上，爬下帕维尔的肩膀，把一根棍子插进地里，将听筒的另一根电线接在棍子上。乌雷宾从他手里抓过听筒，贴在耳朵上。

“听见什么？”门德尔悄声问道。

“什么也没有，只有电波。”

“那就是了，”门德尔低声说，“这表示线路畅通。”

乌雷宾把听筒递给帕维尔：“你懂德语，你听着。要是听到有人说话，给我个信号。”接着他问门德尔：“我们这样说话，他们听得见吗？”

“只要别说得太大声，听不见的。我们用手套罩住话筒。有必要的话，可以切断棍子上的连线，只消一眨眼的功夫。”

“好。我们等到天亮，然后回去。明晚再来。帕维尔，你要是冷，我接替你。”

事实上，他们四人轮流。一人冷极，就走到远离听筒的地方搓手跺脚。大约七点钟，凡第亚欣喜地点头，把听筒递给帕维尔。乌雷宾把小伙子拉到一旁。

“你听到了什么？”

“我听到有个德国人喊‘图罗夫、图罗夫’,但没有人应声。”此时，帕维尔招着戴手套的手，点着头，是的，喊了好几次，有人回答了。他听了几分钟,然后说:“他们说完了。真可惜！”

“他们说些什么？”乌雷宾问道。

“没重要的事，但我听乐了。有个德国兵抱怨自己睡不着，因为肚子痛，问另一个有没有某种药。肚子痛的那个名叫赫尔曼，另一个叫西吉。西吉没那种药，他在打呵欠，似乎有些烦，就挂了电话。我正要告诉他我们有药，他会听见吗？”

乌雷宾说道：“我们不是来这开玩笑的。”接着他说，鉴于机会难得，尽管冒险，他决定在这里多待几个小时。

事实上，稍后他们拦截到一个更有趣的对话。这一次是西吉拨打图罗夫驻地，呼叫赫尔曼，说自己数次试图联络麦德伏德卡驻军部队却没收到回答。肚子仍然痛的赫尔曼答道，或许在麦德伏德卡的四个人都出去巡逻了，用不着担心。但西吉坚持要弄清状况，因为他听说这个地区有游击队。赫尔曼似乎军衔更高，或许只是年长，给他一些建议：召一个手下扮成伐木人，带着绳子斧头，派出去从图罗夫到麦德伏德卡看看出了什么状况。

“麦德伏德卡有多远？”乌雷宾问凡第亚。

“离这里大概六七公里。”

“从图罗夫到麦德伏德卡呢？”

“两倍路程。”

“麦德伏德卡有多大？”

“麦德伏德卡不是村子，只是个集体农场。大约三十个农民在那里干活，但我想现在已经废弃了。”

乌雷宾对门德尔和凡第亚说：“你们两个去把这个伐木人给我捉回来。我们在这附近等你们。”

中午时分，门德尔和凡第亚带着俘虏回来了。俘虏安然无恙，惊恐万状。他们拿电话线将他双手反绑。乌雷宾急得浑身发抖。西吉又给赫尔曼打过电话。他很不安，伐木人还没回来。赫尔曼抱怨了一下大雪和森林，然后叫西吉再派一个人，扮成农民，沿河边的小道去。为了扮得逼真，叫那人带上两只母鸡。乌雷宾命令门德尔和凡第亚立即动身去河湾那里等。

这一次等得更久。日落时分，两人才带着第二个俘虏和两只母鸡回来。这两个俘虏都不是德军，而是后备队的乌克兰人，叫他们开口并不难。图罗夫只有七八个德国兵，年纪大了，不愿离开村庄，也不愿跟游击队纠缠。兹特科维奇站的情况却不同，十月里，有人在离镇不远处破坏了铁路，一列载货火车脱轨，毁了一座桥，之后就派来更强大的驻军部队监视火车站和铁路。有一个排的德意志国防军，一个小兵工厂，大约二十个乌克兰和立陶宛后备队员。还有一个粮草仓库、一个盖世太保办公室。

回营地之前，乌雷宾决定给德军传递个信息。他给帕维尔下指示，帕维尔说道："看我的。"便拿起听筒，轮流呼叫图罗夫和兹特科维奇，直到有人回答。然后帕维尔说："这是内部前线敌占区红军十三师三团指挥官格拉夫·海因里希·冯·诺伊德克·乌尔德·朗格瑙上校。给我接驻军部队高级军官。"帕维尔兴奋地扮演这个角色，站在及膝的雪地里，森林已笼罩在黑暗之中，刮着彻骨的寒风，他举着可笑的电话听筒，电线在积雪掩盖的灌木丛间晃荡，他扯开权威、洪亮的嗓门说德语，模仿得酷似军官，颚辅音浓重，r 和 ch 的余音在舌根回响。他暗自赞道：好样的，帕维尔·尤勒维奇，娘的，你比普鲁士人更普鲁士！

电话里传来一个惊恐、困惑的声音，要求解释。这是达维德戈罗多克的驻军。

"没有解释，"帕维尔雷鸣般吼道，"不得提问。我们明天以五百人马袭击你们火车站。给你们四个小时撤退，你和你那些马屁精叛徒。不许留下一人。要是让我们找到任何人，统统绞死。"门德尔收到乌雷宾的示意，切断连接，四人带着两名俘虏回营地。素来阴郁的乌雷宾，寡言少语，尤其吝于称赞，这时也不禁露出不自然的干笑，笑意虽不曾延展到眼睛，却裂开冻得发白的嘴唇。他开口说道——不是专门跟某个人说话，而是自言自语般地："干得好。今晚在盖世太保总部可有得讨论了。他们会致电柏林，打探这个投敌的格拉夫是谁。”

门德尔问帕维尔：“这个上校是你的主意？”

“不是，是乌雷宾想出来的，不过格拉夫是我自己加的。这个名字想得不错吧？”

“很不错。是怎么说来着？”

“哈，你以为我能记得住？要是想听的话，我再给你编一个。”

乌雷宾全然不顾虑有俘虏在场，说道：“我们不派五百人袭击达维德戈罗多克，我们派五十人袭击兹特科维奇站。我认为德军不会相信这个故事，但以防万一，他们会从兹特科维奇向达维德戈罗多克增援，我们遭到的抵抗就会相对弱。”

此时天已经黑了。乌雷宾从背包里取出手电筒安在枪管上，但没有打开。他们继续前进，凡第亚滑雪开路，随后是两个乌克兰人，接着是帕维尔、门德尔、乌雷宾。途经一片茂密的林子时，冒充伐木人的乌克兰人奔出小径，企图往左逃，在深深的雪地里挣扎，想隐身树木之后。乌雷宾打开手电筒，圆锥体光束罩住逃亡者，开了一枪。乌克兰人伏身向前，踉跄数步，双手伸展仆倒在地，似动物一般四肢着地，又往前爬了数米，在雪地上拖出一条血迹斑斑的沟，然后停下。余下的人赶上去，只见他胫骨受伤，显然子弹穿透了他的小腿，骨头被打碎了。

乌雷宾一言不发，把枪递给门德尔。

“你要我——？”门德尔张口结舌地说道。

“上，拉比学院的学生，”乌雷宾说道，“他不能走路，要是他们发现他，他会把看到的一切都说出来。探子永远是探子，改不了的。”

门德尔只觉喉咙里泛起苦涩的口水。他后退两步，小心瞄准，开枪。“我们走，”乌雷宾说道，“狐狸会处理他的。”然后又转向门德尔，将手电筒光罩在他身上：“是头一次？别多想。以后就容易了。”

一九四四年·一月至五月

袭击兹特科维奇站不曾进行。营地的无线电数周以来仅传达关于德军动向的信息与前线的消息，乌雷宾等人回到营地当晚却反复传出代码，表示“注意收听”。乌雷宾与迈可辛之间发生争执，鉴于迈可辛被视为游击队里的政府和党的代表，所以他的意见取胜：不可擅自行动，等待，也许上面要下达关于特殊行动的指令。

乌雷宾将自己关起来。他极少露面，而露面之时仅是下达命令、教训手下。斥责厨师，因为荞麦片太咸：他以为盐是从天上掉下来的，跟雪一样多得是？斥责无线电操作员，因为他写的字条难以辨识。斥责帕维尔，因为他吃得太多，话太多。他拿怀疑的眼光看待被打发到厨房的两个女人，要么是难为情，要么是蔑视，除了纯属责任的问题之外，他从不跟她们说一句话。

对于朵夫，乌雷宾怀着愠恼的尊重，出于对长者而非对曾经的掌权者的尊重，而这样的尊重极容易转化为恼怒和轻慢。朵夫还未从跋涉的劳累之中完全恢复，受伤的膝盖疼痛不已，夜里痛得他睡不得安生觉，白天令他行动艰难。诺沃肖尔基是封闭的社区，处于防御状态，可以见容他的行动不便，因为他的经验足以弥补这一缺憾。而图罗夫营地是清一色的年轻人，朵夫深知自己是累赘，没有抱任何幻想。他试图在厨房里帮忙，清洁打扫，做些厨头灶脑的杂活。他变得沉默寡言，因为人人都知道伤感和沮丧极易感染，极少有人跟他说话。多亏了那次拦截电话任务，帕维尔开始受欢迎，得了些人气，他总是热情友好地与朵夫聒噪：当然啦，寒冷湿气叫你的骨头酸痛，就算在莫斯科也是这样，在这里自然更加严重了，这里处在沼泽地，营房一半埋在雪下，必定更糟糕的。但春天很快就来了，春天一来，谁知道呢？兴许也和平了。苏联军似乎已经渡过第聂伯河，他们在乌克兰的克里沃罗格附近打……

唯有跟门德尔和西丝尔一起时，朵夫才觉得自在。门德尔试图令他振作起来，但是出于本能的明通，避免提及他的伤残和疲倦。他试图转移朵夫的心思，向他征求意见，询问他对于战争的看法，好似朵夫知道的，胜过无线电的广播。不过，西丝尔让朵夫更觉安宁。她说话沉静，动作轻柔，坐在他旁边，男子汉一般的双手灵巧地削土豆，或者缝补已打满补丁的裤子和外套。他们会长时间地默不作声，沉浸在这份发自彼此信任的自在和自然的沉默里。当你们共有深刻的经验之时，便觉得无须说话。门德尔也喜欢在此逗留，在电灯泡微弱柔和的光线之下，看着西丝尔专心干活的脸庞。这张脸与这个女人成熟结实的身体形成截然对照，显露复杂的混合血统。西丝尔白皮肤，光滑的金发，她将头发直直地中分，在脑后绾成髻。她的眉毛也是金色的，细斜的眼睛由一道蒙古褶连接到鼻端，眼珠却是波罗的人的灰色。她的嘴唇宽阔而柔软，高颧骨，下颏和颌部线条精致，却又轮廓分明。西丝尔不再年轻，浑身散发安全宁静而非欢快的气息，仿佛她那双宽阔的肩膀足以抵挡任何逆境。

她从未提起她的父亲。她让朵夫讲在森林里打猎的故事，讲山猫狡猾的诡计，讲狼群的计谋策略，讲西伯利亚虎的埋伏。朵夫的村庄在通古斯加河穆托拉吉，三千公里外，冬天长达九个月，一米以下，土壤永不解冻，但朵夫总是带着乡愁说起那个地方。在那里，不会打猎的男人就不是男人。穆托拉吉跟世界上任何村庄都不一样。一九〇八年，那年他十岁，一颗星星坠落在八十公里外，或者是流星，或者是彗星。科学家们从世界各地而来，但仍然不曾揭开这个谜。他清晰地记得那天：天空晴朗无云，爆炸声响似一百记雷霆，森林着了火，黑烟浓重得遮住阳光。留下一个巨大的深坑，方圆六十公里的树木全都烧毁或者倒塌。那是夏天，火一直烧到村口大门前。

门德尔、帕维尔、列昂尼德、琳、奥扎里奇来的四人，参加远足训练、打靶、到附近农场和村庄搜粮。大多时候，这些搜粮行动极少遇上农民的抵抗，因为给游击队缴粮类似征税，起初是强征，而今成了理所当然的。即便是最反对集体化的农民，如今也认识到哪一方是赢家；此外，乌雷宾的游击队保护农民免遭德军搜捕人力，因其劳动营缺少劳力。

有一次搜粮行动归来，帕维尔骑着一匹马回来，得意扬扬地歪戴着皮帽。这不是一匹鞍马，而是驮马，虽年迈，却很高大。他说是在林子里发现的，马迷了路，饿得要死，但无人信他,因为这畜生一点也不瘦。帕维尔认为这匹马属于他，喜欢得不得了，马也日渐与他相善。他呼唤一声，它就像狗似的喘着粗气颠步跑来。帕维尔从来不曾骑过马，何况马儿鬐甲太宽，迫使骑手采取极不自然的坐姿，但帕维尔不值勤时，就可见到他在营房附近练骑术。乌雷宾说帕维尔的马应该轮流替换另一匹马拉发电机。帕维尔不同意，数名游击队员也替他帮腔。乌雷宾对帕维尔表现出无法解释的偏袒，任由他去。

对于列昂尼德，乌雷宾却不那么宽容。他不赞成他与琳的关系，两人的恋爱关系引起大家或善意或恶意的谈论。列昂尼德发了狂似的紧抓着那女孩，如同遭遇海难之人发现一块浮板。他似乎想全然将她拥有，不让她与其他人有任何接触，将她与世界隔绝。他不再与其他人说话，甚至不跟门德尔说话。

一日，乌雷宾叫住门德尔："我不反对女人，这事跟我无关。不过，我担心你那位朋友会搞出麻烦，也许会给其他人造成麻烦。固定的男女关系在和平时期合适，但在这里情况不同。这里有两个女人，五十个男人。"

门德尔正要以九月里在诺沃肖尔基回答朵夫的同样话语作答，也就是说，他不替列昂尼德的行为负责任。但他感觉乌雷宾比朵夫强硬。他按捺着情绪，含糊地答道，他会跟列昂尼德说的，虽然他知道自己在撒谎。他根本不敢跟列昂尼德说什么。门德尔一想到这个年轻人与琳的关系，便感觉心里纠结的矛盾。自从他们到图罗夫，他一直徒然地想要理清这团乱麻。

他感到羡慕，这是无疑的，事实上他也有点羞愧。这份感觉是羡慕略带着嫉妒，羡慕列昂尼德年轻的十九岁，羡慕他们这份突如其来、天赋的爱情，叫他痛苦地想起自己的爱情，想起六年前的爱情（还是六十年，或者六百年前？），他似箭矢射向靶子一般扑向丽芙柯怀抱。也羡慕幸运将列昂尼德带到琳的力场之内，像他这样的小伙儿极有可能惹麻烦上身，而在他看来，琳不似那种女人。门德尔纳闷，琳能在列昂尼德身上找到什么？或许仅是个落水的小伙。有些女人生来就要拯救这样的男人,或许琳就是其中一个。我也是拯救者，门德尔忖想道，慰藉者。这份职业甚好，安慰雪地和泥沼里的受难者，并且时刻准备开枪。或许是别的什么东西。琳并非寻找落水的男人去拯救，而是寻找受辱的男人，以供她再去羞辱，就如爬高台一般，爬到他头上，以便站得更高，看得更远。是有这样一些人，他们不知不觉之间伤害别人。列昂尼德该小心些。我羡慕他，但也替他担心。

图罗夫的休战日子一天接着一天，门德尔与西丝尔成了情侣。无须话语，自然而然地发生，犹如在伊甸园里，同时又是仓促不安的。天气晴朗，所有男人都在外面拍打毯子、给武器上油。门德尔去厨房找西丝尔,对她说:“你跟我来吗？”西丝尔立起身，说道：“来的。”门德尔领她到柴房，这里也当作两匹马的马厩。他们爬上楼梯到干草棚。天气寒冷，他们半裸着，西丝尔的女性气息和皮肤光泽令门德尔一时眩晕。西丝尔如花般绽开，温顺、温暖。门德尔只觉下身涌起多年麻木的力量和欲望。他沉入她，却没有逞意，反是格外谨慎，想要用心体味一切，丝毫不漏地铭刻在自己之内。西丝尔接纳他，身体微颤，闭着双眼，似在做梦。但旋即便结束了，附近传来人声、脚步声。门德尔与西丝尔分开，拍落稻草屑，穿上衣服。

之后他们相会的机会不多。他们尽量谨慎，但并未遮遮掩掩。游击队员向门德尔提起西丝尔之时会说“你女人”，门德尔挺高兴的。他在西丝尔身上找到安宁和活力，但拿不准自己是否爱她，因为他的灵魂承受太多负担，因为他感觉被炙灼，因为琳的在场困扰着他。在琳身上，门德尔感到一种罕见的、珍贵的人类实质，同时又是混乱且使人混乱的实质。西丝尔犹如阳光下的棕榈树，琳是黑夜里纠缠的爬山虎。料想她只比列昂尼德大几岁，但犹太人聚居区的匮乏生活已抹去她脸上的青春，她的脸色黯淡、疲惫，过早地长出皱纹。一双大眼深嵌在苍白的眼窝里，两眼相隔甚远，鼻子小巧，浮雕般精细的五官令她的表情既显得忧伤，又显得坚定。她的步履平稳且敏捷，不时猝然颠跑数步。

琳坚决地向乌雷宾要求允许她参加训练。她是游击队员，不是难民。在诺沃肖尔基之时，门德尔佩服她把弄武器的技术，在雪里行军之时，她的耐力至少不亚于列昂尼德。门德尔忖度，这不是天生的，这是必须每日更新的勇气和力量储备。我们所有人都该学习她的行动。这个姑娘知道如何得到想要的东西，也许她并不总是知道自己想要什么，但是一旦知道了，就会去实现。他羡慕列昂尼德，同时又替他担心。这小伙似乎被琳拽着，绳索拉得太紧。紧绷的绳子会断裂，然后会怎样？

琳话极少，从来不说闲话。微带沙哑的低沉嗓音淡淡地说出经过深思熟虑的数语，目光坚定地落在谈话者的脸上。她的行事迥异于门德尔从前见过的其他或犹太或非犹太的女人。她并不显得木讷或假装谦恭，不做作或发嗲，但她与人说话时，会把脸凑近对方，好像在专注地观察其反应。她时常将指甲啃得光秃秃的有力小手搁在对方的肩头或胳膊上。她可曾意识到这一动作无比妩媚？门德尔深为所动，对于列昂尼德像小狗跟随主人一般地跟着琳，并不感到意外。然而也许是由于长期苦行的缘故，门德尔看着琳时，就会想起耶利哥的妓女喇合，以及《塔木德》传说里的其他妖妇。他在那位拉比老师的一本旧书里读到这些传说，那是禁书，但门德尔知道其藏匿处，闷热的午后，拉比坐在高背靠椅里打盹时，他带着十三岁小男孩的好奇偷看过数次。米甲，但凡见过她的男子都为她神魂颠倒；雅亿，称得上其时代的可怕的游击队员，将橛子钉进敌方将军的脑门，仅凭声音就能勾引所有男子。亚比该这位明智的王后，男子只要在心里念到她，就会被她勾魂。而喇合是她们当中最胜绝的，男子一说出她的名字，便会遗精。

琳的名字没有这样的力量。关于琳及其名字，在诺沃肖尔基人人皆知，这名字既不是俄语、意第绪语，也不是希伯来语。琳的父母都是俄罗斯犹太人，哲学系学生，在革命与内战的狂热年代，在计划外意外地生下她。她的父亲志愿参军，去沃里尼亚打波兰人，从此消失。她的母亲在纺织厂找到工作。之前，她母亲曾参加十月革命，因为她在革命里看到自己作为犹太人与妇女的解放，她在苏联广场上演讲。她是艾米琳·潘克斯特的崇拜者、追随者。这位彻底的、不屈不挠的英国女士在一九一八年为英国妇女争得投票权。数月之后，这位年轻的俄罗斯母亲很高兴自己生下的是女儿，因为可以给女儿起名为艾米琳。自上学以来，大家都简称她为琳。琳的外祖母安娜·卡明斯卡亚也不是拘于厨房、孩子、教堂的妇女。她生于一八五八年，与潘克斯特女士同年同月同日出生。她逃离家庭，去苏黎世学习经济学，之后回到俄罗斯，宣扬抛弃世俗的财物，摒弃婚姻，不论是基督徒还是犹太人，男人或女人，所有工作者赋有平等的权利。她因此被流放到鄂木斯克，琳的母亲在此出世。琳记得在车尼哥夫她与母亲生活的小房间里，炉灶后墙上挂着潘克斯特女士的照片，照片装在相框里，是母亲从杂志上剪下的。照片拍的是一九一四年这位娇小的革命者被拘捕的情景，她身着长裙，帽上镶着鸵鸟羽毛。雨后的伦敦人行道闪着水光，她被一名英国警察提在半空，距离地面近一米，显得庄重、镇静，瘦小的后背贴着警察的大肚皮。

她先后在车尼哥夫和基辅上学，打算成为教师，上学时，她积极参加犹太复国主义群体，还有当地的共青团。她不以为苏维埃共产主义与犹太复国主义者宣扬的农业集体主义之间有任何冲突。然而一九三二年之后，犹太复国主义组织面临日渐增长的危险，直到最后被正式解散。对于想要属于自己的土地，在这片土地上以其传统方式生活的犹太人，斯大林划给他们西伯利亚东部一片荒凉的地区，要不要随他们。谁若想以犹太人的方式生存，就该去西伯利亚。如果谁拒绝西伯利亚，那就意味着他宁愿做俄罗斯人。没有第三条路。然而如果哪个犹太人想做俄罗斯人，而俄罗斯人拒绝让他进大学、蔑称他，让反犹者来屠杀他们，与希特勒结盟，那么他能怎么做，该怎么做？他什么也不能做，尤其当其是女人之时。琳留在车尼哥夫，然后德军入侵，把犹太人封锁在聚居区。她在聚居区又遇见一些在基辅结识的犹太复国主义者朋友，在他们与苏维埃游击队的帮助下，她买了武器，不多也不太精良，她学会了使用。琳不是死扣理论的人，在聚居区，她挨饿、挨冻，过度劳累，但她觉得内心的众多灵魂融合为一。女人、犹太人、犹太复国主义者、共产主义者，融合为单独一个琳，这个琳只有一个敌人。

二月底，无线电传来他们期待已久的消息，营地激起一阵骚动。在达维德戈罗多克附近，在冰封累月的斯特维戛沼泽地，德军为夜间飞机空投准备了一块空地。只是一片雪地，三个火堆布置为一个大三角，火堆仅是树枝堆，无线电传来信号之时便点燃。乌雷宾的游击队接到的指令是在图罗夫营地附近，离德军营地十公里处，准备一个类似的飞机场。具体地点由乌雷宾决定。接到信号时，一个小队点燃假飞机场的火堆，另一小队转移德军注意力，扑灭真飞机场的火堆。在单调无变化的平原上，除了游击队点亮的火堆之外，德军不会再有其他导向信号，会在假飞机场上投下降落伞。他们预计会投下食物、冬装、轻武器。

乌雷宾派出两名滑雪者，夜里出发去丈量飞机场，观察德军设三角的方位。他们稍后便回来，汇报一切如无线电所说。飞机场已安排就绪，三堆树枝堆在三角尖，自西向东朝向。旁边是一条泥路。路上有或旧或新的马掌印、马车辙、轮胎轨迹。泥路与飞机场之间有座带烟囱的小木棚，顶多容得下十人到十二人。这次空投的物资很可能不单补给达维德戈罗多克的驻军，而且也给分布在波里西亚和普里皮亚特沼泽里的所有德军驻军。由于各地区都有游击队出没,空投不但快捷，而且安全。

寻找类似德军飞机场的田野并非难事，实际上，若要寻找一片不同的田野倒很困难。乌雷宾选择距离营地二十分钟脚程的一个大池塘，也有一条平行的泥路，他命人搭了一间木板棚，与德军木屋的位置相符。料想德军不会在白天空投，但可能会遣侦察机拍摄地面。然后,等候德军无线电信号之际，乌雷宾选择两个小分队。第一队有九人，包括列昂尼德、皮奥特和帕维尔，任务是骚扰德军，扑灭其飞机场的火堆。第二队有六人，门德尔也在其列，任务是点燃假飞机场的火堆。余下的人待命。一切就绪后，他们通过无线电向游击队指挥官汇报。

天气仍然寒冷。三月五日前夕，天又下起雪来，粉脆的干雪，时断时续地下着，雪停的间歇，天空依然灰蒙蒙的，阴云密布。德军必定会等天完全放晴后才会空投。然而，一日早晨，他们听得飞机声，来了又去，飞得不高，但隐没云中，似乎在寻找着陆地。飞机飞得太低，不像载货空投，况且无线电仍未传来警示消息。乌雷宾命令原先架在雪橇上的重型机关枪准备待命，他们把枪卸下雪橇，扛在手中，瞄向天际。飞机反复来去，但声响渐弱。游击队员们出营房仰望，天空光亮，却乌云重重，时或瞥见太阳从云头浮现，周围一圈光晕，随后隐没。

“你们这些笨蛋懒汉，都给我进去！”乌雷宾喝道，“要是飞出云层，会把我们通通炸死。”事实上，飞机突然出现，几乎贴近树梢，径直朝他们而来。扛枪的两人转身瞄准飞机，但只听得各人叫嚷：“是自己人！别开枪！”确实是一架小型驱逐机，双翅画有苏维埃空军标志。飞机向营房俯冲而来，望得见有人挥着手臂打招呼。地上的人全都狂喜地挥舞双手，指向为空投准备的飞机场。飞机朝那个方向而去，消失在树林之外。

“能安全着陆吧？”

“飞机肚是滑橇，不是起落架。要是找到正确的方向，能行的。”

“走，我们跟上它。”但乌雷宾行使其权威，只准迈可辛和其他两人跟着他前去。他们踏上滑雪板，先按七拐八弯的路线，避开雷区，然后以越野滑雪者敏捷的大步直向前行。

一小时之后，他们回到营地，一同来的是一名红军中尉和一名上尉。年轻人，胡子刮得干干净净，面带笑容，身穿英姿飒爽的絮棉衬里跳伞衣，脚穿擦得锃亮的皮靴。他们热情地问候每一个人，但随即与乌雷宾进入作为总部的小房间。他们磋谈了数小时，乌雷宾不时派人送面包、芝士、伏特加进去。

在营地里，两位使者的不期而至激起长久的谈论，带着欢喜、希望、怀疑，掺夹着些许忿意。他们从伟大之地带了什么来？消息，这是准定的，还有新计划、命令。他们怎么来得这么突然，怎么不提前从无线电通知？部队就是这样的，另一人答道，他们突击视察是不预先通知的，不然的话，就不是突击视察了。“他们自己倒神气得很，伟大之地来的先生们，”又一人说道，“我敢肯定他们昨夜睡在床上，有枕头有床单，兴许还有老婆。我纳闷除了宣传，他们是不是也带了些剃须膏！”因为所有时代和所有地方的游击队都有很多共通之处：他们推重中央权威，但也很乐意当其不存在。至于剃须膏，这件东西列于营地私下的玩笑之首位。图罗夫营地建议队员不要蓄须，而其他游击队直接禁止，因为蓄须的年轻男子很容易被认作游击队员。即便如此，森林和沼泽里很多男子仍然不顾禁令和危险，蓄了长胡须。胡须成了游击队员的标志，象征森林里的自由，象征越规的勇猛，象征独立性战胜纪律。有意无意之间，胡须的长度好似贵族头衔或世袭爵位，成为衡量游击队员资历的尺度。“莫斯科不想让我们留胡子，可又不给我们剃刀或肥皂，叫我们拿什么剃？斧头？刺刀？没肥皂，我们就不剃胡子。我们留着。”

“都是些不会伤人的东西，”皮奥特受命将两名军官所带物资分类之后，出来宣布道，“没有武器弹药，只有印刷品和疥疮软膏。”他主动给忙于洗衣的两名妇女送消息：“女士们，你们要耐心。还是照旧用草木灰和苏打，跟我们老祖母的时代那样。重要的是灭虱子。不过，战争快结束了。”

两位军官当晚离去。他们从小窗口向外眺望之时，已重新穿上飞行服，面露无比的耐心。他们见乌雷宾带走朵夫，低声与他交谈，然后看着朵夫将寥寥数件个人物品装入背包。朵夫平静地与所有人道别，只有与西丝尔简单拥抱道别之际，眼眶变得润湿。他一瘸一拐地，跟两位使者与另一名发高热的游击队员离去，消失在铅灰的暮色之中。皮奥特说："你用不着担心。他们带他去医院，在伟大之地，比在这里好多了，他们会治好他的。"门德尔在他肩头重重一拍，没有作答。

那次访问之后，乌雷宾越发沉默、易怒。似乎为了尽可能不与外界接触，他选了一名队员扎哈尔为他传话，类似当副官。扎哈尔又高又瘦，像一根杆子，比乌雷宾更寡言。扎哈尔在一头听取命令，在另一头听取抱怨，两头做调剂。他年纪不轻，几乎不识字，是从库班来的哥萨克族人，原先是绵羊饲养员。扎哈尔是天生的外交家，立即表现出极大的能耐，排解分歧，劝人不可灰心，维持纪律，鼓舞士气。营地传言说乌雷宾在总部房间里酗酒。扎哈尔企图平息流言，但酒瓶子进进出出的，真相难以掩藏。

假飞机场准备就绪，他们都已就位待命，但行动的命令迟迟不曾下达。整个三月几乎在清静中度过，这不单对于不再有命令可下的指挥官不好，对于所有人的心态都有害。人人都感到饥饿，倒不是列昂尼德和其他人在封锁线后德军的劳动营所经历的折磨人的饥饿，而是一种怀旧的渴望，执着地向往新鲜蔬菜、刚出炉的面包，或许都是简单的食物，却是一时兴起想吃就能吃到的东西。人们也开始想家，人人都深受感染，而对于这群犹太人来说，思乡更是一种折磨。对于俄罗斯人来说，想家并非过分的希望，甚至可能实现：向往回家，向往一声令下。而对于犹太人来说，向往家园不是希望，而是绝望，从前因为有更紧急、更重大的悲伤，所以一直沉埋心底，但总是潜伏在那里。他们的家园已不复存在，夷为平地，被战争或屠杀烧毁，被猎人者血洗。已成墓园的家园，尸骨的家园，还是不要去想的好。为何活下去？为何战斗？为了哪个家、哪个国、哪个未来？

凡第亚的家倒离得很近。三月三十日是凡第亚十七岁生日，乌雷宾准他回图罗夫村的家中过生日。他没有当天回来。三天之后，乌雷宾令扎哈尔通知其他人，凡第亚是逃兵，派出两人去找，将他带回队。他们毫不费力地找到凡第亚，就在家中，根本想不到无战事时期缺勤三天也会如此严重。但这倒不是最糟糕的，凡第亚当众坦白道，在家里，他跟其他小伙子一起喝酒，喝醉后话就多了。说了什么？说起营房？还说起假飞机场？凡第亚面色发白，说道现在记不得了，不知道，但大概没有说，他没有说起秘密的事，不，他绝对没有说起这些事。

乌雷宾下命令将凡第亚关在柴房，派扎哈尔送去食物茶水，但天亮时分，他们都看见扎哈尔赤脚走向柴房，然后听见一声枪响。西丝尔和琳受命从小伙子的尸身上回收衣服和靴子，帕维尔和列昂尼德被派去挖墓地，土壤因雪水融化而泥泞不堪。为何特地派帕维尔和列昂尼德？

数日之后，门德尔发觉西丝尔心神不宁。他询问她，不是，不是因为凡第亚的事。扎哈尔找她谈话："同志，你得注意点。你要是怀上，就只有麻烦事，这不是医院，伟大之地的飞机不会天天飞来。跟你男人说。"扎哈尔对琳也说了同样的话，但琳只是耸耸肩，满不在乎。也是在这个时期，告示板上贴出一张当日命令，铅笔写的，字迹清秀，由乌雷宾署名：很快就要解冻，当务之急是绕营房挖一道排水沟，以防雪水淹进营房。这项任务极其重要，绝对要优先执行，因此一个月前为执行飞机场行动而安排的值勤人员名单，现在略有改动。列昂尼德和门德尔不再被列入值勤人员，他们须暂时放下武器，拿起鹤嘴锄和铁锹。帕维尔没有被排除，仍然属于扑灭德军火堆的第一小分队。门德尔、列昂尼德以及其他四人开始挖掘。夜里，雪和地面冻结，白天最暖和的时候便融化为黏稠、微红的泥浆。这似乎激起了乌鸦的兴趣，硕大的乌鸦飞来落在冷杉枝头，越集越多，数不尽的乌鸦挤挤挨挨，压弯了树枝，突然间，它们起飞，拍打翅膀，呱呱地叫，然后栖在另一个枝头。

命令在人们放弃等待之时传来：拦截到德军的无线电信号，空投马上就来。这必定是十分重要的空投，因为警报传达了数次。最后，四月十二日，传来明确的通知：空投就安排在当晚。两个小分队立刻出发。为了以防万一，帕维尔托列昂尼德照管他的马，出于某种原因，他给马起名为画眉。

营地里余下的人为当夜做好准备。没有特别的命令，但他们全都专心收听，尤其是无线电操作员米哈伊尔和门德尔，两人轮流替换，好让米哈伊尔休息几个小时。信号极弱，受到机器营营声和静电干扰；他设法拦截的几个消息都显得十分兴奋，重复数次，但简直无法理解，尽管米哈伊尔和门德尔都颇为熟悉德语。

凌晨两点，听得引擎轰鸣声，人人都跳起来。天空晴朗，不见月亮，轰鸣声越来越真切，时或伴随振动声，好似乐器上数根弦一齐颤动，虽然这乐器没有完美地调过音。肯定不止一架，至少有两架，或许三架。它们从营房北端飞过，肉眼不可见，轰鸣声随之消逝。

一小时后，第二小分队一名队员上气不接下气地回来。一切进行得十分顺利：火堆适时点燃，四架飞机，三十个降落伞，或者四十个，甚至更多。很多落在飞机场，有些落在树林里，有些挂在树枝上。立刻派增援，派一副雪橇去，物资很多。他们全都想去，但乌雷宾毫不听取意见，自己带上迈可辛和扎哈尔前往，甚至不准传递消息的报信人跟去。在其作为游击队战马的事业生涯里，画眉首次发挥作用：乌雷宾将它套到雪橇上，从雪地出发。雪地因融化而变得结实，表层在夜间凝结成薄冰。

同时，第一小分队所有人也回到营地，一人胳膊受伤。按照皮奥特和帕维尔所说，总体来说，行动很顺利。他们藏在木屋附近，听见飞机声响，看见三个德国兵出来，拿汽油桶淋在木堆上。他们在这些人点火之前将他们杀死，与此同时，一名队员爬到屋顶，往烟囱里扔下一颗手榴弹。有些德国兵必定当场死了，但还有一些奔出炸坏的木屋，开枪射击。一名队员受伤，一个德国兵身亡，另外两三个上了卡车，但还没来得及逃跑就被杀死。木屋里除了随身武器和罐装食物之外，没有找到任何好东西。有台无线电，但已经炸坏。他们守在道旁，以为会有机动车从城里装载空投物资，但是直到十点多，仍不见有动静，就回来了。

雪橇载物回来，不过那报信人肯定是夸大了：不超过二十包空投物资。乌雷宾不准任何人碰这些东西。他命人全部搬到他屋里，在扎哈尔帮助下亲自打开查看。他看过之后，才允许其他人清点。有点像慈善会抽彩，样样都有：有贵重之物，也有无用、神秘、荒唐之物。比如门德尔及其同伴从未见过的奢侈品：代巧克力做的彩蛋，因为复活节快到了；还有做成绵羊、甲虫、耗子形状的大块巧克力。雪茄、香烟、罐装烈酒和白兰地，这或许是德国专家为抗地面撞击而专门设计的包装？土制火盆，大抵是给岗哨暖脚。一个盒子装满各色英勇勋章，以及相应的嘉奖令。另有数捆报纸杂志、一叠元首照片，一包投递给此地区驻军的私人信件，一包公文，乌雷宾将这两包文件搁在一边。两箱专配给纳粹冲锋枪的子弹，另两箱装满某种机关枪的装弹器，无人能识别这种机关枪的型号。一只大箱内装着一台打字机，配备了各种相应文具。其他大箱装着六台机器，外形都类似，但在图罗夫，无人见过或说得出其用途。平底煎锅大小的平板盘，安有一只手柄，拆卸了装运。“修手表的，这玩意给你，”乌雷宾对门德尔说道，“你研究研究，告诉我们有啥用途。”

是夜，乌雷宾容许适度地欢庆。而后他与帕维尔去查看空投下来的文件。这些文件都没有用代码，也不是煽动性的东西，仅是各种详尽的清单、有无数复件的账单、军需官的账目。乌雷宾很快便看烦了，让帕维尔翻译一些私人信件，这倒更有趣。信中用的是看似晦涩难懂的行话，但这些代号幼稚得连帕维尔这样的外国人也能一眼猜透。显然，所有父母都在抱怨的坏天气是指盟军飞机的地毯式轰炸，旱灾是指物资匮乏。这可以当作敌方缺乏斗志的宣传。乌雷宾令帕维尔当众翻译一些片段。

帕维尔用俄语朗读信件，装出夸张的德语口音，引得人们发笑。然后，空中传来阵阵似昨夜的音乐般的轰鸣声。

“快！”乌雷宾吼道，“第二小分队，上滑雪板，赶快，点燃火堆。他们又来给我们送礼了。”此分队六人迅速出发，乌雷宾看着手表，倘若赶紧的话，一刻钟之内他们就能抵达飞机场，飞机不至于在黑暗里找不到飞机场而返回。飞机中队是在寻找，引擎声趋近又远逝，有一刻飞过营房正上方，重又消失。根据乌雷宾的手表，正好二十分钟之后，他们听得数枚炸弹一齐爆发。人人跑到营房外，不知究竟。爆炸声太遥远，如沉雷一般，绝不是发自营房周围的雷区。他们看得见东北方的火光，每一道火光闪过，停顿六秒钟后便听到爆炸声。再没有可疑惑的：他们往假飞机场投下炸弹。德军明白上了当，回来报仇了。

小分队只有四人回来。领队结结巴巴地汇报，他们按时赶到，飞机正飞过他们头顶，刚点燃第一个火堆，炸弹就开始落下，都是大炸弹，至少两百公斤重。要是冰再厚些，像一月里那样，也许还能承受得住。但现在冰层融化变软，炸弹穿透冰层，在水底炸开，冰块在半空飞溅。两个人消失，被沼泽吞没。去找也没有用。

对于图罗夫营地的人来说，现在进入了困难时期。天气回暖解冻，条件比冬天更恶劣。乌雷宾派人查看假飞机场的情况，机场已经不能再用，飞机无法在那里降落，更糟糕的是根本不可能请求空投。冬天的厚冰层已被炸裂，夜间虽又冻结，但薄得连一个人的重量都无法承受。沼泽虽好些，因为积雪使冰层免于阳光直射，但融化的雪水和风向改变了积雪，雪地变成了一层坚硬、波状的冻雪，飞机纵使安了滑橇，一着陆就非兜翻不可。

乌雷宾下令禁止接收无线电，因为这个空投改道的计谋似乎再度引来德国空军。整个冬天，极少有飞机来，即便有，显然也是漫无目的地转。而现在，只要是晴天，每天总会见到侦察机在上空搜寻，而且晴天的日子很多。空投的奢侈品没有维持多久，面粉、猪油、罐装食物日渐见少。乌雷宾下令实行口粮配给，队员士气低落。对往年冬天挨饿的恐惧不散，饥饿这个可怕的幽灵又要回来，仿佛重新回到游击队战争最初那可怕的数月，那时所有一切，包括食物、武器、躲避之处、行动计划、生存与战斗的勇气，似乎都是数人绝处求生的成果。现在队员们要求恢复去村落征粮的行动，他们宁愿去冒险，而不想挨饿，但乌雷宾绝对不听。雪仍太厚，并且拿不准侦察机何以未发现营房。德军显然在寻找他们。营房十分隐蔽，也许不会被发现，但德军绝对会注意到崭新的踪迹。

能够做什么？等，等时间过去。这是唯一可能的方法，也是糟糕的方法。等雪融化，因为在赤裸的地面，就算泥泞，也不容易看出踪迹。等侦察机去别处追捕。默默地等无线电传来消息。德军已撤出敖德萨，但敖德萨很遥远。无线电管制如截肢一般痛苦，如同一个人想开口呼救之时被封住了嘴。再加上饥饿，图罗夫营地有种被围困的气氛。那些人不是没有经历过食物匮乏、劳苦、恶劣条件、危险，但他们不知如何应付这种被隔绝的孤立感。他们似森林的野兽般习惯了空间，习惯了不安稳的自由，受不惯困在陷阱和笼子里，感到日渐虚弱的烦闷。

乌雷宾继续酗酒，除了扎哈尔以外，所有人都看在眼里，悄声批评，但也不总是压低嗓门。他独自喝，但仍维持其清晰的头脑或者粗暴的权威。门德尔请他解释朵夫的离去为何如此仓促，乌雷宾答道："战士受伤或生病，就尽可能治疗。你的朋友也会得到治疗。但我能跟你说的就这些。也许战争结束后你会得知关于他的事，但是个人的命运无关紧要。"

乌雷宾如此明智，如此精于游击队生活，不会认识不到必须有所行动。踪迹危险，但士气低落更危险。从营地延伸的单条踪迹会引来德军，但是如果踪迹围绕掩蔽营房的小树林，便难以辨别营地的确切方位。乌雷宾虽不情愿，但终于在同一夜派出两队而非一队人，去不同方向的村落征粮。

这两小队出发不久，天还没有破晓，他们听见一个新的声音，叫这群犹太人听得惊悸，而图罗夫的队员们则欢欣鼓舞。听着像摩托车的咔嚓声，从远处隐约传来，但渐渐接近。声音越来越响，但缓慢下来，如同卡住的留声机。然后听得扑扑数声，而后沉默。乌雷宾的手下随即跳起来："是P2！在那里着陆，在空地上！我们去看看！"

"也许先前用不着派出小分队的。"皮奥特说道。

“P2是什么？”门德尔问道。

“P2是游击队飞机。木头造的，飞得慢，但可以随地起飞着陆。它们夜里飞，不用照明。它们往德军营地掷手榴弹，给我们送物资。”稍后，飞行员走入营房，身穿翻面羊皮飞机服而显得臃肿矮胖。他脱下飞行服，摘下额头的护目镜，却见是一个姑娘，矮胖，有一张大脸，神情平静和气。她的头发整齐地中分，在耳根后扎成两根短辫，系着黑头绳。去迎接的两个男子拎着两只袋子，刚从集市上回来似的。游击队员围着她拥抱，亲吻她因寒冷而僵硬的脸颊。“玻莉娜！好样的，玻莉娜！欢迎你，亲爱的。终于又见到你啦！你给我们带了什么来？”

这姑娘看着不超过二十岁，她笑着将他们推开，露出农村姑娘害羞的模样。“够了够了，同志们！他们派我来看看这里的情况，看看你们的无线电怎么没了动静。现在放开我吧，我得立刻离开。我想这里没有伏特加吧？指挥官呢？”她与乌雷宾走进总部小房间私下交谈。

“这是玻莉娜。玻莉娜·米赛洛夫那，”皮奥特骄傲又快乐地说道，“她叫玻莉娜·杰尔曼，妇女团的。你不知道？P2的飞行员都是妇女。都是好样的姑娘，但是玻莉娜最棒。她来自戈梅利，她父亲是拉比，祖父是鞋匠。她已经飞了七百多次任务了，但只来过我们这里一次，六个月前。她待了几天，我们成了朋友，但看来这次她急着走。太可惜了。”

玻莉娜道了别，驾驶那架脆弱的飞机离去。她带来食物、药品以及一些坏消息。敌军部队和装甲车在附近前行，在图罗夫附近村庄召集德军和乌克兰后备队，专门攻打游击队。他们正在准备全面搜捕行动，其力量远非图罗夫营地所能抵抗的。这附近没有其他游击队。不知何故，德军高估了游击队的力量。或许他们要在普里皮亚特沼泽地或者整个波利西亚搞大规模军事行动。诺沃肖尔基那些老残病弱想回去得到救济的索利戈尔斯克聚居区，已经被包围，居民全部被杀。索利戈尔斯克的驻军与党卫军专家联手，带着经过训练的狗搜捕躲藏之人。在图罗夫营地，很多人见识过这些狗，怕它们胜过怕坦克。也就是说，必须撤离营地。

乌雷宾传唤门德尔，问他是否琢磨出那些空投的机器的用途。

“是探雷器，”门德尔答道，“更确切地说，是金属探测器，能够指示埋有金属的地方。”

“那要是德军拿着这些玩意，就会发现我们的雷区？”

“当然。也许不能立刻发觉，但迟早会的。”

乌雷宾冷冷地看他一眼：“不管德国人有没有你这些探雷机器，我照样在营房四周埋地雷。他们找得到埋在地下的，但不可能找到我们藏在这里的。你等着瞧，我们炸飞那些狗娘养的。”

门德尔不禁悚然。看得出来，头领醉得比平常厉害，可是这种口吻令门德尔惊骇，他答道：“这是怎么说的，奥西普·伊万诺维奇，你干吗这么跟我说话？难道是我发明探雷器的？是我把这玩意送给德国人的？”

“我他妈的不管是谁发明的。事实上，我们这就撤退。你不是想让我们在这里等坦克来，把我们全都杀光吧？”

门德尔听得惊恐失色，愣怔地从总部出来。但乌雷宾稍后又传唤他：“那些玩意，管用吗？”

“管用。”

“你叫上季米特里和弗拉基米尔，教他们怎么用。”

“你想挖出营房周围埋的地雷？”

“你很聪明，猜对了。我们只有这么些地雷。”

“这可不是闹着玩的，弄地雷的专家比新手还心怵。另外，地雷在地下埋得越久就越危险。”

“觉得自个儿威风了，是吧？行了。照我说的去做。我是这里的指挥，我不喜欢听到抱怨。你们族人都一个样。都逞辩，都是半德国人：罗森菲尔德[1]、曼德尔施塔姆[2]……你呢？你叫什么？德瑟，不是？门德尔·纳赫曼维奇·德瑟，你连名字都是德国人的。”

门德尔无比用心地向两个小伙子传授用法，然后打发他们去乌雷宾处听取命令，自己回到营房，满肚子愤恨。从前在赎罪日，犹太人会拉出一只山羊，拉比用手按住山羊的头，一一念出人们犯下的罪孽，加诸这头畜生：有罪孽的唯有这只山羊。然后，山羊背负其不曾犯的各种罪孽，被送进沙漠。非犹太人也这么想，他们也有一只承担人世罪孽的羔羊。可我不相信这个。如果我犯下罪孽，我就自己承担，但我只承

1 罗森菲尔德（1862—1923），意第绪语诗人，生于俄属波兰。——编者注

2 曼德尔施塔姆（1891—1938），俄罗斯白银时代著名诗人。——编者注

担我犯下的，并且已经够沉重。我不承担他人的罪孽。不是我派出小分队而使他们被炸。不是我趁凡第亚睡着时枪毙他。如果我们必须去沙漠，我们会去，但是不要头上顶着我们不曾犯下的罪孽而去。如果季米特里和弗拉基米尔引爆地雷，我，门德尔，修手表的，得为此负责吗？

这两个小伙子却干得很顺利。八十枚地雷拆卸了引信，藏在营房各处。四月底，连续三天吹起干燥的暖风，预示着春天就要来临。树枝上的雪融化，滴沥沥地落下，夜里稍冷，雪水滴落的节奏便缓慢了。地面的雪化得很快，野草久经霜冻，枯黄的草叶仍伏卧在被雪水浸透的地面，草丛里已绽放出初春的花朵，羞答答的，似乎开得莫名其妙。德军侦察机来得愈加频繁，一架飞机或碰巧或因某些动静起了疑心，对着营房从低空猛地扫射一阵，但没有导致伤亡。乌雷宾命令他们做好准备撤离营地。雪橇如今已无用处，就烧毁了，没有马车，也没时间去找。所有补给品只靠两匹马驮，靠人背，倒像是搬运队，而不是战士转移阵地。很多人抗议，宁愿留在营地迎战德军，但乌雷宾勒令他们噤声，说这绝不可能，并且撤离营地是无线电传来的命令。无线电也指示了潜出反游击队力量包围圈的最佳方向，朝西南，沿斯特维加河往上游走，但不可偏离沼泽。由于雪水融化，沼泽地的地峡、溢洪道、河滩构成迷宫，又成为游击队的朋友。

游击队原定于五月二日夜晚撤离，但当晚岗哨传来警示：听见北方传来声响，人声，还有狗吠。很多人抓起武器，一时不知该准备抵抗，还是赶紧撤离。但乌雷宾叱责道："原地待着，你们这些笨蛋。继续准备。系好麻袋，钉上木箱。你们昨天才出生的？德国人的狗不会叫。狗要是瞎叫唤，还算什么战狗？"

他转向岗哨说道："提高警惕，但别开枪。可能是朋友，派狗开路探雷区的。"

事实上，狗先抵达。只有两条，不是战狗，只是农民养的普通家狗，又兴奋又迷惑，紧张地吠叫，时或冲着营房叫唤，时或冲着仍落在后面的不速之客叫唤。两条狗为完成任务而十分骄傲，但这些陌生的人类令它们不安。它们时摇尾巴时龇牙威胁，或者同时摇尾巴又龇牙。它们蹿来蹿去，举起前腿奔跳，上气不接下气地吠叫，间歇呼呼地大口喘息。接着见两头母牛走来，衣衫褴褛的年轻人跟在后面赶牛，小心地不让两头牲口踏出狗踩出来的踪迹。

最后才看见这队人的主力，大约三十人，有男有女，有些扛着武器，有些空手，疲惫、污脏，显得十分扎眼。他们当中有一人长着鹰钩鼻，脸庞晒得黧黑，肩上扛着一杆自动步枪和一把小提琴。走在队伍最后的是朵夫。门德尔默默自语：赞美起死回生的耶和华。

顿时一片喧嚣，每个人都有问题要问，无人来得及作答。最后，乌雷宾和基大利的嗓门盖过其他人。每个人都安静下来，等候命令。乌雷宾和基大利转到总部小间。很多图罗夫队员记起两人在初冬的那场争吵。这次碰面会发生什么？在岌岌可危的境况之下，他们会和解吗？会达成一致意见吗？

等候会议结果时，新来者请求在已搬空的营房休息。有的坐在地上，有的躺在地上就睡着了，还有人要烟草，或者要热水洗脚。他们带着穷乏之人的卑怯开口，但也带着自知有权要求为人的尊严。他们不是乞丐或流浪汉，他们是基大利召集起来的犹太人游击队，来自波利西亚、沃里尼亚、白俄罗斯的犹太人聚居区的幸存者。一群悲惨的精英贵族，最强壮、最精明、最幸运的。但有些人从更遥远的地方，沿着血染的道路而来。他们逃过立陶宛摧残者的屠杀，那些人仅为一条床单而杀死一个犹太人，逃过眼镜蛇部队的火焰喷射器，逃过考那斯和里加的集体墓地。他们当中有数人逃脱鲁扎内的大屠杀：数月像狼一样藏身在森林里挖的地洞之中，像狼一样成群地悄然捕猎。他们当中有布利兹纳的犹太人农民，双手因长年拿锄头斧子而长茧。他们当中有斯洛尼姆锯木厂和纺织厂的工人，在希特勒的残暴行径之前，早已开始罢工，反抗波兰雇主，饱受镇压和牢狱的滋味。

每一个人，男人或女人，背后都有不同的故事，但每个故事都似熔化的铅块一般沉甸、灼人。倘若战争和三个恐怖的冬天留给他们足够的时间和气力，每个人都有一百个亡人可以哀悼。这些商人、裁缝、拉比、领唱者的儿女，疲惫、贫穷、污脏，但没有沮丧泄气。他们扛起从德国人手里夺来的武器，他们挣得穿这身没有军衔的破烂军装的资格，他们屡次品尝杀戮的苦涩。

图罗夫的俄罗斯人不安地看着他们，正如发生意外时那样。在那些憔悴却坚定的脸上，他们看不到他们传统里所说的犹太人：那个嘴里说着俄语蒙骗别人、心里却以自己的奇怪语言思考的家里的外人，不知道基督，却信仰他自己不可理喻的荒谬戒律，赤手空拳，仅凭他的精明，有钱又懦弱。世界颠倒了：现在这些犹太人是盟军，扛着武器，就像英国人和美国人，就像三年前仍是同盟的希特勒。你被教导的观念十分简单，而世界万分复杂。既然是盟军，那么必然是同志。那么图罗夫的人必须接纳他们，跟他们握手，一同喝伏特加。有人鼓起勇气露出尴尬的微笑，有人腼腆地挨近蓬头垢面、身穿极不合身的军装的女人，她们疲倦的脸庞蒙着灰尘。根除偏见如同抽取神经一般痛苦。

跟所有的墙壁一样，缺乏理解的墙壁也有两面，因缺乏理解而生困窘，因困窘而生敌意。然而基大利的犹太人此时没有感觉困窘或敌意。相反，他们显得轻松愉快。游击队的冒险每天都不同，他们在冰封的大草原、雪地和泥泞里找到新的自由，一种不为其父亲和祖父所知的自由，直接与敌人、朋友交接，接触自然，直接行动，所有这些犹如普珥节的酒使他们陶醉。过普珥节时，犹太人抛开素有的冷静理智，放纵地喝酒，直喝得分辨不清祝福与诅咒。他们轻快又悍勇，好似野蛮从笼里放出，好似奴隶翻身复仇。尽管代价高昂，但他们尝到了，尝到了复仇的滋味，譬如在搞破坏、暗杀、跟后卫部队武装冲突的各种场合中，甚至就在数日前，在不远的地方。那是他们的精彩之作。他们单独袭击往北八十公里的柳班驻军，被派遣来全面搜捕的德军和乌克兰部队在此汇合，村里也有一个小型犹太人聚居区，都是手艺人。德军全都被赶出柳班，他们不是钢铁铸的，他们也是肉身，他们认识到被打败之时，仓皇奔逃，逃离犹太人。他们当中有人扔下器械，跳进河里，被冰水吞没——这是令你欢欣鼓舞的情景，可以带进坟墓的一幅图像。给俄罗斯人讲述这些故事时，这些犹太人的神色仍兀自惶遽。是的，黄头发绿眼睛的纳粹从他们眼前逃跑，跳进河里，企图爬上河水冲下来的冰块，犹太人继续射击，只见德国人的身躯或沉没，或倒在冰块上漂向河口。当然，胜利是短暂的，就如书上说的，胜利向来短命。犹太人的欢喜以恐怖告终。他们撤进森林，带上柳班聚居区里扛得动武器的人，然而德军回来，杀光留在聚居区的所有人。战争就是如此，打过一仗之后，不要回头查点纪录，这是一千个德国人对一个犹太人的战争，一千个死去的犹太人对一个死去的德国人的战争。他们欢快，因为他们没有明天，也不费心去想明天，也因为他们曾看见那些超人如同青蛙似的在冰水里挣扎——这是无人能从他们心里拿走的礼物。

他们也带来更有用的消息。全面搜捕围剿已经开始，他们被赶出营地，那不过是临时搭建的窝点，自然比不得图罗夫营地。但这次围剿实际上并不是大规模行动，因为没有坦克和重火炮，他们审问一名德国兵后得知，围剿最薄弱处正是乌雷宾所指的方向，沿斯特维加河往西南方向走。

朵夫十分健壮，几乎看不出跛脚，但背驼得厉害。他的头发也还梳得整整齐齐，但更稀薄、花白。西丝尔问他想不想吃点东西，他笑答道：“对病人，你先问；对健康的人，你直接给。”不过，他更急切要说话，而不是吃东西。他身边围拢了一圈听众，有犹太人，有俄罗斯人，因为从伟大之地回到游击队的人毕竟少见。

“他们谈了多久了，那两人？一小时？好，这是好兆头，他们谈得越久，认同的就越多。这也表示德军仍离得很远，或者改了道。当然，我得到治疗，你猜怎么着，在基辅医院。现在没有屋顶了，或者说，还没有安屋顶。他们在重建。你知道是谁给我做的手术？德军俘虏，斯大林格勒战役里投降的那些。

“那里没有屋顶，没有食物，没有麻药，但有女医生，她们立刻给我做手术。她们从我膝盖里取出一块东西，是骨头，还给我看。手术在地下室做的，照着电石气灯，然后她们把我送到一间病房，很大很大的病房，房间两侧各有一百多张床位，躺着活的、快死的、已死的。住院没什么好的，但那间病房给我带来好运。运气碰上了，连公鸡都能下蛋。来了一位访客，是什么重要人物，从政治局来的，乌克兰人，矮矮胖胖，秃头，看着像个农民，但他胸前挂满了勋章。护士来回奔忙的时候，他碰巧在我床前停下。他问我的姓名，从哪里来，在哪里受伤。他带了广播电台的人来，临时发表了一个演说，说什么每个人，不管是俄罗斯人、格鲁吉亚人、雅库特人、犹太人，我们都是伟大母亲俄罗斯的儿女，所有争论都得搁下……”

只听皮奥特说道：“如果他是乌克兰人，而且还是个大人物，你本来可以告诉他先清理自家门户！他们都是些愚氓，那些乌克兰人。德国人来了，他们就打开屋门，给他们送面包和盐。他们的分裂派比德国人还坏。”其他人叫皮奥特闭嘴，催促朵夫继续说。

“他问我伤好之后想被送到哪里。我答道我家乡很远，有一些游击队朋友，我想回去找他们。接着，我伤一痊愈，他就开始忙活了。也许他想树立榜样。他找到基大利与他的游击队，把我伞投到他们营地附近，连同一个大箱子，装着四支轻型机关枪，算是他私人的礼物。跳伞蛮吓人的，不过我落在泥地里，丝毫没有受伤。”

朵夫原本可以再讲很多在伟大之地养伤时的所见所闻，但总部的房门开启，基大利和乌雷宾走出来，人人都默然了。

一九四四年·五月

乌雷宾先开口，打着官腔说道：“我收到的消息与这位同志带来的消息完全相符。那些德军从波兰边境来，军力不强。他们最好的部队已派上前线。意大利和匈牙利人背弃了他们。他们现在也不相信斯洛伐克人和波兰白人。他们包围这片沼泽，然后将包围圈一点点收紧。最薄弱的环节在南边，靠近列奇察和乌克兰边境。我们从那里溜出去，然后分头前进。如果我们将两队人合并，非但没有什么好处，而且太容易暴露。何况，基大利同志的队伍得到莫科斯的正式认可和支持……”

“认可多得是，支持倒没有！”有人用意第绪语插嘴道。

“尤齐克，闭嘴！”基大利厉声喝道。

“并且能够独立行动。我们营地的犹太人可以自行选择，要么跟我们走，冲出包围圈，往东抵达前线，要么……”

“要么跟我们走，”基大利接嘴道，“我们的命令不同。我们不急着回家。如果我们冲得出去，就往西走，救出俘虏，滋扰德军后防线，清算一些账。想跟我们走的人站到这边。每个人都可以保留自己从诺沃肖尔基带来的武器。”

营房过于拥挤，分队乱哄哄地进行。门德尔、西丝尔、琳、列昂尼德毫不犹豫地选择基大利这边，而帕维尔身边挤了一堆在争论的人。帕维尔想跟基大利走，但是他钟爱那匹马，要是乌雷宾留着马，他也留下。基大利不明就里，要求解释。帕维尔低沉洪亮的声音盖过喧闹声：

“我对你有用，因为我会说德语，可我的马对你没用。你能拿它做什么？”

乌雷宾没有笑，脸上挤出一个古怪的表情，叫人难以捉摸，然后他说道：“好吧，马和人都过去那边。”但是，当他看见皮奥特也站到基大利那边时，就不那么爽快了。

“你跟他们去做什么？脑子坏了？干吗站到那边？”

“他们都是从很远的地方来，”皮奥特说道，“没人熟悉这地区。不出半个小时，都会淹死的。”

“扯淡。他们没人请你做向导。他们自己能应付。你当心点：你不想落得跟凡第亚一个下场吧。”

“他请我做向导。”皮奥特指着朵夫，但显然是随口编的。然后他又说道：“指挥同志，这不是叛逃。这是游击队，那也是游击队。”然而他嘴里一边说着，一边挪步走出基大利的队伍，回到乌雷宾这边，神情好似受了处分的孩子。

他们耽搁得太久。已是黑夜，是时候动身了。乌雷宾命人动用藏在营房里的地雷，将所有人集中在外面空地。禁止交谈，但仍可以听见一阵阵兴奋的低语，叽叽咕咕地听不真切，但耳尖的人可以分辨出大概的话音，在俄罗斯人和犹太人之间传递：皮奥特，勇猛、地道的皮奥特，就像斯坦卡·拉辛，被一个外国女人的眼睛迷昏了头。至于是西丝尔的灰眼睛，还是琳的棕色眼睛，各人的看法都不一致。流言蜚语是自然的一种力量，使很多悲惨的境地变得容易忍受，甚至在沼泽、战争和融化的积雪中间散布。

他们走了一整夜，排成单列纵队前进，没有看见德军的迹象。黎明时分，他们在波兰边境一间废弃木棚里停下歇息。

中午时分，探子看见德军部队从大路上走过。他们都进入防御准备，但是部队开过，没有来检查木棚。他们在夜里继续行进，两队在一片荒野上分道。乌雷宾及其队伍往左，重新进入苏维埃领土，基大利的队伍继续朝列奇察去，穿越未开垦的土地。基大利安慰他们道："最坏的已经过去了。再走上一夜，我们就出去了。"

不过，门德尔及其朋友们觉得，相比以前在图罗夫营地，现在更安全，他们在那里虽不必挨饿受冻，但人人都感觉头顶上是有结实的栋梁支撑的屋顶，还有权威——乌雷宾，或者从天空飞来的使者，或者更遥远的权威。基大利一干人（他们喜欢这样自称）胆大鲁莽，是流浪的穷人。尤齐克是基大利的副官，他拿出一片报纸卷起稻草当香烟，跟列昂尼德要来一根火柴，纵向劈成两片，点燃半片，另外半片装进兜里。那两头母牛是战利品，他说是几天前袭击柳班的时候缴获的。"就算是战争年代，也得考虑财产。"这两头牲口瘦瘠伶仃，性子执拗，只要发现一丛草，就硬是停下不肯走，直到啃光草根，无论怎么都拉不动，拖延队伍前进。树荫里仍积着残雪，它们便拿蹄子刨，寻找苔藓。"一有机会就卖掉它们。"尤齐克说道，一副务实的口吻。

尤齐克不是俄罗斯人，而是比亚韦斯托克来的波兰人，本行是造假文件。他给门德尔讲自己的故事，是在两队分道之后，而不是之前。他拿不准俄罗斯人会怎么看这事。

"这行当很不错，但不容易。我从小就开始了，一九二八年。我跟一个平版印刷工做学徒，开始造假邮票。那时候，波兰警察忙着别的事情，所以这事不太危险，但也挣不了多少。一九三七年，我开始造假证件。我很擅长做护照。后来开战了，俄罗斯军队进入比亚韦斯托克，接着一九四一年，德军进入。我只得四处躲藏，但还挣了不少钱。证件很吃香，尤其是波兰人买配给卡，犹太人买非犹太白种人身份证。”

“我原本可以这样轻易混到战争结束，可是有个对手把我揭发了，因为我的收费不够高。我在牢里坐了三个月，当然我自己的证件也是伪造的：我家两代是基督徒。但他们让我脱光，发现我是犹太人，就将我送到劳动营，萨克森豪森劳动营，去凿石头。”

尤齐克停下，用省着的另外半片火柴点燃又一支香烟。他中等身量，头发偏黄，体质孱弱，狐狸般的狭长脸，绿眼睛，眼睑上几乎没有睫毛，眼睛总是微眯着，似乎为了看得更清楚。队伍在一片空地上休息，尤齐克躺在被露水打湿的草地上，一边抽烟一边讲故事，衣服虽濡湿，他却高兴地享受这一时刻。很多人围拢过来听他讲。他们早都听过他的故事，可还是喜欢再听。其他人在睡觉。列昂尼德和琳不知去了哪里，西丝尔一边听，一边手里忙活，趁着微弱的晨光，拿出针线织袜子。

“这是奇怪的世界，”尤齐克说道，“一个犹太人死去，另一个犹太人，造假的，得以逃生。四二年末，他们在劳动营贴出一张告示，说德军招印刷工和平版工。我去报名，他们派我去劳动营尽头一个小木棚，到了那里，我还以为是在做梦。那是个工作室，设备比我那个好多了，一群俘虏，有波兰人、捷克人、德国人、犹太人，在造假钞，美元和英镑，还有给间谍用的证件。就不谦虚了，我手艺最好，他们叫我做最细致的活。不过，我很快认识到这个工作险得很，我们没一人能活着出去。于是，我开始收集黄金，劳动营里从来不缺这东西，还给自己伪造了一份转移命令。”

“怎么不造张释放命令？”门德尔问道。

“看来，你不知道劳动营是什么地方。从没听说哪个犹太人被释放的，尤其是像我这样的犹太人。我造了转移证件，将自己转到布列斯特–立陶夫斯克，因为要是波兰人想逃的话，最好是在波兰逃。一份正规的命令，用党卫军的公文纸，公章署名都有，颁给尤齐克特·雷斯特曼，67703号，囚役。很危险，但别无选择也是一种选择。他们派两名警卫押我上火车，他们是自卫队的两名老兵。我拿黄金贿赂他们，他们再满意不过了。我在抵达布列斯特之前逃出，躲了两个星期，然后碰上基大利。”

随着日子过去，门德尔跟基大利熟悉起来，觉得他与乌雷宾合不来是最自然不过的。在俄罗斯人与犹太人古老的隔膜之外，两人之间也极难找到共通之处。唯一相同的是他们的勇气，而这并不奇怪，因为缺乏勇气的指挥是当不长久的。然而即使他们的勇气也截然不同：乌雷宾的勇气执拗而古板，是一股出于责任的勇气，似乎来自纪律和学习，而不是天生的。他的每一个决定、每一道命令，如同从天上降下，充满权威和无言的威胁。乌雷宾的命令通常是合理的，因为他很精明，就算不合理，听着也十分咄咄逼人，叫人不得不服从。基大利的勇气是即时的、富于变化的，不是来自训练，而是来自性情，对束缚感到恼火，几乎从来不研究未来的情势。在乌雷宾谋算之时，基大利会冲上赛场似的扑向前去。门德尔在他身上看到各种不同金属完美熔合的珍贵合金：《塔木德》继承者的逻辑和大胆想象、音乐家与儿童的敏感、流浪艺人的喜剧影响力、汲取自俄罗斯土地的生命力。

基大利高高瘦瘦，肩膀宽阔，但四肢瘦弱，胸膛单薄，头发浓黑，前额发际线压得甚低，双颊凹陷，爬满了皱纹的脸庞因日晒风吹而黧黑，嘴唇宽阔，牙齿突兀。他动作敏捷，但走路姿势似乎故意显得有些笨拙，如同马戏团的小丑。纵使无必要之时，他说话的嗓门也十分洪亮，好似他的胸膛是一只共鸣箱。他常笑，甚至在不合时宜的场面也露出笑容。

门德尔和列昂尼德习惯了红军的等级制度，因此基大利的举止令他们迷惑又警觉。决定是在喧闹的会议上随意做出的，一些时候，他们全都冒冒失失地接受基大利、尤齐克或者其他人的鲁莽想法；另一些时候，会起一阵争论，但很快平息。队里似乎没有长期的紧张关系或分歧。队员们自称犹太复国主义者，但各有不同的倾向，带着诸如犹太人民族主义、正统马克思主义、宗教正统、无政府平等主义、托尔斯泰式回归土地的理念——你若拯救土地，土地便会拯救你——这些观点之间的微妙差异。基大利也自称犹太复国主义者。门德尔数日思索，试图琢磨他属于哪个派系，但最后还是放弃了，因为基大利同时信奉不同的思想，或者不信奉任何思想，并且他时常改变想法。可以肯定的是，比起理论来，他更倾向于行动，他的目标很简单：生存，最大可能地骚扰德军，去巴勒斯坦。

基大利好奇得近乎轻率。他不曾向这些新来者要任何重要的信息，甚至没有将他们正式列入名单，却想知道每个人的故事，带着孩子般的单纯专注地聆听。他似乎对所有人都表现出善意,欣赏他们的长处,忽视他们的短处。“祝福生命！”听完帕维尔的故事之后，基大利对他说道，“祝福生命！欢迎加入我们,愿你的脊背蒙耶和华护佑。我们需要你这样的脊背。你是犹太人野牛，稀有动物。我们会好好珍惜你。也许你宁愿不是犹太人，可是你生为犹太人，就得做个犹太人，如果你生为野牛，就得做头野牛。赞美加入我们的人。”

这是在游击队冲出包围圈后第一次坐下享受宁静的休息。他们在一间废弃农舍的粮仓过夜，在井里找到清水，空气凉爽芬芳，他们的神色放松，基大利自得其乐。

列昂尼德简洁地在两三分钟内讲完其故事，但基大利没有不悦，不再追问，只是说道：“你还很年轻。就算没有药物，那是很快就会痊愈的病，但也可能是危险的。鉴于你已经得了这病，要当心才是。”

列昂尼德看着他，一脸的茫然与疑惑：“你说的是什么意思？”

“不要照字面理解我的话。就像以色列的每一个儿子，我身上也流着先知的血液，喜欢不时说几句预言。”

对琳和西丝尔，他抛开预言，摆出轻快幽默的姿态。他称她们为“高贵的女士”,但想知道她们的年龄,是否仍是处女，谁是她们以前的男人。西丝尔以威胁般的口气作答，琳则带着拘谨的骄傲，但两人显然都急于结束这场问话。基大利没有坚持，转向门德尔。他仔细地听他的故事，然后对他说道：“你没有做戏。你仍是修手表的，并且你不会穿上孔雀或老鹰的羽毛。也欢迎你。你会对我们很有用，因为你慎重，你会平衡我们。我们的记忆力不好，但有一件事不会忘记。”

“什么事？”门德尔问道。

基大利郑重地举起食指，按在鼻侧。

“‘你要记念你们出埃及的时候，亚玛力人在路上怎样待你。他们在路上遇见你，趁你疲乏困倦，击杀你尽后边软弱的人，并不敬畏神。所以，耶和华你神使你不被四围一切的仇敌扰乱，在耶和华你神赐你为业的地上得享平安，那时你要将亚玛力的名号从天下涂抹了，不可忘记。’[1]是的，我们不可忘记的就是这个。我是凭记忆引用的，但这一次不是不相干的。”

五月中旬，基大利的游击队在哥林河畔宿营，河边长满白色的铃兰和早开的雏菊。男男女女，半裸或全裸，欢快地在潺湲的河水中洗浴。尤齐克带着两名扛武器的同伴，两头母牛、帕维尔的马，动身前往列奇察。在列奇察，靠近乌克兰边境的地方，有个市集。数小时后，他回来了。他拿两头母牛交换了面包、芝士、猪油、咸肉、肥皂。别的东西都打着德军占据的印章。画眉大汗淋漓地走来，光荣地驮着重负。

1 引自《圣经》（和合本），申 25：17—19。——编者注感觉好似战争已经结束。无论如何，至少冬天已经过去。尤齐克没有在镇上看见德军的丝毫迹象。倘若有德军的话，也都躲藏了。无人要求他解释或者跟他讨价还价，这些农民早已学会跟游击队打交道，不管他们穿什么颜色的军装，最好不要好奇或者贪婪。

尤齐克回来时，只见有一半队员静静地沿河排列，基大利坐在一根木头上，双脚没在水中，小提琴架在半空。伊祖，布利兹纳聚居区逃出的人之一，毛发浓密得像头熊，全身赤裸，缓缓地淌进水中，一步一步地朝水流中央一块岩石走去。他们都望着他，他示意所有人安静，不要说话。走到岩石边时，他极其缓慢地沉入水中。激起一阵水花，伊祖浮出水面，双手抓住一条不断扭动的大鱼。他在鱼头背后咬了一口，鱼就耷拉了。鱼近半尺长，铜色的鳞片在阳光下闪烁。

“伊祖，抓着什么了？”基大利问道。

“本来以为是鳟鱼,却是鲫鱼！”伊祖骄傲地答道,爬上岸，“真奇怪，这浅水里竟有这种鱼。”他蹲在一块平坦的大石旁，挖出鱼内脏，在水里清洗，用小刀刮鳞，然后从鱼肚皮上割出肉片吃。

“什么？你不先煮熟啊？”

“煮熟的鱼没有维生素。”伊祖边嚼边答道。

“可是味道更好。而且，还有更多磷，磷让人变得聪明。看来，你们布利兹纳人都吃生鱼。”

基大利远远地向尤齐克打招呼，挥着手：“干得好，尤齐克。这下我们一个星期都不用担心了。”接着，他继续拉小提琴。他光着上身，脸上露出沉酣的神情，不知是因为音乐还是因为濯足。不过，蓓拉不让他安生。跟着这个游击队抵达图罗夫的有三名妇女，蓓拉跟基大利最亲近，自视为他的合法、正式的女人，尽管基大利似乎不这么想，或者是懒得澄清这件事。蓓拉跟其他一些人在安帐篷,但不时放下手头的活，跑来打断基大利，当他聋子似的冲他耳朵大喊。基大利耐心地回答之后，继续拉小提琴，然后蓓拉又来打断他，抱怨道：

“搁下你那琴，过来帮我们一把！”

“挂到柳树上，基大利！”朵夫从远处喊道。

“我们还没有抵达耶路撒冷，但已经出了巴比伦。”基大利答道，继续拉琴。蓓拉身材纤瘦，一头金发，狭长的脸庞总露出怒容。看起来，她大约四十岁左右，而基大利肯定不到三十。她时常逢人便责备，批评，下命令，但无人遵从，她自己似乎也不介意。基大利待她的态度温柔,略带些许嘲讽。

接近中午时分,岗哨望见一人,那人远远喊道:“别开枪！”他们让他走近，是皮奥特。

基大利毫不诧异地接待他：“好汉子，你加入我们是对的。坐下。一会儿就开饭。”

“指挥同志，”皮奥特说道，“我只有一支左轮手枪。我把冲锋枪留给乌雷宾的人了。”

“你要是带枪来就更好，但没有也没事。”

“你看，我知道我错了，不过，我跟乌雷宾争起来。他太严厉了，不只是对我，对每个人都那样。一天晚上，我们发生严肃的争论……政治争论。”

“你们两个都提起基大利一干人，我猜得对吧？”

“你怎么猜到的？”

基大利没有回答，但问道：“他不会派人来找你？你看，我们不想跟乌雷宾产生麻烦。”

“他不会派人来找我。是他把我踢出来的。他叫我把枪留下，滚蛋。他叫我来找你们。”

“他是气头上才这么说。或者喝醉了。兴许他会改变想法。”

“他是生气，但没有喝醉，”皮奥特说道，“反正，他们现在已经走出四五天脚程了。而且我不是逃兵。我不是因为害怕才来找你们的。我是来跟你们一起战斗的。”

当晚，基大利的营地举行欢庆宴会，不为什么特别的理由。也许因为这是他们走出沼泽、逃出危险的第一天，第一个真正的春日，也许因为皮奥特的到来使每个人都深受鼓舞，或许只是因为在画眉驮回来的货物当中，尤齐克还带回一小桶波兰伏特加。他们在两堆沙丘之间燃起一堆火，围着火堆而坐。朵夫对基大利说，这有些危险，基大利便灭了火，但火炭发出红光，照样温暖着他们的灵魂。

帕维尔头一个起来表演。无人怂恿，但他自豪地走近炭火，拿起一块黑炭，在上唇画了一道髭须，从额前捋下一缕湿发，手举到眼边，向大家致礼，然后激昂地开始。他先用德语，说得越来越气势汹汹。他随口编造内容，语调比内容更有趣，听他向德国士兵演讲，敦促他们抵抗到底，相继称他们为伟大德意志的英雄、杂种、捉苍蝇的、我们血液和土地的保卫者、笨蛋，大家都哄笑起来。他的愤怒越演越烈，说话梗塞得像狗吠叫，痉挛似的咳嗽。突然间，仿佛脓包胀破一般，他丢下德语，改说意第绪语，人们笑得满地翻滚。他们听到希特勒神志失常，用贱民的语言催促某人屠杀另一人，但说不清是德国人该屠杀犹太人，还是反过来，这着实稀奇古怪，他们狂热地鼓掌，要他再来一个，帕维尔却矜持地不肯重演旧戏，说这些是一九三七年在华沙歌舞表演会上创作的，接着开始用无人听得懂的语言演唱《我的太阳》，但他坚持说是意大利语。

接着，割喉者莫托尔上舞台。莫托尔是个腿短胳膊长的小个男子，敏捷如猢狲。他抄起三根火棍，然后四根，然后五根，在头顶、裤裆之间抛接，映衬着紫色的天空，画出闪耀的抛物线迷宫，变幻万千，从不重复。热烈的掌声响起，他向四个方向鞠躬致谢，之后立刻退下舞台，好似一颗橙子东倒西歪的模样。为什么叫他割喉者？他们向门德尔解释，莫托尔可不是寻常角色。他来自明斯克，今年三十七岁，已当了两次割喉者。在他事业生涯的前半段，他是体面的割喉者——做了四年的犹太人社区屠夫。他通过规定的考试，拥有执照，总是保持屠刀锋利，在一刀割断动物的气管、食管、颈动脉这门艺术里，一向被视为专家。然而后来（谣传是因为一个女人）他变坏了，抛弃老婆家庭，跟当地的黑社会搅混，虽然他从来没有忘记从前的职业和理论训练，但也开始割钱包、爬阳台。他仍留着那把钝头长锋的祭刀，然而作为其新职业的象征，他将刀尖倾斜折断，形成尖头。这把刀于是就有了其他用途。

“女人！来个女人！”有人喊道，声音因酒醉而粗嘎。蓓拉走向前，抚摩着稻草色的头发，但帕维尔像熊一般摇摆起来，重新走上舞台，拿屁股把她撞回观众圈。他还没有表演完，也不知是喝醉了，还是佯装的。这一回他扮作哈西德拉比，念诵——自然是醉醺醺地——安息日祷告，假装用捏造的希伯来语，而实际上是窑子里的俄语。他上气不接下气地祈祷，语速快得叫人听着头晕，他以旁白解释，因为一个尖桩与另一个尖桩之间的间隙，不可让小猪钻过，所以在一个圣洁的词与下一个圣洁的词之间，不可出现亵渎的念头。这一回掌声有些稀落。

蓓拉没有灰心。她走到炭火前，优雅地举起左手，右手搁在胸前，开始唱一支歌《是的，我要走得遥远》，但她没唱多久，因为几句之后，她的嗓音变得尖利，开始啜泣。基大利走来，拉着她的手，把她带开。

很多方向传来呼喊朵夫的声音。“上啊，西伯利亚人，”皮奥特对他说，“跟我们讲讲你在伟大之地看到的。”帕维尔担起司仪的角色，附和道：“现在，我荣幸地为你们请出我们当中最睿智、最年长、最受敬爱的朵夫·雅沃尔。来，朵夫，大家都想看你，听你说。”月亮出来，几乎太圆了，月光照着朵夫的白发，他不肯到舞台中央去。他羞怯地笑道：“你们还想听我说什么呢？我不会唱不会跳，我在基辅看到的，都跟你们讲了，讲过太多遍了。”

“跟我们讲讲你那个无政府主义祖父。”“跟我们讲讲你村里的猎熊。”“跟我们讲讲你怎么从德军火车上逃脱的。”“跟我们讲讲那个彗星。”

但朵夫推却这些要求：“这些事情，我都跟你们讲过了，再没有比重复更无趣的了。我们玩个游戏吧，或者来个比赛。”

“摔跤比赛！”皮奥特说道，“谁敢跟我挑战？”

一时无人吭声。然后传来琳和列昂尼德之间短暂的争论。列昂尼德想接受挑战，而琳不知出于什么原因，激烈地劝他打消念头。列昂尼德最后挣脱了。双方脱下夹克、靴子，摆开架势。他们彼此揪住肩膀，试图踢倒对手。两人数次滚倒，然后列昂尼德企图抱住皮奥特的腰，却没有得逞。队里两条狗不安地吠叫，竖毛低咆。皮奥特不单比列昂尼德强壮，而且胳膊也长。一阵混战之后，列昂尼德倒下，皮奥特旋即压在他身上，将他的肩膀按在地上。皮奥特挥着双手向观众欢呼，只见朵夫已站在他跟前。

“大叔，你要干吗？”皮奥特问道，他几乎比朵夫高出一个头。

“跟你摔跤。”朵夫说着，已摆出架势，但手掌一如平常休息时的姿态，懒懒地垂在手腕上。皮奥特等着，有些迷惑。“现在，我来教教你。”朵夫说着，开始攻击。皮奥特往后退步，凝神看他。在微弱的月光之下，朵夫的动作分辨不清。只见他一手一足轻轻前伸，然后皮奥特一晃，失去平衡，仰面朝天躺在地上。他站起身，拍去灰尘。“你从哪里学来这些动作的？”他恼怒地问道，“部队里教你的？”“不是，我父亲教的。”基大利说朵夫该把这套摔跤术教给所有队员，朵夫说他很乐意，尤其是教给女同志。他们全都笑起来。朵夫说，这是萨摩耶摔跤术，在他出生的地方，有很多被流放来的萨摩耶人。“这个名字是俄罗斯人给他们起的，因为俄罗斯人以为他们吃人肉。萨摩耶的意思是‘吃自己’，但他们讨厌这个名字。他们人很不错，你可以从他们那里学到很多东西，譬如如何在风里点燃火堆，如何在柴草下躲避暴风雪，如何驾驶狗雪橇。”

“我们可能不太用得着那些。”皮奥特说道。

“但这可能有用。”朵夫说着，从皮奥特脱下的外套上搁着的宽皮带里抽出小刀，用两根手指夹着刀尖，略一挥舞，好似瞄准，然后掷向八米或十米外的枫树干。小刀划过空气，深深地扎入树干。其他人都来尝试，皮奥特抢头，又惊愕又羡慕。但无人成功，即便将距离缩短一半，小刀顶多以刀柄或刀片平面打中树干，然后掉在地上。基大利和门德尔连树干都没有打中。

“可惜是棵枫树，不是戈培尔博士。”尤齐克说道，他不曾参与娱乐表演或者比赛。朵夫解释道，若要杀人，不是任何小刀都行的，得用特殊的小刀，刀片薄，但分量重，能平衡。“明白没有，尤齐克？”基大利说道，“下次去市场的时候留心着。”

基大利拿起小提琴开始唱的时候，有些人已经睡着。但他不是为博得掌声而唱。他说话时嗓门如此洪亮，歌声却如此轻柔。其他人也汇入，合唱团里有些唱得和谐，有些走了调，但全都充满感情和信念。门德尔及朋友们惊讶地听着那节奏，十分轻快，简直如行军曲，而歌词却是这样的：

你可认得我们？我们是聚居区的绵羊，
一千年来被剪了毛，放弃了勇气。
我们是裁缝、书记员、领唱人，
在十字架的阴影之下枯萎。
而今我们认识了森林的小径，
我们学会射击，我们直直瞄准。
　　我若不为自己，谁会为我？
　　若非这条路，哪条路？若非此时，何时？
通过索比布尔和特雷布林卡的烟囱，
我们的兄弟上了天堂，
他们在空中替自己挖出坟墓。
只有我们几个活了下来，
为了那些被淹没之人的荣耀，
为了复仇，为了见证，
　　我若不为自己，谁会为我？
　　若非这条路，哪条路？若非此时，何时？
我们是大卫的儿子，马萨达的冷静顽固的儿子。
我们每个人兜里都装着那块
砸碎歌利亚的脑门的石头。
让我们一齐爬向那片土地，
在那里我们会活得像人。
　　我若不为自己，谁会为我？
　　若非这条路，哪条路？若非此时，何时？

唱完之后，他们全都裹上毯子睡去。只有岗哨仍然清醒，早已爬上营地四角的树上。次晨，门德尔问基大利：“你们昨晚唱的是什么？你们的队歌？”

“这么叫也可以。但不是队歌，只是一首歌。”

“是你写的？”

“曲子是我谱的，但每个月都在变，因为不是写下来的。但歌词不是我写的。你看，写在这里。”

基大利从外套口袋深处掏出一只油布包，扎着绳子。他打开来，拿出一张折叠的纸，纸皱皱巴巴的，抬头写着“扎姆斯塔格，六月十三日”，是从日记本上撕下的，用铅笔写满了意第绪语字母。门德尔接在手里，仔细地看了看，又递回给基大利。

“我连印刷体都不太认得，手写体就干脆忘光了。”

基大利说道：“我也是很晚才学会的，一九四二年，在科索沃聚居区学的，有一阵子用这语言当暗语。马丁·方塔什跟我们一起在科索沃。他原是木匠，一辈子以此为生。但他热爱写歌，纯粹是自得其乐。他写歌词也谱曲子，他的名声传遍了加里西亚。他用吉他自弹自唱，在婚礼和村庄节庆的时候唱。有时也在咖啡馆唱。他为人温和，有四个孩子，但加入我们的聚居区起义，跟我们一起逃进森林。他一个人，不再年轻，全家都被杀害了。去年春天，我们在新格鲁多克附近，当时围剿十分紧张，我们有一半人战亡，马丁受伤被俘。给他搜身的德国人在他口袋里找到一支笛子，不是什么长笛，是他自己用接骨木树枝削成的小横笛。这个德国兵自己是吹笛的，他告诉马丁，游击队员上绞刑，犹太人枪毙。他是犹太人，又是游击队员，他可以选择。但他是音乐家，而他，这个德国兵，也爱好音乐，所以可以满足他的最后一个愿望，只要这愿望合理。

“马丁要求创作最后一首歌，德国兵给他半个小时，给了这张纸，把他关进囚室。时间一到，他收走这首歌，杀了他。是一个俄罗斯人给我讲这个故事的。起初他跟德军合作，后来德军怀疑他是两面派，把他关进马丁的隔壁，但他设法逃脱，跟我们待了数月。那德国兵似乎很得意马丁的歌，像稀罕物似的，到处拿给人看，打算一有机会就翻译成德语。但他没有机会。我们一直盯着他、跟踪他，一夜，我们光脚走进他住的征用农舍。我喜欢讲公道，本想问他的最后愿望，但莫托尔催得紧，我就把他掐死在床上。我们在他身上找到马丁的笛子和这首歌。这首歌没给他带来好运，但对我们来说，却像护身符。你看这里，一直到这里，是你听到我们唱的，底下这些词语的意思是：‘由我所写，马丁·方塔什，即将死去。一九四三年六月十三日星期六。’最后一行不是意第绪语，是希伯来语。你知道这些话的：听啊，以色列，我们的神耶和华，唯一的主。

“他写了很多歌曲，有的快乐，有的忧伤，最出名的是很多年前写的一首，德军进入波兰前，一次大屠杀时写的。那些时候，主使屠杀的是农民。不光是犹太人，几乎每个波兰人都知道这首歌，但无人知道是木匠马丁写的。”

基大利折起纸包，放进口袋里：“今天就说这些。这些不是该天天想着的事。偶尔想想还好，但你要是时刻怀着这些想法，只会毒害自己，就不再是游击队员了。记着，我只相信三样东西：伏特加、女人、冲锋枪。以前我也相信理性，现在不信了。”

数日之后，基大利决定休息得足够长久了，是时候重新上路。“但这是自由的队伍，任何人若想留在俄罗斯，可以离开，当然武器得留下。你可以等前锋部队到来，或者去任何想去的地方。”无人选择离开，基大利问皮奥特：“你熟悉这地区？”

“很熟。”皮奥特答道。

“离铁道线多远？”

“大概十二公里。”

“好，”基大利说道，“下一段旅程我们乘火车去。”

“乘火车？可所有火车都有部队押车。”门德尔说道。

“总可以试试吧。要是有押车的，就可以跟我们商量了。”在基大利看来，帕维尔的异议显得更严重：“那，马呢？你不会打算丢下它吧？首先它有用，替我们驮大半行李。”

基大利又转向皮奥特：“这条线上走的是什么火车？”

“载货的，差不多都是载货火车。有时会有一些乘客，偷运的。要是载的货物是给德军的，就会有卫兵，但人数从来不多。两个在火车头，两个押后。运部队的火车从不走这条线。”

“离这里最近的是什么站？”

“科尔基，往南四十公里。只是个小站。”

“有没有装料斜台？”

“这个我不知道。不记得。”

朵夫插话道：“你为什么要让我们乘火车咧？”

基大利不耐烦地答道：“为什么不该乘？我们已经走了一千多公里，铁路就在不远处。另外，我想以人们会铭记我们的方式进入波兰领土。”

基大利思忖片刻，又说道：“在车站截车太危险。我们得在郊野将它拦下，可这样一来就没法把马装上去。好吧，我们背上行李，反正只有一小段路程。帕维尔，你带上马先走，在科尔基等我们。”

帕维尔似乎有些疑惑：“你们要是没到那里呢？”

“要是我们没到那里，你就带马来跟我们会合。”

“要是那里没有装料斜台呢？”

基大利耸耸肩：“要是……要是……要是！只有德国人才会预料所有的事情,这就是他们打败仗的原因。要是没有的话，我们会想出别的法子。我们到时再决定，总会有法子的。动身呀，帕维尔，记着，你是农民，在镇上不要太张扬。这些地区的德军会征用马匹的。”

帕维尔骑着马颠跑一阵，但还没有跑出人们的视线，画眉就恢复旧态，放慢步履。基大利和队员们动身行进，两个多小时之后，他们抵达铁道线。是一条单轨，从两边地平线绵延而来，笔直如光束，将大草原分成两半。

希望与概率极易混淆。人人都以为火车会从北而来，驶向波兰边境。然而，等待数小时之后，他们望见一列火车自南而来。是一列载货火车，驶得缓慢。基大利令数人带枪埋伏在轨道两侧的灌木丛里，自己则穿短袖，赤手空拳，站在枕木间，挥舞着一条红布头。火车渐渐减速，然后停下，车头里旋即射出子弹。基大利闪电般冲到一旁，避进榛树丛，其他人开始反击。门德尔也在射击，试图击中火车头的气阀，一边心里激赏基大利一干人的军事行动力。就他及今的观察而言，原以为他们是莽汉，并且确实也是，却不曾料到他们的火力这般精确节约，埋伏技术这般熟练。如他们的歌所唱，他们是裁缝、书记、领唱人，但已又快又精地学会了这门新专业。在这门专业里，一眼就能看透笨拙胆怯之人，因为这种人会躲在最厚实的掩护之后，譬如巨石或粗大的树干，这些东西确实能护人，但也妨碍转移，使人不得不露出脑袋射击。相反地，他们全都平伏在灌木丛后，从枝叶间射击，不时转移，以混淆敌人。

有钢板保护着的押车兵也又准又猛地射击，至少有四人，而且不惜火力。门德尔只见莫托尔猛然蹿出，纵身跃向火车顶。眨眼间，他已爬上最后一节车厢顶。在那上面，他便有了掩护，火车头里的敌人没有看见他。他腰带上挂着一枚德国手榴弹，那种棍式的定时炸弹，他一节一节车厢地跑向火车头，跃过联结器。抵达第一节车厢顶时，只见他转开手榴弹顶轴，等待数秒，接着拿手榴弹敲碎驾驶室天窗，往下一扔。

传来一声爆炸，射击停止。他们在驾驶室发现押车的德军，只有三人死亡，有一个还活着。基大利毫不犹豫地杀了他。司机和锅炉工也死了。糟糕了，基大利说道，他们没有罪过，而且对我们会很有用；谁都知道，替德军干活是很危险的。他像孩子似的噘起嘴。莫托尔的主动行动很出色，但毁了他的计划。

“这下谁来开这家伙？谁知道你的手榴弹把这些零件炸成什么样了。再说，我们得把它调头开。”

“你太顽固了，头儿，做什么你都不满意，”莫托尔说道，原本是等着受表扬的，“我把火车送给你做礼物，而你批评我。下回你和其他人进攻好了，我坐着抽烟。”

基大利不理会他的话，叫门德尔爬进驾驶室，试着发动引擎。与此同时，有些人检查了各节车厢，沮丧地回来汇报：载的不是什么贵重东西，全都是成袋成袋的水泥、石灰、煤。基大利让人清空两节闷罐车里的水泥，以便安置人马。他仍未放弃乘火车旅行这个想法。他兴奋无比，下令用小刀割开所有麻袋，然后又改变主意，将大量麻包叠在火车头前的轨道间。“我们要是不赶时间的话，就能做得更妙。不过，就算这样，再下点雨，加点运气，这也会构成一道蛮结实的障碍物。”然后他爬上驾驶室找门德尔。

“怎么样？有什么好事跟我说？”

“火车头不是钟表。”门德尔恼火地答道。

“嗯，零件都一样，而且你还没答我话呢。火车头不是钟表，修钟表的不是铁道工，公牛不是猪，像我这样的男人不是指挥，可他尽力做个指挥，或者说，做个匪首。”说到这里，基大利大笑起来，爽朗的笑声令气氛一时缓和。门德尔跟着笑了。

“你先下去，我们试试。”

基大利爬出驾驶室，门德尔扳动控制杆。“当心，我要加蒸汽了。”大烟囱扑扑地冒烟，减震器嘎吱作响，火车动起来，后退了数米。人人欢呼着：“好哇！好哇！”但门德尔说道：“锅炉里还有些压力，但支撑不了多久。光司机一人忙不过来，还需要个锅炉工。”

基大利一干人打起仗来十分有效率，而做安稳事的时候就爱打马虎眼。无人肯做锅炉工。经过一番复杂的争论，门德尔得了其中一个女人做助手，黑罗柯尔。不过她跟男子一般壮实。她被派为锅炉工，是因为数日前擦武器的时候，错放了一杆步枪的弹簧。她被叫作黑罗柯尔，以区别于另一个白罗柯尔，她的脸庞黑得像吉卜赛人，但瘦小敏捷，长着一双长腿，脖颈也细长，支撑一张三角形小脸，眼角上斜，笑眯眯地，令她容光焕发。她将一头黑发挽成髻。她的年纪虽不过二十，却也是科索沃的老难民。白罗柯尔则是温顺、简单的姑娘，几乎从不开口说话。她说话时，声音低得叫人难以听懂，因此没人知道关于她的事，她似乎也不想跟任何人说任何事。她被动地跟着队伍，服从每个人的话，从不抱怨。她来自属于乌克兰的加里西亚的偏远村庄。

门德尔教黑罗柯尔如何添燃料，其他人爬进两节空出来的车厢，火车动起来，被往后推，而非朝前拉。门德尔把节流阀调到极慢速，因为从驾驶室里看不到轨道。尤齐克扛着自动步枪，守在最后一节制动员车厢，因为这现在也是第一节车厢，他就担任导航员。两人不时往外探头，要是前方无事，尤齐克便向门德尔示意。锅炉工呵呵地笑，像玩游戏似的，带着孩子气的热忱铲煤。没多久，她就浑身汗透，从头到脚教煤灰染得乌黑，衬托得双眼和牙齿宛如黑暗中的车头灯。门德尔却一点也高兴不起来。驯服这头机械巨兽的满足感很快消退，金属地板上的血令他心神不宁，他感觉类似这样的冒险近乎盲目，在他看来，这整个事件是事出无由的愚蠢之举，极其轻率。他琢磨不透基大利到底怀着什么目的做这件事。

走了半途后，他认定基大利极少有什么目的，喜欢随兴而行，因为这时他从车厢探出脑袋，示意门德尔停车。他停了车，两人都下来。

“我说，修表的，我突然想到，我们该尽可能地破坏这列火车。怎么做好？”

“在这里，啥都做不了，”门德尔答道，“要是我们正常地往前开，而不是后退，兴许可以解开车厢的挂钩，让它们阻碍交通。像现在这样开，那是另一回事了。我们唯一能做的是放下敞篷车厢的两侧，随着火车颠簸，水泥煤炭会一路撒在路堤上。”

“那车厢和火车头呢？”

“我们稍后再想方法，”门德尔说道，“等你玩够之后。”

基大利不理会这个讥刺，派三人放下车厢两壁，火车重新开动，一路欢乐地将货物洒在铁道两旁。午后时分，他们抵达科尔基，车厢几乎清空了。帕维尔拉着马站在装货斜台上等待。在这个小站里，除了站长别无一人，他望见尤齐克手中的枪，向他们致以军礼后就退下了。门德尔刹住车，顷刻间装上帕维尔和马，重又出发。基大利很高兴，示意门德尔开得快些。“去萨尔内！去萨尔内！”在引擎的铿锵声外，门德尔听见欢呼和高歌，还有受惊吓的画眉在嘶鸣。

稍后，门德尔自行决定，在一条横穿无人居住的草原的小溪边停下。不单是休息，让黑罗柯尔洗洗脸，也是提醒其他人水箱里的水快用完了。他们都动手干活，用触手可及的容器，厨房的几口锅，火车里找到的一只水桶，来回奔忙于火车和小溪之间。这番行动很费时，门德尔趁机去听帕维尔跟人们讲述在科尔基的见闻。

“我们没有碰上任何危险，我和马都没有。没有人注意我们，或者跟我们说话，但我不认为他们当真以为我是农民。我没看到任何德军。但肯定有的，因为我在镇政府外看见宣传告示，但他们不走出来。人们不害怕开口说话，或者说，反正不像以前那么害怕。我走进一家酒馆，收音机开着，是莫斯科电台的广播，说苏军收复了克里米亚，所有德国城市日夜被空袭，在意大利，盟军已经抵达罗马城门。哦，在镇上逛逛真是美啊，看看摆着花盆的阳台、店铺的招牌、窗户挂着的窗帘！看我给你们带了什么，我从墙上揭下来的。每个街角都有。”

帕维尔给大家看一张告示，字体硕大，用俄语和波兰语印在廉价的黄纸上，写道：“不要替德军工作，不要给他们任何情报。给德军供粮的人枪毙。读者，我们看着你。要是撕下这张告示，我们就叫你吃子弹。”

“那你还撕下来？”莫托尔问道。

“我没有撕，我是把它揭下来。这两样的。我带着敬意揭下来，谁都看得出来，我是要带去给其他人看。事实上，他们没有开枪。你明白吧？红星兵团盖的章。他们管这片地面。”

“我们也管，”基大利暴躁地插嘴道，“我们要用我们的方式进入萨尔内，叫他们记住我们。谁熟悉萨尔内？”

尤齐克熟悉，因为他在波兰军队时曾在那里服兵役。那是个简陋的小镇，也许有两万居民。有几家工厂，一家纺织厂，一家火车检修厂。火车站？尤齐克很熟悉，因为开战之前，他就驻扎在那里。萨尔内是波兰边境的最后一个镇，双方宣战之后，苏军在这个镇上没有遇到任何抵抗，长驱直入。那个火车站颇具重要性，因为卢布林—华沙线途经此站，也是因为那个检修厂。那里有个大棚和旋转平台，将火车头导向检修厂。基大利听了喜滋滋的，向门德尔说道：“你的火车头要走向光辉的终点了。”门德尔应道，希望同样的结局不会发生在他身上。

夜里，基大利在调车场入口叫火车停下，让所有人下车，马在黑暗里受了惊吓，失去控制，不肯下车，蹿起前腿，疯狂地嘶鸣，猛踢车厢的后墙。他们又是拉，又是推，最后它决定跳下来，但着地不稳，跌断了一条前腿。帕维尔没有哼一声，闷头扯腿走开，基大利往它头部开了一枪。萨尔内站似乎也被废弃，无人回应这记枪响。基大利令门德尔将车厢推入一条岔轨，然后令尤齐克和帕维尔悄悄前行，改变月台的道岔。任务完成后，他们回来汇报，已经把月台跟进台铁轨交叉起来。好，基大利说道。他们要让火车头撞进月台检修厂，至少可以叫它一个月不能复工。

“修表的，你不信服？舍不得它了，是不是？我也有点舍不得。不过，我不想乘火车了，而且想把它当礼物送给德国人。我告诉你，我在森林里学到一些东西。最好的冒险是你的敌人认为你做不到的冒险。上，打发掉车厢，启动引擎，再跳下来。”

门德尔服从命令。无人驾驶的火车头消失在黑暗中，只能凭烟囱冒出的火星看见其轮廓。他们屏息等待，数分钟后，听得金属板碰撞声，一阵如雷的巨响，尖利的嘶声缓缓平息。警报长嚎起来，传来慌乱的人声，基大利一干人悄然逃向郊野。在铁轨和电缆间摸黑奔逃之际，门德尔的脑海里不合时宜地回荡着关于奇迹的祈祷词：“赞美耶和华、我们的神、宇宙之王，为我们在此地创造奇迹。”

基大利一干人以此标志他们进入人类居住的世界。

一九四四年·六月至七月

“我为你感到难过，帕维尔，但接下来几周，我们最好先避开挂窗帘的窗户和阳台上的花盆，尤其要避开铁路。”基大利领着队伍穿过森林最浓密处时，这么说道。然而，宿营三天后，基大利换上近似平民的装束，放下武器，令他们在此等候，不可自主行动，然后独自离去。留在营地的人开始编造各种假说，从最无聊的到最复杂严肃的，最后朵夫喝止他们：“基大利好赌，但他精得很。他要是一言不发就走了，肯定有他的理由。你们干吗不动手干活去？在营地里，总能找到事做。”

数日过去，每日懒散忧虑，做些营地的日常事务，这些事务虽无趣，却也帮着打发时间。基大利在六月十日回营，好似和平时期外出游览归来。他要了东西来吃，然后躺下睡了半个小时，醒来后摊开手脚仰面躺着，拉了一会小提琴。不过，看得出来，他憋不住地想说话，只等有人先问。蓓拉给他机会。虽没有经过任何特殊的授权，蓓拉自视为专门负责必需品供应。蓓拉说话，犹如麻雀剥啄，有些蜇人，却不刺痛。

“你那样一声不吭就走了，随你自己的想法或者耶和华才晓得的什么，把我们全丢在这里，白痴似的。我告诉你，粮食快没了。”

基大利搁下小提琴，从兜里掏出一沓钞票，说道：“拿去，女人。我们还不会饿死。去，把所有人都叫来。我们开个会。太久没有开会了，不过，我们也太久没有好消息了。现在好消息来了。”

他们全都围拢到基大利身边。基大利这样说道：“别以为我要做演讲，我不喜长篇大论。不要问任何问题，至少现在别问。我把我能告诉你们的都说出来，不多，但很重要。我们不再是孤儿了，我们不再是流浪狗了。我跟一个人谈过，他知道我们是谁，从哪里来。火车头那事作用很大，超过我预想的。我拿到一些钱，我们还会得到更多，也许还会有武器和正规军装。我得知我们不孤单，红军组建的游击队当中，就像乌雷宾的，有很多自发组建的，譬如农民游击队，或者乌克兰和土耳其反对派的游击队，还有流寇游击队，但也有跟我们一样的犹太人，也就是说，还有其他基大利和基大利一干人。没有多少可以讨论的，因为俄罗斯人不喜欢分裂派运动，但他们确实存在，多少有些装备。队伍有大有小，或固定或游击。甚至还有犹太人带领俄罗斯游击队。

“我跟他们说了我们的目标，他们也认可。我们可以继续我们的道路，他们不反对。我们不该等前锋部队，我们是先锋，该走在前头。他们要我们继续做一直以来做的：打游击战、搞破坏、偷袭，但还要做得更多。我们要深入波兰领土，袭击关押战俘和犹太人的集中营，要是还能找到任何集中营的话。我们要收留掉队士兵，清除间谍和通敌者。我们要往西前进。俄罗斯要我们在西部代表俄罗斯人。我们的目的是代表犹太人，在我们的历史上，这一次这两者不再矛盾。我们完全独立自由，可以穿越边境，施行我们自己的正义。”

“穿越所有边境？”琳问道。

基大利答道："我说过别提问。"

他们继续前行，日复一日，雨打日晒，穿越凄凉的沃里尼亚的原野和森林。他们避开人踪密集的道路，但不得不穿过一些村庄。他们在一个村落广场上看到一张告示，与帕维尔揭来的那一张不同。这张告示就是关于他们的，上面写道：

杀死危险的流寇犹太人基大利·斯基德勒者，赏盐两公斤。为总部提供有用情报有助于捕获斯基德勒者，赏盐一公斤。活捉此人并送至总部者，赏盐五公斤。

基大利喜滋滋地一拍大腿，因为告示上印的照片不是他的，而是这个地区一个出了名的乌克兰通敌者的。基大利不肯就此作罢："这主意太棒了。我怎么没有想到。我们不妨去捉住这个基大利。"他们一再反对，才使他放弃这个想法，重新上路。

六月中旬开始降大雨，河川高涨，无法涉水。沼泽也变得更深。他们见到一间磨坊，便进入探索，发现其中空无一物，已经废弃了。实实在在的空无一物，没有面粉，一包、一捧也没有，但发酵面粉的酸味渗入磨坊每一道缝隙，再加上霉味、木头浸透雨水散发的菌味。但屋顶不漏，装机器的房间仍然颇干燥，墙上钉着结实的大木架，也许是装粮袋的。基大利一干人在此落脚过宿，有的睡在地上，有的睡在架上。在烛光里，这地方如图画一般生动，一半是舞台，一半是侧翼。

虽不舒适，但每个人都有足够的空间伸展，雨点敲打木屋顶，听起来欢乐又温馨。

伊西多，布利兹纳的幸存者之一，一手拿着一支蜡烛，一手拿着一块锡片，趴在地上，一寸一寸地刨地皮。他是队里最年轻的，还不到十七岁。加入基大利一伙之前，他和父母、妹妹一起，在马厩地板下挖的洞里躲了四年。马厩主人榨干了他家所有钱财，然后向波兰警察告发他们。伊西多那天走运，德国人来的时候，他出去了。他一家四人有时轮流出去，呼吸森林里的新鲜空气。他回来后，就躲起来，从藏身的地方看到党卫军，也都是年轻的小伙，只比他大一两岁，把他的父亲、母亲、妹妹活活乱棍打死。那些小伙的表情不是凶狠的，反倒像在玩有趣的游戏。在他们后面，伊西多看到那农民和他的妻子，面色白得像雪。从那以后，伊西多就不太能够有逻辑地思考，总是神志恍惚。他有些驼背，长胳膊长腿，皮带上总带着一把小刀，时常嚷嚷着要回村去杀了那个农民。

“你干什么，伊西多？春天大扫除？”莫托尔从高架上问道。伊西多没有应答，只是继续刮刨。每刮得一撮白色粉末，就送进嘴里咀嚼，然后吐出。

“别吃了，会肚子痛的，”莫托尔说道，“你吃到的都是烂木头，哪有什么面粉。”伊西多经常惹麻烦，他们得小心看着他。但他努力让自己有用，他们都很爱护他。他极怕饥饿，把能找到的东西都放进嘴里吃。

“来，吃这个，”黑罗柯尔说着，递给他一把在森林里摘的醋栗，“尤齐克快回来了，他会找到吃的。”

尤齐克确实回来了，但只带回很少的粮食。当地农民又穷又多疑，既不喜欢俄罗斯人、犹太人，也不喜欢游击队。他们肯跟他做交易，只是因为他跟他们说波兰语，但他们只给他煮鸡蛋和面包，要价高昂。“今天和明天够吃了，然后再说吧，”基大利说道，“我们到时再打算采取什么战略。”

风刮得更急，感觉像在船上一样。磨坊的梁柱是仅剥去树皮的原木，整个建筑在嘎吱作响、颤动摇晃。磨坊的四个叶片上的帆布不知何时不知去向，一阵风刮来，便转动起来，然后伴随着一记闷响，陡然停止。叶片徒然的努力导致通风井和机械猛然晃动，发出碾轧声。整个建筑好似一个巨人奴隶，挣扎着要扯断锁链。只有帕维尔睡得着，仰面朝天，张嘴打呼。

“嘿，这地方都是虫子。”伊西多突然说道，他正在地面木板缝隙间挖一根木屑。

“别管虫子，”蓓拉惊慌地说，“吃面包，吃了去睡。”

伊西多向蓓拉傻笑道：“我当然不管它们了。我不吃虫子，它们不是洁食。”

“傻瓜，没人吃虫子，因为它们脏，不是因为它们不是洁食。”蓓拉说着，拿着一把剪刀剪指甲。这是队里唯一的剪刀，蓓拉坚持认为这把剪刀属于她个人，任何人想要用，都得向她借用，然后绝对必须归还给她。每剪好一个指甲，她就带着满意的神情仔细地端详手背，好似画家每画下一笔之后端看画面。

白罗柯尔以微弱的声音说道：“虫子不洁净，是因为脏，猪也脏，所以它们不洁净。怎么会有人不信洁食规呢？不如别做犹太人了。”

尤齐克说道：“要我说啊，这都是些古老的历史，也许猪是脏，但野兔和马干净，可它们也不是洁食。为什么不是？”

白罗柯尔愠恼地说道：“没人能什么都知道。兴许摩西那时候它们是脏的，或者传染什么疾病。”

“就是了。你自己也这么说的，古老的历史嘛。如果摩西跟我们一起在这里，在这间磨坊里，肯定想也不想就更改律令。他会砸碎十诫诫板，就跟他为金牛犊生气的时候那样，然后定出新的律令。尤其是他看到我们经历的事情之后。”

“洁不洁的，”莫托尔说道，打着呵欠，发挥意第绪语用略微扭曲的发音重复同一个词语来贬抑某事物的绝妙手法，“洁不洁，我要是有只野兔，就吃了它。说实话，我明天就去设陷阱。我小时候很会设陷阱，得重拾旧业了。”

皮奥特听得瞠目。他转向坐在身旁的列昂尼德：“你们为什么不能吃野兔？”

“别问我。我知道我们不该吃，但我说不出为什么。野兔是禁肉。《托拉》里写着。”

朵夫说道：“因为野兔不是偶蹄。”

伊西多说道：“那，要是我的虫子是偶蹄，就可以吃了？”

基大利见到皮奥特脸上的惊异神色，说道：

“俄罗斯人，别多想。你要是跟着我们，就得习惯这些问题。所有犹太人都疯疯癫癫的，而我们比其他人更甚。所以我们才这么走运。我们拥有精神病人常有的好运。我现在想想啊，我们有队歌，但没有队旗。蓓拉，你不要浪费时间打扮了，该给我们缝一面旗。有所有颜色的旗，在旗帜中间，不要镰刀或铁锤，也不要双头鹰或者大卫之星，就弄个精神病，戴着帽子铃铛，拿个捕蝶网。”

然后他又对皮奥特说：“说起精神病，你加入我们，那肯定也有点疯癫。没有别的解释了。俄罗斯人要么疯癫，要么呆板，你显然属于疯癫的。就算我们的律令有点复杂，我们会相处得来。别担心，只有在律令不妨碍游击队任务的时候，我们才遵守。不过，我们热衷于争辩律令。我们擅长在洁净与不洁净、男人与女人、犹太人与非犹太人之间做区别，我们也区别和平时期与战时的律令。譬如，和平时期的律令说，一个男人不能想另一个男人的女人……”

皮奥特正躺在黑罗柯尔旁边，随即将身体稍稍移开，也许是无意识地。

“不是这个意思，就像我说的，你用不着担心。在这里，所有男人想所有女人。”

“头儿，你说话从来不严肃。”琳插嘴道。她向来说话严肃，嗓音低沉，略带沙哑，但能盖过其他声音：“说到别人的女人，我们有很多话要说。”

“我们？谁？”

“我们女人。首先，为什么女人就该属于这个或那个男人，而男人不属于某个女人？你看这公平吗？我们认为不公平，我们不能接受。不再接受。如今女人跟男人一样被流放，跟男人一样被上绞刑，她们的枪法比男人准。单从这一点就可以看出摩西律令极其保守。”

帕维尔已醒来，嗤地一笑，跟皮奥特窃窃低语。列昂尼德闷声不响，但带着忧虑，斜眼瞟向琳。狂风阵阵，雨夹着冰雹敲打四墙。磨坊仿佛成了旋转木马，绕着埋在地下的机轴碾轧，嘎吱作响。伊西多紧偎着白罗柯尔。她安抚他，轻抚他稀疏的头发。

“接着说，琳，你接着说，”基大利说道，“一点风吓不着你。跟我们说说你的律令，要是不太严格的话，我们会努力遵守的。”

“吓着我的不是风，而是你们这些人。你们这些男人，又自私又原始。我们的律令很简单，只要没有结婚，男人和女人可以彼此喜欢，想做爱就做爱。在结婚之前，爱情应该是自由的，其实已经是自由的，一向就是这样的，没有律令能够囚禁爱情。连《圣经》说的也是同样的道理。我们的先祖跟我们没有两样，他们在过去时代做爱，就跟我们现在一样。”

帕维尔说道：“过去时代比现在做得更多，《圣经》以性交开始不是偶然的。”

琳没有理会他，接着说道：“……但结婚之后就不同。我们相信婚姻。妻子属于丈夫，同样地，丈夫属于妻子。”

“那我们就不结婚了，”基大利说道，“是吧，蓓拉？”

“你闭嘴，”蓓拉应道，“不管怎么样，他们全都知道你是头烂污猪。我可从没要你跟我结婚。做指挥，你兴许还成，但做丈夫，提也不要提。”

“成，”基大利说道，“你看到了吧。我俩从来不闹意见。我们有的是时间考虑。首先，战争先得结束。”他转向蜷在琳身旁的列昂尼德，只见他神色阴郁。

“你呢，莫斯科人，你怎么看你女人的理论？”

“我什么也不想。别理我，让我一个人待着。”

“而且我不是任何人的女人。”琳接口道。

“真是小题大做，”尤齐克从角落里扬高嗓子，对斯洛尼姆来的其中一人说道，“譬如我们先祖雅各有四个女人，她们就相处得挺好。”

莫托尔高声说道：“可她们不是其他男人的女人。雅各是受用他的权利，因为头娶的妻子是出于误会，或者更应该说，是拉班的计谋，另外两个都是侍女。他其实只有一个正当的妻子，所以一切运转良好。”

“说得好，莫托尔，”基大利说道，“我不晓得你这么有学问。你割喉咙之前，在叶史瓦神学院学过？”

“我学过不少东西，”莫托尔神气十足地答道，“我还学过《塔木德》，你知道《塔木德》是怎么说女人的？里头说，你不可跟不是你妻子的女人说话，连打手势都不准，不管是用手、脚，或者使眼色。你不可看她的衣服，就算她脱下来不穿的时候也不能看。听女人唱歌，罪同看她光身。已订婚的男女拥抱是重罪，女的就成了不洁的，好比来月经，得在仪式浴中洗净。”

“这些都在《塔木德》里？”之前不曾出声的门德尔问道。

“在《塔木德》，还有其他书里。”莫托尔说道。

“《塔木德》是什么？”皮奥特问道，“你们的福音书？”

“《塔木德》就像一锅汤，人能吃的所有东西都在里头，”

朵夫说道，“但是麦粒与糠、果实与果核、肉与骨头相混杂。不怎么好吃，但有营养。布满了错误和矛盾，但正是由于这个原因，教你学会思考，不论谁读了——”

帕维尔打断他的话：“我举个例子，给你解释什么是《塔木德》。听好了：两个扫烟囱的从烟囱管掉下来，出来之后，一个浑身沾满烟煤子，另一个干干净净。哪一个去洗澡了？”

皮奥特恐怕这是个圈套，四下看看，好似求助。然后他鼓起勇气答道：“脏的那个去洗。”

“错，”帕维尔说道，“脏的那个见另一人的脸干净，就以为自己的脸也干净。而干净的那个见另一人脸上都是烟煤，以为自己也污脏，就去洗了。明白了吧？”

“明白了。有道理。”

“等等，还没完呢。现在我来问你第二个问题。这两个扫烟囱的又从同一个烟囱掉下来，又是一个脏，一个干净。哪个去洗？”

“跟你说过我懂了。干净的那个去洗。”

“错，”帕维尔冷酷地说，“第一次掉下来时，干净的那个去洗，只见脸盆里的水没有脏，而脏的那个领悟干净的那个何以去洗脸。于是，这一回，脏的那个去洗。”

皮奥特听得目瞪口呆，半是缘于惊吓，半是缘于惊奇。

“现在第三个问题。此二人第三次掉下烟囱。哪一个去洗？”

“从现在开始，脏的那个去洗。”

“又错了。你听说过两人从同一个烟囱掉下来，一人污脏，而另一人却干干净净的？你看，《塔木德》就是这样的。”

皮奥特愣怔了片刻，然后甩甩肩膀，好似狗从水里出来一般，臊眉耷眼地笑道：“你们叫我觉得自己好幼稚。像初到军营的新兵。好吧，我理解你们的《塔木德》是什么了，可你要是再审讯我，我就立马走人，回乌雷宾那里去。我不好这一口，我喜欢打仗。”

“别往心里去，俄罗斯人，”基大利说道，“帕维尔没有恶意，没有拿你开涮。”

琳大声说道：“他只是想让你感觉做个犹太人是什么滋味。我的意思是，让你感受当你的头脑以某种方式构成的时候，或者活在头脑以不同的方式构成的人当中是什么感觉。是的，你现在是犹太人，孤零零地生活在一群非犹太人当中，他们奚落你。”

“你不妨改改名字，”基大利说道，“因为你的名字太基督教了。不要叫皮奥特·弗米奇，起个耶利米或者哈巴谷或者其他什么不起眼的名字。开始学意第绪语，忘掉俄语，兴许再行割礼。或许，我们还会迟早来一场种族屠杀。”说完后，基大利打了个大大的呵欠，吹灭蜡烛，跟每个人道晚安，与蓓拉去休息。另外两三支蜡烛也熄灭。黑暗里传来一个声音，带着嘶哑的睡意，也许是鲁扎来的某人：

“在我们村，有个犹太人吃了野猪香肠。拉比谴责他，可他说野猪是反刍动物，所以是洁食。‘胡说，野猪不反刍。’拉比说道。那犹太人答道：‘它们确实通常不反刍，可这一头反刍。它反刍得特别，像公牛那样。’由于野猪已经被他吃掉了，拉比只得作罢。”

另一个声音响起：“在我们村，有个犹太人行了十四次浸礼。”

“这是为什么？难道一次不够？”

“当然够了，可他喜欢那仪式。”

只听得有人清嗓子吐痰，然后传来又一个声音：“在我们村，有个犹太人喝醉了酒。”

“这有什么稀奇的？”另一个声音问道。

“不稀奇。我又没说这事稀奇，不过，今晚每个人都说些奇怪的事，所以说点不稀奇的事情就显得奇怪了。”

“在我们村……”伊西多开口说道。一个女人的声音打断他：“够了。睡觉，天晚了。”但伊西多接着说：“在我们村，有个女人看见了魔鬼。他的名字叫唵度沙叁，外形像独角兽，弹奏音乐。”

“他拿什么弹奏？”

“他的角。”

“那怎么能，角长在他额头吧？”

“我不晓得，”伊西多说道，“我没有问她。”

另一个低沉的声音打着呵欠，从上方传来：“从现在开始安静。该睡了。我们走了一整天，得休息。连耶和华都需要六天创造世界，第七天休息。”

基大利应道：“他休息着，说道：‘但愿管用。’”

黑暗里，又听见白罗柯尔微弱的声音，低声做晚祷：“我将灵魂交付在你手中。”然后祈福：“愿仁慈的耶和华折断欺压我们的轭，引导我们仰起头颅进入我们的土地。”之后一片静默。

傍晚的大雨渐渐转为淅淅沥沥的细雨，风也静了。老磨坊的空壳不再吱嘎作响，但发出轻微的噼啪声，好似千百条虫子在啮咬，门德尔躺在坚硬的木板上，无法入睡。阁楼上传来分辨不清的令人困惑的声响，似轻捷的脚步声，混杂在沉睡之人的呼吸和呼噜声中，也许是耗子或貂鼠。空气温和，带着浓重的夜间气息，花粉甜蜜、刺鼻的气味，门德尔感到欲望侵袭而来。那是少年人的欲望，没有形状，柔软、温暖、洁白。他试图为自己描述，却无法找到语词。渴望睡在床上，渴望睡在床上的女人的身体，渴望融化在另一人体内，一个女人，与她结为一体，与世界隔绝的双重肉体，远离道路、武器、恐惧和屠杀的记忆。

西丝尔睡在他旁边，呼吸平静。门德尔在黑暗里伸出手，裹着粗毯抚摸她的臀部。他用劲想将她拉近，但西丝尔如石头般沉睡，身体僵硬地抗拒。在朦胧睡意之间，一个个名字、一张张脸庞，现在的、遥远的，在他脑际相互追逐。西丝尔，黄头发，面庞疲惫。丽芙柯瞪着忧伤的黑眼睛，但门德尔旋即将她驱走，他不想要她，不能想她。丽芙柯、斯特列尔卡村、墓坑。走开，丽芙柯，请你走开。回你来的地方去，让我活下去。门德尔硬想着入睡，认识到正是这个努力想睡的念头令他清醒。他的头脑不再迷糊，不能再无视在脑际敲门的另一张脸和名字。没有脸的名字，喇合的名字，赋有邪恶力量的妖妇。

那诡谲的故事是真的，因为仅说出那个名字，甚至只在心里说出她的名字，他的身体就绷紧了。一张无名的脸庞浮现，一张憔悴的脸，年轻而疲倦，两只大眼睛相隔甚远。门德尔一惊：这张脸不是没有名字。这张脸有名字，那名字是琳。

他在脑际清晰地看到她的脸，一如数小时之前她在热烈地辩论，丝毫不带懒散或怀疑，严肃得近乎荒唐，仿佛一根紧绷的电线在颤动。他掀开毯子，脱掉靴子，在沉睡之人的四肢间磕绊，摸索着找她。他刚才看到她去睡觉的位置，在通往阁楼的楼梯脚轻易地找到她。他在黑暗中碰触她的头发，浑身血脉一震。列昂尼德睡在琳身旁，两人裹着同一条毯子。一时间，列昂尼德和西丝尔的身影占据门德尔的意识，尔后在黑暗中消退，越来越小，越来越透明，最后像丽芙柯那张可怕的脸庞一样彻底消失。

门德尔碰触琳的肩头，然后额头。姑娘纤小而有力的手从毯子底下伸出，摸到门德尔的胳膊，往上摸索，溜进他领口，摩擦他胡子拉碴的脸颊，手指摸到他前额的伤疤，警觉敏感地顺着那道伤疤探进头发。她伸出另一只手，按着门德尔的后脑往下拉。门德尔帮琳从毯下解脱出来，不惊醒列昂尼德。两人爬上阁楼，楼梯在他们脚下吱哑，但这声响混合在风雨声里。

阁楼里堆满了杂物，碰触之下，门德尔发觉是个漏斗，他碰到的零件上布满了润滑油。他嫌恶地缩回手，在后臀的裤子上擦拭。他拿脚试探，找到一处空地，将琳拉到那里。她顺从地跟随他。两人躺下，门德尔替琳脱去军服，琳露出单薄、紧张、近乎男性化的身躯。腹部平坦，手臂大腿纤细而多肌肉。膝盖方正坚硬，似孩童的一般粗糙。门德尔的手贪婪地摸索膝盖骨下肌腱两侧的肉窝,然后探摸到臀部。乳房那么小,似乎已经枯萎,仅剩下可怜的空皮袋,可以感觉到底下的肋骨。门德尔脱去衣服，琳旋即格斗一般紧抓着他。被重压在男性身躯之下，琳扭动身体，似斗志昂扬的顽强对手，挑逗又挑衅。这是一种语言，即便被欲望冲昏了头脑，门德尔也能理解这种语言:我想要你,但我反抗你。我反抗你,因为我想要你。我，身体单薄，在你之下，但我不属于你。我不是任何人的女人，在反抗之中，我将你与我捆绑。门德尔觉得她虽赤裸，却扛着武器，好似他在诺沃肖尔基的寝室第一次瞧见她时的模样。就像耶利哥的喇合，不属于任何人，又属于任何人。将自己与她分离的最后时刻，门德尔领悟过来，觉得心中一阵剧痛。如此挫败，在磨坊黑暗的沉默里，门德尔忍不住吞声啜泣。

狂热化为肉体满足的平静之后，甜蜜得如同病后痊愈，门德尔竖耳聆听。并非全然静寂，听得见其他压低的声响，难以分辨。他在琳身旁沉沉睡去，而她早已静静地睡着。

稍后，照进第一道天光之时，他醒来，其他人仍在沉睡，看得清基大利睡在蓓拉旁边，帕维尔睡在黑罗柯尔旁边，白罗柯尔在伊西多旁边。琳那张苍白而尖细的脸枕着他的臂弯。我为什么这么做？为什么要找她？爱与愉悦。不，不仅是这些。我在她身上寻找另一个女人，这可怖又不公平。我在西丝尔身上寻找但没有找到。我寻找的女人已不复存在，我找不到她。而现在惹上了这个女人，被这个女人缚住，被爬山虎缚住。永远，或者不是永远，我不知道。没有什么是永恒的。她不与我缚在一起，她只捆缚，而不被缚，你原本应该明白的，门德尔，你不是小孩，趁现在还来得及，快挣脱出来，现在不是束缚自己的时候。挣脱出来，不然你的下场就惨了，惨得跟列昂尼德一样。他四下张看，列昂尼德不在。没有什么蹊跷的，他可能出去了。他继续苦口婆心地劝自己远离琳，命令、强制自己这样做，他深知倘若别人敢这样跟他说话，他，这个温顺的修表匠门德尔，必定会抡起拳头揍扁那人的脸。不到半小时，每个人都醒来，列昂尼德不在，背包和武器也不见了。

基大利咕哝着波兰语，诅咒着让列昂尼德见鬼去，接着用意第绪语说道：“嗯，我们不是红军，我不是乌雷宾，作为游击队员，他不值什么。他不是会背叛我们的那种人，但他要是撞上德国人,那就是另外一回事了。但愿他不惹什么麻烦。他一个人走不了多远。等着瞧，三天之内，我们会碰上他的。”

“那他也该把自动步枪留下才是。”尤齐克说。

“嗯，这事不好。他带上武器，就说明他打算用。”

门德尔建议去找他，朵夫赞同，说可以带上狗，基大利说，可以力所能及地试试，但不能浪费时间多做耽搁。朵夫让一条狗嗅列昂尼德睡过的毯子，然后带狗到外面。那狗懒懒地嗅了嗅地面，仰起鼻头，嗅了嗅空气，脑袋转了两三次，最后垂下耳朵和尾巴，脑袋朝着朵夫和门德尔，好像在问：“你们想要我干什么？”

“我们上路，”基大利说道，“准备出发。去找是绝不可能的。如果他要找我们，他知道怎么找。”门德尔思忖：他是去杀德军，不过，也许他想开枪打死我。

在明亮的天空之下，他们踩着滑塌的地面继续行进，绕过数个显然已废弃的村庄。尤齐克领头，一队人缓慢地穿过树林、杂草密集的田野。原野平阔，但西边有一片低矮的丘陵。门德尔闷头行走，极不乐意做门德尔。一夜背叛两次，或许三次，如果算上西丝尔。但西丝尔不算数。她就在那里，在队伍前面，走在皮奥特后面，步态安详一如往常。死人也不该算数，他们在死人的世界，几乎永远不会离开那里。你不可让他们出来，就像斑疹伤寒患者，你得加强封锁，把他们禁闭在传染病房。但列昂尼德不同。列昂尼德不是死人……现在，你知不知道他是否已经死了？如果不是你亲手杀死他，他们要你为他负责的时候，你作为他的兄弟，却以该隐的蛮横作答？也许你抢走了他拥有的唯一，你割断他的生命线，他淹在水里，或者已经溺死。不，你做了更歹毒的事：你解开他的生命线，系在自己身上。现在你成为被拉回的那个人。被她拉回，这个啃秃指甲、单薄执拗的姑娘。门德尔，纳赫曼的儿子，你当心！

行进第三日的早上，他们走到一道壑谷前。壑谷深且险，因雨水而十分滑溜。对面山坡也很陡峭，三十多米下的谷底是一股混浊的湍流，在两道山径之间回旋。

“尤齐克，你造假钞可能很在行，当向导可不怎么样，”基大利说道，“这是走不过去的。你挑错路了。”

尤齐克借口很多。这里有很多山径，都这么多年了，他们总不能指望他全都记着。都是落雨的缘故。他敢担保，晴天就很容易顺着爬下去，再爬上来，湍流也就只是一条小溪，唬不住他们。反正，也不必原路返回，可以循着壑谷边缘先往北走，迟早会找到出路的。

他们重新上路，沿着茂密的黑刺莓丛中隐约可见的小径。没过多久，看到那条湍流，却不是向北流，而是弯向东北，几近向东。尤齐克的威信顿减。没人听说过若要往西，先得往东。基大利说克里斯托弗·哥伦布就是这么干的，或者正好颠倒着干。蓓拉已极疲惫，叫他不要故作滑稽。尤齐克坚持说附近必定有岔道。临近晌午时分，他们确实看到一条清晰的山路，绕着壑谷巅。走了半小时后，他们明白尤齐克必定是对的，因为壑谷也向左弯，也就是说，陡然向西转，山路上密布着清晰的人类踪迹，倾斜往下通到谷底。尽管数日之前下过大雨，仍然分辨得出牛的脚印。也许这道山路通向河滩，或者桥梁，或者饮水处。他们往下走，只见弯道之外，壑谷敞向一处平坦的河床，河川分出无数支流，缓缓地流过卵石。在那小块平地上，有一间废弃的石屋。门前站着六个男子，其中一人是列昂尼德。其他人中，有四人扛着武器，身穿破敝褪色的波兰军装，一人没有扛武器，光着上身，在一旁晒太阳。

扛武器的一人朝基大利一干人走来。他从肩头拿下自动步枪，架起来，却没有瞄准，而是随意地拎着枪管，用波兰语喝道："停下。"基大利生长在波兰，波兰语说得比俄语流利，随即停步，示意队伍停下，用俄语对尤齐克说："问问那位先生要怎样？”

那位先生听懂了他的意思，基大利本来就是拿准了他能听懂，那人愤怒地叫道：“我要你们滚蛋。这是我们的土地，你们的人惹的麻烦已经够多了。”

眼看要起一场争执，基大利流露出欣喜若狂的神色，这更惹恼了那个波兰人。他对尤齐克说：“告诉那位先生，如果我们已经惹了麻烦，那不是我们的过错，或者至少无意伤害他人。问问他是否指萨尔内火车头一事，如果是那事的话，告诉他我们不会再做那样的事了。告诉他我们非常希望继续前进，无须他的鼓励。问问他——”

原来那位先生听得懂俄语，因为他不等尤齐克翻译，便愤怒地打断基大利的话：“我当然是指火车头那事。那也是我们国家武装部队的领地，得面对德军报复的是我们。但我也指你们的人，”说到这里，他举起拇指，轻蔑地指指列昂尼德，“这个冒失鬼，这个戴着红星的疯子，自己一个人去充英雄，也不想想——”

这一回是基大利打断他的话，出人意料地不再玩传译游戏，说着流利的波兰语：“什么？他做了什么？你们在哪里俘虏他的？”

“我们没有俘虏他，”那波兰人怒吼道，“我们救了他。还有，这事不要到处宣扬，因为这是我们国家武装部队头一次从德军子弹下救下犹太人，他娘的，而且还是苏联人加共产党员。不过，这人肯定有点疯了，光天化日的，带着武器，也不四下看看，就径直往德军岗哨走去……”

“哪个岗哨？”

“杰隆卡发电厂那个。他几乎要砸破地狱放出所有恶鬼。更别说我们也使用杰隆卡发的电。你们要想搞什么破坏，走远点。还有，也打听打听局势。还有，最要紧的，不要派这样的蠢蛋。”

“我们没有派他。是他自己的主意。”基大利说道，“我们会审问惩罚他的。”

“他也这么说，说是他自己的主意。我们已经审过他了。你们不会真以为我们头脑简单吧。或者是容易上当的小孩。一九三九年以来，我们已经上过两个前线，见识过一些诡计。你们这是跟纳粹学的。跟德国国会大厦的火灾事件一模一样。你们挑个头脑简单的，派他一个人去执行任务，然后德国人闪电似的到最称你们心意的地方复仇。”

那波兰人停下喘气。他高高瘦瘦，已不年轻，花白的髭须气得直哆嗦。基大利瞅一眼列昂尼德，见他坐在粮仓的石门槛上，捆缚的双手搁在腿上。他仅在十步外，听得见他们说话，却充耳不闻。那波兰人细细打量尤齐克，说道：“但他长得也像犹太人。我们都见过不少怪事,眼前这事可太稀奇了：犹太人在波兰游荡，扛着从波兰人手里抢去的武器，装成游击队，狗娘养的！”

基大利一下子失控，左手一把从那波兰人手里夺了枪，右手顺势给他一记响亮的耳光。那波兰人踉跄几步，但没有摔倒。余下三人冲上前来，摆出威胁的架势，但其首领喝止，他们便后退数步，但仍将枪口瞄准。

基大利平静地说："长官先生，我也是犹太人。我们的武器不是偷的，我们也知道如何使用这些武器。你们已经打了五年战争，我们呢，已经打了三千年。你们上过两个前线，我们上过的前线，已不可计数。长官先生，请你公道些。我们打的是同一个敌人，不要彼此浪费力量。"然后他露出礼貌的微笑，添道："或者白费侮辱。"这位长官若不是见自己被二十多名神情坚定的基大利分子团团包围，也许就不会这么好说话。他嘟囔着一些神秘的咒语，大约是关于打雷和霍乱，然后粗暴地说："我们不想知道你们这批人的任何事情，我们不想跟你们有任何往来。带走你们的人。还有一个，他说他是你们的人，我们用不着他。"

他一示意，其随从抓着列昂尼德的胳膊，拖他站起，将他推到基大利跟前。基大利随即割断绑他双手的绳子。列昂尼德闷不吭声，眼神始终不离地面，加入站在山道上的基大利队伍。波兰人提及的另一人，原本站在一旁晒太阳，此时主动走上前来。他跟基大利一般高，长着鹰一般突兀的鼻子，一部浓密漂亮的黑胡须，看起来却不超过二十岁。他的身体灵活、强壮，倘若不是因为一条腿患足内翻，倒不失为运动员塑像的好模特。他捡起放在地上的一个包袱，看似很高兴换主人。该继续前进了，基大利把缴来的枪还给那波兰人，对他说："长官同志，我相信我们之间只有一个共同点：我们也不想跟你们有任何往来。告诉我们该走哪条道。"

那波兰人答道："避开科韦尔、武库夫、铁道线。不要在我们的地盘上招惹德军，还有，下地狱去。"

“这人真有个性！”上路之后，基大利对门德尔这样说，适才的愤怒已消失无踪，也不带分毫轻蔑，“实在是很有趣的人物，像印第安人电影里的。要我说啊，他生错了时代。”

“可你还是打了他一耳光！”

“没有办法啊。可那跟这个有什么关系？我照样欣赏他，就像你欣赏瀑布或者一头陌生的动物。他很愚蠢，也许还危险，可他着实跟我们神气了一番。”

说起欣赏他人，基大利似乎会爱上每个新来者，超越任何道德或功利的因素。他围着跛脚的阿里耶打转，仿佛在捕捉他的气息，从每个角度去观察。阿里耶虽腿脚不便，却不曾落在队伍后。事实上，他走得轻捷，并且很快就赢得了人心，用一颗石子打落一只鹌鹑，送给白罗柯尔。他不会说也听不懂意第绪语，俄语发音十分别扭，因为他是格鲁吉亚人，并且为此自豪。他的母语是格鲁吉亚语，上学时学了俄语，他的名字——他也为这个名字而自豪——却是纯粹的希伯来语：阿里耶的意思是“狮子”。

在基大利一干人当中，极少有人见过格鲁吉亚犹太人，尤齐克半戏谑半认真地说出自己的想法，怀疑阿里耶不是犹太人。不会说意第绪语，就不是犹太人，这句话简直是一条公理，正如谚语说的：*redest keyn jiddisch, bist nit kejn jid*。（如果你不会说意第绪语，你就不是犹太人。）

“如果你是犹太人，跟我们说希伯来语。用希伯来语祈福。”

小伙接受挑战，背诵酒的祝福，带着塞法迪犹太人圆润而饱满的庄重的口音，而不是阿什肯纳兹犹太人的省略而快捷的口音。很多人笑起来。

“哈，你讲希伯来语，跟基督教徒一样。”

“不对，”阿里耶答道，显然被冒犯了，“我们说得跟我们的先祖亚伯拉罕一样。你们才说错了。”

阿里耶融入这个队伍快得出奇。他体格健壮，乐意做任何工作，也接受这个队伍保留的不多的游击队纪律。所有人对他都很好奇，他却极不关心这个队伍的目标。“你们要是去杀德国人,我跟你们去。你们要是去以色列地,我也跟你们去。”他机智、快活、自豪，也易怒。他自豪的事情很多：身为格鲁吉亚人（他进一步解释说是马其顿之亚历山大大帝的后裔，尽管丝毫不能证明这一点），不是俄罗斯人却是斯大林的同胞，他自己的姓氏哈扎什维利。

“当然啦，你长得也像他，”莫托尔笑道，“不只是胡须像，名字也像他。”

“斯大林是伟人，你不该拿他开玩笑。但愿我的名字像他的，可惜不像……他的名字是朱加什维利，意思是朱加什的狮子，我的只是哈扎什维利，意思是哈扎的儿子，犹太教堂里的领唱人。”

一提及他的瘸腿,他就会不高兴,但正是这点残障救了他：“征召入伍的时候，他们说我不胜任服兵役，村里人都取笑我，因为在我们眼里，当兵是件光荣的事。可是后来，一九四二年的时候，他们征走了所有人，把我也动员起来，派我到明斯克后方，在军队面包房做面包。德军把我俘虏了，不过是当作平民劳工，算我走运。他们没发现我是犹太人……”

“那全是因为你的胡须，我告诉你。”尤齐克说道，“可惜我们很少有人想到这么一招，留一撇胡须。”

“我的胡须，还有身高。也因为我说我是农民，专做树苗嫁接。”

“你真聪明！”

“不是，不是，我真是做这一行的，我、我父亲、我祖父，一直都是接葡萄树的。于是他们派我到一个农站，嫁接一些我从没见过的树。我们在那里几乎完全自由，我在四月份逃出来。我想加入游击队，遇见你们碰上的那伙人。但我跟他们合不来，他们喊我‘犹太人’，要我背重东西，当我是骡子。”

基大利喜欢突如其来地做决定，但关于列昂尼德这件事，却不想仓促决定。他把尤齐克、朵夫、门德尔叫到一边，并且他自己也不是平常那个基大利，没有东拉西扯，慎重地选择用词，语气柔和。

“我不喜欢惩罚，无论是施加给别人，还是自己承受。那是普鲁士人的玩意。对我们这样的人，惩罚没有多大用处。可这孩子做得过分了：带上武器，没有命令，没有许可，他简直是尽他所能给我们这队人惹麻烦。算我们走运，国家武装部队的主力远在别的地方，不然我们的日子恐怕不好过。他自己弄得像个傻瓜，也弄得我们所有人都像傻瓜。傻瓜、入侵者、捣蛋鬼、草包。我们在这里本来就不讨喜，这件事后，就更惹人厌了。我们有很长的路要走，我们需要人们的支持。或者至少是沉默的中立态度。列昂尼德必须理解这些，我们得让他理解。”尤齐克举手要求发言：“要是换作别人的话，我会说最好的法子就是揍他一顿，然后叫他做自我批评，像俄罗斯人那样。可列昂尼德这人脾气古怪，叫人琢磨不透他干吗做这些事。你说得对，头儿，我们得叫他理解一些事情。要我说啊，至少眼下这孩子是不可能理解任何事情的。我们带他回来后，他一个字也没有说过。一个字也没有。他还没有正眼看过我，每次我给他端饭盒，他假装吃，一等我走开，就通通倒掉。我清清楚楚地看见。要是在和平时期，我知道他需要什么。”

“医生？”基大利问道。

“是的，精神病医生。”

“你俩认识他的时间长些，”基大利对朵夫和门德尔说道，“你们怎么看？”

朵夫先开口，这让门德尔心里高兴。“在诺沃肖尔基，他给我带来一些麻烦，因为他不准时上工。我派他去搞破坏，试验他，也好让众人瞧得起他——他似乎需要这个。他不算坏也不算好地完成了任务，有胆量，有些冲动。他过于神经质。依我看来，他是好孩子，就是脾气坏了点，不过，我认为也不能光凭他在诺沃肖尔基的举止判断这个人。或者也不能光凭他在这里的作为来判断。”

“我感兴趣的不是判断他，”基大利说道，“而是想知道我们要拿他怎么办。修手表的，你有什么说的？”

门德尔心神不宁。基大利是否知道或者猜透了列昂尼德这个自杀性行动的真正原因？要是他知道的话，那么不提那个原因就显得幼稚。要是他不知道，要是他没有猜透，门德尔便不愿给他的好奇心和其他所有人的八卦提供材料。毕竟这是他的私事，难道不是吗？他和琳的个人事务。他不能硬起心肠令列昂尼德的处境更加糟糕，告诉他们列昂尼德逃走的原因跟女人有关，那只会令他的处境变糟。也令他自己的处境变糟。是的，当然会让自己的处境变糟。他含糊其词地说了几句，觉得自己在撒谎，跟虫子一样可鄙：

"我们一起有一年了，去年七月我们在布良斯克森林里遇见。我同意朵夫的看法，他是个脾气不好的好孩子。他跟我说过他的故事，他的生活一直不容易，他的苦难开始得比我们都早。照我看，惩罚他就残酷了，况且也没有用，因为他这是在惩罚自己。我也同意尤齐克，他需要治疗。"

基大利霍地起身，开始来回踱步："你们倒是好顾问。治他是绝不可能的。惩罚他是错误。你们不妨直接说：你们的建议是不必管这件事，让问题自行解决。要我说啊，你们真像约伯的开导者。好吧，我们暂且不管这事。我再看看那姑娘能不能给我一些更实在的建议。她比你们了解他，或者至少从不同的角度。"

那么他是不知情的，门德尔思忖着，暗自吁了一口气，同时又为这份解脱感而羞惭。但门德尔没有听说基大利和琳之间的谈话，或者两人不曾交谈，或者更可能是琳不曾说什么重要的话。数日之内，基大利的恶劣情绪尽去，恢复了往日的兴致，不过，一如在萨尔内时，七月初，队伍在离维斯杜拉河不远处的安诺波尔附近宿营时，他又消失了。次日回来，穿了一件簇新的天鹅绒夹克，头戴农夫草帽，给蓓拉带了一瓶假香水，其他四个女人也各有小礼物。但他不是进城购物的。之后，队里起了种种变化。防范措施加强，并且跟在春天里一样，又在夜里行军，白天宿营，尽量避开当地人的耳目，然而隐蔽却越来越不容易，因为这个地区道路密布，到处散落着村庄和农场，基大利似乎急于赶路，命令长途行军，甚至一夜走二十公里，领着队伍朝一个固定的方向，去往奥帕图夫和凯尔采。他告诫众人跟着队伍，不可与路上碰到的农民说话，并且只许会说波兰语的跟当地人交谈，但他们也要尽量少说。

无论在行军途中，还是休息之时，列昂尼德让所有人都看不顺眼，尤其让门德尔觉得碍眼。门德尔心里承认自己怕他，避免接近他，单列行军的时候，列昂尼德若在队伍后面，他就去前头，或者相反。然而令他心慌的是，他发觉列昂尼德有意无意地设法挨近他，却还是一言不发。只是拿眼睛死死盯着门德尔，那双黑色大眼充满了忧伤和哀告，仿佛用自己的存在给他造成痛苦，不让他片刻遗忘，以这份痛苦复仇。或者也是为了监视他？也许是的，因为列昂尼德的一些行为表明他在怀疑。他会猝然回头，往后张望。白天休息的时候，通常是在废弃的农舍，他躺在最靠门的地方睡觉，睡上片刻，猛地惊醒，惊慌地四下张望，往门窗外细看。

一个多云阴沉的早晨，经过夜间长途行军，所有人都疲惫不堪，门德尔在森林里拾柴火，见列昂尼德也在旁边，虽然不曾有人命令他来。他越来越瘦，身体紧绷，双眼发亮，带着串通一气的口吻说道："你也看明白了，是吧？"

"明白什么？"

"我们被出卖了。我们不能再自欺了。我们被出卖了，他把我们卖了。"

"谁？"门德尔问道，一时愣了。

列昂尼德压低嗓音："他，基大利。不过他也没法子。他们威胁他，他是他们手里的傀儡。"然后他把食指按在嘴唇上，示意不要出声，继续去拾树枝。

门德尔没有跟任何人说起这件事，但数日后，朵夫对他说："你那位朋友有些古怪的想法。他说基大利替内务人民委员会或者其他什么秘密警察工作，我不知道是哪一个，说他们要挟他，我们都是他们手里的人质。"

"他也跟我说过这些话，"门德尔说，"我们该做什么？"

"什么也不做。"朵夫说道。

门德尔记起自己曾把列昂尼德比作一块落了灰尘的手表，但现在的列昂尼德让他想起人们拿来修理的其他一些手表，这些手表受过重击，弹簧纠结成一团，走得有些慢，然后一时又走得飞快，最后残损得无法修理。

夏季天气晴朗，整日刮风，基大利一干人意识到这是进入了饥饿之地。避免与当地人接触这一命令倘若不是反讽，也是多余的。郊野见不到什么人，没有男人，只有几个妇人，废弃农场的门口立着一些老人和小孩。他们不是让人害怕的人，相反，他们自己怕得要死。数月前，波兰家乡军袭击这个地区的德国驻军，同时卢布林南部的苏维埃空降部队切断德军往前线运送武器和物资的传输线。其他波兰部队炸毁桥梁和高架桥，攻击一个村庄，德军曾在一九四二年驱逐这里的农民，以安顿千年德意志帝国迁移来的居民。德军的悍然反击扩展到整个地区。这次反击不是针对游击队，而是针对平民，因为这些队伍隐藏在森林里，实际上几乎不可能被抓到。德军从遥远的后方调来增援，夜里包围波兰各村庄，放火烧房，或者流放所有身强力壮的男女，给他们半个小时收拾行装，然后将他们装上卡车运走。在一些镇里，他们专门找小孩，把长得像雅利安人的孩子流放到德国，杀死余下的。这些村庄一贯贫穷，而今变成了冒烟的废墟和瓦砾堆，但田野未受损害，成熟的黑麦空等着人来收割。

是莫托尔想出这个主意的。他去一个偏僻的农场找水，大约在兹博兹村一公里外，在那里只见到一个老妪，躺在粮仓稻草上，但粮仓里没有养牲口。老妪身体不能挪动，折了一条腿，也没有治过。她叫莫托尔去井里打水，打多少都成，也给她一些。还有，再给她弄点吃的，什么都成。她三天没有进食了。村里人记起她的时候，就送来一块面包。但田里有的是黑麦，足够养活一大家子，倘若下一场雨，就会烂在地里，因为无人收割。

莫托尔把情况告诉基大利。基大利当即决定："我们得帮助这些人。这也是我们的战争。这是向他们展示我们是朋友而不是敌人的最佳机会。"

尤齐克皱起眉头："这地区的人向来憎恶我们。德军烧毁他们的房屋之前，他们烧毁我们的。他们不喜欢犹太人，也不喜欢俄罗斯人。我们当中很多人既是犹太人，也是俄罗斯人。他们知道二十年代发生在俄罗斯农民身上的事，他们害怕搞集体。我们去帮他们，但也得留个心眼。”

余下所有人却毫无保留地一致同意，因为他们厌倦了搞破坏，厌倦了战争强加于人的否定和愚蠢的行为。最积极的要数皮奥特和阿里耶，他们有在农场干活的经验。莫托尔汇报说，“他的”老太婆的屋顶坍了，皮奥特说道：“我去修，我会葺茅草屋顶，我在老家就是干这个的，他们还付我工钱。不过现在，要是你那个老太婆肯让我葺屋顶，我会把他们以前付我的所有工钱倒贴给她。要是我有钱的话，我是说，因为我一个子儿也没有了。”

那老妪同意了。皮奥特在西丝尔的帮助下前去工作，数日后，只见有个蓄长须的老人在附近探看。他佯装做些其他事情，扶正木桩，查看沟渠的水闸，尽管水沟干得要命，但他从远处观察两人工作。一天，他用波兰语向皮奥特做自我介绍，问他各种问题。皮奥特假装听不懂，回头去找基大利。

“我是这个村的村长，”老人说道，端出庄重的架势，尽管他的外表看似乞丐，“你们是什么人，要去哪里？你们想干什么？”

基大利来会面时，没有带武器，穿着衬衫和破烂褪色的平民裤子，戴着那顶先前买来的草帽。他说波兰语不带意第绪口音，叫人难以分辨他的身份。起初他很谨慎，说道：“我们是掉队的兵，有男有女。我们从不同的国家来，我们不会伤害你们。我们只是路过。我们要去很远的地方，不想搅扰任何人，但也不想被搅扰。我们虽然都很疲倦，但胳膊强壮，也许我们可以帮到你们。”

“比方说？”村长狐疑地问道。

“比方说，我们可以收割黑麦，免得烂在地里。”

“你们想要什么做交换？”

“一部分收成，多少你看着办。还有一些水，一个屋顶，不要跟我们交谈。”

“你们有多少人？”

“大概四十人，其中五个妇女。”

“你是他们的首领？”

“是的。”

“我们人数比你们少。算上小孩，还不到三十人。实话说，我们一向没什么钱，现在牲口也没了，连年轻女人都没有。”

“没有年轻女人挺遗憾的，”基大利笑道，“但这不是我们最关心的。我跟你说，我们只要有水，别跟我们打听，就满足了，要是有可能的话，有个屋顶供我们睡几夜。我们厌倦了战争和行军，怀念和平时期的劳作。”

“我们也厌倦了战争，”村长应道，但随即问道，“可是，你们会收割庄稼吗？”

“我们很久没有干农活了，不过，能行的。”

村长说：“奥帕图夫镇上有个磨坊，看起来还能用。这里有些镰刀，他们倒给我们留下这些。你们可以明天开工。”

鲁扎和布利兹纳来的人都去收割，还有阿里耶、朵夫、琳、黑罗柯尔同去，皮奥特葺好屋顶后也去帮忙，总共二十人。阿里耶最熟练，教其他人如何握直麦禾，如何先用铁锤再用磨石将镰刀磨得锋利。皮奥特也显得十分能干,吃得了苦。琳令所有人都吃惊，她虽体格瘦小，却从早干到晚，丝毫不流露倦态，坦然自若地忍受太阳毒晒、焦渴、成群而来的蚊虻。这不是她初次干农活，在基辅附近的集体农场她就干过一千多次了，年轻的犹太复国主义者为移居巴勒斯坦而练习，在那些遥远的日子里，做犹太复国主义者和共产主义者仍不是荒谬的矛盾。朵夫虽年岁已高，身上带伤，也割得很快。这在他也并非全然陌生。被关押在沃洛格达时,他收割过向日葵，在那里，夏日长达十八个小时，你得干满每一个小时。

另一小分队，门德尔、列昂尼德、尤齐克和伊西多分散在村里，执行村长指示的各种零碎活。有些鸡笼要补，还有很多屋顶要葺，菜园要松土。疑心消散之后，原来还有土豆可挖。正是这些土豆巩固了流落的犹太人与绝望的波兰农民之间的关系，傍晚，在夏夜的星空之下，他们围坐在农家院子的地上，结实的地面仍散出日晒的余热。

一九四四年·七月至八月

锅里煮着土豆，炭灰里煨着土豆时，村长转头，在通红的火光之下，一个个地细看这些异族人的面孔。他的妻子坐在旁边，宽脸盘，高颧骨，神色木然。她不看基大利一干人，而是看着她的丈夫，看似担心他，想要保护他，同时又想阻止他说出莽撞的话。

“你们是犹太人。”老人突然开口，语气十分平静。但他的妻子急忙凑到他耳边说了些话，他答道：

“别担心，瑟薇莉娜。你总拦着不让我说话。”

“这位是俄罗斯人，”基大利指着皮奥特道，“余下的都是犹太人，来自俄罗斯和波兰。不过，你是怎么认出我们的？”

“从你们的眼睛看出来。”村长说道，“我们这里以前也有犹太人，眼睛跟你们的一样。”

“我们的眼睛怎么样？”门德尔问道。

“惊惶不安。像被追猎的野兽。”

“我们不再是被追猎的野兽了，”琳说道，“我们很多人战死。我们的敌人也是你们的敌人，烧毁你们房屋的人。”

村长沉默了几分钟，咀嚼他的那份土豆，然后说道：“姑娘，我们的情况没那么简单。拿我们村来说，犹太人和波兰人共同生活了不晓得几百年，但双方的关系从来没有融洽过。波兰人在地里干活，犹太人是手艺人、生意人、替地主收租，教堂里的牧师说，是他们出卖了耶稣，将他钉上十字架。我们从来没有让他们流过血，但是一九三九年德国人来了，他们做的头一件事就是夺去犹太人的所有东西，奚落、鞭打他们，把他们关在聚居区，我得老实说——”

说到这里，瑟薇莉娜又拦住他，在他耳边悄声细语。但他耸耸肩，接着说道：“老实说，我们都挺高兴的，我自己挺高兴的。对于德军，我们也不喜欢，但我们以为他们是来伸张正义，也就是说，夺走犹太人的钱，分还给我们。”

“兹博兹的犹太人这么有钱？”基大利问道。

“大伙都说他们有钱。他们穿得寒碜，但人们说那是因为他们小气。人们也说很多其他事情，说犹太人是布尔什维克，想把土地集体化，就像在俄罗斯那样，杀害所有牧师。”

“可那讲不通啊！”琳插嘴道，“他们怎么可能既有钱吝啬，又是布尔什维克？”

“但确实说得通。一个波兰人说犹太人有钱，另一个波兰人说他们都是共产主义者。然后再一个波兰人说这个犹太人有钱，那个犹太人是共产主义者。你看事情不简单吧？但后来更复杂了，德国人给乌克兰人装备武器，让他们帮着屠杀犹太人的时候，乌克兰人却转而朝我们开枪，夺走我们的牲口，然后俄罗斯游击队缴去波兰游击队的枪械，把他们抓走。关于你们的人，我后来改变了想法，我亲眼看见德军对奥帕图夫的犹太人做的那些事后，我就改变了想法。”

“他们做了什么？”

“他们把他们拉出聚居区，全都关进一家电影院，连孩子、老人、垂死之人都不放过。两万多人，关在五百个座位的电影院里。关了七天，不给他们任何吃的喝的，我们谁要是可怜他们，设法从窗口递进去一点东西，他们就开枪打死，我们当中还有人给他们送水，但要求他们拿所有钱来换，也给枪毙了。然后德军打开大门，命令他们出来。大概只有一百人活着出来，他们下令在广场上杀了这些人，命我们埋掉他们，包括广场上的、仍在电影院里的。亲眼见孩子们这样死去，叫我开始觉得犹太人是跟我们一样的人，德国人最后也会同样地对待我们。不过，实话说了吧，很多人还没有明白过来。我现在跟你们说这些事情，是因为人要是做了错事，就应该认识错误，也是因为你们帮我们收麦子、挖土豆。”

“村长，”基大利说道，“你跟我们说的这些事情，我们都不陌生，不过我们有些新鲜事要告诉你。也许在你眼里，我们显得奇怪，你要知道一个仍活着的犹太人是奇怪的犹太人。你要知道你在奥帕图夫看到的事情，发生在德军落脚的每一个地方，波兰、俄罗斯、法国、希腊。我还要告诉你，当德国人用武器或饥荒，杀害每五个波兰人中的一个时，他们没让一个犹太人活下来。”

“你跟我说的这些事也不新鲜。我们没有无线电，但消息还是会传来。我们知道德国人干过的事，还有他们在这里以及到处在干的事。”

“有些事情你不知道。还有些事情，恐怖得叫你不敢相信，却就发生在离这里不远的地方。唯一幸存下来的是选择我们这条路的人。”

“我也一眼瞧出来了。你们的人都带着武器。”

“又是因为我们的眼睛？”基大利笑着问道。

“不，不是因为眼睛。你们外套左肩上有一块锃亮的，是枪带磨光的。我请求你们，以你们的神的名义，也以我们的主的名义，以所有圣徒的名义，不要攻击这里的德军。走得远远的，去你们想去的任何地方，不要在这里生事，不然，就算你们帮了我们也没有用。可你们为什么不躲在森林里，等苏联军队来呢？他们现在离得不远了，也许已经到卢布林了。风向对的时候，听得见他们的炮响。”

“我们的情况也不简单，”基大利说道，“我们是犹太人、俄罗斯人、游击队员。作为俄罗斯人，我们确实想停下来等待大部队，然后休息，回去寻找家园，可我们的家园已不复存在，也许没人愿意要我们了，就好比你从一块木头里取出一个桩，然后那块木头又闭合了。作为游击队员，我们的战争跟士兵的不同，你是知道的，我们不是在前线打仗，而是在敌人后方。作为犹太人，我们前头的路还很漫长。村长，如果你孤身一人，离村庄一千公里，知道你的村子、田地、家庭都不复存在，你会怎么做？”

“我是个老头，我相信我会吊死在一根屋梁上。但要是我年轻些，就去美国，像我的兄弟那样，他比我勇敢、有远见。”

“你说得对。在犹太人中，也有些人有亲戚在美国，想去他们那里。可我们这队人里，没人有美国亲戚，我们的‘美国’也不是那么遥远。我们要一直打到战争结束，因为我们相信战争是坏事，但杀纳粹是当今世界上最正义的事。然后我们去巴勒斯坦，我们会努力建造失去的家园，重新开始像所有其他民族那样生活。这正是我们之所以不会在这里停留，要往西去的原因。我们要留在德军后方，寻找去往我们的‘美国’的道路。”

吃完土豆后，基大利一干人与农民们各自睡去。只有基大利、门德尔、琳、村长和他的妻子留在院里。村长若有所思地注视着灰烬，然后开口道：“你们去巴勒斯坦做什么？”

琳接口道：“我们会种地，那里的土地会是属于我们的。”

“你们去那里做农民？”村长问道，“你们想得对，是要走得离这里远远的，可是做农民就错了。做农民太苦了。”

“我们去那里，像所有其他民族一样生活。”琳说道，不知何时已将手搁在门德尔的胳膊上。门德尔接着说道：“我们会做任何需要做的工作。”

“除了给地主收租。”基大利添道。风静了，看得见萤火虫在院子尽头飞舞，在黑夜的静寂之中，可以理解村长方才所说的是实情，远处，从某个不明的方位，也许是很多方位，传来隐约的炮轰声，充满了希望和恐怖。村长吃力地站起身，说该睡了。“我很高兴认识你们。我很高兴你们帮我们收麦子。我很高兴像朋友一样地跟你们聊天，但我也很高兴你们要离开了。”

相比起基大利一干人在一九四四年八月行进的人口稠密的乡野，在波利西亚的沼泽和森林里反倒更容易与外界保持联系、接收消息。夜里行路，必须遵守避开建筑密集区这条严格的纪律，然而纵使他们遵守了这些明显的预防措施，每条需要穿越的大路，尤其是桥梁，都代表着一个危险、一个难题。这个地区遍布德军，不再只是那些通敌者，而是真正的德国人，军队和警察，分布在所有市镇村庄，在大路、铁道上穿梭，情势愈加险恶，令人胆寒。苏联军队已攻克卢布林的防线，在桑多梅日附近渡过维斯杜拉河，在左岸筑起坚固的桥头堡，德军正准备展开反击。

为了补给粮食，必须与农民打交道，但仅在万不得已之时为之。基大利不想跟农民有任何交谈，而农民惊魂不定，也不愿意交谈。自相矛盾的是，在如此境况下，消息的主要来源竟是报纸，偶尔在农舍里发现，通常是从垃圾堆里捡来，已被撕碎污损，有时是尤齐克大胆地从报亭买来。他们从报上得知，盟军已在诺曼底登陆，正进军巴黎，七月二十日暗杀希特勒的计划失败，得知华沙发动起义（《人民观察家报》淡化这次事件，称之为“叛徒、颠覆者、流寇”）。但他们也从其他渠道得知其他事情。在后方，除德军外，还有很多身份模糊之人，与基大利一干人一样，不喜白日行动。有波兰人、乌克兰人、立陶宛人、德军辅助队的鞑靼人，他们见风向不对便叛逃，现在转入地下，做黑市买卖或者当流寇。在波兰有各种部队下的游击队员，与其组织失去联络，在农民家里避难，更有专业走私的、拦路抢劫的、德军间谍，还有俄罗斯人伪装成以上罗列的各色人等。从这些人的话里，基大利印证了先前听说并且向兹博兹的村长提起的传言：德军解散其第一批灭绝营，特雷布林卡、索比布尔、贝尔赛克、迈丹尼克、海乌姆诺，却代之以更大的一个，在此充分发挥其在所有集中营收集的经验：奥斯维辛集中营，位于上西里西亚。

他们在这里杀害、烧毁来自欧洲各地的波兰、俄罗斯俘虏，但尤其是犹太人。现在一列列火车运来匈牙利的犹太人供他们屠杀。他们从一名乌克兰逃兵那里得悉一个令人不安的消息:俄罗斯的游击队员，空投到后方或者从德军劳动营逃出来，其行动并不一致。有些指挥解放了犹太人劳动营，救出并保护那里的幸存者，邀他们加入队伍。而另一些却试图解散在森林里遇到的犹太人游击队，双方发生冲突，各有伤亡。有些犹太人被或多或少正规的波兰游击队缴械或杀害。

“他们把我们当作殉难者，也许他们以后会在犹太人聚居区竖立纪念碑，但他们不可能把我们当作同盟。”朵夫说道。

“我们继续做我们的事，”基大利说道，“看情势决定如何行事，随机应变。”

得做决定的第一个时机很快到来。门德尔、朵夫和琳感觉到穿越波兰边境之后，基大利的计划发生了急剧的变化，或者说，其临时兴起做决定的本质起了变化。他觉得越是远离俄罗斯，不单是身体上的远离，就是越暴露、越自主、越受威胁，同时也越自由。换句话说，更有责任感。大约八月二十日，他又单独出去，但这次没有带回礼物，没有购买任何东西。通常他一回来就要召开会议,在混乱的会上做出决定，这次却一反常态，立即将朵夫、门德尔和琳拉到一旁。他们从未见过他这般紧张。他直截了当地说：

“离这里二十公里外有个劳动营，在赫梅尔尼克附近。不大，关着一百二十人，除了看守，都是犹太人。他们在附近一家工厂干活，生产供应空军的精密仪器……”

“你怎么知道这些事情？”

“我知道。现在大部队接近了，工厂要转移到德国去，所有囚犯都会被杀害，因为他们知道一些秘密。他们不知道自己会是在这里还是在其他什么地方被杀，传出消息来说，要是确定会有后援，他们想造反试试。他们说德军看守不多，十个或十二个。”

“俘虏有武器吗？”

“他们没有提起，所以没有。”

“我们去看看，”朵夫说道，“我们做不了什么，但可以去看看。”

“是的，但不是所有人都去，”基大利说道，“不然，太惹人注目。这是我们第一次分头行动，但这次必须分头行动。我们六个人去。我们得指望出奇制胜的因素，要是失败了，就算去三十个人，也帮不上什么忙。”

“我们能送个回信去吗？”琳问道。

“不能。对他们来说也太危险。我们得直接去那里。现在就动身。”

“我们四个，还有谁？”琳又问道，似乎急于烧毁自己的退路。

基大利犹豫道：“朵夫不要去。朵夫留在主力这里。我们没有级别，但他实际上算是副指挥。并且他最有经验。”

朵夫没有显露任何情绪，没有说话，神色也不变，但门德尔知道这些不是基大利不让他去的理由，朵夫知道这一点，为此而伤心。

"我们三个,还有皮奥特、莫托尔、阿里耶。"门德尔建议道。

"不要阿里耶。他瘸腿,又没有军队训练。"基大利说道。

"可他使得一手好刀!"

"莫托尔使得更好。阿里耶还不成熟。我不想要他。我要列昂尼德。"

门德尔和琳都吃了一惊,同时开口道:"可列昂尼德不是……列昂尼德状态不好,不适合战斗。"

"列昂尼德必须去打仗。他就像需要面包和空气一样需要去打仗。而且我们需要他,他曾是德军的俘虏,熟悉劳动营的情况。他是伞兵,受过训练,知道怎么搞破坏、突袭。并且他勇敢,他最近就表现过。"

"他以奇怪的方式表现。"琳说道。

"他唯一需要的是好好管教,接受严格的命令,"基大利的语气异常严厉,"相信我。我们在科索沃也有像他这样的人,我知道自己在说什么。"

说毕,他立起身,表示讨论到此结束。朵夫和琳走开。门德尔仍停留不去,基大利对他说:"你也去罢,修手表的,去做好准备。对这些事情,我有经验,绝望的任务需要绝望的人。"

"绝望的任务就不应该执行。"门德尔说道,但他听从基大利的命令,走去准备。基大利一只手搁在他肩头,轻轻推他一把,说道:"啊,门德尔,我知道你那智慧。跟我的一样。但不适合用在这里。也许一百年前管用。也许一百年后也会管用。但在这里,那智慧就如同去年冬天的雪。"

他们夜里出发。六人都很能走。除了武器，不扛任何东西，并且武器也不重——但愿他们有重型武器。即使如此，他们还是走了五六个小时，才抵达赫梅尔尼克附近，因为无人熟悉这地区，也因为他们得避开大路和市镇。在黎明的曙光里，这个镇子显得忧伤，被烟灰和煤尘染得乌黑，四周环绕一圈低矮的山丘、煤堆、煤渣、烟囱和工棚。他们花费更多时间寻找劳动营，基大利得到的路线十分简略，而这片郊野似乎布满了劳动营，或者说由带倒钩的铁丝围起来的地方。“一整个大监狱。”琳悄声对走在身后的门德尔说。她趁列昂尼德没有夹在两人中间的片刻说出这句话，不知出于偶然还是盘算，整个行路途中，列昂尼德总是设法走在门德尔和琳之间，却不跟他们说一个字。他迈着紧张、坚定的步伐，走得迅捷。

他们在发现劳动营前发现了工厂。正是这间工厂将他们领上正确的道路。在那些旧窑、沥青工坊、盖着废墟的工棚、发黑的铸铁厂中间，工厂显得十分突兀，因为这个建筑簇新、宽敞、干净。他们远远看见大门旁有个哨岗。劳动营离得不会太远了，事实上他们在三公里外就找到了，它坐落在山坳里。不同于他们以前见过的围铁丝网的建筑，这里安的是双重铁丝网，两层铁网之间隔着一道大空隙。建筑加了伪装，总共四幢，地方不大，分布在一个院子的四面。院子中央升起一股黑烟。铁丝网外有两座木塔，一间白色房屋。

“我们靠近些。”基大利说道。劳动营周围的圆形坳地长满了树木，他们可以毫无危险地逼近。他们谨慎地潜下山去，发现一处生锈的带倒钩的铁丝网，顺着这道铁丝网走了一段路，见到一处木板搭建的哨岗。门敞着，里面无人。“除了烟屁股，什么都没有。”莫托尔入内查看，出来汇报说。铁丝网容易割断，六人继续下山，猝然止步。风向转了，把烟吹到这边，他们全都嗅到了烟味——焦肉味。“完了，我们来迟了。”基大利说道。站在他们现在的方位，可以将劳动营里的情况观察得更清楚：烟柱从一个火堆升起，火堆四周有些人在拨火，不多，大约有十人。

门德尔双手一软，任由手中端着的枪滑落到地上，也任由身躯滑落，坐在灌木丛里。他只觉得一阵疲倦劈头盖脸地席卷而来，不记得以前曾有过如此的疲惫感。一千年的疲惫，伴随而来的是恶心、狂怒、恐惧。愤怒被恐惧掩盖、征服。无助的狂怒，冰冷的狂怒，不再有火气让人从中汲取温暖，汲取抵抗的意志。不想抵抗的意志，化为烟灰的意志。化成那道烟。还有羞耻和惊讶。惊讶他的同伴们竟仍站得稳，手中仍端着武器，竟还有力气开口跟旁边的人说话。但他们的声音好似从遥远的地方传来，穿透他的恶心，才传到他耳边。

“这些狗娘养的，他们急着走，”基大利说道，“已经走了。他们不想留下任何痕迹。”

皮奥特说道：“他们不可能全都撤了。肯定还有人留守，负责这个事。我们得杀了那人。”皮奥特最能干，门德尔听着他那平静的声音，暗自忖想。皮奥特，好样的。他感觉琳看着他，于是站起身来。

“肯定走了六个。”列昂尼德说道，这是他们出发以来他说的第一句话。

“为什么是六个？”基大利问道。

“两座塔，三人管一座塔，轮流值岗。这是德军的规矩。”但莫托尔和琳的眼神最好，说这里的情况可能不一样，他们远远就能看清塔顶的露台，原本瞄准劳动营的机关枪不见了。没有机关枪，要岗哨做什么？

“那他们就是在屋里。监督火堆只要一个人就够了。”莫托尔说道。

“肯定不会有很多人留下的，解散的劳动营不需要那么多人看守。我们今晚袭击，不管他们有多少人，”基大利说道，“我们等等看，看这事是不是一直持续到晚上。不过我觉得不会。然后再做决定。”

门德尔说：“不论我们怎么袭击，他们都会先杀了火堆旁那些人。肯定不能让这些人开口。”

“他们是死是活都不重要。”琳说道。

“为什么？”门德尔问道，“他们跟我们一样是人。”

“他们跟我们不一样了。他们再也不能看着彼此的眼睛。对他们来说，不如死了好。”

基大利对琳说，这些可怜人的命运不是由他们来决定的，而皮奥特说，这些都是废话。他们无精打采地吃了带来的微薄干粮，安顿下来等天黑。傍晚时分，火堆熄灭，但那些干活的囚犯却没有被关进屋里。

他们再休息数个小时，这些是焦躁不安地等待的时刻，既不是睡眠，也不是休息。皮奥特说“我们出发”时，门德尔感到一股怪异的解脱感。双重的解脱：一来因为结束等待，二来因为下命令的是皮奥特。尽管官方实施灯火管制，探照灯仍把房屋和劳动营照得彻亮。列昂尼德说他在一九四三年三月逃脱的斯摩棱斯克劳动营，夜里也是灯火通明的。比起空袭来，德军更怕囚犯逃跑。只有一个岗哨，同时看守房屋和劳动营，他定时绕着这两处做八字巡逻，但时或朝一个方向，时或朝另一方向。“上！”皮奥特对莫托尔说。

莫托尔悄无声息地溜下山，隐伏在屋角的阴影里，余下的人也挪近，潜伏在离房子不到三十米处。岗哨似乎睡眼惺忪，缓缓踱步，几乎一直走到莫托尔跟前，俯身系鞋带，然后朝另一方向继续巡逻。他绕劳动营走了一圈，消失在房屋背后，没有再出现。莫托尔被发现了。他走出隐身处，示意他们前进。他们全都疑惑地看着基大利，基大利看着皮奥特，皮奥特也示意他们下山。皮奥特率先行动，手里拿着一枚意大利手榴弹，就是那种爆炸声巨响、杀伤力却微弱的手榴弹，但基大利一干人此时只有这些手榴弹。皮奥特挨近房屋，底楼有三道窗户，都有铁栅栏护着。皮奥特移到第一道窗下，示意基大利和琳到另两道窗前，指示门德尔和列昂尼德藏在一处树篱后，面对前门。然后，他举起枪托砸穿铁栅栏，敲碎窗玻璃，掷进手榴弹。基大利和琳也照做。只传来两记爆炸声，不知什么原因，基大利的手榴弹没有爆炸。基大利又扔进一枚，然后他与琳、皮奥特跑到围绕房屋的树篱后准备战斗。是紫杉树篱，极为低矮，迫使他们几乎得平伏在地上。

片刻之间，没有丝毫动静，然后传来自动武器的噼啪声。有人胡乱朝房屋走廊、屋外连发射击。门德尔伏在地上，听得子弹在头顶嗖嗖地飞过,眼角瞥见列昂尼德一下子蹿起。“趴下。”他低声喊道,想拦住他。但列昂尼德没有理会,跃过树篱,回应了一连串射击，一头朝门的方向纵身俯冲。屋里传来一记枪响，列昂尼德仆倒在门槛上。

从门里传出两三阵群射。门德尔仍伏在地上，沿着树篱扫射。德军显然从走廊尽头射击,因为子弹以小弧度穿过树篱。门德尔身处的位置不在德军的射击范围之内，但德军也不在他的射击范围之内。门德尔还有两枚手榴弹。他拧去保险栓，从头顶扔出去。手榴弹在列昂尼德尸身旁炸开，德军举起双手走出门来。是一个党卫军小队长。他看起来没有受伤，撮紧嘴唇,龇着牙,四下看看。“不许动，”门德尔用德语喝道,“举高双手。你在射程内。”他说话间，只见琳穿过树篱，过大的军装使她的身影显得滑稽。她沉着地走上前去，不流露丝毫仇恨或紧张，走到那名德国兵身后，打开他的手枪皮套，拿出军械手枪，自己装好，再回到门德尔旁边。

基大利和皮奥特也站起身。基大利与皮奥特交换数语，然后问那德国兵：“你们有多少人？”

“五人，里面四个，外面一个站岗。”

“里面那三个呢？”

“一个肯定死了。其他两个我不知道。”

“我们进去瞧瞧。”基大利对皮奥特和门德尔说，留下琳和莫托尔看守那名德国兵。三人绕过房屋，往窗内探看。“等等。”皮奥特说着，脱下外套，把两只衣袖系成人头大小的一个结，戳在枪管上，举到铁栅栏边，一面高声喊道:“谁在那？”

无人应答。没有任何动静。“没事了。”皮奥特说道，穿上外套，进入屋内。他们听到屋内传来他的脚步声，然后一声枪响。皮奥特又出来了。

“两个已经死了。剩下一个快死了。”

列昂尼德胸膛中枪，必定是当场死去。被莫托尔杀死的岗哨躺在血泊中，被割断了喉咙。莫托尔展示他那把出名的刀子。“你要是不想他们叫唤，就得这样子。”他带着专业的严肃神情跟门德尔说，“一刀子下去，这里，下巴底下。”及至此时，他们才意识到有人在观看这场战斗。在射击、爆炸的喧闹声中，大约十个人影从劳动营内走出来，现在默默地站在倒钩铁丝网后观望。在探照灯的光芒之下，他们鸟面鹄形，灰蓝相间的劳动服破敝不堪，面孔掩在烟灰与杂乱的胡须之下。“我们得解放他们，杀了这个德国人，然后撤退。”皮奥特说道。基大利点头赞同。莫托尔走向铁丝网，但门德尔拦着他：“等等，可能带电。”他走近细看，只见木桩与铁丝网之间没有绝缘体。为了确保无虞，他见地上落着一根铁条，便把铁条插到地下，用木棍将铁条另一端拨到铁丝网上。没有导电。莫托尔和皮奥特拿枪托撞击铁丝网，开出一道豁口。十名囚犯迟疑着不敢过来。

“出来吧，”基大利叫道，“我们把他们杀光了，就剩下这一个了。”

“你们是什么人？”其中一人问道，高个子，弯腰弓背。

“犹太人游击队，”基大利答道，点头示意那堆灰烬，“我们来迟了。你们是什么人？”

“你们自己都看到了，”高个子囚犯答道，“我们本来有一百二十人。我们为纳粹德国空军工作。他们挑出我们做这件事。我叫戈德纳，工程师，从柏林来。”余下的囚犯也走近，但他们站在戈德纳身后，没有开口。

“关于那人，你们有什么要说的？”基大利问道，指着双手高举的那名德军。

“立刻杀了他。不管用什么方法。不要让他开口。他是首领，他下命令，也开枪，从塔楼上。他喜欢杀人。立刻杀了他。”

“你想不想杀他？”基大利问道。“不想。”戈德纳回答。

基大利似乎迟疑不决。然后他走向那名德军，此人仍高举双手，因为琳和莫托尔的枪仍瞄准在他身上。基大利迅速地拍了拍那人的口袋和衣服，说道：“你可以放下双手了。把身份证件给我。”

那德军摆弄着链条，可怎么也打不开搭扣。皮奥特抢上前去，一把从他脖子上扯下证件，递给基大利。基大利将证件放进自己口袋，然后说道：“我们是犹太人，我不晓得干吗跟你说这个。跟你说了也不能改变什么，但我们想要你知道。我有个朋友爱写歌。你们的人抓了他，给他半个小时写最后一首歌。你呢？你不写歌吧？”

那德军摇摇头。

“这是我头一次跟你们的人说话。”基大利接着说道，“要是我们放你走的话，你会做什么？”

那德军站得更挺直，叫道：“废话少说，快动手，利索点。”基大利后退一步，举起枪，却又松开，对莫托尔说道：“这套军装可能会有用。你来料理。”莫托尔把那德军推进屋里，干净利落地结果了他。

“我们走。”基大利命令道，但琳问道：“我们不留个名号什么的？”他们全都困惑地看着她。这姑娘坚持道：“我们得告诉人们这是我们干的，不然就没有意义了。”

皮奥特反对道：“那么做不明智，别冒不必要的风险。”基大利和门德尔有些迟疑。门德尔问道：“我们——谁呢？我们六个，还是全队？或者全部那些——”但莫托尔中断这一拖延，奔到火堆前，捡了一块炭，在房屋的白墙上画下五个硕大的希伯来字母“VNTNV”。

“你写的是什么？”皮奥特问道。

“*V'nosnu*，‘他们要偿还欠债’，明白吗？可以从左往右读，也可以从右往左。意思是人人都能施予，人人都能偿还。”

“他们会理解吗？”皮奥特又问。

“他们会充分理解的。”门德尔应道。

“跟我们走吧。”基大利对戈德纳说，但语气显得并无把握。

“我们各人自己选择。”戈德纳说，“我不跟你们走。我们跟你们不同，我们不习惯跟其他人一起。”

十人商量片刻，然后告诉基大利，除了其中一人，余下的人都与戈德纳的想法一致。他们打算藏身在森林或废弃村庄的废墟里，等待苏联军队。决定跟基大利一干人走的是一个来自布达佩斯的小伙子。他与五人出发，身上虽背负新得来的武器，脚步却轻快。但是半个小时后，小伙子支撑不住了，一屁股坐在石头上，说宁可回到那九人那边去。

门德尔已经很久没有做梦，他不记得前一次做梦是什么时候了，大概是战争爆发之前，他忖想着。那天夜里，也许是由于紧张与长途行军而身体疲乏，他做了个奇怪的梦。他在斯特列尔卡村，坐在修钟表的工作间，那是他在自家设的一个小间。十分狭小，在梦里则更逼仄。门德尔无法伸展手肘工作。可他仍在工作，面前摆着无数钟表，全都停了，损坏了，他正拿着一只修理，头上戴着寸镜，手里拿着细小的螺丝刀。两名男子走进来找他，命令他跟他们出去。丽芙柯不愿让他走，她又生气又害怕，但他还是跟他们走了。他们把他领下一段楼梯，或许是矿井，然后走下一条长长的隧道，隧道顶漆成黑色，隧道壁挂着很多钟。那些钟都在走，听得见嘀嗒声，但每只钟都显示不同的时间，有些竟在倒转。门德尔隐约觉得这是自己的过失。隧道另一端有人朝他走来，身穿平民服色，打着领带，摆出傲慢的架势。他问门德尔是什么人，门德尔答不出来。他已不知道自己的名字，或者在哪里出生，什么都不记得。

朵夫叫醒他，也叫醒睡在他旁边的琳。正如通常从深深的睡梦里醒来之后发生的，门德尔一时辨认不出身在何处。然后他记起昨夜队伍在被轰炸的玻璃厂地窖宿营，地窖顶就是漆黑如梦中一般。蓓拉和西丝尔已煮好汤，正在分派。基大利早已醒来，正跟朵夫讲述执行任务的情形："换句话说，皮奥特和莫托尔最好样。当然，琳也是。就是这件军装，臂章什么的都有，还熨烫过。"

“你觉得我们能派上用场？”朵夫问道。

“不是,那游戏太危险了。我们卖掉它。尤齐克会处理的。”

尤齐克正跟帕维尔、皮奥特、白罗柯尔一起大口喝汤。帕维尔说道：“……但那是星期六。星期五晚上太阳落山后，就已经是星期六了。在安息日杀生不是罪孽吗？”

白罗柯尔怔忡不安地说：“杀生一向是罪孽。”

“连杀党卫军也是吗？”帕维尔追问道，想惹恼她。

“也是。或许不是。党卫军的人就像非利士人，参孙杀了他们。他是英雄，因为他杀了非利士人。”

“但他可能不是在安息日杀他们的。”尤齐克说道。

“我不知道。你们干吗要折磨我？我丈夫能够回答你们。他是拉比，你们这批人都是愚昧不信神的。”

“你丈夫怎么了？”皮奥特问道。

“他们杀了他。是他们在我们镇上杀的第一个人。他们逼他往《托拉》上吐口水，然后杀了他。”

“难道不是党卫军杀了他吗？”

“当然是。他帽子上镶着骷髅和骨头。”

“这下你明白了吧？”皮奥特总结道，“要是莫托尔先杀了那人，你丈夫就还活着。”白罗柯尔闷头走开了。皮奥特疑惑地看着帕维尔，帕维尔举起双手，然后垂下。

“没人说起他。”门德尔对琳说。

“谁？”

“列昂尼德。没人想起他。连基大利都想不起他。可是要列昂尼德一起去的人是他。瞧瞧他们，装得好像昨天什么事都没有似的。”

汤喝完了。地窖的一个角落里，伊西多拿着蓓拉的剪刀，替想要修剪头发、胡子的人修剪。他的顾客坐在砖头上排队等候，基大利排在最后。为了打发时间，他拿出小提琴，拉着一支曲子，拉得格外轻，以免传到外面。这是他们都熟悉的欢快乐曲，关于一位不可思议的拉比使盲人奔跑、聋子眼亮、瘸腿的耳聪，在最后一句乐曲里，拉比本人穿戴得整整齐齐地走进水里，然后从水里出来，奇迹般地湿透了全身。伊西多一边工作，一边欢笑，跟着音乐哼唱。黑罗柯尔也低声哼唱。她此时正坐在伊西多的剪刀之下，要他把她的头发剪得跟琳的一样短。

“基大利有很多面孔，”琳说道，“这正是他难以捉摸的原因。因为不止有一个基大利。他把一切抛在身后。今天的基大利把昨天的基大利抛在身后。”

“他也把列昂尼德抛在身后，”门德尔说道，“可他为什么非要列昂尼德去，而不要阿里耶？从昨天开始，我就一直在琢磨这个问题。”

“也许他出于好心。他想给列昂尼德一个机会，以为战斗会令他振作起来，帮他重新找到自己。或者想试验他。”

“我认为是别的什么原因，”门德尔说道，“我觉得基大利不知道他想要这个结果，但他想要的是别的什么。在他的潜意识里，他想摆脱列昂尼德。我们出发前，他差点明白地告诉我了。”

“他跟你说了什么？”

“绝望的任务需要绝望的人。”

琳闷声不响，啃着指甲，久久才说道：“基大利知道列昂尼德绝望了？”

门德尔沉默半晌，说道：“我不知道他知不知道。可能知道。可能猜到了。基大利嗅嗅空气就会识破事情，他不需要证据，用不着询问。”他坐在一块瓦砾上，脚跟在结实的泥地上画来画去。然后他添了一句：“杀列昂尼德的不是德国人，也不是基大利。”

“那是谁？”

“我们俩。”

琳说道：“我们去那边跟他们一块唱歌。”

另有三四人已围拢在基大利身边，伴着小提琴的乐声，唱起其他欢快的歌曲，婚礼和酒馆的歌曲。皮奥特试图跟上节奏，模仿意第绪语粗嘎的送气音，孩子似的笑着。

“我不想唱歌，”门德尔说道，“我不想做任何事情。我不再知道基大利是谁，不知道我想要什么或者在哪里，也许我不再知道我是谁了。昨晚我梦见有人问我这个问题，我不知道答案。”

“别把梦境当真。”琳冷淡地说道。此时，伊祖，戈林来的渔夫，顺着瓦砾堆跑下地窖来。他在外面值岗。

“你们都疯了？还是喝高了？上面听得清清楚楚。你们当真想把警察叫来？”

基大利像学童做坏事被当场抓住似的，连忙道歉，把小提琴放在一边，说道：“大伙到这里来。我们有两三件事情要决定。记得我在六月里跟你们说过的，我们不再是孤儿或者流浪狗了。我可以证实我所说的话。但我们要换主子了，或者说得好听些，换父亲。我们属于一个大家庭，从挪威到希腊，大家一起打德国人。在这个家庭里，有一些纷争，比如绞死希特勒之后该做什么，边境线划在哪里，谁得土地，谁管工厂。在这个家庭里，有约瑟夫·维萨里奥诺维奇，是的，阿里耶的堂兄弟。他也许是长子，但是在关于给波兰涂什么颜色的问题上，跟丘吉尔说不到一处。斯大林要红色，丘吉尔心里有另一种颜色，而波兰人又想着再一种颜色。换句话说，大概有五六种颜色相争。不是所有波兰人都像国家武装部队那些小丑，他们是出色的游击队员，打德军，但他们不信任俄罗斯人，也不信任我们。”

“我们人数不多，力量微薄。既然我们穿越了边境线，俄罗斯人对我们所做的就不太感兴趣了。他们让我们走自己的路。我们今天要讨论的就是这条路。”

“我不是斯大林的堂兄弟，”阿里耶气恼地说道，“我们只是生在同一个国家。对我来说，只有一条路，打德军，只要有德军就打，然后去以色列地种树。”

“我相信我们都同意这一点，”基大利说道，“你说呢，朵夫？好吧，抱歉，我们稍后再谈这个。我现在想告诉你们的是，我们有支援，或者至少有个指南针，一个为我们指引方向的箭头。在这片森林里，不仅只有我们。还有形形色色的人，跟我们一样的人，在犹太人聚居区、华沙、维尔诺、科夫诺的第九堡垒战斗，还有那些有力气在特雷布林卡和索比布尔灭绝营反抗的人。他们不再分散流落，已经组成犹太人抗战组织，自从提图斯摧毁圣殿之后，这是第一个敢在全世界面前如此宣称的组织。他们受人敬重，但既没有钱，人数也不多，他们受敬重这一事实并不意味着他们强大，他们没有堡垒、飞机、大炮。他们没有多少武器装备，资金不多，但他们以微薄的所有给我们提供帮助，还会给我们更多帮助。我们会继续独立行动，因为我们靠自己挣得这份独立，但我们也会听取他们的建议。最重要的是我们的道路是穿越意大利。如果我们越过了前线，我们还活着，仍然是一支队伍，我们就要设法去意大利，因为意大利就像一块跳板。但这不等于说我们的路会好走。”

“等希特勒一死，所有的路都会好走。”尤齐克说道。

“会比现在好走，但还是不那么好走。英国人会想尽法子拦路，因为他们不想惹巴勒斯坦的阿拉伯人。但俄罗斯人会帮我们，因为巴勒斯坦有英国人，斯大林会尽一切可能削弱他们，因为他嫉妒他们的帝国。现在已经有船从意大利偷渡去以色列地。有些成功，有些失败，而且阻挠那些船的不是德国人，而是英国人。”

“要是有人想拦住我们，该怎么办？”琳问道。

“问题就在这里，”基大利说道，“谁也说不准战争会在何时、如何结束，但我们可能仍然需要武器。也许即便余下的世界已经和平，我们这支队伍，以及其他跟我们一样的队伍，还得继续战斗。如同我们的拉比告诉我们的，耶和华之所以在众民族之中挑选了我们，就是这个缘故。我要跟你们说的就这些。你有话要说吗，朵夫？我说完了，你说吧。”

朵夫只有寥寥数言：“战时穿越前线根本是不可能的，尤其是单独一个人，如果可能的话，我早就已经做了。只要我还有点用处，我就跟着你们，不过，俄罗斯人跟上我们的时候，我就跟他们走。我出生在西伯利亚，我要回西伯利亚去。战争没有波及那里，我的房子应该还在。也许我还会有力气干活，但我不想打仗了。而且西伯利亚人不会叫你‘犹太人’，也不会逼你喊‘斯大林万岁’。”

“照你喜欢的做，朵夫，”基大利说道，“希特勒还活着，现在做决定还太早。你对我们仍然有用。你呢，皮奥特，你想做什么？”

皮奥特受命领导突袭劳动营的行动，表现出机智和勇敢，这时却像个被点名的学童，忽地站起来。他们全都笑起来，他又坐下，说道：“我只想知道你们想去的那个以色列地，也会接纳我吗？”

“当然会，”莫托尔说道，“我给你推荐，你也不必改名字或者行割礼。那夜在磨坊里，基大利是开玩笑的。”

帕维尔扬开洪亮的嗓门：“你听我的，俄罗斯人，名字不搭界的，不过你该行个割礼。充分利用这个机会。这倒不是跟耶和华的圣约什么的，其实就像苹果树。果树要是在适当的时候修剪，就长得又壮又直，结出更多苹果。”黑罗柯尔发出羞怯的低笑。蓓拉站起来，脸涨得通红，说自己走了那么多路，冒了那么多险，不是来听这种话的。皮奥特四下看看，唬得不敢作声，一脸迷惑。

琳开口说话，严肃如常："即便没有莫托尔的推荐，他们当然也会接纳你的。不过，你跟我说说为什么要来？"

"嗯，"皮奥特开口说道，显得十分窘迫，"有很多原因……"他举起一只手，翘出小指头，一如俄罗斯人开始算数的手势："首先……"

"首先是？"朵夫鼓励道。

"首先，我是信徒。"皮奥特说道，为找到一个出色的理由而吁了一口气。

"*Got, schenk mir an oysterd.*"莫托尔引用意第绪语道。

他们哄堂大笑起来，皮奥特不悦地看着他们。

"你说什么？"他问莫托尔。

"我们的一句谚语。意思是说：神啊，给我一个好借口。你不会是想叫我们相信，你想跟我们一起，是因为你信基督？你是游击队员、共产党员，看起来不像那么笃信基督的样子，再说，我们不信基督，而且我们所有人也不那么信神。"

信徒皮奥特用俄语激烈地咒骂一通，接着说道："你们都擅长把事情弄复杂。好吧，我不晓得怎么跟你们解释，但情况就是这样。我想跟你们走，就是因为我信基督，你们带着你们那通牢骚见鬼去好了。"他带着受伤害的表情站起来，大步走向出口，好像要走，但又转身说道："我还有十个理由跟你们这批蠢人一起。因为我想看看世界。因为我跟乌雷宾闹翻了。因为我是逃兵，要是他们再抓着我，我就没有好下场。因为我操了你娘的，因为……"此时，只见朵夫奔向皮奥特，看似要揍他。但他拥抱他，两人的拳头重重地拍在彼此背上。

一九四四年·九月至一九四五年·一月

前线停战，夏天结束。波兰的土地，因一年战乱和残酷的占据而枯竭，似乎回归到原始的混沌状态。华沙被摧毁，这一次被毁的不只是犹太人聚居区，而是整座城市，随之破灭的是创造自由和谐的波兰这一希望。正如波兰人冷眼看着一九四三年犹太人起义被镇压，而今俄罗斯人也冷眼看着由流亡伦敦的波兰政府所领导的华沙起义被镇压。这一次，一如前一次，且让德国人负责惩罚那些莽夫。德国人也担负起这一重任。而今他们在所有前线都彻底溃败，而在内部战线，跟游击队和无助百姓的日常战争中，却大举获胜。

从首都流落来的难民，散布在乡野，没有面包和庇护所，害怕德军的反击和围剿。德军不仅急切地报仇，也在搜寻人力，不论农民和城里人、男人女人、老人小孩，都被匆忙地从四面圈起来，立即被赶去劳动，扛着铁锹、尖嘴镐，在等待播种的田野上挖掘反坦克壕沟。德国部队的小分队忠于纳粹的摧毁天才，把可能对红军有用的一应物什，诸如卡车、电缆、铁道车辆、电车、木材、铁块、整座工厂，全部拆卸，装载运走。自从一九三九年闪电战以来便与德军作战的波兰家乡军游击队、老近卫军、因为热爱这个四分五裂的祖国或者畏惧驱逐而选择隐蔽山林的人，及至从华沙逃脱的奄奄一息的幸存者，都拼死继续战斗。

基大利的队伍缓慢前行，不时谨慎地展开滋扰行动。基大利颇容易地得到现金和弹药，但用现金交换粮食变得越来越困难。几近荒芜的田野简直没有收成，而农民拥有的些许粮食也被德军和同样令农民畏惧的游击队，以及自称游击队的流寇定期强行征去。

十月初，斯洛尼姆来的人中的两人在前头侦察地形，回来汇报消息说，图内尔火车站的旁轨上停靠着一列载货火车，大概是运输物资的。火车很长，长得不得了，后头的车厢还留在隧道里——这个村子就是因这条隧道而得名的。守卫的只有几个“蓝军”，也即波兰警察。基大利令队伍在离铁道线一公里外宿营，夜里，他率领门德尔、莫托尔、阿里耶前往火车站。只有两名蓝军，一人远在火车头，另一人远在火车尾，但此人并没有进入隧道，而是站在隧道口，因而看不见最后的车厢。基大利令余下三人安静等候，他消失在黑暗之中。数分钟后，他回来。

“莫托尔，这回用不上你的手艺。一点现金就够了，快回去找朵夫，带四个强壮的人来。”

莫托尔立即动身，二十分钟后带着帕维尔等四人回来。他们八人，算上那名蓝军的话，总共九人，此人帮他们解开最后一节车厢。他亲眼见他们装货，里面装满土豆、饲用萝卜，运给克拉科夫的德军指挥官。车厢解开之后，九个人拿肩膀顶，但车厢仍然纹丝不动。于是基大利压低声音喊口令，好让众人同时一齐用劲，但仍不见车厢挪动。“等等。”那蓝军悄声说着，就跑开了。

“你给他施咒了？”门德尔讶异地问道。

“没有，”基大利答道，“除了钱，我还保证给他家一些土豆，建议他加入我们。他就住在附近。”

那波兰人让他们等了很久。在防空灯微弱的蓝色光芒里，基大利等八人不安地眺望着。看得见火车站对面的一片田野，地上矗立着一些不同寻常的圆形物体。莫托尔好奇心大起，走近去看，原来是南瓜，不是什么有趣或危险之物。波兰人悄无声息地回来，手里拎着一个家伙，他称之为“滑托器”。就是一根长杠杆，末梢是一块楔形的铁掌。压下杠杆时，铁掌升高一毫米。他解释道：“其实是用来推车的，载货车站都有这个。只要稍微挪动车厢，它就会自己移动了。”他拿了块破布包着铁掌，以免发出声响，扎入其中一只车轮下，压低杠杆，车厢不易察觉地一挪，然后停止。

“好，”基大利低声说道，“这隧道有多长？”

“六百米。再过去一点，有个岔道，一边有条侧轨穿过树林，通到一间废弃的铸造厂。不妨把车厢移到那条侧轨，可以在那里卸货，没人会看见。要不要去？”

不过，基大利有别的打算。他派四人去摘了十二个南瓜，令人把南瓜搁在铁道线沿路支撑架空的电力线路的电缆塔上，每一座电缆塔都放一只南瓜。

“这有什么用？”门德尔问道。

“没什么用，”基大利答道，“就是让德军纳闷南瓜为什么会在那里。兴许我们浪费了两分钟，可他们做事讲究，会浪费更多时间。”

那蓝军叫他们准备好，他重新拨弄滑托器。“好了，现在开始推。”车厢又动起来，悄然缓缓移动。波兰人说道：“等会儿会快些。侧轨是下坡。”基大利派阿里耶去招呼队友，让他们知道车厢来了，要他们到侧轨这边，准备卸货。

“可这里有十几吨呢！”莫托尔道，“我们怎么卸得完？”

基大利看来并不担忧：“会有人帮我们的。我们只要一部分，剩下的给农民。”

他们出了隧道，只见眼前雾气蒙蒙，在黎明的曙光里漫延。他们看见浓雾中浮现一些人影，六个、十二个，甚至更多。基大利队伍的先锋不可能有那么多人。一个洪亮的声音用波兰语喊道：“站住！”十二名扛武器的男子，身着军装，拦截了去路。那蓝军趁惊愕未定的时刻，奔跑消失在浓雾之中。基大利等人竭力拉住前行的车厢，车厢仍往前移了十多米，莫托尔爬上车，拉下手刹车杆，这才停下。同一个声音又喊道：“站住！”伴随着一阵短促的机关枪射击，强调这个命令，然后接着喊道：“举起手来，把手举起来！”基大利服从了，其他人也跟从。他们随身只带了手枪和小刀，将机关枪留在队伍主力那边，根本不可能抵抗。

一个年轻男子走向前，瘦削，神情肃重、五官端正，戴着金属边眼镜。他问道：“你是头领？”

“是的。”基大利答道。

“你们是什么人？这车厢哪里来的？”

“我们是犹太人游击队，有俄罗斯人，有波兰人，我们从很远的地方来。我们从德军那里拦截了这节车厢。”

“你们得证明你们是游击队。这地区归我们管。”

“你们是什么人？”

“波兰家乡军。跟我们走，你们要是逃跑的话，我们就开枪。”

“中尉，我们跟你们走，我们不会逃跑。不过德军稍后就会来。把一车土豆留给他们不是太可惜了？”

“德军不会来这里。至少一时半会儿不会来。他们怕我们。他们发现我们孤立的时候，就会来攻击，但他们不敢进树林。我们把车厢推到树林里。你们打算怎么处置这些土豆？”

“我们自己留一些，余下的分给农民。”

“暂时由我们保管。走，继续推。”这位名叫埃德克中尉的年轻人说道，并且派了手下六人帮着推，加快车厢前行的速度。前进途中，他走到基大利身旁，又问道：“你们有多少人？”

“你也看到了，我们八个人。”

“这不是实话，”埃德克说道，“数日前，你们在行军途中，被我们看见了，你们人数不止这些。你用不着跟我扯谎。只要你们不给我们惹麻烦，我们没有恶意。我们队伍里也有犹太人。”

“我们总共三十九人，”基大利说道，“大概三十人有武器，能战斗。有五个妇女。”

“妇女不也能战斗？”

“其中一个能战斗，一个男子不打仗，不，两个。”

“为什么？”

“一个太年轻，脑子不太灵光。另一个太老，受过伤。”

纵使基大利坚持撒谎也没有用，因为车厢悄然前行之时，雾越来越重，基大利队伍的主力信心十足地前来与基大利会合，却发现已经走入埃德克前锋队伍的眼皮底下，来不及躲藏。波兰游击队员大约有一百人，将他们团团包围，命他们背着武器、包袱继续前进。基大利向朵夫解释情势。

一小时脚程之后，他们走进树林中心，埃德克令他们停步。他们的总部离得不远了，他派出信使，快速地组织卸货。犹太人和波兰人齐心干活，一人扛一袋土豆，往返于车厢和营地。空车厢被推进废弃的工厂，土豆袋堆在营地储藏室，基大利一干人全被关进一间半埋在地下的营房。这是埃德克队伍的基地。波兰游击队装备精良，行事有效率，态度冷漠，行动正确。他们给犹太人吃食，但忙碌了一夜之后，基大利等人只想睡觉。波兰人这个排的主力一大早带上武器外出，营地里仅留下数名岗哨，没有惊扰基大利一干人，女的睡行军床，男的睡干净的稻草。但他们的武器“暂时”被缴，做了登记，堆放在另一棚屋内。

傍晚时分，埃德克带着队伍回营。分派口粮：燕麦粥、印着英文标签的听装啤酒和听装肉。

“你们真富裕。”朵夫敬畏地说道。

“这些东西是空投的，”埃德克说道，“美国人投的，不过是从英国来的。我们的伦敦政府送来的。美国人总是急煞煞的，他们空投，有的投中，有的投不中。他们从意大利的布林迪西飞来。他们现在还只到那里。他们一来就投，然后立马回去，所以一半东西都落到德军手里。不过总归够我们吃的，因为我们现在没有多少人了。”

“你们很多人被杀了？”门德尔问道。

“被杀了，消失了，也有些打厌了，回家去了。”

“他们为什么回家？难道不怕德军驱逐他们？”

“怕，但还是回去了。他们不知道我们为什么还在打仗，或者为谁而打。”

“那你个人是为谁打仗？”基大利问道。

“为波兰，为波兰的自由。但这是绝望的战争。打这样的战争太艰难了。”

“但波兰会自由的，德国人会离开的，他们已经打败了，撤出了每一道前线。”

埃德克的眼神透过眼镜片，逐个瞄向与他交谈的三人：朵夫、门德尔、基大利。他比他们年轻得多，但他似乎背负着他们所不能理解的重担。

“你们去哪里？”很久之后，他开口问道。

“我们要走很长的路，”基大利答道，“我们要打德国人，直打到战争结束，然后，谁知道呢。也许甚至战争结束之后还要打。然后我们要设法离开。我们要去巴勒斯坦，欧洲已没有可以让我们去的地方。希特勒赢了反对犹太人的战争，连他的学生们都成绩卓越。每个国家的人都学会了他的福音书，俄罗斯人、立陶宛人、克罗地亚人、斯洛伐克人。”基大利稍一迟疑，接着说道，“你们的国人也学会了，或许你们早就知道。中尉，请说实话：我们是你的客人还是俘虏？”

“给我点时间，”埃德克答道，“我很快会给你们一个答案。不过我有话要告诉你们，那些南瓜确实是好主意。”

“你怎么知道南瓜的事？”

“这里到处布满我们的朋友。铁道上也有我们的朋友，他们告诉我们，德国驻军到现在都还不敢碰那些南瓜。他们封锁了整条铁路，从克拉科夫调来一整队地雷探测专家。比起你们偷走的那节车厢，他们更担心那些南瓜。”

他拆开两包好彩牌香烟，给每个人递烟，令基大利一干人又惊喜又羡慕。然后他接着说：“你们要公道些，就算有些波兰人对你们不公道，但不是我们所有人都是你们的敌人。”

基大利答道：“不是所有人，但很多。”

埃德克叹气道：“波兰是个可悲的国家。这个国家向来不幸，被过于强大的邻居挤压。要让不幸的人不憎恨是很难的，由于数百年来的奴役和分裂，我们憎恨所有人。我们恨俄罗斯人、德国人、捷克人、立陶宛人、乌克兰人，我们也恨你们的人，因为你们分散在我们的土地上，却不想成为跟我们一样的人，不想融入我们，并且我们不理解你们。你们在华沙起义的时候，我们开始理解了。你们让我们看到了出路，你们让我们知道，纵使在绝境，我们还能战斗。”

“可那时已经太迟了，”基大利说道，“我们都已经死了。”

“是迟了。可你们现在比我们富有。你们知道要去哪里。你们有目的地，有希望。”

“你们波兰人为什么不也怀有希望？”朵夫问道，“战争会结束，我们会建造新的世界，没有奴役，没有不公正。”

埃德克说道：“战争永远不会结束。这场战争会生出另一场战争，战争一直会有。美国人和俄罗斯人永远不会成为朋友，波兰人没有朋友，就算盟军现在帮助我们。俄罗斯人宁愿希望我们不存在，从来没有被创造出来。德国人呢，一九三九年侵略我们的时候，立即驱逐、杀害我们的教授、作家、牧师；俄罗斯人从他们的边境侵入的时候，也这么做，他们甚至把没有逃往苏联的每一个波兰共产党员都交给盖世太保。他们双方都不想给波兰留下一个灵魂。他们是同盟的时候不想，现在他们成了敌人，还是不想。俄罗斯人庆幸华沙起义失败，德军灭绝了反抗者，他们就在河对岸眼看着我们死。”

朵夫说道：“中尉，我是俄罗斯人。是犹太人，但也是俄罗斯人。我们当中很多人生在俄罗斯，那边那个高个子小伙儿是俄罗斯基督徒，他跟着我们一起走。这一位，”他指着门德尔，“还有很多已死去的人，是红军队伍的战士。我也是。我们踏上征途之前，首先是作为俄罗斯人，其次才是作为犹太人而战。作为俄罗斯人为俄罗斯而战。解放欧洲的是俄罗斯人。他们以鲜血还债，他们不计其数地死去。我觉得你说的那些事情不太公道，我自己就受过伤，打累了，在基辅接受治疗，然后俄罗斯人把我送回同伴这里。”

“俄罗斯人会把纳粹赶出我们国家。”埃德克说道，“可是他们不会接着离开。你不可把意愿混淆于现实。斯大林的苏联是沙皇的俄国，他想要俄罗斯人的波兰，而不是波兰人的波兰。所以我们的战争才这么绝望。我们得保卫自己和人民，抵御纳粹，也得回头往后看，因为开进波兰的苏联军队不想见到任何波兰家乡军。他们一旦发现我们，就把我们分别安插在他们各个小队里。要是我们不肯，就缴了我们的武器，流放到西伯利亚。”

“那你们为什么不肯？”朵夫问道。

“因为我们是波兰人。我们要让全世界看到我们的存在。如果有必要，我们以死证明我们的存在。”

门德尔看看朵夫，朵夫也看看他。两人记起在诺沃肖尔基激战之际，朵夫朝门德尔喊的话：我们现在为历史书里的三行句子而战。门德尔把这个故事讲给埃德克听，埃德克答道：“我们若做敌人，就太愚蠢了。”

数日过去，埃德克徒然地试图联络上级，请求如何处理这件事。波兰人有一台无线电发射机，很现代，信号很强，但极少使用。华沙沦陷之后，家乡军处于危急关头，倒不是由于缺乏物资，而更是由于斗志萎靡。联络点一个个地被破坏，很多领导人不是死去，就是被苏联军俘虏。最后有个送信人回来，埃德克勉强向基大利一笑，说道：“一切妥当。你们是客人，不是俘虏，要是你们愿意的话，很快会成为同盟军。”

埃德克二十三岁，曾是医学院学生。一九三九年，他刚作为新生到克拉科夫入学，德军便召集起全部教员。有些教授嗅出欺诈味，没有参加集会。参加集会的所有人立刻被送往萨克森豪森集中营。“然后我们所有人，教授和学生，开始组织秘密大学，因为我们不想见到波兰文化消亡。那些年里，我们也有一个政府、教堂、军队，全都是秘密的。整个波兰活在地下。我学习，同时在一家地下印刷厂工作。但就算去学习，也得躲藏着。希特勒和希姆莱认为，对波兰人来说，四年小学教育就足够，只需学会数到五百，签名字，让他们真正地学会读写是没有意义的，事实上还会是个危害。所以我和我的同学在书本之外学习解剖学、生理学，从没见过一台显微镜，甚至不曾远远地看见过，从没解剖过一具尸体，从没访过一间病房。但是在华沙，八月里，我也在那里，我看到的病人、伤员、死人，多过军医一辈子看过的。”

“那不坏，”基大利对他说，“学理论之前，你已经有了实践。我们都是通过练习学会走路说话的，不是吗？和平会来的，你会成为著名的医生，我敢肯定。”在埃德克身上，基大利对待所有人类的无差别的友善似乎成十倍增长。门德尔问他是什么原因，基大利回答说他也不知道。但他想了想，说道：“可能是新奇。我很久没有碰到打领带、胸袋里插着钢笔的人了。森林里没见过这样的人。”

“可埃德克不打领带！”

“在精神上。感觉他好像打着领带。”

接着等待的日子里，在漫长的雨夜，他们交谈、吸烟，有时基大利拉小提琴。但波兰人的营地没有酒。埃德克是有人情味、讲道理的指挥，但在有些事情上十分严格，有一些小小的执拗。数月之前，由于手下酒后斗殴，埃德克下了禁酒令，以清教徒的严厉坚持这道禁令。他要求基大利令其手下也这般行事，从而不至于成为坏榜样。基大利面有难色地应允。埃德克也怕狗，不敢接近基大利一干人带来的那两条可怜的狗，就是带领这个队伍穿过图罗夫地雷阵的那两条狗，它们跟基大利这些人都相处融洽。埃德克借口说狗夜里叫唤，可能会暴露营地的位置，并且不顾基大利的抗议，把它们卖给了附近的村民。

埃德克颇沉默，不太多问，却也被基大利一干人激起了好奇心，尤其好奇基大利及其过往。

“嗯，谁知道呢，兴许我原本会成为伟大的小提琴家！”基大利笑道，“我父亲是很当真的。他总说，小提琴不大占地方，不论发生什么，无论去哪里，都可以带着。才艺占的地方就更小，而且不必缴关税。你可以周游世界，开演奏会挣钱。甚至可能像雅沙·海菲兹那样成为美国人。我喜欢拉小提琴，可不喜欢学习。我逃掉音乐课，冬天去溜冰，夏天去游泳。我父亲是小生意人，一九二四年他生意破产，开始酗酒，我才十二岁，他就死了。我们没有钱，我母亲送我去一家店铺当伙计。我在一家鞋店当伙计，捧着顾客的脚过了一整天之后，我在夜里继续拉小提琴，就是自我安慰。我以前还写诗，忧伤的诗，写得不好。我把诗献给脚好看的女顾客。不过都丢失了。

“小提琴陪伴着我。我会一心拉小提琴，不去思索。说实话，我得说思考从来不是我的强项。我是说严肃地思考，从前提到结论的那种。即便是现在，干着另一行当的时候，拉小提琴也是我的思考方式，我最好的主意都是拉小提琴的时候冒出来的。”

“比如南瓜那个主意？”埃德克问道。

“那不是，那不是，”基大利谦虚地答道，“那是看着南瓜的时候想到的。”

“你是怎么想到干这个另一行的？”

“天上来的，一个修女送来给我的。”基大利说着，架起小提琴，没有真正地演奏，而是拿琴弓轻触琴弦，拉出低缓、懒洋洋的音符。“是的，一个修女。德军入侵比亚韦斯托克后，我母亲想法进入一家修道院寻求庇护。一开始，我反对这样躲藏起来。我跟一个女孩一起,每夜睡在不同的地方。我得说，当时我已经二十四岁，却好似闭着眼睛活着似的，一天一天地过，就像牲畜一样。我什么都不懂，不懂危险或者责任。

“后来，德军把犹太人关进聚居区。我母亲送话来，说修道院也愿意接纳我，于是我就去了。我母亲是俄罗斯人，很强壮，很懂掌握局势。没有，我倒不必打扮成修女。修女们把我藏在一个楼梯下。她们没有试图给我施洗，只是出于同情收留我们的，没有其他动机，而且她们自己也冒着风险。她们给我送来食物，我在修道院过得蛮好的。我不是战士，只是个二十四岁的孩子，除了卖鞋、拉小提琴，什么都不会。我原本可以在那楼梯下待到战争结束——战争是别人的事，德国人和俄罗斯人的事，就像一场飓风，飓风来时，明智的人寻找庇护躲藏起来。

“给我送食物的修女年轻又和善，就是修女惯有的和善。有一天，是一九四三年三月，她给我送来面包，还带了一张纸条。是从聚居区传来的，用意第绪语写的，署名是我的一位朋友。上面写着：来加入我们吧，你的位置在这里。还说德军已经把孩子和病弱者从聚居区驱逐到特雷布林卡，很快会将所有人灭绝。是时候准备抵抗了。我读字条的时候，那修女神情肃穆地看着我。我意识到她知道字条的内容。然后她问我要不要送回信。我对她说我会考虑的。第二天，我问她怎么得到字条的。她说聚居区有一些受过洗礼的犹太人。修女们得到准许给他们送药。我告诉她我随时可以去，她说我应该等到天黑。她在午夜时分来，叫我跟着她。她领我走进一间储藏室，手里提着一盏灯笼。她把灯笼递给我，说道‘转过身去，先生’。我听见她的衣服传来修女的衣裙惯有的窸窣声，心里冒出一些龌龊的想法。然后她叫我转过身，给我两把手枪。她给我进入聚居区的联络方式，祝我好运。聚居区里有武器的年轻男子寥寥可数，但都意志坚定。他们从百科全书上学会枪支是如何制造的，他们在战场学会射击。我们一同战斗了八天。总共两百人。差不多都战死了。我和余下五人开出一条血路，直打到科索沃，我们加入当地聚居区的起义者。”

埃德克和基大利的身边围拢了越来越多的人。不仅是波兰人，也有一些犹太人在倾听这个他们当中并非人人皆知的故事。基大利讲完后，埃德克放下翘起的二郎腿，挺直坐在凳上，抚了抚平滑的头发，拉拉裤子，语气僵硬地问道：“你的政治见解是什么？”

基大利在小提琴上拉出一串类似笑声的音符，说道：“就像拉班的绵羊，带斑纹斑点，棕色的。”他看看四周，在电石灯的刺眼光亮所照耀的桌前，在波兰人宽阔的白面孔中间，他请这位中尉看阿里耶高加索式的胡须，朵夫梳得整齐的白发，尤齐克狡猾的眼睛，脆弱又紧张的琳，面庞羸惫的门德尔，半似萨满半似斗剑士的帕维尔，鲁扎和布利兹纳来的人的凶狠面孔，腿脚羸弱的伊西多和两个罗柯尔。“你也看到了，我们是各色人等混杂的。”

然后他拿起小提琴，接着说道：“玩笑归玩笑，中尉，我理解你问这个问题的原因。但答案叫我有些难以出口。我们不是正统的正规军，我们不受誓言制约。我们没人有空思索，澄清自己的想法。我们每个人都有个阴暗的过去，各不相同。我们当中出生在俄罗斯的人，从他们母亲的奶汁里吮吸共产主义。是的，他们的父母把他们变成了布尔什维克，因为十月革命也解放了犹太人，让他们成为拥有全部权利的公民。在某种意义上，他们仍是共产主义者，但我们当中无人仍然热爱斯大林，自从他跟希特勒签协定之后，更何况斯大林从来就没怎么爱过我们。

“至于我，以及出生在波兰的其他人，我们的想法各异，但我们与俄罗斯犹太人有些共同之处。在自己的国家，我们所有人多多少少、或迟或早地都会感觉自己像外国人。我们都想要一个不同的祖国，在那里，我们不会感觉自己是入侵者，或者被人指戳为外来者。可我们当中无人想过要圈起一块地，宣称：‘这块土地是我的。’我们不想做地主，我们想把巴勒斯坦贫瘠的土地开垦得肥沃，在沙漠里种橙树、橄榄树，使它结出果实。我们不想要斯大林的集体农场，我们想要人人都自由平等的社区，没有强权，没有暴力，在那里，你可以白天干活，晚上拉小提琴，在那里，没有钱财，但人人都做力所能及的事，得到他所需要的。听起来像梦一样，但不是。

我们的兄弟早已创造了这个世界，他们比我们有见地、有勇气，在欧洲变成一个巨大的劳动营之前就已经移居到那里。

“在这个意义上，你可以称我们为社会主义者，但我们成为游击队员，不是因为我们的政治信仰。我们战斗，是为了使自己免于死在德国人手里，为了报仇，为我们自己开出一条路。但最重要的是尊严——原谅我使用这么严肃的字眼。最后，我还要跟你说：我们这帮人当中，很多人从来没有尝过自由的滋味，他们在这里尝到了，在森林里、在沼泽和危险中，在惊险和友爱里尝到了自由的滋味。”

“你是他们当中的一个，不是吗？”

“是的，并且我不觉得懊悔，甚至不为眼看着朋友死去而感到懊悔。如果我不曾发现这个行当，也许现在还只是个孩子，我现在就会是个二十七岁的大孩子，战争结束后，要是我还活着，会重新开始写诗、卖鞋。”

“或者你会成为著名的小提琴家。”

“那太难了，”基大利说道，“孩子成不了小提琴家。要是真的成了，也只是个孩子小提琴家。”

二十三岁的埃德克严肃地看着二十七岁的基大利：“你敢肯定你现在完全不带孩子气了？”

基大利搁下小提琴：“也不总是不带。只在我想要的时候带。不是在这里。”

“你们服从谁的命令？”埃德克追问道。

“我们是自治的群体，但是要是联络得上的话，我们就听从犹太人抗战组织的建议，他们的指示是这样的：破坏德军的通信线路，杀掉负责大屠杀的纳粹，往西去，避免与苏军接触，因为他们虽然帮了我们这么久，但这不意味着他们将来仍会帮助我们。”

埃德克说道："我们也是这个情况。"

战争似乎离得十分遥远。接连几个星期，雨下个不停，波兰人的营地变成了一摊泥浆，前线的战事似乎也中断了。再听不到大炮的轰隆声，连飞机的引擎轰鸣也鲜少听见。这些是来历不明的飞机，仿佛有些不真实，也许是朋友，也许是敌人，隐蔽在云层里，看不清其秘密的飞行路线。不再有空投物资，粮食日渐短少。

十一月初，雨渐停歇，过些时日，埃德克收到一个无线电消息。是从圣十字山总部传来的紧急求援，在东北方向八十公里外。家乡军一个连被纳粹德军包围，形势急迫，要埃德克的人马立即出动支援。他令手下七十人准备出动。如同一年前基大利邀请朵夫参加险恶的狩猎，埃德克现在邀请基大利及其队伍参加此番行动。这是基大利及其队伍第一次有机会公开面对德军，反击德国的步兵和炮兵，而不只是滋扰孤立的驻军，诸如四月里在柳班。另一方面，这次他们不是孤身作战，埃德克手下的波兰人坚毅果敢，装备精良，善于作战，对德军的仇恨深过犹太人的。

基大利挑选出二十人，与波兰人的队伍一起出发。田野浸透了雨水。埃德克着急赶路，不顾游击队通常的规矩，选择了最直接的路。他们沿铁道线行军，三人一组，踩着枕木前进，从日落走到黎明，天亮后仍在前进。没有巡逻队掩护队伍侧翼，没有后卫，打前锋的只有六人，包括门德尔，埃德克本人也在其列。对于这样孟浪的举措，门德尔大为惊愕，但埃德克叫他放心，说自己熟悉这地面，农民倾向于游击队，不会去举报，而不认同的人害怕他们的报复。

十一月十六日，他们抵达凯尔采附近。凯尔采有一处德军营房，住满了乌克兰后备队，埃德克只得绕过这个城市，损失了一些宝贵的时间。走出城外，眼前便是连绵的原野，树木茂密而阴森的山里雾气缠绕，随风蔓延，披挂在冷杉树巅。据埃德克收到的消息，战场应该就在附近，在戈尔诺和比艾利尼之间的山谷。但他们没有找到战场。埃德克下令休息数小时，等太阳出来。

太阳照下第一道光芒时，雾起得更重。听得见零落数声枪响，机关枪短促的射击，继而沉默，沉默里传来喇叭的声音。声音微弱，远远地传来，可能是从包围圈另一端传来，听不真切。风吹来断断续续的词语，是波兰语，德军催劝波兰军投降。接着又听到单薄、疏落的枪声。埃德克下令前进。到了半山腰，他们掩护在灌木树干背后，估摸着朝德军的大致方向开火。盲目地开枪，因为雾气那么重，严格说来，根本没有必要藏身掩护，但正是因为周围遮蔽着浓雾，将可见度降至仅二十米左右，益发增添凶险感，因为敌人有可能从任何方向包抄而来。德军的反击猛烈却短促，协调不济，一挺重型机关枪开火，接着又一挺开火，都是朝埃德克部署的左侧。门德尔见眼前树皮乱溅，寻求掩体，然后端起轻机关枪朝子弹飞来的方向射击。埃德克下令全队再一齐开火，持续更长时间，也许想让德军以为援军很强大，却只是浪费了子弹。几分钟后，听得见炮弹发出去，远远地从左边传来轰炸声，稍后有炮弹飞进来，散落在他们前面。这些炮弹落得近，有一枚落在门德尔附近，但陷进松软的泥土里，没有炸开。又一枚落在他右边，透过雾障，门德尔看见爆炸火光。他扑过去，只见埃德克的副指挥马利安怔在原地，炮弹劈断了一棵小树，两具波兰人尸体躺在翻转的泥土中。马利安说："他们不是从上面开火。他们在戈尔纳大路上。肯定没多少人。"

炮弹猝然停止，射击也停了。十点钟左右，隐约传来引擎的轰隆声。

"他们走了！"马利安说道。

"他们可能以为我们有很多人。"门德尔应道。

"我认为这不可能。但他们也不喜欢这雾障。"

德军车辆的轰隆声更加微弱，最后消失。埃德克下令悄然前行。他们掩护在一棵棵树干之后上山，没有碰到任何抵抗，不再有任何人迹。越往高处，树木越见稀疏，最后树木完全没有了，雾也消散，战场清晰可见。山顶是一片光秃的荒野，踩出了一道道山路，还有一条泥路通向一处大型建筑，也许是一座老堡垒。横尸遍野，有些早已冰冷僵硬，很多肢体残缺，伤口惨不忍睹。不是所有死者都是波兰家乡军，有一小队紧紧聚集在一起，必定是顽抗到最后的战士，是俄罗斯游击队，战场边缘的是纳粹德军的尸体。

"都死了。我不明白他们是要谁投降。"基大利说道，无意之间压低了声音，好像在教堂里说话。

“我不知道，”埃德克应道，“我们听到的枪声可能是最后活着的人打的。”

门德尔说道：“先前雾太浓，他们是叫死人投降。”

“有可能，”马利安说道，“喇叭是录音的，德军以前就这么干过。”

他们勘查现场，一具一具地检查尸体，也许有人还活着。无人尚有呼吸。有些人脑门或后颈受过最后的致命一击。堡垒里也只有死人，有俄罗斯人，有波兰人，大多关在塔楼内，塔楼被一枚炮弹炸毁。他们注意到有些尸体格外瘦弱。为什么？

“那么谣言是真的。”马利安说道。

“什么谣言？”门德尔问道。

“说圣十字山上有一座监狱，德国人把囚犯活活饿死。”

事实上，在堡垒的地窖里，他们发现走廊和囚室，木板门已被打穿。门德尔发现一堵墙上有木炭写的字迹，叫埃德克来看。

“是我们一位诗人写的诗，”埃德克说道，“诗是这样写的：

玛丽，不要在波兰生孩子，
除非你想看到你的儿子
一出世就被钉上十字架。”

“这位诗人什么时候写下这些诗句的？”基大利问道。

“我不知道。但对我们国家来说，任何世纪都有可能。”

门德尔默然不语，只觉得心头涌起纷乱无状的思绪。不单是我们。苦海无边无底,无人测量得出其深度。这些波兰人，狂热地崇拜十字架上的基督，拿刀子捅死我们的父亲，侵入俄罗斯镇压革命。而埃德克也是波兰人。可他们现在跟我们一样死去。他们在偿还，难道你不高兴吗？不，我不高兴。债务没有减轻，反而加重，现在无人能够偿还了。我只愿不再有人死去。甚至德国人？我不知道。我以后再想，等这一切都结束后再想。也许杀德国人就像外科医生做手术，截去一只胳膊是可怖的，但必须得这么做，要这样去做。神啊，我所信奉的神啊,结束战争吧。如果你真的存在,让战争结束。快快地让每一处结束战争。希特勒已经被打败，这些死人不再对任何人有用。

在他旁边，埃德克也同样地站在血污、浸透雨水的石楠丛中，面如死灰，正定睛看着他。

“你在祈祷，犹太人？”埃德克问道，但从他嘴里说出来，犹太人这个词不带恶毒意味。这是为什么？因为每个人都是另一个人的犹太人，因为波兰人是德国人和俄罗斯人的犹太人。因为埃德克是逼不得已才学会打仗的温良百姓，他做出与我一样的选择，他是我的兄弟，纵令他是波兰人，受过教育，我是俄罗斯乡下人、修手表的犹太人。

门德尔没有回答埃德克的问题，埃德克接着说：“你该祈祷的，我也该。我无力祈祷了。我不相信祈祷对我或者对他人能有什么好处。也许你会活着，我会死，然后告诉人们你在圣十字山上看见的。努力理解，讲给人们听，也努力让人们理解。那些跟我们一起死去的是俄罗斯人，但也正是俄罗斯人从我们手里缴去枪械。告诉人们，你，仍然等待弥赛亚的人。也许他会为你而来，但对于波兰人来说，他是白来了。”

埃德克其实似在回答门德尔自问的问题，好似看进门德尔的头脑深处，他的思想生发的秘密之地。但这不值得惊怪，门德尔想。两只正常的钟，就算是不同的厂家所制造的，报的还是同一个钟点。只需同时上发条。

埃德克和基大利点名，少了四名波兰人，一名犹太人，造假的尤齐克。他的死亡不是伪造者式的。他们在一条沟里找到他，肚腹撕开。也许他叫唤了很久，但无人听见。埋葬死者？“要么埋葬所有人，要么一个也不埋，”埃德克说道，“不可能埋葬所有人。我们只能收集他们身上的证件和军牌，要是有的话。”很多年轻小伙没有任何证件。埃德克和马利安认出他们是波兰家乡军的成员。他们默默地回营，脑袋低垂，像一支溃败的队伍。现在不必赶路，他们在夜间以疏散队形行军，穿越田野森林。在索伯科森林里，他们意识到迷失了方向，排里唯一的指南针仍在兹比格涅夫的口袋里，他是阵亡的波兰人之一。无人记得拿它。虽然不太情愿，埃德克还是决定等到天亮，然后沿着一条小道去某村落，向农民问路。然而在浓雾弥漫的清晨，阿里耶在一棵白蜡树底看到一只快要冻僵的鸟雀，说这东西能给他们指路。阿里耶捡起小鸟，放进衣服底下，贴近胸膛温暖它，用口水濡湿面包屑递给它吃。等小鸟吃完面包屑，他就放它飞走。小鸟消失在雾中，毫不迟疑地朝一个明确的方向飞去。“那是南方？”马利安问道。“不是，”阿里耶答道，“那是椋鸟，冬天快来的时候，椋鸟往西飞。”莫托尔说道：“我想做一只椋鸟。”他们毫无差错地抵达营地。阿里耶顿时有了声誉。

接下来几个星期在停滞与紧张气氛中度过。天冷起来，夜霜冻结了土壤，德军的车队在大大小小的道路上穿梭，去往前线，或者回归后方。机械化的大炮组经过，坦克已涂上白色伪装，为下雪做准备，还有乘坐装甲卡车的德军部队、乘坐货车或步行的乌克兰后备军。各个村落散布着军队警察或盖世太保办公室，游击队之间的联络变得尤为困难。德军巡逻队抓住所有年轻人，派他们去挖掘反坦克壕沟，筑路堤和战壕。侦察员、男人女人，都只在夜里出行。埃德克的队伍与外界的唯一联络方式是无线电，但无线电一直沉默，或者广播一些令人不安、自相矛盾的消息。

伦敦广播一副胜利的口吻，又带着奚落，断定德军和日军已经溃败，同时又承认德军以强大火力袭击了阿登高地。阿登高地在哪里？德军大举进入法国，战争又要重新大范围铺开？德国广播也是胜利的口吻，元首是不可战胜的，真正的战争刚刚开始，伟大德意志拥有全新的秘密武器，无人能敌。

圣诞节过去，然后是一九四五年元旦。波兰营地充满疑惑，情绪低落。游击队的两大天敌力量渐增。埃德克觉得被遗弃：他不再收到命令或消息，不再知道周围有什么人。手下有些人消失，有的带走武器，有的空手，闷声不响地离开。营地的纪律也涣散。时起口角，往往演变成斗殴。幸而波兰人与犹太人之间不曾生隙，但双方话里含沙射影，横眼相向，都表明摩擦将起。队员不再把埃德克的禁令当一回事，伏特加在营地出现，起先还藏掖着，再后来就大白天喝开了。虱子猖獗起来，这是不祥的兆头，跟它们打仗可不容易，营地里没有药粉和药物，埃德克不知该采取什么措施。马利安是个乐观又勇悍的汉子，原是波兰部队的士官长。他举行一场公开演示，点燃一小块柴薪，走入一间营房内，用一块铁片，展示如何在离火焰适当的距离挂好衣服，虱子被烫爆而不烧着衣服。但这是一个恶劣的循环：虱子源自斗志溃散，又能滋长溃散的情绪。

琳与门德尔分手。与所有分手一样，这事叫人看着难过，但无人觉得惊讶。此事传闻已久，自从袭击赫梅尔尼克劳动营以来就传开了。门德尔痛苦，但他的痛苦淡然迟缓，不似几不欲生的刺痛。琳从来不是他的，除了在肉体上。门德尔也不是她的。他们彼此满足欲望，通常是既沉湎于肉体的欢娱，又怀抱怒怼，并且两人极少交谈，纵使说了，也几乎总是彼此茫然不解或言语不和。琳从不疑惑，也无法忍受门德尔的疑惑，一旦他的疑虑浮现——总是在两人的身体相分离的疲倦和真切的时刻，琳就会变得苛刻，门德尔怕她。显然，他也自觉愧怍。何况，男人很难爱上叫他觉得又愧怍又畏惧的女人。思绪混乱之际，门德尔模糊地觉得琳是对的。不，倒不是说她是对的。她活在正确之中，活在正确那边。作为游击队员、战士，不论是犹太人、俄罗斯人，还是波兰人，都应该像琳，而不是像门德尔。他不可疑惑。你的疑惑在枪眼下浮现，比恐怖更会让你瞄不准敌人。这就是了：琳害死列昂尼德，却不痛苦。如果我也像他一般脆弱，她也会害死我。若不是我有一副长满硬茧的皮革，她也害死了我。这副盔甲不闪烁，不会铿锵作响，而是色泽暗淡、富有抵抗力。重击来了，有这副盔甲来缓冲。这副盔甲凹陷，身体却不受创。然而琳唤醒他的欲望，得知琳成了马利安的女人时，他心里受伤。心里受伤，同时觉得伤了面子，暗自恶狠狠地觉得逞了自己的意，虚伪地表现出激愤。大约她确实是不守教规的犹太姑娘，跟谁都有一腿，连波兰人也不放过。可耻，门德尔，你做游击队员不是为了这个。波兰人跟你一样强，事实上，比你强，因为琳要的是马利安。丽芙柯不会这么做。确实，她不会这么做，但她已经不存在了。丽芙柯在斯特列尔卡村，埋在一米生石灰加一米泥土之下。丽芙柯不属于这个世界。她属于秩序，属于适时做事的世界。她煮饭，打扫房子，因为那时候男人和女人还住在房子里。她记账，也帮我记账，在我失落的时候给我鼓励。甚至在战争爆发那一天，我出发上前线，她给我勇气。她不太洗浴，斯特列尔卡村里时髦的姑娘洗得比她勤。她照书上说的，每月洗一次，但我们属于一个肉体。她是屋子的女主人。她做主宰，我丝毫没有意识到这一点。

门德尔以倦怠的眼神看着营地里一个个结成对，心散意乱、昙花一现。西丝尔和阿里耶：不错，蛮好的，兴高采烈、精神抖擞的，但愿他不会打她。格鲁吉亚人会打老婆，阿里耶是犹太人，但更是格鲁吉亚人。格鲁吉亚人骨骼结实，结实的不单是骨骼，还会生出漂亮的孩子，适合做移居者，去以色列地开拓，要是我们到得了那里的话。但愿没有哪个波兰人太接近西丝尔，因为阿里耶的刀子干净利落。

黑罗柯尔和皮奥特。这对也不错。已经发展很久了。在这群波兰人中，皮奥特甚至比犹太人更孤立，女人是治疗孤单的良方。甚或半个女人即可。形势不甚明朗，门德尔也不想探访底细，不过，看起来，黑罗柯尔屁股后还跟着无线电操作员米耶特克。可怜的埃德克，其实埃德克比任何人都需要女人，一个伴侣，陪他吃苦。埃德克反而竭力孤立自己，挖个洞钻进去，在自己与世界之间筑起一堵墙壁。

蓓拉和基大利。对于这一对，谁都没话说。他们像数百年的老夫老妻，稳定得叫人难以置信，尽管其中缘由也不难猜透。基大利言行无拘，脾气叫人捉摸不透，似乎与蓓拉密不可分，好似船被锚定在船坞。蓓拉不漂亮，年纪看似比基大利大得多，她不打仗，不冷不热、懈怠地参与队里的日常事务，凡事总是挑剔别人，尤其爱挑剔其他女人。她身上仍保留着从前过中产生活的痕迹，跟眼前的环境极不协调。无人知道她从前的生活。那些残留的习惯，甚至身体上的习惯，也是个累赘，叫人看着觉得狼狈，所有人早已摒弃那些习惯，蓓拉却完全不想改变。基大利很容易陶醉于某个想法、计划，甚至胡诌有趣的故事，蓓拉就会拿平庸实际的话语呵斥他，把他拉回现实，这样的时候经常出现，可以说是惯常的。然后基大利会装出气恼的样子，好似两人都是在嬉闹：“蓓拉，你干吗剪我翅儿？”共同生活了八个月，一同经历那么多事情之后，门德尔还是禁不住地纳闷是什么把基大利束缚于蓓拉。不过，基大利身上让人难以捉摸的，不只有这一件事。也许他知道自己不知自制，需要有人来管束。也许他在蓓拉身上看到和平时期的品德和喜悦：安全感、学识、节约、便利。些许残余的喜悦，但人人都有意无意地懊悔失落了这点喜悦，希望在屠杀和这条路的尽头重新找回。

基大利容易急躁，但不曾屈服于波兰人中间蔓延着的消沉情绪，而他手下一干人却多多少少地被感染了。他跟门德尔说起阿里耶发现的椋鸟。就像那只椋鸟，他也迫切地想上路。他在营地周围来回踱步，跟无线电操作员蛮缠，跟埃德克、朵夫、琳、门德尔争辩。他仍然拉小提琴，却不再放纵地投入。时而拉得百无聊赖，时而拉得发狂。

白罗柯尔不急躁，也不沮丧。她不再独自一人。自从队伍在波兰人营地安顿以来，她与伊西多就形影不离。起初无人感到惊异。伊西多总惹麻烦，或者至少行为有些傻气，白罗柯尔像妈妈似的照管他，也是很自然、很应该的。先前，西丝尔照看伊西多，事实上，这两个女人之间曾有些较劲的意思，但西丝尔现在有别的事情要操心。至于白罗柯尔，她似乎需要一个需要她的人。她双眼不离伊西多，确保他穿得暖和，经常洗澡，必要的时候拿出母亲般的权威斥责他。

自从十二月初以来，这两个人以及他们之间的关系起了变化，很难说得清楚，但人人心里都明白。伊西多话少了，但口齿清楚多了，不再叫嚷那些不可能的仇杀，不再把小刀别在腰间，倒是请求埃德克和基大利让他参加打靶训练。他的目光变得较警敏，努力让自己有用，步态更轻快、自信，连肩膀也宽了些。他会提问，问题不多，但不再是胡话或孩子气的。白罗柯尔则显得更成熟，同时又显得更年轻。或者更应该说，以前的她没有年纪，现在却有了。眼看着她一天一天地复苏那属于二十六岁的青春活力，实在令人惊喜交加，之前，她的年龄沉埋在羞涩和哀痛之下。她的眼睛不再只看着地面，大家这才发觉她的眼睛如此动人，棕色的眸子，温柔又明亮。当然，她并不优雅（这五个女人都谈不上优雅），但不再是一团松垮无状的衣服。只见她借着灯笼光，拿针线改军服，这件军服她不以为意地穿了数月，现在却开始要改得合身。现在的白罗柯尔有了头发、大腿、胸脯、身材。要是在营地碰见他们两人，就会看见伊西多不再跟在白罗柯尔后面，而是走在她身旁，长得已比她高，脑袋略微歪向女人那边，好似保护着她。

某晚，伊西多负责打扫卫生，白罗柯尔把门德尔叫到一旁，想私下跟他谈话。

“什么事，罗柯尔？有什么能帮到你的？”门德尔问道。

“你得给我们办婚礼。”白罗柯尔说，涨红了脸。

门德尔张开嘴，又闭上，然后说道：“你这是怎么想的？我不是拉比，或者村长。你没有任何证件，你现在可能还是已婚的。伊西多只有十七岁。你觉得现在是结婚的时候吗？”

白罗柯尔说道：“我知道这不合规矩。我知道有很多困难。可年纪不是问题。男子十三岁就可以结婚了，《塔木德》里这么说的。我是寡妇，大家都知道的。”

门德尔一时结舌：“胡扯，蠢话！一时冲动，明天你就忘了。

还有，你干吗偏来找我？不管怎么说，我都算不上是虔诚的犹太人。这没道理，你不如叫我飞起来或者念咒呢。”

“我来找你，因为你是个公正的人，因为我活在罪孽里。”

“要是你活在罪孽里，我也无可奈何。那是你们两个人之间的事。另外，在我看来，你们两人做的不算是罪孽，罪孽是另外的东西。德国人做的才是罪孽。至于我是不是公正的人，现在还说不准。”

白罗柯尔仍不肯作罢：“就像人们在一艘船上或者一座岛上，如果那里没有拉比，就没人能主持婚礼。如果主持的人是个公正的人，就好些。不过，每个人都是好得够资格主持婚礼的。事实上，他必须主持。这是戒律。”

门德尔唤起沉睡了数百年的记忆：“为使婚姻有效，你需要一纸婚约：你必须向伊西多承诺一份嫁妆，他必须保证能够供养你。供养你？他？伊西多？你觉得这能当真吗？”

“一纸婚约只是形式，但婚姻是严肃的事。我和伊西多彼此相爱。”

“让我想想，最早明天给你答复。这事又不费我的钱或力气，可叫我觉得像是欺诈。就好像你对我说：门德尔，欺骗我吧。你明白吗？如果我照你的要求去做，犯罪孽的人就是我。你就不能等到战争结束？到时，你找个拉比，得体地照规矩办这事。我都不知道婚礼上的说辞，得用希伯来语说的，是不是？我已经不会说希伯来语了，如果我说错了，你会以为你成了新娘，其实却还是单身。”

“我口述给你。说不说希伯来语无所谓的，任何语言都可以。耶和华理解所有语言。”

“我不信耶和华。”门德尔说道。

“那没有关系。伊西多和我信就够了。”

“好吧。我就是不明白你急什么。”

白罗柯尔说道：“我怀孕了。”

次日，门德尔向基大利转述了这次对话。他原以为这位头领会大笑，基大利却显得十分严肃，答道门德尔自然必须同意，并且说：“我得跟你说实话，这事我也有点责任。伊西多以前没碰过女人。早些时候他跟我说过，有一天我跟他开玩笑，就是在磨坊那天。我见他难过，他跟我说，他从来鼓不起这个勇气。他躲在牲口棚底下的时候，才十三岁，躲了四年，之后的事你都知道。‘得帮帮他。’我这么想着。在某种意义上，我觉得这是戒律。在另一种意义上，我也好奇这个试验。于是我就跟白罗柯尔谈了谈，她也是孤身一人，我建议她照看他。她就开始照看他。可我根本没有料到事情进展得这么快，这么好。”

“你肯定是好事？”

“我不知道，不过我是这么认为的。在我看来，这是个好兆头。就算他们是一对废人。或者更应该说，正因为他们是两个废人。”

虽然颇有些无地自容，门德尔竭尽所能地主持伊西多和白罗柯尔的婚礼。

一九四五年·一月至二月

这是好兆头。基大利一干人，以及请求被邀请的几位波兰人，参加了婚礼，吃食虽少，但颇为欢闹。基大利自然要拉小提琴，即使最简陋的婚礼，也不可缺了这个。从克鲁采的乐曲到最不起眼的小曲，他会拉的曲子很多，又风格各异。夜色已深，基大利仍在演奏和演唱《傻小子之歌》，余下的人跟着低声伴唱。基大利不一定是暗指伊西多，或者就算是，也不是恶意的影射，而是类似婚礼上惯有的粗俗、无辜的玩笑。也许是由于联想，这曲子突然在他脑中浮现，不过，这支歌如此受欢迎，倘若婚礼上不唱这支歌的话，就算不上是真正的欢宴了。这首歌也带着傻气，同时掺杂着一些奇怪的温柔，就像在一间温暖的小木屋里所滋养出来的茫然不知所以又羞怯的梦，在砖砌的大火炉旁，在屋顶被烟熏黑的梁柱下，屋顶外是你能想象的一片幽暗、含雪意的天空，也许在那天空下，有一尾银色的大鱼游动，一座积雪的桥，还有一只倒立的绿色公山羊。

歌里的那个傻小子，左思右想拿不定主意。一整夜想来想去，不能决定选择哪个姑娘，因为他是个谦恭有礼的傻瓜，明白要是选择一个姑娘，就会伤害、羞辱余下所有的姑娘。歌里没有道明他做了怎样的决定，然后，小伙子问那姑娘（问了一整夜？）一些荒唐、牵强的问题：什么国王没有国？什么水冲不走沙？什么比耗子跑得快？什么比房子高？最后还问，什么无火能燃烧？什么无泪能哭泣？这些谜语不是无缘无故的，其中有个道理：这是小伙子用来表白的迂回方式，聪明的姑娘听明白了。

“傻小子，”她唱得婉转悦耳，“没有国的国王是纸牌的国王，冲不走沙的水是泪水。比耗子快的是猫，比房子高的是烟囱。无火能燃烧的是爱，无泪能哭泣的是心。”这一番不得要领的辩难导致糟糕的结局：小伙子仍兀自煎熬着，拿不准她是不是果真是自己心中的姑娘，另一个年轻小伙遽然而至，把她夺走。

对于波兰人和犹太人来说，这是个节日。类似休战，松弛紧张的情绪、沮丧的等待。连素来严肃的埃德克也附和着用指关节叩铁饭盒打节拍，那些波兰人虽听不懂意第绪语，却一同唱起几乎无意义的叠句：

Tumbala,Tumbala, Tumbalalaika,

Tumbala, Tumbala, Tumbalalaika,

Tumbalalaika, schpil balalaika

Tumbalalaika, frailich sol zain!

其他人脚跺着地面，或者手拍着桌板，挨得近的人们乐呵呵地拿胳膊肘推挤这对新人，问一些不正经的问题。伊西多和白罗柯尔，脸庞汗珠闪烁，涨得通红，尴尬地看着周围的人。

起初几个人，然后所有人，都受了歌曲那催眠般的节奏的影响，开始跳舞。手拉手围成圈，忘形地绽开笑容，脑袋左右摇摆，猛地往后甩，曲子终止时跺响脚跟：*frailich sol zain*，让快乐永驻！连头发苍白的朵夫、新郎新娘、倨傲自尊的琳、动作笨拙的斯洛尼姆纺织工、割喉咙的莫托尔都在跳。让快乐永驻！不多时，凳子和营房墙壁之间的狭小空间充溢着舞蹈和欢乐。

陡然间，地面晃动，他们全都停下。不是地震，是重炮。片刻后，只听得飞机中队的轰鸣。营地顿时陷入混乱，各人奔走拿武器，但基大利和埃德克都不知道该下什么命令。继而听见马利安喝道："别出去！隐蔽起来！"营房墙壁是结实的木头筑的，确实可以提供掩护。轰炸声愈加频繁，震耳欲聋。门德尔竖起耳朵聆听，当炮兵的经验告诉他，射击是在东边，炮弹轰炸是在西边，在扎尔诺维茨附近。炮弹从他们头顶呼啸而过。那么，这无疑是苏军的攻击——大规模的攻击，也许是最后决定性的一击。传来朵夫的声音："是大部队！是大部队开过！"博格丹，在外面值岗的波兰人跑进来，前面推着一个男子，浑身灰土，胡须蓬乱，穿着一件破烂的、过长的外套。"你们问问这是什么人！"他对埃德克和马利安说。可这两人无暇理会他，正激烈地争论，站在他们周围的波兰人也参与争论。博格丹又把要求重述一遍，然后不耐烦了，转身要走回哨岗。但埃德克叫住他："你也待在这里。我们得做个决定。"博格丹转向基大利一干人："你们处理这人。他肯定是你们的人。他没带武器。"

此人四下张看，被轰炸声与这些激动的声音吓得惊魂不定、不知所措，电石灯光刺得他眯起双眼。门德尔问道："你是什么人？从哪里来？”听见意第绪语，他吓了一跳，大为诧异。他没有回答，反而问道：“犹太人？这里有犹太人？”他看似受困的动物，眼睛搜寻门口，门德尔做手势制止他，他自卫似的吓得后退：“让我走！你们想要把我怎么样？”在营房里，他们得大声喊话，才能听得见，饶是如此，门德尔终于弄明白，此人名叫什慕列克，跑过哨岗的时候被哨兵抓住，在黑暗里被当作德军。同时，他也听清了波兰人在讨论是在此等候红军，还是分散撤退。

什慕列克弄清这里的犹太人不是波兰人的俘虏，波兰人也不是犹太人的俘虏，并且无人要逮捕或伤害他时，顿时滔滔不绝地说起话来：他们全都该跟他走，马上走，快点。他刚才奇迹般地逃过一枚炸弹，被埋在松软的泥土下。像是印证他的话似的，又传来一声震耳欲聋的轰炸声，十分接近，营房的门倒塌下来，然后被冲击波卷到外面。闪光熄灭，声响喧天，炸弹越来越密集，远远近近地落下，营房的墙壁咯吱作响，随时就要坍塌。说不清炸弹是从飞机上投下，还是从大炮射来。大家全都在骚乱中跑到外面，站在被炸弹的闪光照亮的刺骨寒风里。什慕列克惊恐无状，从而说话更显威慑力，喊道他们该跟他跑，他在附近有个安全的避难所。惶急之下，他一把抓着蓓拉的胳膊，拉着她颠跑。门德尔和其他一些人跟上他们，也许有十多人。余下的人分散进树林里。

什慕列克弓着腰，从一棵树冲到另一棵树后，其他人像盲人似的，手拉着手，成纵队尾随。有些树着了火。门德尔跟上什慕列克，对着他的耳朵喊道：“你带我们去哪里？”而其他人只是一股脑儿地跑。他领他们到一座木头搭建的地堡，一半掩埋在地下，旁边有一口井。什慕列克从井边爬下，只露出脑袋在外面，然后说道："下来，就这样往下爬。"趁着树林燃烧的通红火光，门德尔等人也爬下去。井内墙壁上钉着生锈的钩子。大约往下两三米后，墙上开出一道豁口，他们摸索前行，觉察是略微下坡的路。更往里去，黏土质的地里挖了一个洞，木桩支撑着洞顶。什慕列克站在那里等他们，上气不接下气的，手里拿了一只亮着的手电筒。"我住在这里。"他对门德尔说。

门德尔看看四周，朵夫、蓓拉、莫托尔、琳、皮奥特在这里，基大利不在，但有六七个鲁扎和布利兹纳的幸存者，还有四个他不认识的波兰人。身处这个地下，仅能隐约听见外面的轰炸声。空气阴湿，散发泥土味。墙上凿有壁龛，分辨得出一些模糊的东西：卷起的毯子、锅盆。一面墙边摆着一张长凳，结实的地上有粗大的树干和稻草。"坐。"什慕列克说道。"你在这里住多久了？"朵夫问道。"三年。"他答道。

琳问道："你一个人？"

"一个人。以前还有个侄子。他出去找吃的，再没有回来。但六个月前我们有十二个人，去年有四十个，两年前，一百多。"

"全都住在这里？"琳问道，露出难以置信又震惊的神情。

"你看那边，"什慕列克说着，拿起手电筒照去，"这地道一直往下通，分出岔道，还有其他洞穴。这里也有两个出口，在闪电烧出的橡树洞里。我们活得不成人样，但还活着。我们要是一直待在地下的话，他们就不会发现我们，只有患斑疹热的才会死去。可我们得出去找食物，然后他们就一枪打死我们。”

“德国人？”

“人人都来打。德国人、匈牙利人、乌克兰人。有时波兰人也来打，虽然我们都是波兰人。我们从这附近的聚居区逃出来。事情都说不准的，有时候他们让我们过去，有时候像打兔子一样打死我们，还有些时候给我们食物。最后来的那帮人不是游击队，是流寇，只有刀子。他们突然出现，捅破幸存者的肚皮，拿走我们所有的东西。”

“你怎么活下来的？”

“运气，”什慕列克说道，“做平民的时候，我是贩马的，走遍了这地区的村落，熟悉林子里所有小径。我给游击队做过几次向导。九月份，我带一伙从德军劳动营逃脱的苏联士兵。他们想去圣十字山。我把他们领出森林。流寇就是那个时候来的，杀了所有人。那男孩也是碰巧外出。”

“我们见过那些苏联士兵，”门德尔说道，“他们被德军包围。都死了。但是，现在战争快结束了。”

“我不在乎战争是不是要结束了。战争结束后，波兰也不会剩下什么犹太人了。我什么也不在乎了。我在乎的是你们这些人有勇气拿起武器。我没有那勇气。”

“这没什么大不了的，”门德尔说道，“你用别的方式发挥作用。打仗不适合老人。”

“你以为我多大岁数？”

“五十。”朵夫说道，虽然心里觉得是七十岁。

“我三十七岁。”什慕列克说道。

外面，战斗仍在继续。在什慕列克的洞穴里，只听得见隐约的轰隆声，间或夹杂较响亮的爆炸声，震得地面颤动，那声音与其说是听在耳中，不如说是通过全身感受到的。饶是如此，半夜时分，虽然明知这是战争的决定性关头，他们却全都睡着了。焦虑和等待令他们身心俱疲。

次晨，门德尔发觉自己迟迟才醒，意识到是被静寂惊醒的。地面不再震动，只有沉睡之人粗重的呼吸声。洞内漆黑。他双手四下摸索，摸到左边是蓓拉单薄的身体，右边是一个波兰人的子弹带的粗糙面料。有可能只是暂时休战，要不然，苏联军队可能撤退了，这个避难所成了无人地带。然而由于寂静，敏锐的耳朵捕捉到一个不切实际的、孩子气的声响，数年不曾听到的：钟声。是的，是钟声，缓慢而低沉地敲着，穿透埋藏他们的泥土，听在耳中十分轻柔。某处有音乐盒在欢快地转动，这意味着战争结束了。

他正要唤醒同伴，但又克制住自己。等等吧，有的是时间，他现在有别的事情要做。什么事？他有自己的账要清算。他感觉就像从海上的狂风暴雨中逃生，抵达一个荒芜未知的陆地。没有妥善的准备，赤手空拳，头脑平静，身体没有受伤，就像一只没有上弦的手表一般平静。平静而不快乐，平静地不快乐。记忆阒咽：列昂尼德、乌兹别克人、凡雅明的游击队、河流森林和沼泽、修道院的游击队、乌雷宾、朵夫的回归。瓦楞艾孜的小女孩与她的山羊、琳、西丝尔。门德尔，没有女人的人。在眼帘之外，他又看见丽芙柯那张尖削的脸庞，紧闭双眼，头发像蛇一般缠结。丽芙柯像我们一样在地下。是她攫走我身边的其他女人，就像吹走麦粒上的麸壳。真是傻话：谁说死人没有力量？

心头堵塞着记忆，同时又在遗忘，就连新近的记忆也在消退，只剩下模糊的轮廓，在努力的回忆里重叠，如同有人在黑板上画画，然后潦草一擦，就继续在上面画新的。也许人过百岁之后，或者祖先们在九百岁之后，便是如此记忆其一生的。也许记忆犹如一只水桶，倘若往内装入过多的果实，果实就会被压碎。

钟声仍在鸣响，听不清从哪里传来。某个村庄的农民必定是在欢庆吧。对他们来说，纳粹噩梦已经结束，最恶劣的已经过去。我也该欢庆，敲打我的钟，门德尔想着，牢牢地抓紧睡意，不肯醒来。我们的战争也结束了，死亡和杀戮的日子过去了。可我高兴不起来，只愿永远不要醒来。我们的战争结束了，我们困在这个地洞里，我们得走出去，重新开始赶路。这是什慕列克的房子，他没有房子，失去了一切，甚至失去了自己。我的房子在哪里？哪里都不是。我的房子在我背上的包里、在亨克尔轰炸机的炸弹下、在诺沃肖尔基、在图罗夫的营地、在埃德克的营地、在大海之外、在流淌着奶和蜜的童话世界。男人走进自己的家门，挂起衣服和记忆。门德尔，纳赫曼的儿子，你的记忆挂向何处？

他们一个个醒来，相互询问，但无人答得出所以来。毫无疑问，大部队开过了，现在该怎么做？就像什慕列克催促的，再等等？出去找苏联军队？寻食物？先派人出去打探？

朵夫自告奋勇要去。他很适合，说俄语，穿着苏联军装，身上有苏联证件。他是俄罗斯人，换句话说，比皮奥特更合适。他爬出地道，但旋即回来，得等等，有人往水井里吊下一只水桶。水桶盛满了水上升。朵夫出去，只见眼前是一个排的士兵，光着上身，欢闹地在水槽里擦洗身体。地上积雪有数寸厚，大半被践踏，被夜里的火融化。不远处，有些士兵燃起一堆火，正在烘衣服。他们对待朵夫的态度和善，又满不在乎：

“嘿，大叔！你打哪里冒出来？哪个团的？”

“我们差点把你从井里捞上来！”

“我告诉你他是打哪里来的：他喝醉了，掉到井里。”

“要不然就是他们把他扔进去。你说，大叔，是不是德国人把你扔到井里？还是你自己躲到下面？”

“在这个国家到处看见怪事，”一名蒙古士兵若有所思地说道，“昨天打仗的时候，我看见一只野兔，不逃跑，反而愣在那里，呆坐着。前天，我看见一个漂亮的女孩在一只大木桶里……”

“她在木桶里做什么？”

“没做什么。她躲在里面。”

“那你怎么做？”

“什么也不做。我对她说：早上好，小姐，抱歉打搅你了，就把盖子盖上。”

“阿纳那西结，如果你不是在说谎，就是个傻瓜。你可以烤野兔吃，跟姑娘上床。”

“我只是想说，这是个古怪的国家。昨天，那野兔，前天，那女孩。现在，一个白头发的战士从井里出来。到这里来，战士，你要不是幽灵，就来喝口伏特加。你要是幽灵的话，回你来的地方去。”

排里的下士走到朵夫跟前，碰了碰他，说道：“你身上没有湿！”

“井里有地道，”朵夫说道，“我解释给你听。”

下士说道：“跟我到总部来，你可以在那里解释一切。”

半小时后，朵夫与下士回来，随同出来的还有一位胳膊上带苏俄秘密警察组织标记的中尉。士兵们见到他，随即噤声，又开始擦洗。中尉令朵夫回到井底，叫藏在里面的人全部出来。他们一个个出来，走到看似饱含雪意的白茫茫的天空下，苏联士兵兀自诧异。中尉令两名士兵穿好衣服，扛上武器，押送这群人按昨夜什慕列克所带领的路线返回，也就是说，把他们领回波兰人的营地。他们发现埃德克和马利安，以及几乎所有人都仍在此地，基大利与不曾跟随什慕列克而去的犹太人也在这里。但波兰人和犹太人都被缴了枪械，营房关闭，由两名苏联哨兵看守。

一整天无事发生。中午，两名士兵送来面包和香肠，人人有份。傍晚，送来一锅热气腾腾的黍粒炖肉汤。总共关着一百多人，挤在营房里，他们向哨兵抱怨，下士来把他们分成两组，一组一间营房，于是得增加看守人数。下士和士兵都无敌意，有人显得好奇，有人似乎显得恼火，也有人好像显得很抱歉。

波兰人焦躁不安，因武器被缴而感到莫大的屈辱。

“宽宽心，埃德克，”基大利说道，“最坏的已经过了。不管发生什么，这些俄罗斯人不会像德国人那样对待我们。你看，我们可以跟他们商量事情。”埃德克没有回答。

早上，送来一罐代用咖啡，稍后，中尉过来，跟着一名书记。他看似情绪不佳，做事干练又唐突。

他把所有人的重要信息记在一本习字簿上，让所有人伸出双手，仔细地检查手心手背。检查完毕之后，他把他们分成三组。

第一组大多是波兰人。

“你们是士兵，就继续当士兵。你们会得到军装和武器，被吸收到红军。”有人低声咕哝，有人抗议。哨兵端起枪管子，抗议声便消歇。

“你们会以不同的方式发挥作用。”他转向第二组。这一组人数稀少，包括埃德克在内的十多个学生和书记员。

“我是这个排的指挥。”埃德克说道，面色煞白。

“这个排已经不存在，不再有指挥，”中尉说道，“家乡军解散了。”

“是谁解散的？被你们的人解散？”

“不是，自行解散的，不再有任何存在的理由。我们解放了波兰。你们没听到广播？不，不是我们的广播，是伦敦广播。三天来，他们一直在广播你们总指挥的命令。他问候你们，感谢你们，说你们的战争已经结束。”

“你们要把我们派到哪里？”埃德克接着问道。

“我不知道，这不是我的责任。我接到的命令是把你们送到地区总部。那边会给你想要的所有信息。”

第三组是基大利一干人，加上什慕列克。换句话说，也就是所有犹太人加上皮奥特。门德尔这才注意到，皮奥特已脱下自从图罗夫营地以来一直穿着的那身破烂的游击队军服。他与基大利一般高高瘦瘦，穿着基大利在萨尔内暴动之后炫耀过的那套平民装束。

“至于你们，”中尉说道，“眼下还没有命令下达。你们不是平民，但也不是战士。你们不是战俘。你们是普通男女，没有证件。”

“中尉同志，我们是游击队员。”基大利说道。

“游击队员隶属游击队团。从没听说过犹太人游击队。这倒是新鲜事。你们不属于任何部门。你们暂且留在这里。我已经申请指示了。你们会得到跟我们的士兵同样的待遇。其他的以后再说。”

三个多月以来，这是基大利的队伍第一次恢复原初的构成，也开始体会到惰性和疑惑。一月底，他们从营房的小窗看到第二组波兰人冒着大雪离开。中尉已命令闩上营房的门，基大利只能在小窗内向埃德克挥手告别。埃德克爬上卡车，朝他们挥手。卡车颠簸驶去，西丝尔痛哭起来。

跟余下的人不同，朵夫、门德尔、阿里耶、皮奥特是红军，料想澄清他们的身份不会太困难。皮奥特笃定地说：

“他们对我们一视同仁，我对此没有意见。看来，那位秘密警察中尉眼下仅对波兰人感兴趣。斯大林不想教波兰游击队来绊脚。”

“他们把你当作犹太人了！”基大利觉得好笑，“不过，这是你挣得的。”

“我不知道。那中尉问过我两三个问题。他见我用俄语回答，就满意了。”

“嗯，”基大利说道，“依我看来，你的事不会那么简单了结的。”

“这由我说了算，”皮奥特答道，“我要跟你们一起。”

朵夫也很有把握，不过恰好跟皮奥特相反。他没有改变决定，反而因最近的历险而越发坚定了意志。他厌倦了打仗和流落，厌倦了危险生活的动荡不定。他想回家去，因为他还有家在。遥远的家乡，不曾受战争的波及，在如此遥远的时空之外，那片土地成了传说之地：猛虎和黑熊的土地，那些野兽也都与他一样，执拗而简单。在朵夫永远不厌其烦地描述的那片土地上，冬日的天空紫罗兰色，映衬着绿光，那是北极光穿透云层，还有儿时天上陨落的彗星在村庄附近造成可怕的爆炸。穆托拉吉，四千居民，有流放者、无政府主义者、萨摩耶人，是世上最独特的村庄。

朵夫默默地离去，忧伤而不沮丧。他向苏联指挥报到，报告他所属的军队和记录。他应要求写下一份详细的汇报，字迹端正地陈述他被带离图罗夫营地、前往基辅医院接受治疗，再被送回游击队地区的情况。上交报告之后，他等待着。

两周后，他与众人告别，带着尊严离开战场。

至于门德尔和皮奥特，他们没有碰到任何难题，苏联人也没有为难他们。大部队迅捷西去，苏联秘密警察中尉没有再出现，营房周围的哨兵越来越懈怠，最后索性不来了。二月初，基大利一干人先是被转移到邻近的沃尔布罗姆镇上的一间校舍，然后便任由他们自主自决。苏联驻军只留下一名上了年纪的队长带着数名士兵，给他们从军需库送来土豆、萝卜、大麦、肉、盐等物资，此外就不来管了。面包是已经烤好的，来自军队征用的面包房，其他烹饪须自己料理。但学校里没有烹饪用具，俄罗斯人也没有提供。基大利填了一张需求单，队长应允一定办到，但一直没有音讯。基大利决定："我们自己进城去办。"

此行竟比预料的顺利得多。小城一片荒凉，阴森森的，想是被轰炸过，而后接连遭掳掠，但抢劫者都很仓促。在半圮毁的房舍、地窖、阁楼、防空洞里，他们找到所需的各色物什。不单有锅盆，还有椅子、被子、床垫，各种家具。广场上每日涌现的市集有更多什具。半打烂的家具堆成山，当作柴薪卖，货多价贱。不多时日，校舍俨然变成了可居住之地，尽管根本谈不上舒适。但学校或者附近都没有炉灶，他们在跳远沙坑旁的院里燃起篝火煮汤。作为补偿，基大利一干人置办了一张富丽堂皇的天篷床，缝起军用毯当帷帘，放在一间教室里给白罗柯尔和伊西多当婚床。

那位俄罗斯队长是个多愁善感又倦怠的人。基大利和门德尔数次前去交谈，向他打听苏联红军上级对他们的真正态度。此人态度谦恭，昏昏沉沉的，魂不守舍，含糊其词。他什么都不知道，谁都不知道任何情况，战争没有结束，他们得等到战争结束。他在战争里失去两个儿子，也没有留在列宁格勒的妻子的任何音讯。基大利等人有吃的，住得暖和，该像大家一样满足地等待。他也在等。也许战争不会很快结束，谁也说不准。也许会继续打仗，谁知道？打日本、打美国。准许离开？他无权发许可证。那是另外一回事。况且，他们能去哪里？往哪个方向？到处都是波兰叛军和德军。苏军在所有道上设了关卡。他们不要试图离开这个城市，走不远的，那些关卡哨兵收到的指令是见人就开枪。他自己除了执行任务，也避免出去，苏联战士倘若开枪杀了他，也不会是前所未有的头一遭。

然而基大利不耐烦受隔绝。对他来说，并且不光是对他一个人来说，这样的生活显得空洞、屈辱、荒谬。男女轮流做饭打扫，但仍有不少空闲的时间。自相矛盾的是，虽然身处城市，头上有个屋顶，坐在餐桌前吃饭，他们都感到一种难以名状的抑郁不安，怀念森林和原野道路。他们觉得自己是个废人，格格不入——不再身处战场，却又不是和平时期。他们不顾队长的警告，经常三五成群地出去。

在沃尔布罗姆，战争已经结束，但不远处仍在激战。城里、城外路上，苏联军队日夜不息地开过，前往西里西亚前线。白日里看得清楚，那不像是一支现代部队，倒更像游牧部落或者一伙移民。各色人种，有维京巨人、矮胖的拉普人、棕色皮肤的高加索人、苍白的西伯利亚人，有徒步的、骑马的，有乘卡车、拖拉机、牛车的，甚至有人骑着骆驼。有士兵，也有平民，有各式打扮的女人，还有绵羊、奶牛、骡子、马匹。夜里队伍就地宿营，支帐篷，杀牲口，架起篝火煮肉。这些临时凑集的营地里有很多小孩，穿着过长的军装，有些腰间别着手枪和小刀，人人头上戴着过大的毛皮帽子，帽子上缝着一颗红星。他们是谁？从哪里来？门德尔等人停下向他们打听。他们有的说俄语、乌克兰语、波兰语，甚至还有人说意第绪语。也有人不肯回答。他们是战争的孤儿，粗野、不安。红军开过被摧毁的国家时，在城市的瓦砾堆里、在田野森林里，成千上万地把这些饥饿、流浪的人们召集起来。红军来不及将他们安置在后方，或者安排车辆把他们送往更后方，于是他们就一路跟随部队，既是孩子也是士兵，跟着一路搜寻战利品。他们在篝火旁转悠，有些士兵给他们面包、汤、肉，有些士兵恼火地撵走他们。

然而，在黑夜里穿过这座城市的部队迥异得出奇。门德尔的脑海里深深地烙印着一九四一年至一九四二年间的歼灭式大战，苏联军被团团包围，被打得溃不成军的惨状，而今简直不敢相信眼前所看到的景象。这是打得德军丧胆的新红军，焕然一新。犹如一架庞大的机器，井然有序，现代，几乎悄无声息地穿过灯火管制的城市主干道。巨大的坦克装在安有橡胶轮胎的拖车上，从未见过或想象过的自走炮，传说中的喀秋莎火箭炮，蒙着油布，避免暴露。炮队和装甲车之间还有步兵队伍，组织有序地迈着步伐，唱着歌。他们唱的不是军歌，而是忧伤柔和的曲子，不似德军的歌唱得那样渴望战争流血，而是传达四年屠杀所积累的哀伤。

门德尔，炮兵门德尔，惊悸地看着这些夜行军。饶是他所经历的一切，饶是迫使他转入地下的那场灾难性、应受惩罚的败仗，饶是他那些日子以来经受的轻蔑和不公正待遇，饶是乌雷宾那恶劣的态度，他身上穿的是这支部队的军装，尽管敝旧破烂。一个红军战士。那么他还是个战士。这些唱着歌走过的战士，和平时期温和，战时勇猛不可战胜，体格如同皮奥特，他们是他的同志。他觉得心里翻腾着矛盾复杂的情感：自豪、懊悔、愤恨、尊敬、感激。然而有一天，他听见从一个地窖里传出呻吟，与皮奥特一道下去查看，只见十名武装党卫军士兵趴在地上，上身赤裸，有的支着胳膊爬行，每人后腰上都有一道血淋淋的伤口。“是西伯利亚人干的，”皮奥特说，“他们发现德军时，不是直接杀掉，而是割掉他们脊柱里的骨髓。”他们爬出地窖，回到街上，皮奥特又说道：“我可不想做德国人。不，不，接下来几个月里，我一点也不想做柏林人。”

一天早晨，他们醒来，发现校舍的一面墙上用柏油画了一个“卐”字饰，下面写着“*NSZ*：布尔什维克犹太人去死”。稍后，从二楼窗口望出去，只见街上立着三四个年轻人，相互交谈，仰头看向这边。当天晚上，他们正坐着吃饭，窗玻璃被砸碎，一只瓶子滚落到桌腿旁，装着燃烧的导火索。皮奥特动作伶俐，一把抓起不曾破碎的瓶子，扔回街上。砰然一声，路基上烧出一团火，烧了很长时间，火苗直冲到窗前。基大利说：“我们得找些武器，离开这里。”

找武器也比他们预想的容易，什慕列克和帕维尔各有不同的方法。什慕列克说他的洞穴里有些武器，不多，但状况良好，埋在结实的土壤之下。他请基大利派一个人跟他同去。他们日落后出发，天亮前回来，带回各式手枪、手榴弹、弹药，还有一支轻机关枪。尤齐克死后，帕维尔取而代之成为军需官，汇报说在市集上买武器比买黄油烟草还容易。大白天公开在卖。连俄罗斯人也在卖，有过路的士兵，跟随部队的平民，出售仓库或战场上找到的德军轻便武器。苏联部队仓促召集的波兰民兵也满不在乎地卖掉武器。有些波兰人一报名参加民兵队，就带着武器逃去加入准备打游击战的游击队，还有些人在市集上卖掉枪支或以物易物。数日之内，基大利一干人手中便有了无数刀子，数十杆各式各样的枪支。装备不多，但足以应付波兰右翼恐怖分子。

二月底，那位俄罗斯队长召去基大利，谈了一个多小时。

"他让我吸烟喝酒，"基大利向同伴们汇报道，"不像以前那么魂不守舍，要我说啊，他可能受了什么暗示。他听说过莫洛托夫，说现在是困难时期，说他替我们担心。说他们不能保证我们的安全，说我们理应明智地保护自己。也就是说，他知道我们弄来武器，对此没有异议。这是很自然的，他对波兰国家武装部队的情感大概无异于我们。他一个劲地说这地方恶劣。上次他也这么说，但那次他说离开这城市很危险。可今天却问我，你们怎么还待在这里。'你们可以上路了，大部队已经走远了，很远了，开往盟军方向……'我跟他说，我们想去意大利，然后从那里再去巴勒斯坦。他说这个想法正确，英国人必会离开巴勒斯坦，还有埃及、印度。殖民帝国的日子快要完了。巴勒斯坦正是我们该去的地方，去建造我们的国家。他告诉我，他有很多犹太人朋友，甚至读过赫茨尔的书。不过这句话我不相信，不然就是他读得不仔细，因为他对我说，从根本上说，赫茨尔也是俄罗斯人。其实他是匈牙利人，但我没有反驳他。换句话说，这队长颇有些见地，如果我们滋扰英国人，就对俄罗斯人有利，而且现在是时候离开了。但没有正式许可文件，一谈到这一点，他马上转话题。”

“我们就没有许可地走，”琳满不在乎地说道，“我们什么时候需要许可了？”

只听蓓拉带着浓重的鼻音说道：“那些国家武装部队是法西斯、胆小鬼，但有一件事，他们、俄罗斯人和我们都一致认同：他们想要我们走，我们想要走。”

帕维尔总是清早离开学校，傍晚才回来。短短数日内，沃尔布罗姆的气氛陡然转变。开向德国的部队日渐少了，现在队伍从相反方向涌来，是从前线回来的士兵。有些士兵是休假，但大部分是带伤或残废的伤兵，撑着临时拐杖，坐在路旁瓦砾堆上，一张张年轻的、没有胡须的面孔显得十分苍白。每次出去探索，帕维尔从不空手而归，因为现在黑市上什么都有。他带回咖啡、奶粉、肥皂、剃刀片、布丁粉、维生素，都是基大利一干人六年未见、甚至从没见过的稀罕物。一天，他带回一个瘦长、棕色头发的男子，不会说俄语、波兰语或德语，只会说一些意第绪语。帕维尔在沃尔布罗姆犹太教堂的废墟里看见他在做晨间祷告，他是从芝加哥来的犹太人，在诺曼底被德军俘虏，刚被红军解放出来。他们一同庆祝，但这个美国人的交流能力不行，酒量更差，伏特加才轮了一圈，他就醉得瘫倒在桌底，昏睡到次日中午才醒，然后没有跟任何人告别就离开。路上流荡着来自各国、各色人种的被解放的俘虏，拥挤着娼妓。

二月二十五日，帕维尔带了五双丝袜回来，女人们兴奋不已，叽叽喳喳急切地试穿，可惜只适合西丝尔和黑罗柯尔，白罗柯尔、琳、蓓拉穿着都太大。帕维尔叫她们安静下来："没关系。明天我去换,或者再拿一些来。我有件事情要告诉你们。我发现一辆卡车！"

"买了没有？"伊西多问道。

没有买。卡车在火车站后的一个废品站，俄罗斯人往那里扔废品垃圾，不论什么都能在那里找到。帕维尔不懂卡车，明天得有人跟他一块去。谁懂卡车？谁会开？这支队伍已徒步走了一千多公里，是时候乘卡车旅行了吧？

"那得花钱买。"莫托尔说。

"我不这么认为，"帕维尔说，"那个废品站没有安篱笆，周围只有一条沟，只有一个守卫。重要的是下手要快。来来往往的人很多，今天早上我看见两个小孩带走一辆摩托车。明早谁跟我去？"

他们全都想去，就算只为了消遣也好。琳和阿里耶说他们开过拖拉机，皮奥特和门德尔领有军队司机执照，再者，门德尔在村里修理过拖拉机和卡车。基大利异乎寻常地滥用职权，说由他去，因为他是指挥，然而最坚决要去的是伊西多，尽管他列举不出任何去的资格。他愿意不惜一切代价跟帕维尔去，因为他对车辆，所有车辆，都怀有一股无私的、孩子气的挚爱，他说他能眨眼间学会开卡车。

去的人是门德尔，看得出帕维尔没有夸大，废品站里确实什么都有，不单是破烂东西。苏联军队收到盟军支援的各类军事装备，毫不加以区别，每当一台机器或车辆发生些微故障，他们就丢弃，弄来新的。每天都有更多损坏的装备装在卡车或火车上从战区运来，无人去检查或检修，抛弃在这里，任其生锈腐烂。在这个阴沉的金属墓地里，好奇的人和专家在搜寻，成群结队的小孩在捉迷藏。

有很多卡车，品牌齐全、状况各异。门德尔看中一种意大利生产的卡车，三吨位的兰吉雅 3R0，看来都是全新的，也许是从德军仓库来的。帕维尔设法分散守卫的注意力，给他烟草和口香糖，门德尔趁机仔细检查车辆。车钥匙竟已插在仪表板上，似乎可以直接开走。门德尔试了试引擎，但点不着火。随即明白卡车没有带电池，出厂的时候就没有带。发电系统的手把仍涂着机油。帕维尔一回来，门德尔便对他说："再去引开那个守卫。我去四周找个充电的电池。"

"可我跟他说什么呢？"

"随便编呗。跟他说说你当演员的事。"

帕维尔竭力掏空记忆和想象，逗乐那名守卫，而不引起其怀疑，门德尔有条不紊地查看其他车辆。很快就在一辆跟兰吉雅相同吨位的苏联产卡车上找到要找的东西，车辆状况比较好，必定是不久前被抛在这里的。他掀起引擎罩，用刀尖碰了碰电池两极。发出噼啪响，一道蓝光，电池是充好的。他和帕维尔回到学校，时间缓缓地过去，似乎天永远不黑了。

天黑后，他们带上武器回到废品站。那名守卫不见了踪影，也许是在附近睡觉，不然就是安静地回营房了。在车辆和废品的黑暗阴影里，涌动着大群偷摸之人，好似一群白蚁，在拆卸或捣烂任何可能有用或出售的东西：车座、电缆、轮胎、辅助电动机。有人用吸管从油箱里抽汽油，帕维尔借来一根吸管，也照着人家的样子抽汽油，然后灌进队列里第一辆 3R0 的油箱。门德尔拿出事先寻好的电池，在帕维尔的帮助下，拖到卡车上。他装上电池，接好线，他们全都爬上驾驶室，门德尔转动车钥匙，摸索到车前灯按钮，灯亮起。“然后就有了光。”他自忖道。他关掉灯，启动引擎。卡车顺利地点火，服从油门的指挥。很好。

“我们准备就绪。”帕维尔低声道。

“现在还说不准，”门德尔答道，“我修理过这样一些大家伙，但从来没有开过。”

“你不是说有驾驶执照吗？”

“是有执照，没错，”门德尔咕哝道，“那时候，他们给谁都发。德军已经打到波罗蒂诺和卡卢加。六个半小时的课程，然后就自己上路了。可那时候我只开过汽车和拖拉机，而且夜里开车又是另一回事。现在请闭嘴。”

“等等，还有一件事，”帕维尔说道，“不要从大门开出去。那里有个哨岗，可能还有人守着。现在我闭嘴。”

门德尔眉头紧蹙，像正在开刀动手术的外科医生，踩下离合器，换好挡，松开脚。卡车猛然一颠，开始前行。他又打开车前灯，加大油门，极其缓慢地沿着一道空道，朝废品站尽头驶去。

“不要指望我换挡。我明天再换。眼下我们就这么开。”

卡车朝那道沟驶去，往前一沉，巍然冲向天际。“我们出来了。”帕维尔说道，朝阴雨的天空吁气，这才意识到自己大概有整整一分钟不敢呼吸了。身后传来喝声：“停下！停下！”帕维尔从车窗探身出去，朝天射击一阵，多半是出于满心欢欣，而不是威胁。驶到大路上，门德尔鼓起全部勇气，换到二挡。引擎轰隆声稍减弱，渐渐开得快起来。没人来追，几分钟内，他们就回到学校。

基大利也扛着武器，在街上等候他们。他拥抱门德尔，欢笑着，念诵奇迹祷词。天虽阴冷，门德尔却额头冒汗，对他说道：“另一个祈祷更适合，逃脱危险的祈祷。我们不可浪费时间，现在就走。”

仓促之间，基大利一干人都被唤醒，带着背包武器挤进卡车的后车厢。门德尔又启动引擎。“去扎维尔切！”基大利坐到副驾驶座上，向他喊道。门德尔按照俄罗斯人在十字路口设立的指示牌开出这个城，发觉驶到了一条坑坑洼洼的支路上。拨弄数次之后，他逐渐摸索出要调到最高挡，速度便快起来。但也更颠簸了，只是无人出声埋怨。他驶上一座山丘，又开始下山，刹车很灵，他觉得有了信心，但再也无法承受驾驶的紧张感。

“我再也受不了了，谁来替我？”

“待会再说！”在发动机和金属的嘈杂声中，基大利大声喊道，“先想法出城。”

开到半山腰，他们遇到一处路障，不过是一截原木横支于立在道路两侧的汽油桶上。

“这下怎么办？”

“别停下！加速！”

木头像一根稻草似的飞去，他们听见机关枪射击，后面车厢里，有人回应数声零落的枪声。卡车在黑暗里前行，基大利欢笑着喊道：“若非如此，如何？若非此时，何时？”

一九四五年·二月至七月

前面驾驶室尚好，余下的男女挤在后面，呼吸着长久以来失去的自由空气，同时也是夜间凛冽的冷空气。他们冻得麻木，颠簸得浑身疼痛。有人抱怨起来，但基大利没有理会。

“我们还有多少汽油？”他问门德尔。

“说不准。兴许够开三四十公里，但不会更多。”

天亮时分，他们在一条支路上停下。道路上堆积成山的破烂杂物，种类与数量皆极其惊人。这是战争生产的唯一财富。有砸烂的、倒翻的卡车，装甲车，半履带式车辆，渡河用的船只和浮桥。还有一辆完好无损的德国烹饪车。会很有用，可他们的卡车放不下。实在可惜。

“我们得找点汽油，”基大利说道，“不然我们的旅行很快就要告终。分头行动，查看油箱，看看是不是空的。”伊西多的运气最好，他发现一辆直立装甲车，没了车轮，油箱却几乎全满。

“种类对不对？”莫托尔问道。

“只有试过才知道，”门德尔说道，“不过，战时的引擎什么都能习惯。”

“跟我们一样。”黑罗柯尔说着，叹息一声，像猫一般伸展身躯。

基大利急着要把卡车驶离道路，大白天太扎眼，说不准偷车与冲撞路障两件事已经汇报给上级。他紧张地来回踱步：“赶紧输汽油。”可事情没有那么简单，他们没有塑料管。有人建议推翻那辆装甲车，但伊西多说道：“让我来。”旁人没有来得及制止，他抓起一只金属罐，掏出分配给他的一支鲁格自动手枪，朝油箱底开了一枪。一股黄黄的汽油淌出来。

“要是爆炸怎么办？”帕维尔心有余悸地质问。

“不是没有爆炸嘛。”伊西多说道。

天空渐渐发白，南方远远地传来一声炮轰，西去的道路空荡荡的，德军已从莱格尼察溃败而退，布雷斯劳虽在围困之中，却仍在顽抗。而捷克斯洛伐克的边境沿线，战斗从来没有停息。他们夜间行驶，白天把卡车藏起来，这样走了数日。门德尔开累了，但无人愿意替他，不论是皮奥特、阿里耶，还是琳，都没有兴致开车。相反地，伊西多简直求之不得。他对这辆卡车的爱慕之情，甚于对白罗柯尔的感情，一有空闲就来清洗车身的泥浆灰尘，总是伺机钻到引擎盖下瞅个究竟。门德尔给他上了一两堂驾驶课，他学得极快，之后就怎么也不能把他拉离方向盘。他是很棒的司机，大家都很高兴，尤其是门德尔。

无人熟悉这个地区，每遇到十字路口，伊西多就停下来问基大利：“去哪个方向？”基大利就跟什慕列克商量，然后凭直觉决定。简直是出于运气，他们抵达位于大波兰与西里西亚边境的拉维奇城。他们把卡车隐藏在树林之后，三五成群地走进镇里，这是他们所见的第一个不曾被战乱摧毁的城镇。生活仍未恢复常态，但有些店铺开着，车站报亭在售报纸，色彩鲜艳的海报宣传城里唯一一家电影院正在上演的一部爱情影片。大街上，一个身着裘皮足蹬高脚鞋的女士牵着一条狗，那狗瘦得像只猫。基大利一干人觉得自己又脏又粗鲁，不由得自惭形秽起来，但镇里有很多难民，没人留意他们。基大利邀请蓓拉、白罗柯尔、伊西多去一家咖啡馆喝咖啡。他们接受了，但看起来如坐针毡。什慕列克不肯进城，自愿跟另外三人留下守卡车和武器。

他们购买了长久以来需要或向往的稀罕物：丝袜、牙刷、内衣裤、锅盘。帕维尔虽读不太懂波兰语，却在一个小摊上买了一本《悲惨世界》的插图版旧书。蓓拉向他借书，而皮奥特又寻了借口从蓓拉那里把书借走。皮奥特也没有保留多久，他非但读不懂波兰语，连字母都认不全。接下来的几天里，这本书在各人手上辗转，最后被公认为集体财产。

他们都渴望去看电影，也许基大利最为心切，但他在报纸上读到，美国人已在雷马根渡过莱茵河，攻下科隆。“我们去跟美国人会合。跟他们一起，我们会安全些。是时候上路了。”他们极不情愿地告别城市的种种诱惑。在拉维奇城，难民们从世界各个角落而来，都过得较安适。街上可以见到英国士兵在走动，还有美国人、澳大利亚人、新西兰人，都是从前的战俘，也有曾经自愿或被迫在德国工厂里干活的法国人、南斯拉夫人、意大利人。当地人对他们都很友善，对基大利一干犹太人也是如此，他们融入色彩斑斓的背景里。

夜晚，他们往格沃古夫方向出发，在田野里一条小路上停下休息数小时。他们紧裹毛毯，待在卡车后车厢，现在这已成了他们的家。天亮之前，他们又上路。刚转过一道弯，卡车的前灯照到另一车辆，停在那里，车头朝向他们。伊西多只得踩下刹车。“掉头，往田野开。”基大利向他喊道，但为时已晚。一队武装的苏联士兵将卡车包围，逼他们下车。那些俄罗斯人态度十分恶劣，因为他们自己的卡车陷在泥泞里，轮胎磨得光秃秃的，在雪地里没有丝毫附着力。下士大发雷霆，冲着司机破口大骂，逮着基大利一干人等，就把气全都出在他们身上。他问道：“你们去哪里？”

“格沃古夫。”基大利答道。

“什么格沃古夫。都给我下来，帮我们一把。听到没有？下来，你们这些寄生虫、废人、该死的外国佬！”

基大利快速地用意第绪语说道：“把武器藏在毯下。乖乖地服从。”然后对帕维尔和门德尔说：“你们两人用俄语答话。波兰人都别出声。”

在两辆卡车交织的前灯光芒之下，顿时生起一阵莫大的混乱。五十个人，所有俄罗斯人，以及基大利一干人，在困陷的卡车周围根本找不到立足之地，但那名下士连声诅咒，一见有人被挤出，便将此人逼回混战之中。所有企图都枉然，人们的靴子在泥浆里打滑，何况卡车那么重，根本不可能靠人力推动行驶起来。

门德尔对基大利说：“我们要不要建议把它拖出来？我们的轮胎是新的。”

“试试。兴许他心情一好，就会让咱们走。”

“下士同志，”门德尔说道，“你们要是有粗绳或铁链，我们可以试着帮你们拉出来。”

那俄罗斯人瞧着他，仿佛见到马匹开口说话。门德尔只得又说了一遍，那下士听罢，顿时又开始咒骂自己手下的人，因为他们没有先想到这个主意。绳子是有的，并且是根钢索，很结实，但短了些。这行动成功了。在黎明的曙光下，基大利的卡车缓缓倒退，脸对脸地拖着俄罗斯人的卡车，兰吉雅没有先去掉头，因为道路太狭窄，倘若驶进田野去掉头，肯定也会陷在泥泞里。伊西多不得不把半个身体探出车窗驾驶，漂亮地完成这桩业绩，而那名下士非但不感激，反而接连诅咒，叫嚷着："快点，快点！"

大约拖了一公里后，支路终于汇入省际公路。他们停下，门德尔跳下车解开挂钩。基大利从驾驶室对他说道："跟他们道别，祝他们旅途愉快，尽量礼貌，别让他们起疑来搜索。"

"要是他们起疑呢？"

"那只能让他们搜了。你肯定也不想跟俄罗斯人打仗吧。我们看看会有什么事，再见机行事撒谎。"

随即发生的事很糟糕，也没有机会撒谎。门德尔一跳到地上，还未开口，那名下士就示意其手下包围卡车。他们逼全部人等下车，搜索后车厢，立刻发现藏在毯下的武器，不过，基大利一干人都随身带着手枪和刀子。抗议或恳求是没有用的。那下士不听任何理由，把他们分成两队装进两辆卡车，严密地看守，派手下一人驾驶兰吉雅，示意出发。

"你带我们去哪里？"帕维尔壮着胆子问道。

"你们不是想去格沃古夫吗？"下士答道，"我们就带你们去那里。你们该高兴。"往格沃古夫去的路上，他双唇紧闭，不回答任何问题。

一座阴森逼人的堡垒俯瞰格沃古夫城，这是基大利的游击队所见识的第一座德国城市。这里曾是如今也依旧是采矿中心，城市在他们眼里显得肮脏，灰扑扑地蒙着一层褐煤灰尘。城外环绕着无数煤矿，德国人已将煤矿改造为小型劳动营。俄罗斯人仅在数周之前攻下格沃古夫，还没有改变其面目或功能，在煤矿里干活的不再是纳粹劳动营的苦役，而是德军战俘，短短数小时之内，他们被从战场上转移到煤矿井底。红军把这个地区的逃兵或可疑人物都聚拢到这些小劳动营。

对于基大利等人，他们没有仔细审问，五分钟内便了事，没有对他们搜身。兰吉雅没了，这些来自科索沃、柳班、诺沃肖尔基的战士，初次尝到带倒钩的铁丝网的滋味。关押他们的地方已关着五十来人，有波兰犹太人、德国人、法国人、荷兰人，以及苏联军队从格罗斯-罗森集中营释放出来的希腊犹太人。室内有供暖，俄罗斯人的送食没有规律，但数量总是很丰富，大部队开过了，白日变得越来越漫长，但那些前囚犯不肯打破以往形成的隔绝状态。他们很少说话，就算开口也是悄声低语，视线绝少离开地面。基大利一干人徒劳地与他们接触。一旦原始的欲望满足之后，这些人似乎再无愿望或兴趣或好奇心。他们不提问，被问时也不回答。也有女人，仍身穿条纹衫，脚穿木屐，头发刚开始重新长出来。第二天深夜，门德尔从屋里出去上厕所。跨过门槛之际，撞上一个人，觉得那躯体迟缓地摇晃。那具躯体仍然温热，悬在屋顶大梁上。以后接连几日反复出现这一行为，如同一种沉默的执念。

什慕列克离开基大利的队伍，加入前俘虏那边。不过，渐渐地，先是西丝尔，然后是队里的其他女人，最后基大利一干全部人等，都跟劳动营里的一位女性熟络起来。她叫弗兰辛，从巴黎来，但绕了一大圈才到这里。先被流放到奥斯维辛，然后被转移到布雷斯劳附近一个小劳动营，最后苏联军队逼近，德军撤出那个地区的所有劳动营，迫使俘虏长途跋涉去新监狱，她在路上设法逃脱。弗兰辛是医生，但是因为不太懂德语，不能在劳动营里执业。不过她还是学会了足够的德语描述她的见闻。她一直很幸运，每个幸存的犹太人都是幸运的。但她在其他方面也很幸运。她仍留着头发，因为她是医生，他们没有剃掉她的头发。德国人有十分精确的规定。

弗兰辛自称犹太人，但她丝毫不像基大利等人所见过的任何犹太人。相反地，倘若不是因为意识到谎称犹太人并不会得到什么好处，他们甚至不会相信。她不会说意第绪语，也听不懂，而且跟他们说，她在巴黎的时候，根本不知道这是什么样的语言，曾听人说起，以为是一种讹转的希伯来语。她三十七岁，从未结婚，先与一个男人同居，后来跟另一个。她是儿科医生，喜欢这份工作，她的办公室就在巴黎市中心；那时候她有过美妙的假期，乘坐渡轮环游地中海，去意大利、西班牙旅行，去多罗迈特山滑雪、溜冰。当然，她在奥斯维辛待过，但她宁愿谈别的事情，谈她从前的人生。弗兰辛高挑瘦削，头发红棕色，脸庞坚毅而憔悴。

她与基大利一干人交谈，彼此都感觉充满了惊奇。确实，她在劳动营里接触到很多东欧犹太妇女，但她们完全不像游击队这五个女子。她从来不太喜欢那些女性同胞，觉得好像是异国人，比她在法国的基督徒女性朋友更疏远。她满怀恼怒和悲悯，看着她们的被动和愚昧，看着她们麻木地、低头认命地走向毒气……

走向毒气？这是个陌生的词。弗兰辛只得给他们解释。她以寥寥数语解说，不敢正视向她提问的犹太同胞，他们简直像是判官。是的，当然，走向毒气，他们怎么会听不懂？成千上万，成百万地走向毒气。她也不晓得有多少人，然而在她周围，劳动营里的妇女似雪融化一般逐日消失。在奥斯维辛，消失是肯定的，活着是例外。她是例外。事实上，每个活着的犹太人都是幸运的。那么她呢？她是如何幸存的？

"我不知道。"她说道。跟什慕列克和埃德克一样，说起死亡时，弗兰辛也压低嗓音："我不知道。我遇到一个法国女人，是医务室的医生，她帮助我，给我食物，有一阵子还让我做她的护士。但那些肯定还不够，很多女人吃得比我多，但照样死去。她们任由自己屈服，我坚持着。我不知道为了什么，也许是因为我比她们热爱人生，或者因为我相信人生赋有意义。说来奇怪，在那里比在这里更容易相信这一点。在劳动营里，没有人自杀。那时候没时间想，有很多事情要操心，面包、疔疮。在这里有的是时间，人们就自杀。也是出于羞愧。"

"羞愧什么？"琳问道，"犯了错才会觉得羞愧，他们又没有犯什么错。"

"羞愧自己没有死，"弗兰辛说道，"我也觉得羞愧。这很愚蠢，但我就是有这样的感觉。很难解释。感觉就像是别人替你死去，因为靠着不是自己挣来的特权，你平白无故地活着，就好像你跟死神耍了诡计。活着不是罪，但我们觉得像是犯罪。”

基大利黏在弗兰辛身边不肯走，蓓拉妒忌，但基大利不理睬。

“就是，就是，”蓓拉说道，“他就是这样的，这是他的本性。外国女人吊起他的胃口，他总是追着最难碰到的女人跑。”

对于基大利等人的问题，弗兰辛略微局促不安地滔滔不绝。是的，她曾做过护士，很同情患病的女人，但有时也会打她们。不是要伤害她们，而只是自卫，她不晓得该如何解释清楚，就是保护自己免于她们的过分要求、她们的悲痛。她知道毒气的事，所有老囚犯都知道，但她不告诉新来者。说了又有什么用？逃跑？疯了。能逃到哪里去？像她这样说不好德语，又不会说波兰语的，能怎么逃？

“跟我们走，”西丝尔对她说，“现在一切都结束了。你做我们的医生。”

“再过几个月，就要有个新生儿。我的儿子。”伊西多接口说。

“我跟你们不一样，”弗兰辛答道，“我要回法国去，那是我的祖国。”她见蓓拉手里拿着那本小说，看到“维克多·雨果”的字样，欢呼着一把抓了过去：“啊！法语书！”但她随即看到难以辨认的波兰语书名，便还给蓓拉，后者神情冷漠，炫耀一般地继续阅读。数日以来，帕维尔竭尽全力追求弗兰辛，可爱得像只大黑熊，可她笑话他的法语，都是在酒馆里听着学的。帕维尔无所谓地放弃，并且怨怼似的夸耀了一番："她不是我喜欢的类型，我跟她讲清楚了。太优雅、太精致。有点疯癫，可能是遭受那些苦难的缘故，而且她心里光想着吃的。我亲眼看见的，她捡起能够发现的所有面包屑，装进衣兜里。不管怎么说，她太爱洗澡了。"

在格沃古夫集中营里，时间古怪地过去。每天都空闲，但照样还是一天天地缓缓度过，漫长而无聊。在记忆里，这些日子变得平面、短暂，全都交汇在一起。几个星期过去，看守的俄罗斯人并不上心，经常醉醺醺的，但不给出去的许可。铁丝网内总是一片嘈杂奔忙，外面送进来各种国籍、身体状况各异的俘虏，里面以神秘莫测的标准释放囚徒。希腊人走了，接着是法国人，弗兰辛与他们一道离去，波兰人和德国人仍关在这里。集中营的指挥很和善，但他耸肩说他对此一无所知，不是由他说了算，他只是执行上级下达的命令。和善而坚定。确实打了胜仗，但他们仍在战斗，并且就在不远处，在布雷斯劳周边，也在苏台德山脉。命令十分严格：不准有人挤在道路上。

"耐心再等几天，别要求我们给不了的东西。不要企图逃跑——算我请你们帮这个忙。"

和善、坚定，也好奇。他把基大利叫进办公室，然后逐个地叫去所有人。他失去了左臂，胸前别着一枚银勋章和铜勋章。他四十来岁，瘦削、光头、深色皮肤，漆黑的双眉十分浓密，语气平静，带着受过良好教育的腔调，看似很有知识的模样。

“要我说啊，斯米尔诺夫队长做斯米尔诺夫的时间还不长。”谈话回来之后，基大利这样说道。

“你是什么意思？”莫托尔问道，他还没有被叫到。

“我是说他设法改了名字。我是说他是犹太人，但他不想让人知道。轮到你的时候，你自己看好了。但要留个心眼。”

“什么该说，或者不该说？”琳问道。

“尽量少说。我们是犹太人，这是摆明了的。我们带着武器，这是不可否认的。要是他问起的话，就承认我们是游击队，总归比假装流寇好些。坚持我们打德军这个事实，说明在何时何地。一个字也不要提起埃德克，以及我们跟犹太人抗战组织的联络。要是有可能的话，也不要提起卡车，因为那事我们做得有些过火了。要是万不得已，就说我们发现的卡车被毁弃，自己修理好的。对于其他事情，关于我们去哪里，从哪里来，最好都含糊带过。原本属于红军的，最好都保密起来，尤其是你，皮奥特，最好编个可信的故事。不过，我认为他不是秘密警察，他只是好奇，而我们激发了他的好奇心。”

轮到门德尔之时，已是四月底。白桦树已冒出嫩叶，连日落雨，洗尽屋顶上厚积的褐煤灰尘。传来凯旋的战争消息，攻陷了布拉迪斯拉发和维也纳，乌克兰第一方面军已打到柏林近郊。在西部战线，德军也在垂死挣扎，美国军队打到了纽伦堡，法国军队打到了斯图加特和贝希特斯加登，英国军队打到了易北河。在意大利，盟军抵达波河，在热那亚、米兰、都灵，游击队甚至在大部队抵达之前驱逐了纳粹。

斯米尔诺夫队长身穿精心熨烫的军装，显得优雅体面，说的俄语不带丝毫口音，留门德尔坐了近两个小时，给他爱尔兰威士忌、古巴雪茄。门德尔为自己编造的故事却完全多余，何况故事本身也难以自圆其说。斯米尔诺夫知道他的很多情况，不单知道他的名字、父系名、姓氏，还知道他在何处被列入失踪人员名单，知道在诺沃肖尔基和图罗夫的事情。斯米尔诺夫反而就他与凡雅明游击队交接一事提出很多问题。是谁告知他的？乌雷宾本人？玻莉娜·杰尔曼？乘飞机而来的两位特使？门德尔琢磨不透。

“那么这个凡雅明不肯要你们的人？为什么不肯？”

门德尔仍然闪烁其词：“我不知道。我说不准。大概游击队首领得慎重，那些森林里什么人都有。或者他认为我们不适合他的队伍。我们不熟悉那个地区……”

“门德尔·纳赫曼诺维奇，或者更应该称你为门德尔·纳赫曼，”斯米尔诺夫说道，着重强调犹太父系名，“你可以跟我说实话。我想叫你相信，我不是审讯者，虽然我是在收集信息、提问。我是想把你们的故事写下来，不使其湮没。我想把你们所有人的故事都写下来，写下红军队伍里的犹太人战士，他们做出像你这样的决定，仍然坚持做俄罗斯人和犹太人，纵使俄罗斯人或以言语或以行动警告他们：必须做出抉择，一个人不可能同时做两者。如果我动手写这本书的话，我不知道能否成功，也不知道有无可能出版。时代会改变，也许变得更好，也许更糟。”

门德尔默然无语，茫然不知所措，心里既有敬意，也有疑惑。出于长久以来养成的习惯，他总是怀疑显得仁慈又爱提问的人。

斯米尔诺夫接着说道："你不信任我。我认为你没有错。我知道你所知道的事情。我极少信任别人，经常强迫自己压抑着跟人掏心窝的冲动。你仔细去想想，不过有件事我想告诉你：我欣赏你和你的同伴们，我也有点羡慕你们。"

"羡慕我们？我们有什么可羡慕的？我们向来没有好日子过。你为什么羡慕我们？"

"因为你们的选择不是强加给你们的。因为你们创造自己的命运。"

"队长同志，"门德尔说道，"战争还没有结束，我们不知道这场战争会不会导致另一场战争。写我们的故事可能还为时过早。"

"我知道，"斯米尔诺夫说道，"我知道游击队战争的情形。我也知道一个游击队员可能做过、见过或者说过一些不该说出来的事情。但我也知道你们在沼泽和森林里所学到的不应该遗失。光让它活在书本里也还不够。"

斯米尔诺夫直看进门德尔的眼底，一个音节一个音节地说出最后一句话。

"你说的是什么意思？"门德尔问道。

"我知道你们要去哪里，我知道战争还没有结束。数年之内，战争又会开始，我说不准是何时，但不会是反抗德国人。也不是反抗俄罗斯人，而是在俄罗斯人的帮助下。到时会需要像你这样的人。譬如说，你可以把在库斯克前线、诺沃肖尔基、图罗夫，也许还有其他地方学到的东西，教给其他人。想想这个，炮兵手，也想想那个。”

门德尔觉得好似一只巨鹰将他抓起，带上高空。

“队长同志，”他说道，“这场战争还没有结束，你就开始跟我讲另一场战争。我们都是疲惫不堪的人，我们做过、经历过很多事情，我们当中很多人死去。”

“我不能说你想错了。不过，你要是说你想再开始做修表匠，我也不能说你错了。不过，还是去想想。”

队长给门德尔和自己各斟上威士忌，举起酒杯，说道：“*L'khayim*!”门德尔惊得猛然抬头，这个希伯来词的意思类同“为你的健康”，而且确实是在干杯时说的。但还有一层更深的意味，因为这个词的表面意思是指“为人生！”，极少有俄罗斯人知道这个词，就算知道，通常也发音不准；但斯米尔诺夫的“kh”这个粗嘎的送气音发得恰到好处。

接下来数日里，斯米尔诺夫逐一叫去基大利全部人等，有的人不止被找去一次。他对每个人都极其礼貌，但是关于他，及其真实身份，产生了无尽的讨论。皈依基督教的犹太人，伪装之下的犹太人，伪装为基督徒的犹太人，或者伪装为犹太人的基督徒。历史学家。好事之徒。有人认为他模棱两可，有人一出来就说他是苏联秘密警察，只不过比一般人聪明些。但基大利一干人中的大多数，包括门德尔和基大利，都信任他，对他讲述这支队伍所经历的事，讲述他们各自的故事。因为如谚语“*ibergekumene tsores iz gut tsu dertseyln*”所说，讲讲过去的坎坷亦不无益处。世上所有的语言里都有类似这样的谚语，而用意第绪语说尤其贴切。

一九四五年五月初，在欧洲战场的世界大战终结所引起的喧嚣动荡、令人难忘的那些日子里，苏联指挥官令格沃古夫集中营的守卫一夜之间消失，好像变魔法一般，没有道别，没有说再见，他们全都走了，包括斯米尔诺夫队长。无人知道他们是被转移、复员，还是消失进红军集体的胜利疯狂之中。不再有守卫，大门敞开，仓库被抢掠过，但他们所住房屋的门外钉着一张仓促写下的字条：

我们得撤离。挖厨房烟囱后面，给你们的礼物。我们不再需要。好运。

斯米尔诺夫

在厨房后面，他们挖到一些手榴弹、三支手枪、一支德国自动手枪、一些弹药、一张萨克森和巴伐利亚的军用地图，一小捆美钞，有八百元。基大利的队伍又重新上路，但不再夜行，不再沿着逃亡的路径或者荒凉的原野，而是走到曾经趾高气扬的德军仓皇溃败而行的大路上，这些德国士兵走在道路两旁，面孔紧绷，流露出陌生的无能，这激起基大利一干人的旧恨。“第一大纪律：集体行动。”基大利说道。大多时候步行，偶或搭乘苏联军车，但是仅当车里容得下他们所有人时才会乘坐。白罗柯尔已有七个月的身孕，基大利准许她偶尔乘坐马车，但是就算这个时候，整支队伍都去押送这辆马车。

在冷冷清清的春天的郊野，路上各色人等来来往往，有沮丧的，有欢欣的。步行或坐马车的德国公民，回归被摧毁的家乡，累得双目昏花。还有些马车上坐着农民，到黑市上做买卖。苏联士兵有的骑自行车、摩托车，有的乘军用车、征用车辆，往两个方向急驰，唱着歌，演奏音乐，朝天空开火。基大利一干人险些被一辆道奇卡车撞倒，车上载着两架大钢琴，两名穿军装的军官一齐弹奏柴可夫斯基的《1812序曲》，神情庄重专注，而卡车司机则在马车阵之间横冲直撞，死命地按喇叭，不顾路上的行人。各国的前俘虏成群结队或孤身独行，男男女女，平民身穿形形色色的破敝衣衫。盟军战士身穿卡其军装，后背印着硕大的“KG”字样，所有人都走在回家的路上，或者寻找休息之所。

五月底，基大利的队伍在纽豪斯镇口宿营，距离德累斯顿城不远。自从进入德国领土以来，他们认识到几乎不可能在大城市购买食物，这些城市本身已半摧毁、半废弃，居民都在挨饿。帕维尔、黑罗柯尔以及另外两人外出搜寻粮食，在一农舍门上敲了两三次，不见有人答声。“要不要进去看看？”帕维尔建议道。窗户上的窗板新刷过，油漆色彩鲜艳。窗板轻轻一推就开了，里面却没有玻璃，而是混凝土造的结实墙壁，原本是窗户的地方，开着一个漏斗状的通气孔。原来不是农舍，而是伪装的地堡，而今已被废弃，空无一物。

但村里到处是人。村庄四周筑有围墙，村口大门前，女人和老人进进出出，看起来都是鬼鬼祟祟、饿焰中烧的样子，拉着装满食物或各色杂什的拖车。大门两侧站着两名卫士，表情严肃，穿着平民服色，显得没有带枪。“你们想干什么？”他们拦住四人，看得出他们是外国人。

“买粮食。”帕维尔尽力端出最地道的德语口音。一名卫士点头示意他们进村。

村庄完好无损。狭窄的卵石路两旁，仍然立着如画的侧墙，色彩鲜艳，梁木漆成黑色，纵横交错，暴露在外。风景祥和，但那些人让人看着不安。街上挤簇着人群，往各个方向而去，显然毫无目标或目的，有老人、小孩，还有残疾人。见不到一个身强力壮的。连窗内的面孔也都是满脸惊怖、带着狐疑。

“像是犹太人聚居区。”黑罗柯尔说道，她曾在科索沃待过。

“是的，”帕维尔应道，“这些必定是从德累斯顿城逃来的难民。现在轮到他们了。”他们说意第绪语，也许声音太大，只见一个矮胖的妇人，脚穿男人的靴子，转头对同行的老人说话，故意扬高嗓门，好叫旁人听见：“你看他们又来了，比以前更不知耻。”然后她直接对四个犹太人说道：“这不是你们该来的地方。”

“那么我们该去哪里？”帕维尔真诚地问。

“倒钩铁丝网后。”那妇人答道。

帕维尔怒火中烧，揪住妇人的外套领子，但随即松开，因为他从眼角瞟见四周已围拢了一圈人。同时听到一声枪响，他旁边的黑罗柯尔踉跄数步，仆倒在地。眨眼之间，周围的人全都消失了，连窗前也没有了人影。帕维尔蹲跪在女孩身边，她仍在呼吸，但四肢耷拉着，一动也不动。她没有流血，看不到任何伤口。“她晕倒了，带她走。”他对另两人说道。

在营地里，西丝尔和门德尔更仔细地检查她的身体。左边脑门上有一个细小的弹孔，掩盖在她浓密的黑发之下，几乎看不见，子弹没有射出去，仍留在脑壳里。她双眼紧闭，西丝尔拉起她的眼睑，看看巩膜，虹膜上翻，消失在眼窝中。黑罗柯尔的呼吸愈发微弱，没有规律，已经没有脉息。她奄奄一息时，无人敢开口说话，好似生怕惊断那脆弱的生命线。傍晚，女孩死了。基大利说道：“我们走，带上所有武器。”

他们全部人等夜里出发，营地里只留下蓓拉和西丝尔挖墓地，白罗柯尔在她黑色同胞的遗体前念祝祷词。基大利一干人的武器不多，但愤怒驱使着他们，一如狂风暴雨卷刮着船只。一个女孩，二十岁，甚至都不是个战士，一个从犹太人聚居区和特雷布林卡活下来的女人，却在和平时期被杀，被一个德国人平白无故地从背后谋害。一个没有武器的女人，勤快、快活爽朗、无忧无虑，对于世事安之若素，从不抱怨，唯一不懂绝望所带来的麻痹感的人，门德尔的锅炉工，皮奥特的女人。皮奥特最愤怒，也最清醒。

“去村委会，”他简单地说，“带头的会在那里。”他们悄然迅捷地抵达村口大门前，现在守卫已去，他们冲进无人的街道，同时，门德尔的脑海里浮现杳远的形象，这些黯淡的形象纠缠不去，阻拦着他，而不是驱使他前进。西缅和利未因其妹底拿被玷污，血洗希未人的城。那仇报得正义吗？正义的复仇是否存在？不存在。可是，你是人，仇恨在你的血液里呼喊，然后你奔走、摧毁、厮杀。就像他们，就像德国人。

他们包围村委会。皮奥特说得没错。纽豪斯没有电，街上漆黑，大多窗户也黑洞洞的，但村委会二楼的窗户透出微弱的灯光。皮奥特要求使用斯米尔诺夫给他们的那支自动手枪。他藏身在阴影里，两声射击，杀死站在门口守卫的两名男子。“快，现在冲进去！”他喊道。他冲到门前，疯狂地想撞开门，先用枪托，然后拿肩膀去撞。门厚重，无法撞开，里面已传来喧闹声。阿里耶和门德尔同时从墙边退开，各自朝亮着灯光的窗户掷进一枚手榴弹。碎玻璃掉落到街上，过了漫长的三秒钟，听见两声爆炸。那层楼的窗户全都倒塌，木头纸片飞溅出来。同时，莫托尔徒劳地帮皮奥特撞开门。“等等！”他喊道。眨眼间，他爬上底楼窗户，拿屁股撞碎玻璃，跳进屋去。数秒钟后，听见他开了三四枪，门随即从里面打开。“你们几个都守在外面，”他命令四名鲁扎来的人，“别让任何人逃跑。”他和余下所有人冲上楼梯，跨过躺在楼梯上的一具老人尸体。会议室里坐着四人，双手举在头顶，另外两人已经死了，有一人在角落里呻吟，虚弱地扭动身体。“谁是村长？”基大利大声问道。但皮奥特已经叩下自动扳机，将他们一齐射杀。

无人出来干涉，无人逃跑，守在门口的四人不曾见到任何人。基大利一干人在镇政府的地窖里找到面包、火腿、猪油，他们满载而归，没有任何损失。但基大利说：“我们得离开这里。埋葬了黑罗柯尔，我们拔营走。美军在三十公里外。”

他们夜里仓促上路，为这次轻易的仇杀而懊悔，又为其结束而觉得轻松。白罗柯尔勇敢地前行，其他人轮流扶助她，不让她掉队。门德尔发觉自己走在队伍前头，在琳和基大利之间。

“你数了没有？”琳问道。

“十个，”基大利答道，“门口两个，莫托尔在楼梯上杀了一个，大房间里七个。”

“十命抵一命，”门德尔说道，“我们依照他们的榜样：一个德国人被杀，扣十个人质。”

“你算错了，”琳说道，“那十个纽豪斯人不算到黑罗柯尔的账上。要算到奥斯维辛数百万人的账上。记着那个法国女人跟你说的。”

门德尔说道：“血债不是以血偿还的。血债以正义偿还。杀害黑罗柯尔的是禽兽，我不想成为禽兽。如果德国人用毒气杀人，我们也必须用毒气杀德国人吗？如果德国人以十抵一，我们就也做同样的事情，就会变得跟他们一样，那么永远不会再有和平。”

见此纠纷，基大利排解道：“也许你是对的，门德尔。可我现在感觉好多了，你怎么解释这个事实？”

门德尔自省一番，然后承认道：“是的，我也感觉好多了。可这不能证明什么。在纽豪斯，他们是从德累斯顿城来的难民。斯米尔诺夫说过的：在德累斯顿，一夜之间死了十四万德国人。那一夜，德累斯顿一场大火，连街灯的铁柱都熔化了。”

“又不是我们轰炸德累斯顿的。”琳说道。

“够了！”门德尔说道，“这是我们的最后一战。我们继续走路。去美国。”

“我们去看看他们长什么样。”基大利说道，似乎并不把门德尔所担忧的问题放在心上。“战争结束了——很难理解这一点，我们会慢慢理解的。但战争是结束了。明早天会亮，我们不需要再开枪或躲藏。现在是春天，我们有东西吃，所有道路都敞开。我们要在世上找一个地方，让他能够平安地出世。”

“他？谁？”琳问道。

“孩子。我们的儿子，两个无辜之人的儿子。”

他们怀着复杂的心情进入无人地带。他们没有把握，踌躇不敢往前，感觉刚刚被净化一般，如同空白的纸张，又变回孩子。成年人，粗野的孩子，在艰苦、偏僻的环境里成长，在营地和战争里成长，在西方世界与和平的门槛前手足无措。在他们靴子底下，反复被摧毁又拼凑起来的土地，是敌人的，是歼灭者的。德国。整洁的郊野，不曾经受战乱。不过，等等，这只是表面，真正的德国在城市里。在格沃古夫和纽豪斯看见的德国，在德累斯顿、柏林、汉堡看见的德国，他们满怀惊悸地聆听那里的德国故事。那才是真正的德国，饮醉了鲜血，而今被迫偿还。仆倒在地上的躯体，受了致命的创伤，已经开始腐烂。裸露的身体。除了复仇带来的残暴的快感以外，他们也感觉一种陌生的厌恶，感到不明智和无耻，如同看见一具禁忌的裸体。

道路两旁，他们看到窗户紧闩的房屋，犹如疲倦的眼睛，或者拒绝观看的眼睛，还有一些房屋葺着稻草屋顶，更有一些缺了屋顶，或者半被烧毁。教堂的尖顶倾斜，游戏场已长出野草。城市里，瓦砾堆上立着标牌：人类遗体，切勿践踏。寥寥几家开张的店铺前排起长队，市民们忙着涂抹、剜刻过去的标志，那些原本要存在一千年的鹰和带倒钩的十字。阳台上插着怪诞的红旗，仓促之间拆去的黑色“卐”字仍留有痕迹。随着他们往前去，不久，红旗越来越罕见，最后没有了踪影。基大利对门德尔说：“如果你的敌人倒下，不要欢喜，但也不要帮他起来。”

两支部队之间的界线仍未划定。行路的第二天早晨，他们发现身处祥和的乡野，绿油油的，映衬着棕色，山冈连绵，点缀着农场和农舍。田野里，已有农民在干活。“美军？”农民们狐疑地耸耸肩，含糊地朝西点点头。“苏联军？”没有苏联军。这里没有俄罗斯人。

不知为何，他们毫不知情地走进了美军领地。碰上的第一支巡逻队没有理睬基大利这支衣衫褴褛的队伍，因为而今德国只有难民，这些美国人见过更糟糕的模样。在沙伊本贝尔格，一支巡逻队拦下他们，押送到当地总部。这间狭小的办公室位于一幢征用的别墅底楼，里面挤满了人，几乎全是德国人，从被轰炸的城市撤离的，或者在红军抵达之前逃难的。基大利等男子把背包（武器藏在背包里）交付给莫托尔保管，加入有序的长队。

“你代我们说话。”基大利对帕维尔说。

帕维尔有些胆怯：“我不会说英语。我假装会，可我只会几个单词，就像演员那样，还有鹦鹉。”

“没有关系。他会用德语问你。你用糟糕的德语回答，说我们是意大利人，我们要去意大利。”

“他不会相信我的。我们看起来不像意大利人。”

“试试。要是成的话，就再好不过。要是不成，我们到时再看。现在又不会有风险，希特勒完蛋了。”

坐在办公桌前的美国人穿着衬衫，淌着汗，满脸倦乏，他用流利得出奇的德语向帕维尔问话，因此帕维尔一时不知如何伪装意大利人的口音。幸而这个美国人毫不关心帕维尔所说的话，或者用什么口音，也不关心这支游击队及其构成人员、意图、过去和未来。片刻后，他对帕维尔说：“请说得简洁些。”又一分钟后，他打断帕维尔的话，叫他与同伴们到户外等候。帕维尔走到外面，余下人都背上背包，高昂着头离开沙伊本贝尔格。

基大利说道：“这不意味着所有美国人都那么马虎。我们不知道苏联人和美国人达成什么协议。为了安全起见，谁要是穿着红军军装或者戴着V形臂章，或者背包里有，最好都扔掉。要是他们把我们送回去，可不是好玩的。”

不过，他们现在不必赶路，迈着轻松的步伐往西去，不时停下歇息，看看陌生而悲剧的田园风光。他们频频路过美国军队，或乘车或步行，正开向德国的心腹之地，或者遇见美国士兵肩上懒懒地扛着自动步枪，押送德国战俘，队伍长得望不到头。在开姆尼茨火车站，一条侧轨上停着一列载货列车，大约有五十节车厢，火车头朝向军事分界线。车厢里载着建造造纸厂的所有设备，包括办公用品，成捆成捆刚出厂的纸，还有办公室家具。只有一名士兵守着火车，他身穿苏维埃军装，金发，十分年轻，伸开四肢横躺在一张挤在设备间的沙发上。皮奥特用俄语招呼他，那士兵解释说造纸厂设备送往苏联，他不知道具体地点。是美国人送给苏联的礼物，因为苏联的全部工厂都过时了。士兵没有向皮奥特提问。稍往前，有一座被轰炸的工厂，也许是修理站，在美国军官和专家的监督下，一队战俘忙碌着铲瓦砾。他们不是在做挖掘工作，而是类似考古学家，用铁铲尖轻剔，不时赤手去刨。每发现一片金属，美国人就会弯下腰去，警惕地加以检查，做标签，然后小心地放在旁边。

白罗柯尔从不曾抱怨，但她十分疲惫，每个人都担心她的身体。她行路艰难，脚踝一天比一天肿得厉害，只得脱掉靴子，割掉莫托尔为她找来的一双鞋子的鞋面穿着，后来干脆穿拖鞋赶路。他们用担架扛着她走了一阵，但显然得想个办法。六月中旬，他们抵达普劳恩，停在柏林—慕尼黑—布伦纳铁道线上，基大利差遣帕维尔和莫托尔前去侦察形势。形势十分混乱，火车没有规律，不按时间表运行，车厢里拥挤得超乎情理。基大利一干人在候车室安顿下来，候车室而今早已变成公共宿舍一类的场所。基大利虽然希望乘火车去，但他们的备用金不够支付全队去布伦纳的车费。也要花钱给白罗柯尔做妇科检查，她被送进医院，满心欢喜地出来，很高兴看到清洁和有序的医院。她身体健康，胎位正常，只是有些疲劳。是的，她可以走动，但不可走得太多。同时，大多队员去城里游荡，像游客似的，也寻找机会做交易，以便挣些现钱。基大利说："我们可以换掉厚重的衣服，因为我们往南去，夏天也快到了。要是能卖个好价的话，也可以卖掉烹饪工具。武器不卖，任何价钱都不能卖。"

基大利一干人都没有城市生活的经验，只有列昂尼德是在城里长大，很多人想念他。在普劳恩城里，眼前的自相矛盾令他们胆怯又讶异：依然瓦砾遍地的街上，送奶工每天清晨同一时间准时推着小车，喊着喇叭送奶。咖啡和肉贵得离谱，但银器极其廉价。莫托尔仅花了数马克就买到一部精致的相机，已装有胶卷。他们围拢起来，有些站着，有些蹲在前排，全都把武器摆在明显的位置。无人肯错失拍照的机会，所以他们只得央一个过路人为他们拍摄，背景是垮塌的房屋。火车运行糟糕，但城里唯一的旅行社生意甚好：电话线已重新接通，他们比火车站的工作人员知道得更详细。饶是如此，基大利从不远离火车站。人们经常见他跟一名火车站工人一起。基大利待他十分慷慨，在酒馆里请他喝啤酒，有一天，只见他们两人走进火车站旁边的小花园，基大利拉小提琴，那德国人吹笛子，两人皆神情严肃专注。基大利要求任何人不可任意走动，却不做任何解释：兴许很快就要离开，人人必须随时待命。

然而，他们在火车站里又等了数星期，在懒散的气氛和无目的的等待之中度过。天气炎热，一个红十字办事处在火车站工作，每天分派汤水，不论是谁，每个民族和国籍的难民、逃兵，川流不息地进出。普劳恩一些市民与在此宿营的基大利一干人建立起谨慎的关系，那些德国人心里好奇，但没有询问打听。语言的摩擦阻挠了对话。说意第绪语的，一般都听得懂德语，反之亦然，况且基大利一干人多数都会说点德语，尽管或多或少带有意第绪腔调，纵使这两种语言在历史上曾是姊妹，在各自的母语者眼里对方都是模仿者，就好似在我们人类眼里，猴子拙劣地模仿我们，想必在它们眼里，我们也是如此。也许这一事实关涉到德国人对于阿什肯纳兹犹太人的古老憎恨，将之视为高地德语的破坏者。但还有其他更深层的因素阻挠双方彼此谅解。对于德国人来说，这些犹太人很陌生，迥异于当地中产阶级的犹太人，那些人在强迫之下，就会顺服地任人赶拢，任人屠杀。而这些犹太人实在可疑，动作敏捷、充满活力，衣衫肮脏破敝，骄傲、不可预料、粗野，太像“俄罗斯人”。至于这些犹太人，他们看着这些胆怯矜持的老人和礼貌的金发孩子——立在火车站门口探头张望，仿佛隔着动物园的笼子——觉得必须在这些人与那些他们得躲避的或得向之疯狂复仇的纳粹搜捕者之间做出区别，又觉得似乎不可能做出区别。不是他们，不是。是他们的父亲、老师、他们的儿子，他们自己的昨天和明天。如何解决这个难题？无法解决。离开，尽快离开。这片土地也在我们脚下烧灼，这个干净整洁的城市，这迷人的秩序，这盛夏甜蜜恬淡的空气，也在烧灼。离开、离开。我们从波利西亚腹部走出来，不是为了在普劳恩候车室睡觉，不是为了靠拍集体照和红十字会的汤水消磨时日。七月二十日凌晨，却突然传来讯号，去实现他们集体未曾表达的愿望。基大利奔进候车室，唤醒沉睡之人：

“快起来。背上背包。跟我走，不要出声。我们十五分钟内出发。”在接下来的混乱之中，人们发出一连串的问题，得到仓促的解释：全部人等跟他走，不远，就在侧轨上。他的朋友，那位吹笛手，铁道工，表演了奇迹。有一节几乎簇新、好得簇新的车厢，载他们去意大利。买的，是的。花了几美元买的，也不全是合法的。是损坏的车厢，刚修好，还需要试验。换句话说，安排的。安排？是的，就是这个说法，他们在犹太人聚居区、劳动营、所有纳粹欧洲，都用这个说法。非法获得的东西，被称为安排的。火车很快就要抵达，车站已敲响钟声。

片刻之后，他们都上了车厢，但不见帕维尔。基大利用波兰语咒骂起来，因为意第绪语里没有诅咒，差人跑去找他。在不远处就找到了，他正跟一个德国妓女厮混，把他带回火车站之时，他还一面在系裤子纽扣。他也在咒骂，用俄语，但没有反对。他们全上了车厢，不敢发出声响。

“谁会把车厢挂上火车？”门德尔问道。

“路德维希会的。他向我保证过。要是有必要，我们也帮他一把。”

“你是怎么跟他交上朋友的？”

“靠小提琴。就像古时候的那个人物，用里拉琴驯服老虎。倒不是说路德维希是老虎，他很善良，又有天赋，跟他一同演奏很愉快，他帮我们的忙，不要多少回报。”

“不过，他还是德国人。”帕维尔咕哝道。

“那又怎样？他没有上战场。他一直在铁路上工作，他吹笛子，一九三五年时他没有投票给希特勒。你要是出生在德国，有纯种的德国父母，要是他们在学校里教你那些关于血液和土壤的劳什子，你知道自己会怎么做吗？”

在车厢一角，妇女们用稻草和毯子为白罗柯尔铺床。蓓拉转向基大利说道：“不过，说实话，你一向喜欢乘火车。我相信要不是因为比亚韦斯托克那个修女，你就不会成为小提琴家，而是铁道工。”

基大利欢笑着说这绝对是真理，他确实喜欢火车以及所有车辆。“但这次游戏对我们很有利，我们坐在自己的车厢里去意大利，风光的咧。只有国家元首才能这么旅行的哟。”

“哎，”伊西多若有所思地说，“你还年轻。现在战争已经结束，用不着游击队了。干吗不去做铁道工？我就想做铁道工，在以色列地做铁道工。”

正在此时，车轮咣当作响，一盏车头灯刺眼地照在铁道上，一列长长的载货火车进站来，伴着一声尖叫刹了车，静立半个小时，然后缓缓地移动。一个身影站在最后一节车厢的减震器上，挥舞手里的灯笼打招呼，是路德维希。火车缓缓后退，然后一声撞击，接着传来挂钩刮擦的声响。火车又开动，拉着坐在私人车厢里的基大利一行人，前往阿尔卑斯山脉。

一九四五年·七月至八月

他们从来不曾有过这样的旅行，不是靠双脚赶路，而是坐在被火车拉着的车厢里；不是冒着风寒和枪弹，不挨饿，不是流离。手里有身份证件，不，还没有，只有耶和华才知道他们何时会有。但车厢一侧写着旅途的目的地：慕尼黑—因斯布鲁克—布伦纳—维罗纳。路德维希事先便考虑得很周到。“尽量别离开车厢，”基大利说，“我们越少暴露面孔，他们来检查的概率就越小。”

无人来检查，在这条铁路上，以及在欧洲大多数铁道线上，仍有无数工作要做：修理轨道、清除瓦砾、重新安装正常运行的信号。火车缓慢行驶，几乎总在夜间前行，白天停靠在侧轨，在太阳之下曝晒，给其他有优先权的火车让道。客运列车极少，一列列载货列车用来运输人类，但人挤塞得如同货物。数十万计的意大利人，男人女人、士兵平民，还有被摧毁的第三帝国的工厂和集中营的雇工奴隶。在他们当中，也混杂少数颇安静的人，巴不得不要引起别人的注意，他们是从德占区逃出来的德国人，想逃避盟军的制裁，还有党卫军士兵、盖世太保和政党官员。吊诡的是，对于他们来说，就如对于这些过境的犹太人，意大利是阻力最小的国度，是最好的跳板，以便前往更友好的国家，诸如南美、叙利亚、埃及。公开或伪装，有或没有身份证件，这股色彩斑斓的潮流涌向南方，涌向布伦纳。布伦纳成为一个巨大漏斗的狭窄颈项。通过布伦纳，你就拥有意大利，温暖的气候与出了名的公开非法行为的国度。这片充满深情的黑手党土地，其双重声名甚至远播挪威、乌克兰、封闭的东欧犹太人聚居区。这片土地躲避禁令，充满无政府主义的宽容，像兄弟一般欢迎每个外国人。

火车停靠站点时，他们把车门紧闭，行驶中，以及频频在空旷的郊野停留之时才打开车门。门德尔坐在地板上，双腿晃荡，望着眼前庄严地展开的风景：肥沃的田野、湖泊、树林、上法尔兹行政区的农场和城镇，然后是巴伐利亚。他和同伴们都不曾在如此肥沃、如此开化的土地居住过。在他们的身后，犹如点缀着他们那数不清的脚印，蜿蜒着无尽的长征踪迹，仿佛是在一场噩梦里，穿过沼泽、河滩、遍布埋伏的森林、雪地、河湾，承受死亡，将死亡加之于人。他觉得倦怠、格格不入。孤单。而今，没有女人，没有目的地，没有家园。没有朋友？不，他不能这么说。同伴们仍在，会继续在——他们填补他的空虚。他不在乎火车把他拉向何处，他已圆满，已做完该做的事，不容易，也不总是心甘情愿，但他做到了。那件事告终了，结束了。战争结束了，在和平时期，一个炮兵做什么？他有能力做什么？修手表？谁知道？也许永远不再修手表了。射击令手指僵硬、迟钝，眼睛习惯于透过瞄准器看向远处。他没有听到从那应许之地传来的任何召唤。也许在那里，他还得长征、打仗。好吧，这是我的命，我接受，可这不能温暖我的心田。这是责任，你去执行，就好像那次我杀死后备队的乌克兰人。责任不是财富。也不是未来。他们，是的。他们是我的财富。他们依然在我身边。他们所有人，包括他们的粗鲁和缺点，甚至那些曾冒犯我的人，还有那些我伤害过的人。还有女人,被我愚蠢地抛弃的西丝尔,还有知道自己想要什么、什么都想要、抛弃我的琳,甚至还有愚钝又惹人厌烦的蓓拉,甚至还有肚子大得像个成熟的果实的白罗柯尔。

他看看身旁、身后。皮奥特坐在那里,无辜得像个婴孩,在战场上那么勇猛,跟所有体面的俄罗斯人一般疯狂。你会为皮奥特牺牲自己的性命吗?是的,我会的,毫不犹豫地,如同知道自己做的是一桩好买卖的人那样绝不犹豫。在这个星球表面,他比我强。他跟我们一起来意大利,愉快、自信,就好似孩子坐上旋转木马。他选择与我们一起战斗,为我们战斗,就像古代的骑士,因为他的慷慨,因为他信仰那位我们不信的基督。然而他的牧师必定也曾告诉他,是我们把基督钉上十字架的。

基大利坐在那里。他的名字叫作基大利,真是滑稽。《圣经》里的基大利是个废物。迦勒底王尼布甲尼撒二世任命他为犹大的总督,治理巴比伦放逐之后留在犹大的少数犹太人。然后呢,就像现在一样,就像希特勒任命的总督。换句话说,他是个通敌者。他被以实玛利杀死。以实玛利跟我们一样是游击队员。如果我们是对的,如果以实玛利是对的,他杀基大利这事就做得好……多么愚蠢的想法!人不能为自己的名字负责。我名叫慰藉者,我不安慰任何人,连自己都安慰不了。不过,无论如何,基大利真该有个不同的名字。比方说,犹八,发明笛子和吉他的人。或者他的第二个兄弟雅巴耳,第一个在世上游荡住帐篷的人,或者第三个兄弟土八该隐,教世人如何冶炼铜和铁。他们都是拉麦的儿子。拉麦是神秘的复仇者，已经无人知道他报的是什么仇。拉麦在柳班、拉麦在赫梅尔尼克、拉麦在纽豪斯。也许拉麦亦似基大利一样，是欢快的复仇者。晚上复仇归来，在帐篷里，他与儿子们一同吹笛。我不理解基大利，我捉摸不透他的任何行动或决定，但基大利是我的兄弟。

琳呢？他怎么看待琳？她不是我的姊妹。她胜似姊妹，又不如姊妹，她是母亲-妻子-女儿-朋友-敌人-对手-导师。她是我的肉中肉，一千年之前，在一座磨坊里，一个狂风呼啸的夜晚，我进入她的身体，那时仍在战争，世界仍然年轻，我们每个人都是手执利剑的天使。她不轻快，但很笃定。我既不轻快也不笃定，我已有一千岁，背上负着整个世界。她就坐在我旁边，没有看着我。她凝视着这片德国土地，她总是笃定地知道该做什么。一千年以前，在沼泽地里，我也知道该做什么，她现在依然知道，而我已经不再知道。她不看我，可我看着她。看着她，我心里觉得高兴，躁动不安，撕裂一般的疼痛。觊觎邻居的女人。琳，艾米琳，喇合——耶利哥圣洁的罪孽者。谁的女人？任何人的女人，这等于说不是任何人的女人。她与人系绊，又不维系。我不在乎是谁的女人，可是当我又在记忆里看见她的身体，感觉在她衣服下的身体，心里就撕裂一般的疼痛，我就想重新开始，而心里清楚这是不可能的，心正是为这个理由而撕裂般痛。可是，即使没有琳，即使没有西丝尔，我也感到撕裂一般的疼痛，甚至没有丽芙柯？不，门德尔，这个你不知道，这个你说不准。没有丽芙柯，你会是不同的男人，耶和华才晓得的什么人——非门德尔。没有丽芙柯，没有丽芙柯的阴影，你就可以走向未来。活得下去，像一颗种子那样发芽。所有土地上都有发芽的种子，以色列地也有，琳就是那类种子，其他人也是。他们从水里出来，像狗那样摇晃身躯，甩去所有记忆。他们没有伤痕。喂，你怎么能这么说？他们有伤痕，只是不说罢了。此时此刻，也许他们每个人也在像你这般沉思。

火车穿过因斯布鲁克，正艰难地爬向布伦纳和意大利边境。基大利站在角落里，背靠着木板壁，以平常那柔和、心在不焉的姿态拉小提琴。他在演奏吉卜赛曲子，或者是犹太人或俄罗斯人的曲子。彼此陌生的民族经常能以音乐打动彼此，他们交换音乐，在音乐里认识对方，消释疑惑。这是一支简单的曲子，听过上百遍，十分平常，廉价的怀旧，然而突然间，节奏加快，调子也随之加快，另有了一番意趣：活泼、新鲜、高雅、充满希望。快乐舞动的旋律，似在邀你跳起舞，摇晃脑袋，拍起双手。队伍里很多人，胡须蓬乱、皮肤被太阳晒得黝黑，身体因劳苦和战争而僵硬，这时伴随着曲调，忘情而狂热地享受这喧闹。不再有陷阱，不再有战争，不再有那条路，不再有流血和冰冻。柏林的撒旦已死，世界空虚又空洞，就像诺亚时代的大洪水之后，须重新创造，重新使人栖居。如同他们在攀升，欢快地攀向关隘，走出流放地的道路叫作 *alia*，攀出深渊，你就攀向光明。小提琴的旋律也在攀升，愈演愈快，变得狂乱。两人，接着四人，然后十人，在车厢里毫无约束地结成队，成群地舞蹈，肩膀抵着肩膀，靴跟把地板跺得直响。

基大利也提起双腿，边拉边舞，转着圆圈，膝盖提得高高的。

猛地一声尖锐的咔嗒声，小提琴沉默了。基大利举着琴弓静止不动，琴弦断了。“琴坏了！”帕维尔窃笑道，其他人也笑起来，但基大利没有笑。他看着这把旧琴，它在鲁尼内茨救了他一命，也许不为人察觉地救过他多次，伴他度过寂寥和沮丧，在战场上受伤，被原本要打在他身上的子弹射穿，他别了一枚匈牙利勋章在上面。“没事，我们把它修好。”白罗柯尔说道。可她错了。也许木头因风吹日晒而腐朽了，也许基大利在这个巫师的安息日拉得过猛，无论如何，敌情是无法修了。琴马凹陷，微凸的琴腹破裂，琴弦松散地耷拉着，丑陋得不堪入目。已不可救治，基大利抡起胳膊向车门掷去，松开手指，小提琴落在铁路旁的砾石上，传来悲鸣声。

一九四五年七月二十五日，火车抵达布伦纳。先前停靠站点时，基大利从不曾疏于紧闭车门，这次却似乎忘了。然而这一次极其重要，因为这是边境站，无疑会有人来检查。琳负起责任，火车还未进站停靠，她就让坐在外头的人进来，关紧两扇敞开的门，用电线从里头系紧，告诉大家保持安静。月台上起初传来一阵喧闹,但车厢外一片静寂。随着时间过去，他们的耐心渐失，车厢密不透风，在太阳底下曝晒，天气也愈发热了。基大利一干人，总共三十五人，挤在数平方米内，只觉得堵得慌。人们悄声细语：

“我们真的到意大利了？我们通过边境站了吗？”

“兴许他们把我们的车厢解开了。”

“不，不，要是解开的话，我们会听见声音的。”

“开门，我们出去看看。”

但琳命令保持安静。寂寥的月台上传来脚步声和说话声。帕维尔从门缝里窥看：“士兵。他们看起来像英国人。”

声音更接近了。有四五人，恰好在这节车厢外停下谈话。帕维尔竖起耳朵听：

“可他们不是说英语。”他悄声说道。有人用指节在车门上扣了两记，问了一个难以理解的问题。但琳听懂了，挤过人群去回答。她用希伯来语作答，不是犹太教堂用以祷告、亘古不变的希伯来语，而是一直在巴勒斯坦的犹太人中间流传着的活生生的希伯来语，他们当中只有琳听得懂，也会说。她在基辅的犹太复国主义者那里学会，那是在天空阴霾之前，在暴发大洪水之前。琳打开车门。

月台上立着四个年轻男子，身穿整洁、精心熨烫的卡其军装。他们穿着滑稽的宽大短裤、浅口鞋、及膝羊毛袜。头上戴的黑色贝雷帽上别着英国徽章，但短袖衫上缝着六角星，大卫之盾。英国犹太人？英国人伪装成犹太人？对于基大利一干人来说，胸前的那颗星是奴役的标志，纳粹强行烙印在集中营犹太人身上的。火车上迷惑的犹太人与月台上冷静的犹太人，默然相峙半晌。然后其中一人说话，是一个敦实的年轻小伙，皮肤很白，红润的脸庞洋溢着乐观精神。他用希伯来语问道：“你们谁懂希伯来语？”

“只有我，”琳答道，“其他人懂意第绪语、俄语、波兰语。”

“那我们说意第绪语。”那小伙说道，但说得很吃力，不时地犹豫着选择词语。他的三位同伴看似听懂，但没有开口。

“你们不要害怕我们。我们属于巴勒斯坦兵旅，从以色列地来，但我们属于英国军队。我们从意大利打上来，跟英国人、美国人、波兰人、摩洛哥人、印度人一道。你们从哪里来？”

这个问题不易回答。他们众口纷纭，各有各的答案：他们来自波利西利、比亚韦斯托克、科索沃、红军。那个小伙，他的同伴们叫他切姆，示意大家安静下来。“你来说，姑娘。”他说道。琳先低声跟基大利和门德尔磋商：告诉他们一切？说实话？他们是古怪的士兵，犹太人，却穿着英国人的军装。他们听谁的命令？伦敦？还是特拉维夫？能信任他们吗？基大利显得有些迟疑，或者更应该说，漠不关心。“你看着办，”他说道，“尽可能说得笼统。”门德尔说道：“他们有什么权利审问我们？等会再回答，试图问他们问题。然后我们再决定采取什么态度。”

切姆等候着。他露出微笑，然后咧嘴大笑：“聪明人举一反三。我告诉你这军装是英国人的，但战争已经结束，我们自主行动。我们不是来阻拦你们的。相反。我们，以及我们的部队，正开往德国、匈牙利、波兰。我们寻找劳动营里幸存下来的、隐藏起来的犹太人，还有病人、孩子。”

“你们拿他们怎么办？”

“我们帮助他们，给他们治疗，把他们聚集起来，护送他们到这里，意大利。两周前，我们小队在波兰的克拉科夫城，明天会去茅特豪森-古森，后天到维也纳。”

“英国人知道你们做的事吗？”

切姆耸耸肩。

“他们当中也有明智的人，他们理解，也任我们做想做的事。也有一些愚蠢的，不会察觉任何事情。还有些拘泥顽固的，这些人最棘手，总来拦路挡道。但我们不是小孩，知道如何应付他们。你们想去哪里？”

“以色列地，但我们疲惫了，没有钱，那位妇女快要生产了。”琳说道。

“你们带武器？”

琳没有料到会有这么一问，直觉地说没有，但语气那么勉强，逗得切姆又大笑起来：“哈，我告诉过你的喽，我们不是小孩。你以为我们这三个月来做着这些事，还分辨不出老兵与难民，难民与游击队员？全都写在你们脸上身上咧。你们为什么为此感到羞耻？”

莫托尔出头说话了：“没有感到羞耻。但我们得留着武器。”

“我们当然不会拿走你们的武器。我告诉过你们的，我们只是路过这里。不过，你们应该明智些。往关口过去一点是我们旅的总部，我们不知道他们会怎么对待你们，但最明智的做法是你们自己去报到，上缴武器。再往前去，在博尔扎诺，是英国人管辖的，他们肯定会搜查你们。所以与其被他们缴械，不如把东西交给我们。我说得对吧？”

帕维尔说道：“你们有你们的经验，可我们也有我们的经验。我们的经验是有武器总方便。不管是战时还是和平时期，不管在俄罗斯还是在波兰、德国、意大利。两个月前，战争已经结束，德国人杀了一个女孩，我们当中的一人，我们替她报了仇。要是没有武器的话，我们怎么报仇？在波兰，跟俄罗斯人一起的时候，波兰法西斯分子把炸弹扔到我们脚前。”

切姆说道：“我们之间不要像敌人一样。我们不是敌人。下车来，坐在草地上。他们解开了火车头，你们的火车在两个小时内不会开的。你们看，我们有些重要的事情需要讨论。”他们全都下了火车，围成圈坐在草地上，坐在劲风吹得万里无云的天空下，呼吸松香味的空气。“我们把这叫作‘来坐一坐’，”切姆说道，然后接着说，“这是狮子和狐狸的故事。你们来自恐怖的世界。对那个世界，我们知之甚少。从我们的父辈那里听过一些，执行行动的时候目睹过一些。但我们知道你们每个人都是通过某种奇迹而幸存下来，我们知道你们从地狱走出来。你们和我们都与同一个敌人战斗，但以两种截然不同的方式。你们必须孤身作战，自己创造一切，包括防御、武器、盟军、战略。我们更幸运：我们受过训练，有组织，属于大部队。我们的敌人只在对面，我们不是身处敌人中间。我们无须夺取武器，军队发给我们武器，教我们如何使用。我们打过艰难的战斗，但我们身后有后防线、有厨房、有医务室，有一个欢呼我们为解放者的国家。在这个国家，你们的武器对你们不再有用。”

“为什么不再有用？”莫托尔问道，“这个国家怎么跟其他国家不同？就跟在任何地方一样，我们在这里是外国人，事实上，比在俄罗斯或者波兰更外国，外国人是敌人。”

“意大利是个奇怪的国家，”切姆说道，“理解意大利人需要很长时间，我们从布林迪西到阿尔卑斯山脉，一路打上意大利，还是没能清楚地理解这些意大利人。但有一件事是肯定的，在意大利，外国人不是敌人。比起对待外国人来，你还会觉得意大利人彼此之间更有敌意。这听着古怪，却是真真切切的。也许这是因为意大利人不喜欢法律，因为墨索里尼的法律，以及他的政策和宣传非难外国人，就是因为这个原因，意大利人帮助外国人。意大利人不喜欢法律，事实上，他们喜欢犯法。这是他们的游戏，就像俄罗斯人的国际象棋一样。他们喜欢欺骗，讨厌被欺骗，但限于一定程度。有人欺骗他们之时，他们就想：瞧他多聪明，比我还聪明。他们不谋划复仇，顶多在另一个游戏里占回便宜。事实上，跟下棋一样。”

“那他们也会欺骗我们。”琳说道。

“大概会的。但这是你会冒的唯一风险。所以我才说你们的武器不会有用。不过，我还得告诉你们最最古怪的事情：意大利人向来是所有外国人的朋友，但他们对待巴勒斯坦兵旅的友好态度胜过任何人。”

“他们可能没看出你们是犹太人。”门德尔说道。

“他们当然看得出了，何况我们也没有隐瞒。他们帮助我们，不是出于不顾我们是犹太人这个事实，而正是因为我们是犹太人。他们也帮助他们自己国家的犹太人，德国人占据意大利的时候，竭尽所能地逮捕意大利犹太人，但只抓获和杀害了五分之一。余下的都在基督徒家里避难，不单是意大利犹太人，还有很多外国犹太人逃难到意大利。”

“也许意大利人碰巧是善良的基督徒。”门德尔又试着猜测。

“也许吧，”切姆说，抓搔着眉头，“但我说不准。就算是作为基督徒，意大利人也是很怪的。他们去做弥撒，可也诅咒。他们向圣母和圣徒祈祷，却似乎不太信奉上帝。他们心里牢记十诫,但顶多只遵守两三条。我觉得他们帮助患难的人，因为他们是好人，因为他们自己受过很多苦难，知道应该帮助受苦难的人。”

“波兰人也受过很多苦难，却……”

“我不知道该怎么跟你解释。也许有数打的理由，全是好的，或全是坏的。但有一件事你们要知道：意大利犹太人与基督徒一样古怪。他们不会说意第绪语，事实上连意第绪语是什么东西都不知道。他们只会说意大利语，或者说，罗马的犹太人说罗马语，威尼斯的犹太人说威尼斯语，等等。他们打扮得跟平常人一样，长着同样的面孔……”

“那他们走在街上，怎么分得出基督徒和犹太人？”

“分不出。我说过的喽。这个国家岂不奇特？再说，犹太人也不多，基督徒不多想犹太人这事，犹太人也不多想自己是犹太人这事。意大利从来没有犹太种族迫害，即便罗马教廷叫他们鄙视犹太人，谴责犹太人放高利贷时，即便墨索里尼颁下种族法令，德军占据意大利北部时，意大利也没人做过迫害犹太种族的事，甚至不知道这个词语的意思。这个国家是绿洲。意大利人是法西斯时，意大利犹太人也成为法西斯，为墨索里尼鼓掌喝彩；德军入侵时，有些人逃往瑞士，有些人成为游击队员，但大多数人仍留在城里或者郊野，就算德国人贴出很高的悬赏，也极少有人被发现或被举报。你看，你进入的就是这样一个国家，好人的国家，他们不喜欢战争，喜欢让事情混淆不清。为了去巴勒斯坦,我们就得欺骗英国人,那么这里就是最理想的地方,就好比放在适当位置的一个码头,好像专门为我们而设。”

基大利一干人,或蹲或躺在布伦纳的草地上,心里极不情愿把武器交给任何人,或者出于任何理由转交。但是眼前这四名巴勒斯坦人,身穿盟军的军装,那么有把握地说出那些道理,他们不敢表示异议。他们沉默片刻,然后在自己人当中交头接耳地讨论。切姆和三位同伴没有表现出不耐烦。他们走开数步,在草地上闲逛。几分钟后,他们回来,切姆问道:“你们哪一位是首领?”

基大利举起手:“我想是我吧。是我领着游击队,不管好歹,从白俄罗斯到这里。可你也看到了,我们没有军衔,从来没有。我从不需要下命令。我会提出一些建议,有时候其他人提出建议,我们一起讨论,达成一致。但大多数时候,我们无须讨论就已经达成一致意见。我们像这样共同生活、战斗了八个月,走了两千公里。我是他们的头领,只是因为我发明东西,因为我有想法,能想出解决问题的方法。但是现在战争结束了,我们进入和平的国家,还要头领做什么?”

切姆转向他的同伴,用希伯来语说了些话,他们作答,脸上没有露出丝毫不屑或不耐,而是一脸的宽容和尊敬。切姆说道:“我们理解你们,或者自以为理解。你们也是奇怪的,比意大利更奇怪。不过,在一些人眼里,所有人都显得奇怪。事情就是这样,战争搅动所有东西。好吧,就你们的首领这件事,随你们喜欢,选举一个或确认他是(他指了指基大利,但他摇头否认），或者不用也行。但武器是另外一回事。我们十分理解你们，但英国人和美国人根本不会理解。他们烦透了游击队。打仗的时候，游击队是便利，但现在没人想听到人提起他们。今年冬天，战争还没有结束的时候，盟军其实就想强制解散意大利游击队。现在，他们给游击队颁布各种勋章证书，想要多少有多少，就是不许带武器。倘若发现有人携带武器，或者家里私藏，就把此人关押起来。你们就可以想象他们会如何对待扛武器的外国游击队了，尤其是从俄罗斯来的。所以，你们要识大局，把武器交给我们，我们知道如何处置这些武器。换句话说，你们可以保留身上能够隐藏的，把剩下的交给我们。怎么样？”

基大利沉默片刻，然后耸耸肩，没好气地说：“好吧，亲爱的同胞们，我们这下回到法律和秩序中了。”他爬上车厢，拿来什慕列克的自动手枪和其他一些武器。这四名士兵并没有十分严格，没有询问其他问题，把武器装上停在附近的吉普车。

他们回来后，基大利问道：“漂亮。我们现在怎么办？”

“这是小事，”切姆说道，“现在你们解除了武装，或者差不多解除了武装。你们就不那么奇怪了。你们现在变成了DP。”

“我们变成什么了？”琳狐疑地问道，“DP是什么东西？”

“DP是‘背井离乡的人’，难民、散兵、流民。”

“我们不是DP，”琳说道，“我们有祖国。要是我们现在没有了，那不是我们的过错。我们要自己再建造一个。我们的祖国在前方，不是在身后。我们一路上碰见很多散兵，他们根本不像我们。我们不是 DP，我们是游击队员，不是光喊口号的。我们已经用自己的双手建造了未来。”

“冷静一下，姑娘，”切姆说道，“现在不是讲究定义的时候。你千万不可太咬字眼了。你们都要变通些。在这里，现在有盟军，迟早还会碰上军队警察。他们不像纳粹，但也很让人头痛，他们会把你们不知关到哪里去，也不知会关到什么时候，也许直到跟日本人的战争结束为止，当然，假设与此同时美国人和俄罗斯人不会开战。他们不会问你们很多问题。在他们眼里，游击队就是共产党，如果是从东边来的，那就是双重的共产党。我说得够清楚了没？换句话说，武装间的兄弟情谊已经结束。你们现在或者无论什么时候都不愿被送到集中营吧？”

对于这个问题，基大利一干人嘟嘟囔囔地各自嘀咕着，切姆分辨出一些词语来。

“转入地下？想都不要想。意大利跟你们来的那些国家不一样，尤其是意大利北部，人口稠密得像个鸡笼。没有森林，也没有沼泽，何况你们不熟悉地形。这里的农民不会懂的，会把你们当作流寇，你们最后也会变成流寇。变通些，自己去报到。”

“去哪里？怎么报到？向谁？”基大利问道。

“不要引起任何人注意，设法去米兰，到了米兰，去找这个地址。”

他在一张纸条上写下地址，递给基大利，然后说道：“要是我们再见面的话,你会说我给了你们好建议。现在上火车吧，他们正在挂火车头。”

在米兰中央车站，他们爬下车厢，站在被轰炸过的玻璃和钢条组成的穹顶之下，以为又一场战争爆发了。到处有人宿营，铁轨两旁、月台上、通往广场的大台阶上、停运的自动扶梯上，当然还有广场上都住满了人。有衣衫褴褛的意大利人回归祖国，有衣衫褴褛的外国人等待前往不知是何处的祖国，有白皮肤或黑皮肤的盟军士兵身穿高雅的军装，有意大利市民打扮体面，携带手提箱和帆布背包，前往度假地。广场前丑陋的石头建筑前面,有电车在行驶,偶尔有汽车开过。有些花圃被转用为战时花园，又经过劫掠，已遭废弃，而今只有杂草蓬茸。四处扎着帐篷，帐篷前不成人样的妇女在临时搭建的灶火前煮食物。另有一些妇女拿着盆罐、各式容器挤在饮水器前。极目都是被轰炸过的建筑。

只有帕维尔会说几个意大利词，做演员周游欧洲时学来的。他拿着地址向一个路人打听，那人狐疑地看看他，没好气地答道：“不在了！”什么不在了？地址错了？还是房子坍了？因为彼此语言不通，对话十分艰难：“法西斯、法西斯，没了，完了。”那路人不停地重复。帕维尔终于明白，这个地址指向一处重要的法西斯总部，而今已不复存在。不过，那米兰人仍然尽力为他们指路。得走三公里。三公里有什么？近得可笑。他们出发上路，羞怯又好奇，在他们漫长的征途之中，初次感觉到前所未有的陌生。

时近午后，一行人拉拉杂杂地散落而行，只留着心眼跟紧走在队伍前头的帕维尔，但他们时常拉他停下，以便好好地四下看看。熏黑的废墟间错落着一些气势不凡的高楼，很多店铺开张，橱窗里布满诱人的各式物什，贴着不可识辨的标签。只有火车站周围才有衣衫褴褛的人，市中心街上遇见的都是衣着体面的人，热心地回答他们的问题，尽力理解他们的话，尽力帮助他们。工会路？直往前走，还有两公里。一公里。大教堂。大教堂？明白了吗？大教堂广场。然后直走。在被轰炸得布满凹痕的宏伟的大教堂之前，他们停步，满心疑惑、胆怯，背着褪色的包袱，自惭形秽。皮奥特暗地里叠起三个手指，用俄罗斯方式祝福自己。

在工会路上，他们重新发现熟悉的气氛。援助中心挤满了难民，有波兰人、俄罗斯人、捷克人、匈牙利人，大多数人说意第绪语。所有人都一无所有，需要所有援助，场面极其混乱。过道里睡着男人、女人、小孩，人们拿胶合板或毯子搭起帐篷，组建了家庭。过道里、玻璃窗后，都有各个年龄段的妇女，忙得喘不过气，汗流满面，不知疲倦。她们全都不懂意第绪语，只能听懂一点德语。临时充任的翻译大声高喝，竭力维持秩序和纪律。空气溽热，弥漫着厕所和厨房的气味。一个箭头和意第绪语标识指示新人该去报到的窗口，他们去排队，耐心地等候。

队伍进展得十分缓慢，门德尔毫无边际地沉思一些自相矛盾的想法。他也感到前所未有的陌生：俄罗斯人在意大利，希伯来人面对大教堂，乡下的修表匠在大城市，游击队员在和平时期。语言与精神上的外国人，被长年的野蛮生活所异化的外国人。然而，在所穿越的数百个地方，他们从来不曾呼吸过现在所呼吸的空气。外国人，却有被接纳的感觉，不单是被援助中心这些善良的女士所接纳。不是被包容，而是被接纳。从布伦纳到这里，在他们问路的意大利人的脸上，虽然时或有一丝怀疑或羞怯，但当他们认出你是犹太人时，脸上从来没有浮现俄罗斯人或波兰人常有的那层阴暗。在这个国家，他们都像皮奥特，也许没有那么勇猛，或者更狡猾，或者只是更年长。就是见多了世态的老年人惯有的那种狡猾。

门德尔和帕维尔并排站在窗口报到。窗玻璃那边是一位三十岁左右的女士，身穿精心熨烫的白衬衫，小巧、漂亮、礼貌，棕色的头发看得出是新做的。她喷了香水，在香水气息之外，门德尔不安地嗅到帕维尔身上浓重的汗臊味。那位女士懂德语，说得颇流利，双方不难彼此理解。帕维尔却硬要说意大利语，结果非但没有将事情变简单，反而弄得更复杂。名字，再说一遍。年纪，从哪里来，国籍。三四个人异口同声地回答，生起一阵混乱。那位女士随即明白他们是一起的，没有显露不耐烦，叫帕维尔替他们所有人作答。她也用尊称称呼他，称作您，这也让他既高兴又难堪，这也是从来没有过的事。这里是名副其实的援助中心，她们设法帮助，乐于帮助，而不是只想摆脱他们，或者把他们关进带倒钩铁丝网的笼子。

那位女士写啊写，三十五个名字可不少，名单越写越长。怪异的名字与姓氏，连簇的辅音，她得不时停下，校对一下，要求重复一个词语，然后逐个字母拼写。终于写完了。那位女士把头从窗口探出来观看。一个群体，怪异的群体，不同于寻常的难民，不同于每天在她那间办公室前过去的流浪者。肮脏、疲倦，但站得挺直。他们的眼神、言语、举止都迥然不同。

“你们一向在一起吗？”她用德语问帕维尔。

帕维尔绝不错失出风头的机会。他绞尽脑汁地回想从前旅途里学来的意大利词语，在后台、廉价旅馆、妓院学来的。他胸膛一挺：

“一队的，迷人的女士。一起的。一直一起。俄罗斯、波兰。长征。森林、河湾、雪地。德国死人。很多。我们游击队，我们都是。该死的。不是DP。我们，战争，游击队。所有战士。女士。女士也是。”

那位迷人的女士迷惑了。她请基大利一干人到一旁等候，拿起电话筒。她在电话里讲了很久，说得非常激动，但用手捂着嘴，生怕被人听见。最后，她告诉帕维尔耐心等待：他们也要在过道里住一夜，尽可能找个空隙安顿。但明天她会给他们做更好的安排。洗漱？那有点困难。这里没有澡堂，连淋浴也没有。这些房子是新近才重新使用的。但有水、厕所、肥皂，还有三四条毛巾。这么多人，当然不够，可是又能怎样？这不是她的过失，或者她的同事们的过失。她们都尽力了，甚至做出个人贡献。门德尔从她的言辞和神情中读出敬意、怜悯、支持、惊慌。

“你要送我们到哪里？”他问道，竭力把德语说得流利。

那女士笑得很美丽，做了一个叫门德尔觉得难解的暗示手势。

“我们不是要把你们送到难民营，而是另一个适合你们的地方。”

事实上，次日清晨，两辆卡车就来载他们。那位女士叫他们放心，不是去很远的地方，就是米兰近郊一个农场，顶多半小时车程。他们在那里容易适应，比城里好些，较舒适放松……那样她会较放松，门德尔自忖。他询问她怎么碰巧会说德语，很多意大利人会说吗？很少，那位女士答道，不过，她是德语教师。是的，她在一所学校教德语，直到希特勒打来，她逃往瑞士。瑞士离米兰四十公里。她和丈夫、幼小的儿子在瑞士被拘留，几周前才回到米兰。她望着基大利一干人背着吉卜赛似的背包爬上卡车，说会跟他们保持联系，然后道了别，转身进办公室。

农场在战争结束之前数日被毁，然后得以修葺。这里已有五十个波兰和匈牙利难民，但房间都很宽敞，至少容得下两三百人，并且铺满了行军床和木板床。他们四处探看：没有，第一次没有见到哨兵、带倒钩的铁丝网。虽算不上是房子，但差不多算是了，没有限制规定，任你自由出入。如果想离开，就直接走。准时送来食物，有水、阳光、草地、床铺。简直是一家旅馆，你还想要什么？可是，你总是想要更多，事物从来不如你所期待的一般美好。但也不似你所期待的那般可怕糟糕，门德尔默想着，记起在诺沃肖尔基拼命干活的日子，在浓雾和沼泽地里的情景，以及陶醉于战斗的酣畅。

还要在第二个窗口做第二次登记。这一次，窗后是一名瘦削干练的年轻人，一口流利的意第绪语，却是来自特拉维夫。他没有做太多的文书工作，便给他们做了入住登记，但轮到蓓拉和白罗柯尔的时候，他停下说：不行，她们不行，她们得回米兰去，她们不适合农场的工作，尤其是这名妇女。工会路那边的人怎么工作的？她们疯了？把怀孕的人送到我们这里，她们是怎么想的？琳出头干预，基大利、帕维尔和伊西多吼得最响：我们不分开，我们不是难民，我们是游击队，一起行动。要是白罗柯尔回米兰，我们所有人都一起去。那年轻小伙做了个鬼脸，但没有坚持。

第二天，他却十分固执。这里有些工作要做，紧迫的工作。基大利一干人意识到这是一个奇怪的农场，要干的农活极少，却有大批的商品进出。一箱箱食物和药品，但也有一些东西沉重得叫你不相信英文标签所标的名称。那年轻小伙说每个人都要帮忙，把箱子搬上卡车。鲁扎来的三四人抱怨道，他们从白俄罗斯一路打到意大利，不是为了来做搬运工的，其中一人甚至嘟哝着："卡波。"这个年轻的农场管理员兹维没有理睬这句辱骂，耸耸肩说道："等你们的船来了，这些东西对你们也会有用。"然后，在两个匈牙利男孩的帮助下，他自己也卖劲地搬箱子。所有人都不再抱怨，分头去干活。

农场里来来去去的人也很多。各个年龄的难民来了又离开，从而难以跟人熟识。基大利一干人很快就发现有些居民是常住的，他们避免吸引别人的注意，但必定是在做一些基本的工作。有两个人尤其让门德尔感兴趣。两人都是三十岁左右，健壮、敏捷，极少说话，彼此谈话之时说俄语。通常，他们跟一队年轻人走进院子，带着镰刀、干草叉、耙子，消失在河边的方向。他们直到傍晚才回来，河边的树林里有时传出零落的枪响。

“那两个是什么人？”门德尔问兹维。

“教官。他们是红军来的，很聪明的小伙，要是你们当中……”

“我们下次再谈这个，”门德尔不置可否地说，“我们刚来，先让我们缓口气。再说，我觉得我们这批人也不需要学习了。”

“哦，我不是那个意思。我的意思是你们有很多可以教的。”兹维强调他的用词。门德尔想起斯米尔诺夫在格沃古夫集中营里建议他的，他由于当时身心交瘁而没有答应。不，他不懊悔。凭良心说，真的不后悔。我们尽了我们的义务，我和所有其他人。至少不是现在。我们还在喘息。我们还没学会呼吸这个国家的空气。

数日后，农场收到一封米兰来信。信是用德语写的，致帕维尔·尤勒维奇·列文斯基先生，署名阿黛尔·S女士。信散发着工会路那位漂亮女士身上的香水味，信中邀请他们去喝茶，星期天下午五点，在她位于蒙福尔特路的家中。不止邀请帕维尔一人，而是含糊地说：“你和你的一些朋友。”换句话说，不要带整个队伍来，别来太多人，合理的数目。此事掀起一片哗然，一干人分成三派：想去茶会的人、无论如何不想去的、拿捏不定与无所谓的。帕维尔自然想去，蓓拉、基大利、琳以及其他几个人都想去，各有各的动机。帕维尔自认是不可或缺的翻译，也因为信封上写的是他的名字。蓓拉和基大利是出于好奇，琳是出于意识形态的考虑，也就是说，因为队里就她受过犹太复国主义教育，其他人是想弄点好吃的。皮奥特和阿里耶因为害羞而不想去，也因为他们不懂德语。白罗柯尔则因为数日以来时常感到腹痛，伊西多不愿跟她分开。莫托尔说那位女士的非犹太人举止叫他看不惯，也无法想象自己坐在客厅里。

于是，帕维尔、蓓拉、琳、基大利、门德尔去了。说实话，门德尔是属于拿不定主意的一类，但是另外四人坚持要他同去：这可是观察意大利人如何生活的稀罕机会，他们会觉得有意思，会玩得高兴的。但是最重要的是，不论他喜欢与否，他是这个队伍的关键人物，最能代表他们所有人，参与了他们所经历的所有事件，他不是还是红军么？对意大利人来说，这自然很重要，或者至少有意思。

他们穿上最好的衣服。琳除了自诺沃肖尔基以来就穿在身上的粗笨军装之外，没有别的衣物，说道她就这个样子参加茶会："要是穿上别的衣服，就会觉得做了伪装。就好比撒谎。如果他们要我，他们就得接受我这个样子。"

然而所有人都劝她稍微穿得好些，蓓拉和兹维劝说得最勤。兹维从农场的仓库里找出一件丝质白衬衫、一条象牙白棉质百褶裙、一条皮带、一双尼龙丝袜，还有一些软木塞底的凉鞋。琳听从劝告，抱着行头退到屋里更换。几分钟后，从更衣间出来一个完全陌生的人，好似从茧里飞出一只蝴蝶。简直叫人不敢辨认：较他们熟悉的琳更小巧、更年轻，几乎像个小孩，穿着裙子和高跟凉鞋，显得很拘谨，因为她有很多年没有穿了。但她那双漆黑、坚定、相隔宽阔的眼睛和单薄、直挺的狮子鼻，依然如故，脸颊也苍白如常，日晒风吹也不曾变黑。尼龙袜使她的瘦腿和脚踝显得优美，蓓拉伸手抚摸，好似在确定这是不是光腿。

S女士的客厅来了很多客人，全是意大利人。有的打扮优雅，有的衣衫破旧，还有一些身穿盟军的军装。只有两三人懂俄语，无人会说意第绪语，从而交谈变得十分复杂。游击队五人尽量待在一起，好像防御攻击似的，但几分钟后，防线就溃散了。各人很快发现自己被隔离开来，身边围拢着好奇的客人，抛出连珠炮似的问题，语调动听，却不知所云。帕维尔和那位女士忙碌地翻译，但效果甚微，实在是供不应求。隔着两个人后背之间的空隙，门德尔瞥见琳被五六个高雅的女士包围着。“像动物园的动物。”琳悄声用意第绪语对他说道。

“凶猛的动物，”门德尔答道，“要是他们知道我们做过的所有事情，就会害怕我们了。”

女主人显得很焦虑。他们是她的，那五个人，是她的意外发现，是她的飞来横财。她宣称她的垄断权。他们说出的每个字都属于她，不应该遗失。她费尽心思从客人群中挤进去找他们，叫他们重复对他人说过而她不曾听到的话。但她也为另一理由而焦虑；她是受过上等教育的优雅女性，这五人所讲述的一些事情让她听着刺耳，尤其是帕维尔和基大利简直毫无忌讳。我们当然知道有这些事情，发生了这些事情，战争不是过家家，尤其是这些可怜人打过的战争，更不是闹着玩的。但是在客厅里，你说，在她的客厅里……是的，英勇事迹是好的，向德国人报仇、搞敌后破坏、雪地长征，都是好的，可他们不必谈虱子啦，绑腿的方式啦，还有在厕所里上吊啦……她几乎懊悔邀请了他们，主要是因为帕维尔，不幸的是，他会说几个意大利词语，可是不知什么缘故，学的似乎都是些诅咒和脏话。她不想自欺：她的朋友们一定会笑话她，把这个故事传遍米兰。半个小时之后，她躲到角落里的一张沙发上，坐在蓓拉旁边，她看上去不那么粗野，话不多，吃着巧克力，欣赏墙上的画。那位女士不时地拿眼睛瞄落地大钟：她的丈夫迟到了。但愿他快点回来！他会帮她收拾这个乱了套的茶会，让每一位客人，不论是本地人还是外国人，都尽本分，不至于伤风化。

S先生近六点钟时回来，向每个人道歉：火车准点从卢加诺出发，但被边境扣下做常规检查。他亲吻妻子，也向她道歉。他身量矮胖，待人热忱，爱喧闹，秃头，脑后仍残留一圈金发。他也会说德语，但不合语法地乱说一气。他在旅行途中学会的。他做生意，经常出国。他碰巧面对着门德尔，便立即开始给他描述自己做的生意，好似早已熟识的人，就像那些著名的人物对于说话对象毫无兴趣时的举止。他说道旅行有多难受，关系有多难建立……门德尔忖想他们自己的旅行方式，跟乌兹别克人拿盐换兔肉的生意。但他什么也没有说。那人终于收住话头："不过，你想必渴了。来，跟我来！"

他抓着门德尔的手腕，把他拉到茶点桌前。门德尔茫然不知所措，脚下跟着。他觉得这一切极其虚幻，就像肚子吃得太饱之时做的梦。趁S先生把玻璃杯举到嘴边不能说话的空隙，他鼓起勇气把一开始就在脑子里翻腾的问题问出来：这些人是谁？他和他妻子真的是犹太人？这房子是他们的？德军不也到这里，到米兰吗？他们如何幸存下来，如何保存周围这些漂亮的东西？所有意大利犹太人都像他们这么富裕？或者所有意大利人都这么富裕？他们全都有这么漂亮的房子？

主人神情古怪地看着他，好似门德尔的问题很愚蠢或者不合时宜。但他耐心作答,好像对有点痴呆的小孩说话。怎么,他们当然是犹太人,姓S的都是犹太人。客人们,不是,不全是,但这个重要吗？他们是朋友，这就够了，善意的人，想认识从遥远的地方来的你们。这房子是他们的，为什么不行？战前他赚了不少钱，战时前几年，纳粹没来之前，也赚了不少。后来，纳粹征用房子，在这里安了一个法西斯高层官员办公室，但他一从瑞士回来，就动用了一点关系，把法西斯撵出去。不，不，不是每个人都有这样的房子，不论是基督徒或犹太人。不是每个人，但很多人有，米兰是富裕的城市。富裕而慷慨，很多犹太人留在这城市里，或躲藏起来，或用假身份证，邻居在外面碰到他们的时候，装作不认识，但私下给他们送食物。

一个嗓音轻快的大个头男子走来，打断他们的对话，此人不会说也听不懂德语，但对待门德尔极其友好。他请求做介绍，S便担任介绍人，说错了门德尔的名字，他对门德尔说："这是隆戈先生，律师。"这位律师的举止比主人得体，肃然恭听门德尔简洁讲述的故事，那主人逐句翻译。最后这位律师对主人说道："你的这些朋友必定倦乏了，他们需要休息。请替我询问他们是否愿意到瓦拉泽来做我的客人。我的别墅里有房间，也许他们还没有见过大海！”

这一邀请令门德尔愕然。他犹豫着，支吾了片刻，然后试图去找同伴商量。他自己是不肯接受的，心里感觉陌生、别扭、不快、粗野。他觉得自己身上有股什慕列克洞穴里的坟墓气味。不过，如果其他人同意的话，他也会同意。蓓拉、琳、基大利也倾向于拒绝，想找一些含糊的借口，而事实上他们给唬得胆怯，觉得担当不起强置在自己身上的角色。帕维尔则乐意接受邀请，但不愿单独去，于是顺从大多数人的意见。他们都道了谢，然后婉拒，听到S先生将自己笨拙的话语翻译为动听的意大利语，心里还蛮高兴的。“话虽这么说，我也不介意去看看大海。”蓓拉对基大利咕哝道。

女主人趁着五人凑在一起之时，把他们介绍给另一位朋友，高个子瘦削的年轻小伙，看上去精力充沛，身穿军装式的衬衣和裤子，但没有标识或V字肩章。“这位是弗朗切斯科，你们的同事。”她说道，嘴角露出诡秘的微笑。弗朗切斯科却仍然一本正经。那位女士接着说：“他也是游击队员，在瓦尔特林纳、阿尔卑斯打过仗，也就是你看见的那些山。很勇敢的小伙子，可惜是个共产党。”

在这位女士的翻译下，双方进行殊为艰难、被曲解的谈话。不过，弗朗切斯科得知门德尔曾属于红军时，走近前来拥抱他：“自从德国攻打你们以来，我就从来没有怀疑过德国人会打败。你告诉他，阿黛尔。告诉他我们也在战斗，但是如果苏维埃没有顽强抵抗的话，欧洲就完了。”那位女士尽力翻译，最后添了一句：“他是个可爱的小伙子，就是太顽固，还有些古怪的想法。要是由他说了算，他想也不会多想：无产阶级专政，土地归农民，工厂归工人，就这么着。至于我们呢，因为是他的朋友，他可能会在本地苏维埃办公室给我们安排个小位置。”

弗朗切斯科多半没有听懂，也没有辩解。他仍然神情专注，请她翻译说，他的政党是抗战的中坚力量，意大利人民的真正心声。接着他要她询问门德尔和他的朋友们为什么离开自己的祖国。门德尔有些难堪。他模糊地听说过一些战时意大利的形势，但这位女士如此公开地说她的朋友是共产党，着实令他讶异。也许只是戏言？那她说起自己害怕共产党的时候，也是开玩笑？或者她真的害怕？如果是的话，她的害怕正确吗？但他现在得回答弗朗切斯科的问题。如何向他解释在俄罗斯或波兰做犹太人，不同于在瑞士、米兰、蒙福尔特路做犹太人？他很愿意为这个年轻人讲述他们的全部故事，却只是说他和他的同伴们毫不反对斯大林，相反，他们感激他摧毁了希特勒。但他们的家园也被摧毁了，他们身后一片空虚，他们希望在巴勒斯坦寻找一个家园。那位女士做翻译，门德尔听着觉得她的翻译比原文漫长，弗朗切斯科看似不太相信，但走开了。在门德尔眼里，这些意大利人的面孔也不太清晰。他读不懂他们的神态和表情，或者生怕读错。弗朗切斯科。一个游击队员，一个战士同胞。你战斗了多久，弗朗切斯科？十六个月，十八个月？在第聂伯河畔凡雅明的无线电宣告墨索里尼进监狱后，在朵夫得知意大利投降后，你才开始打仗？你走了多远，弗朗切斯科？你失去几个朋友？

你的家乡在哪里？也许在米兰，或者我说不出名字的那些山里。可你有一个家，你为之战斗的家，就如你为你的思想而战斗。一个家，你脚下的土地，你头顶的天空，都是你的，始终不变。母亲和父亲，女友或妻子。你有让你想活下去的人或物。如果我会说你的语言，就能好好地向你解释。

在他身后，阿黛尔女士正在跟琳说话："……但现在他们是我们最大的帮手。武器来自他们,从捷克斯洛伐克转运过来。宣布罢工的是意大利共产党。英国人企图拦截一艘难民船的时候，所有码头工人都罢工，英国人只好让船过去……"

门德尔觉得晕头转向,客厅里满是漂亮的东西、斯文的人,觉得自己也是两军厮杀的大棋盘上的一个士卒。也许一直以来，一直以来就是一个士卒，一向是失踪的士兵，遇见列昂尼德之后，你就自以为自己在做决定，而实际上是跟随别人早已写下的命运。谁？斯大林，或者罗斯福，或者万军之主耶和华。他转头对基大利说："基大利，我们走。我们去道别。这不是我们的地方。"

"什么？" 基大利愕然问道。也许他生怕听错了，或者正在想其他事情。此时，蓓拉所坐角落处的电话铃响起，那位女士前去应答。稍后，她搁下话筒，对门德尔说："是兹维，农场打来的。你们的朋友，你们叫白罗柯尔的那个，身体不舒服。他们把她送进城来了。她在医院里，离这里不远。"

他们五人全都挤进隆戈律师的汽车，去妇产科医院。这是一家私人医院，干净整洁，但很多窗上安着胶合板，还有一些窗上贴着纸板，权充窗玻璃。罗柯尔与另外三个妇女合用一个病房。她脸色苍白、平静，微弱地呻吟，或许他们给她打了镇静剂。伊西多在病房门外的过道里，又紧张，又紧锁眉头，旁边还有伊祖，就是赤手摸鱼的那人，还有布利兹纳来的三个人，队伍里最粗野的。伊西多不停地来回踱步，腰带上别着一把手枪。其中两位同伴坐在地板上，看似醉醺醺的，另外两人站在窗口说话。门德尔从他们破旧皮靴筒的鼓突看出里面藏着刀子。窗台上摆着一瓶红酒，两块粗面包。

"她怎么样了？"蓓拉悄声问伊西多。

伊西多也不压低嗓门，大声嚷道："她很不好。痛得很。她刚才还在叫唤。现在他们给她打了一针。"两名修女在过道尽头张望，私语数言，随即消失了。

"过来，她有专家看护着，"门德尔说道，"你们都来这里干什么？"

"我不走。"伊西多说，其他四人也闷不吭声，只是恶狠狠地瞄了门德尔等人一眼。

"你又帮不上忙，只会碍手碍脚。"琳说。

"我不走，"伊西多重复道，"我就待在这里。我不信任他们。"

新来的五人移到一旁商量，基大利问道："我们怎么做才好？"

"我们人太多了。"门德尔说道，"我留下，看看有什么事。我试着说服他们冷静下来。你们先回农场，那位律师还在下面等着。要是有个万一，我给你们打电话。"

"我也留下，"琳出人意料地说，"女人会有用些。"基大利、蓓拉、帕维尔离去。琳和门德尔坐在等候室的扶手椅里。通过半启的门缝，他们可以留意过道里那五人的动静。

“伊西多也喝醉了？”琳问道。

“我看他没有醉，”门德尔答道，“他是因为害怕，才会这么疯了似的。”

“害怕生产。担心罗柯尔？”

“是的，不过，也许不只是这个。他还是个孩子，需要感觉自己很重要。基大利不该让他开卡车的。”

身着陌生的女性服饰，琳的内心似乎也起了变化。她柔声答道:“那是什么时候的事了？二月里，是吧？那时还有雪。”

“是三月初，我们离开沃尔布罗姆的时候。是的，应该是三月初。”

“真难把事情都记得清楚，是不？你也这样吗？”

门德尔点点头，没有说话。一位护士进来，用意大利语跟他们说了些话，琳和门德尔听不懂，那护士耸耸肩离去。琳走进罗柯尔的房间，随即就退出来：“她睡着了。看起来很平静，但脉息很快。”

“也许女人生产的时候都这样。”

“我不知道。”琳答道。她沉默片时，接着说道：“我们都做得不对。一个男人十七岁做父亲，你觉得对吗？”

“兴许做父亲从来就不是正确的事。”门德尔说道。

“打住，门德尔。别想这些念头。今晚一个婴孩就要诞生了。”

“你认为我们的思想会触及他？使他生得不一样？”

“谁知道呢？”琳说道，“新生儿那么娇弱！是什么时候怀上的？”

门德尔在心里算了算：“我们跟埃德克队伍一起的时候，在图内尔村附近。十一月。那他是波兰娃儿？或者跟罗柯尔一样，乌克兰娃儿？还是意大利娃儿？”

“*narische bucher,vos darst du fregen*？”琳笑道，引用那首唱过的歌：“傻小子，你为什么非得问呢？”奇怪的是，被她叫作傻小子，门德尔丝毫不觉得恼火，反倒深受感动。这个崭新的琳不再是喇合，而是歌里那个满怀怜悯的机灵的姑娘。

“你为什么非得问呢？”琳重复道，把手搁在门德尔的前臂，“婴儿就是婴儿。以后才会变成别的什么。你为什么要担心呢？何况也不是我们的孩子。”

“确实，不是我们的孩子。”

“我们也是被扔到世上的。”琳突然说道。门德尔疑惑地看了她一眼，琳试图分剖明白：“被扔到世上，被驱逐。俄罗斯怀上我们，养育我们，让我们在其黑暗里长成，就像在子宫里一样，然后她经受阵痛，子宫收缩，把我们扔出来。现在我们在这里，赤裸、崭新，就像刚出生的婴孩。你不也是这样？”

“*narische meidele,vos darst du fregen*？”门德尔反诘道，感觉嘴角流露出深情的微笑，眼底浮现一层雾气。

走道里响起一阵动静，脚步声、低语声。门德尔起身从门缝里探看：白罗柯尔的呼吸沉重，间或呻吟。她猛地扭动身体，尖叫一声、两声、三声。布利兹纳来的三人骇跳起来，带着睡意，气势汹汹地要寻衅。伊西多跪在床前，然后大跨步走到过道。一分钟后，他回来，拉着一名修女和值班医生。三人都惊恐无状，但出于不同的理由。伊西多用意第绪语喊着："这女人不能死，医生，听懂没有？她是我的妻子，我们一路从俄罗斯来，我们打仗，我们长征。那婴儿是我的儿子，他必须出生。他不能死。听懂没有？要是这女人或孩子死了，你也死定了。我们是游击队。快去，医生，做你应该做的，小心点。"

琳走到伊西多身旁，安抚他，叫他冷静，但伊西多把手搁在腰间的手枪柄上，粗暴地一把将她推开。医生不懂意第绪语，但懂得一个惊魂未定的男孩手中握枪的意味。他急急地向修女说了几句话，然后朝过道角落的电话走了一步，但伊西多拦着他的路。然后医生和修女抬起担架，把仍在尖叫的罗柯尔转移到附近的推车上。他们朝产房推去，伊西多示意朋友们跟着。门德尔和琳跟着伊西多。

伊西多不敢闯进产房。随着时间过去，七人在门外坐下。门德尔屡次安抚伊西多，叫他把手枪给他，若不是见另外四人就立在伊西多身后，甚至会试图去抢过来。伊西多面对他，对他的话充耳不闻，起先态度十分强横，渐渐地竖起耳朵聆听产房里隐约传出来的声音。

门德尔坐在琳身旁，看着她裙子下突兀出来的膝盖。他第一次看见她的膝盖，以前从来没有见过，仅凭赋有洞察力的手指探知过它，手指因欲望而颤抖着，在夜夜不同的昏暗床铺上，或者隔着她军裤的粗糙布料。不要屈服，不要屈服于她。不要重新开始，明智点，坚持。你不可能在她身边过一辈子，她不是能过一辈子的女人，你还不到三十岁。三十岁，人生还可以重新开始。就像一本书，你才看完上册。从哪里再开始？从这里、从今天开始，从结着霜花的窗玻璃之外的米兰的黎明开始，从今天早晨开始。这是重新开始生活的好地方。或许你该像他们那样，他们是对的，这两个废人。他们不曾像你对待琳那样，他们闭上双眼，放纵自己，男人的种子不曾撒在地上，女人怀了孕。

一名修女推着推车走过。琳看上去困乏极了，挪动身体道："很久没有熬夜了。"

"我们也很久没有一起过夜了。"门德尔答道。不，我不会和琳度过一辈子，可我离不开她，不想离开她。就算我们分离，我心里会一直装着她，就像与丽芙柯分离之后那样。

他们听得见城市在醒来，电车尖叫，店铺的护窗板打开。一名护士从产房出来，医生接着也出来，稍后又回到产房。伊西多不再蛮横，转而哀告，虽然语言不通，但医生做出叫他安心的手势，指着手表：两小时内，一小时。他们听见不断地喊叫声，一阵引擎轰隆，接着是寂静。最后，阳光照得灿烂之时，一名护士笑容满面地出来，抱着一个包裹，笑着说道："男孩，是个男孩。"无人理解。她四下看看，见汗毛浓密的伊祖正合适，便拽了一下他的胡须："男性——跟他一样！"

他们全都站起来。门德尔和琳拥抱伊西多。伊西多因彻夜未眠而双眼通红，这下眼神发光。医生也出来，拍拍伊西多的肩膀，往走廊尽头走去，但碰上一位同事，手里拿着一份展开的报纸，拦住他讨论。两人身旁围拢了其他医生、修女、护士。门德尔也凑近前去，设法看到那份报纸，只有一张纸，印着巨大的标题，他看不懂。那份报纸的发行日期是一九四五年八月七日，报道的是第一颗原子弹在广岛投下的新闻。

作者后记

这本书源自一位朋友数年前给我讲的事，一九四五年夏天,他在书中最后一章所描述的米兰援助中心做义工。当时，在遣返本国的意大利人和难民的人潮之中，抵达意大利的队伍确实有一些类似我旨在描述的游击队：数年的磨难令这些男男女女硬起心肠，却不曾使他们卑屈，他们是一个文明的幸存者，这个文明几乎不为意大利人所知，被纳粹连根铲除。虽然困顿，这些幸存者依然深知自己的尊严。

我的意图并非叙述一个真实的故事，而是重构其中一支队伍的历程，其中有虚构，但也确凿可信。我所叙述的大部分事件真实地发生过，纵然不是发生于我所给出的地点和时间。犹太人游击队确实与德军作战，几乎总是在绝境中作战，有时作为苏联或波兰军队多少算正规的部属，很多时候则全队都是犹太人。也有类似凡雅明的游击队，根据时局形势，或接纳或排拒犹太战士（有时将他们缴械或杀害）。犹太人队伍，总计有一万或一万五千人，生存了很长时间，有些存活到战争结束，譬如在我擅自虚构的诺沃肖尔基防御营地，甚至在类似我所描述的什慕列克的地下墓穴（尽管看似令人难以置信）。关于敌后滋扰行动，譬如破坏铁路、改道空投物资，在东欧关于游击队战争的文献中有充分的记载。

除女飞行员玻莉娜外，所有人物俱属虚构。尤其是马丁·方塔什这个人物，纯属想象，但确实有很多犹太诗人歌手，或出名或无名，在城市或偏远的农村，像这个马丁一样被杀害，而且不单是在一九三九年至一九四五年间，不单是被纳粹杀害。“基大利之队”的队歌也属虚构，但叠句，也是小说的题名，是受《先贤书》（*Pirké Avoth*）一些格言的启发。这是一部收集著名拉比言论的语录，成书于公元二世纪，属于《塔木德》的一部分。第一章第十三句说道：“他（拉比希列）亦说：‘我若不为自己，谁会为我？我若只为自己，我是什么？若非此时，何时？’”诚然，我替这些人物所设置的对于这一警句的诠释，并不属于规范的犹太教传统。

由于须重构一个时代、一个背景，以及一门我仅知皮毛的语言，我的写作泰半仰赖文献著作，很多书籍十分具有参考价值。以下列出主要参考书目：

Ainsztein R. *Jewish resistance in Nazi-occupied Eastern Europe*. London: P. Elek, 1974.

Armstrong, J.A. *Soviet partisans in World War II*. Madison: The University of Wisconsin Press, 1964.

Artuso,A. *Solo in un deserto di ghiaccio*. Torino: Tipografia Bogliani, 1980.

Ayalti, H. J. *Yiddish proverbs*. New York: Schocken Books,1963.

Eliav, A. *Tra il martello e la falce*. Roma: Barulli, 1970.

Elkins, M. *Forged in Fury*. New York: Ballantine

Books, 1971.

Kaganovic, M. *Di milkhomeh fun di jiddische partisaner in Mizrach-Europe*. Buenos Aires: Union Central Israelita Polaca, 1956.

Kamenetsky, J. *Hilter's Occupation of Ukraine*. Milwaukee: Marquette University Press, 1956.

Karol, K. S. *La Polonia da Pilsudski a Gomulka*. Bari: Laterza, 1959.

Kovpak, S. A. *Les Partisans Soviétiques*. Paris: La jeune Parque, 1945.

Landmann, S. *Jüdische Witze*. München: DTV, 1963.

Litvinoff, B. *La lunga strada per Gerusalemme*. Milano: Il Saggiatore, 1968.

Minerbi, S. *Raffaele Cantoni*. Roma: Carucci, 1978.

Pinkus, O. *A choice of Masks*. Englewood Cliffs, N.J.: Prentice-Hall, 1969.

Sereni, A. *I clandestine del mare*. Milano: Mursia, 1973.

Sorrentino, L. *Isba e Steppa*. Milano: Mondadori, 1947.

Vaccarino, G. *Storia della Resistenza in Europa 1938–1945*. Vol.1. Milano: Feltrinelli, 1981.

我向这些作者致谢，也向所有以其观点鼓舞我、以其批评指引我的人们致谢。我尤其要向埃米利奥 · 维塔 · 芬济表达感激之情，是他给我讲述这个故事的核心情节，没有他，便没有这部小说。还要感谢乔治奥·瓦卡里诺，他热忱地追随我的写作过程，并且任我取用他出色的档案。

图书在版编目（CIP）数据

若非此时，何时？ /（意）普里莫·莱维著；翁海贞译. -- 北京：中信出版社，2018.10（2022.8 重印）

书名原文：Se Non Ora, Quando?

ISBN 978-7-5086-9115-2

Ⅰ. ①若… Ⅱ. ①普… ②翁… Ⅲ. ①长篇小说－意大利－现代 Ⅳ. ① I546.45

中国版本图书馆 CIP 数据核字（2018）第 134888 号

SE NON ORA, QUANDO? (IF NOT NOW, WHEN?)
by Primo Levi

Published by CITIC Press Corporation

若非此时，何时？

著　　者：[意] 普里莫·莱维
译　　者：翁海贞
出版发行：中信出版集团股份有限公司
（北京市朝阳区惠新东街甲 4 号富盛大厦 2 座　邮编　100029）
承 印 者：山东临沂新华印刷物流集团有限责任公司

开　　本：850mm×1092mm　1/32　　印　　张：12.375　　字　　数：236 千字
版　　次：2018 年 10 月第 1 版　　印　　次：2022 年 8 月第 2 次印刷
书　　号：ISBN 978-7-5086-9115-2
定　　价：65.00 元

服务热线：400-600-8099
投稿邮箱：author@citicpub.com